KB113428

귀족의 딸

귀족의딸 2

초판 1쇄 펴낸 날 | 2016년 8월 4일

지은이 | 목영木榮
펴낸이 | 서경석

편집책임 | 조윤희 **편집** | 이은주, 최고은
마케팅 | 서기원 **경영지원** | 서지혜, 이문영

임프린트 | (MUSE)
주소 | 경기도 부천시 원미구 부일로 483번길 40 서경B/D 3F (우) 14640
전화 | 032-656-4452 **팩스** | 032-656-4453
이메일 | roramce@naver.com **블로그** | bolg.naver.com/roramce
홈페이지 | http://www.chungeoram.com

발 행 처 | 도서출판 청어람
출판등록 | 1999년 5월 31일 제387-1999-000006호
어람번호 | 제11-0037호

ⓒ 목영木榮, 2016

ISBN 979-11-04-90898-9 04810
ISBN 979-11-04-90896-5 (SET)

도서출판 청어람은 언제나 여러분의 소중한 작품 투고와 도서 출간 기획 등 다양한 제안
을 기다리고 있습니다. chungeorambook@daum.net

II

귀족의 딸

The Daughter of Noble

목영 木榮

장편소설

MUSE

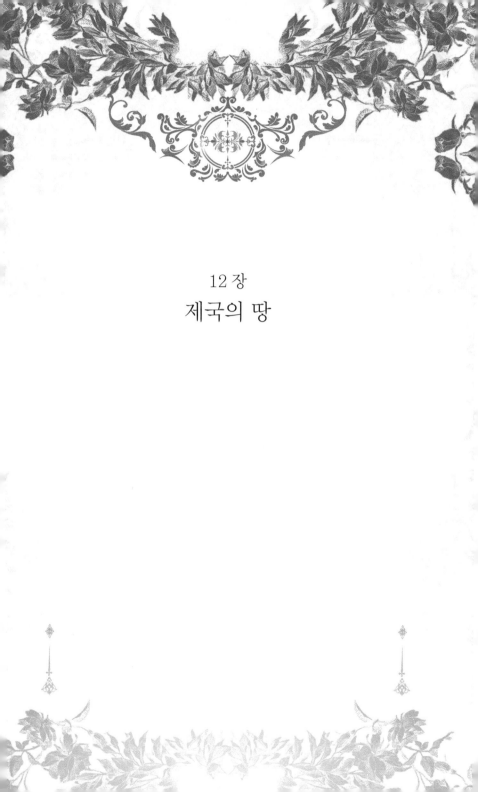

12 장
제국의 땅

메르첼 대제국, 달시 황녀의 별궁 안.

"하아."

"헉, 헉."

깊숙한 내실은 남녀의 은밀한 소리로 가득했다.

사락.

열락의 폭풍이 한차례 지나간 뒤 달시는 부드러운 비단 이불이 떨어지는 것을 그대로 둔 채 몸을 일으켰다. 백옥같이 뽀얀 피부 위에 새겨진 붉은 낙인은 지난 시간이 얼마나 대단했는지 보여주었다.

"흐응."

그녀가 코끝으로 웃었다. 커다란 방 안을 가득 메운 침대 위에 엎어져 곤히 잠든 체이셔의 뒤통수를 보는 달시의 눈은 날카로웠다. 그것은 묘한 광경이었다. 실오라기 하나 걸치지 않은 여체가 당당히 선 채 축 늘어진 남자의 몸을 바라보는 모습이 고스란히 거울에 비쳤다.

"뭐, 오늘은 꽤 괜찮았어."

칭찬인지 만족감인지 모호한 감정의 배출. 그 한 마디를 툭 내뱉은 후 달시는 바닥에 떨어진 비단 가운을 걸치고는 방을 나섰다. 그녀가 방을 나서자 문 앞에 시립하고 있던 병사들이 급하게 허리를 굽혔다. 가벼운 목례로 답을 한 후 달시는 시녀 로웨나의 에스코트를 받으며 자신의 방으로 향했다.

달시 클라제 흔나리온 텐셔너, 현존하는 최강대국의 지배자가 바로 그녀였다.

제국의 황녀가 약소국의 왕자와 혼인을 하자마자 별궁을 짓고 뜨거운 밤을 보낸다는 소문은 사실이었다. 매일 밤, 환락의 신음 소리가 별궁을 꽉꽉 메우는 통에 황녀가 부리는 자들은 언제나 얼굴을 붉힌다는 풍문 역시 사실이었다. 그 예로 달시는 병사들이 흘끔거리든 말든 가운 하나만을 걸친 채 별궁을 활보하고 있었다.

"로웨나."

"네, 마마."

"따뜻한 차 한잔이 마시고 싶군."

"네, 바로 준비하겠습니다."

자신의 방으로 들어선 달시는 로웨나가 미리 준비해 놓은 욕조 속에 몸을 담갔다. 적당히 따뜻한 물이 지친 그녀의 몸을 부드럽게 감싸 안았다.

"하아."

가벼운 숨을 내쉰 달시가 슬며시 눈을 감았다. 확실히 피곤했다. 아무리 아기를 갖기 위해서라지만 너무 무리하는 것 같았다.

"아니지."

그녀는 곧바로 생각을 고쳐먹었다.

'얼른 아이 낳고 즐겨야지.'

원로들의 성화에 못 이겨 결혼을 하긴 했지만 그들 사이에 사랑 따윈 없었다. 동생보다 결혼을 먼저 해야 해서 서두른 거라 달시는 은근히 기분 나빴다.

"제국이 내 손안에 있는데도 원로들은 아직도 정신들을 못 차리나 보지?"

흥, 다시 달시는 코웃음을 쳤다.

허수아비 황제, 아샤는 이제 겨우 열일곱의 어린 소년이었다. 그 어린 황제 뒤에서 메르첼 제국을 쥐고 흔드는 사람이 바로 달시 클라제 흔나리온 텐셔너였다. 달시와 짜고 황태자인 율리우스를 자리에서 내쫓은 데 지대한 영향을 미쳤던 세리야르 원로가 죽은 뒤로 그녀를 막을 수 있는 자는 단 한 명도 없었다.

그러나 아무리 달시가 나라를 쥐락펴락해도 원로들은 껍데기뿐인 황제, 아샤를 추앙했고 그녀를 견제하기 위해 외척 세력을 만들 계획을 짰던 것이다.

'라미 공작 영애가 가장 유력하다지?'

달시의 눈이 가늘어졌다. 라미 공작가라면 메르첼에서 황권 다음의 권력을 쥐고 있는 유서 깊은 가문이었다. 그녀의 머릿속에 사교 모임 때마다 봤던 라미 공작의 영애, 캠벨이 떠올랐다. 황녀인 자신을 바라보던 당당한 눈빛이 마음에 들지 않았다는 사실도.

"흥."

달시는 권력을 내놓을 생각이 추호도 없었다. 거대한 산 같았던 율리우스를 없애고 차지한 권좌에서 내려오고 싶은 마음 또한 없었다.

찰방.

그녀는 온갖 잡생각으로 어지러워진 머리를 식히려 욕조에 머리끝까지 담갔다.

'빨리 아이를 낳자, 그것도 아들로.'

요즘 그녀는 온통 아이 생각뿐이었다. 루슬란 왕국의 왕자가 똑똑하다는 이유 하나만으로 그를 신랑감으로 정한 것이기에 반드시 왕자의 두뇌를 닮은 아이를 낳아야 한다고 다짐하고 또 다짐했다.

'내 핏줄이 메르첼 제국을 다스려야 한다.'

그것이 달시의 목표였다. 의붓오빠와 씨 다른 동생을 밀어내고 메르첼 제국을 다스릴 자는, 자신의 핏줄이어야 했다.

달시의 어머니는 원래 메르첼 제국의 속국인 크메이르의 왕비였지만 제국의 전 황제인 빌도르의 눈에 들어 남편을 잃고 빌도르의 두 번째 부인이 되었다. 달시는 똑똑히 기억하고 있었다. 아버지의 생일을 축하하기 위해 크메이르를 방문한 빌도르 황제가 어머니를 강제로 취한 것을.

그 뒤로 달시의 아버지는 의문의 죽임을 당했고 얼마 지나지 않아 어린 소녀는 어머니를 따라 메르첼 제국에 둥지를 틀게 되었다. 빌도르의 보살핌 아래에 있으면서 달시는 괴로워하는 어머니를 보고 자랐다. 어머니의 눈물이 늘어갈수록 그녀의 독기 또한 늘어만 갔다.

'내 기필코 당신의 눈에서 눈물을 뽑아내리라.'

강대국을 다스리는 황제에게 제일 괴로운 것이 무엇일까, 달시의 고민은 항상 그것이었다. 어떻게 하면 어머니의 눈물을 위로할 수 있을까, 더 나아가 아버지의 복수를 어떻게 해야 확실히 할 수 있을까.

다행스럽게도 그녀의 어머니는 마냥 울기만 하는 여자가 아니었다. 빌도르의 청혼을 받아들이는 조건으로 달시를 황제의 친딸로 둔갑시켰다. 어차피 남편을 잡아먹고 황제의 여자가 되었다는 오해를 받는 이상 딸아이의 미래를 위해 아예 똥물을 뒤집어썼다.

대외적으로 달시는 빌도르의 딸이었다. 그녀의 영민한 머리는 그것을 이용해 황권을 장악하기에 이르렀다. 황태자인 율리우스의 정의로움을 부담스러워하는 원로들을 꼬드겨 자신의 편으로 만들고 그중에서도 세리야르 원로와 머리를 맞대고 황태자를 죽음으로 몰아넣는 데 성공, 씨 다른 동생을 황제로 내세운 뒤 그가 어리다는 이유로 섭정 자리에 올라 권력을 휘두르게 된 것이다.

'뒤에서 조정하는 건, 이제 얼마 남지 않았지.'

수면 위로 다시 모습을 드러낸 그녀의 입에서 스산한 중얼거림이 새어 나왔다. 스르륵, 눈꺼풀이 열리며 암고양이와도 같은 눈이 교활하게 번뜩였다.

"내 아이가, 이 제국을 다스리게 만들 거야."

오로지 복수를 위해 살아온 달시는 소녀티를 벗자마자 여성으로서의 매력을 십분 발휘, 제국 내의 젊은 남자 귀족들을 유혹해 든든한 뒷배경으로 삼고 명석한 두뇌의 남편을 얻을 계획을 세웠 지만 뜻을 이룰 수 없었다.

수많은 염문을 뿌린 황녀와의 결혼을 고고한 귀족 집안들이 반길 리 만무했다. 이에 달시는 눈을 제국 밖으로 돌렸다. 주변국 중에서 제일 젊고 영특하다는 루슬란 왕국의 로이드 왕자와의 결 혼은 수월했다.

로이드 데라블 켄즈 왕자는 달시의 마음에 꼭 드는 인물이었 다. 다른 그 어떤 것보다 그녀를 즐겁게 하는 방법을 아주 잘 알 았다. 하지만 듣던 대로 똑똑한 것 같지는 않았다.

"미안하오. 제국에 오기 전 경미한 사고로 모든 것이 전 같지 않 구려."

뭔가 미심쩍었지만 그녀는 그의 말을 믿기로 했다. 제국의 주인 과의 결혼을 앞두고 몸을 다쳤다는 그는 초상화보다 조금 살이 더 붙은 상태였지만 그럴 수 있다고 생각했다. 더구나 밤마다 그 가 주는 쾌락에 달시는 어느 정도 넘어간 상태이기도 했다.

"흐응."

그녀의 입에서 비음이 흘러나왔다. 어느새 들어왔는지 욕조 속 에 한 명이 늘어나 있었다.

"좋아."

근육질 남성의 손이 달시의 몸을 부드럽게 매만졌다. 향유를 바른 손에서 전해지는 기분 좋은 촉감에 그녀의 눈이 스르륵 감겼다.

"으음."

더욱 대담해진 손길이 달시의 풍만한 가슴을 어루만지기 시작했다.

"안아줘."

황녀의 요구에 남자는 달시의 몸을 돌리고는 뒤에서부터 그녀를 안았다. 그리고 쉴 새 없이 손을 움직이며 그녀의 가슴을 애무했다.

"으응."

남편이 주는 쾌락은 아이를 갖기 위한 것. 달시는 오래전부터 자신의 정부인 키오르의 품 안에서 잠드는 것이 좋았다. 그래서 남편과의 관계 이후, 언제나 키오르를 불러들여 여운을 즐겨왔다.

그녀는 남편도 이 사실을 알지도 모른다고 생각했다. 하지만 상관없었다. 어차피 남편은, 자신에게 아이를 주기만 하면 그만인 존재였으므로.

그것은 무언의 약속과도 같았다. 남편에게도 따로 여자가 있다는 사실을 알고 있기에 달시는 죄책감 따윈 갖고 있지 않았다.

"아아."

키오르의 혀가 귓바퀴를 더듬자 부드러운 여체가 흥분으로 튕겨 올랐다. 달시를 끌어안은 손에 힘을 주며 키오르는 자신에게 허락된 시간을 마음껏 즐기기 시작했다.

"흐으."

체이셔는 침대에 팔다리를 한껏 벌린 채 꼼짝도 하지 않았다. 달시가 사라지고 난 후 눈을 뜬 그는 익숙한 손놀림에 기분이 좋아지고 있었다.

"오늘도 즐거우셨나 봐요?"

코니의 아양 섞인 목소리에는 날 선 기운도 함께 들어 있었다.

"어쩔 수 없지."

체이셔는 눈을 감고 대꾸했다.

"황녀를 즐겁게 해줘야 하는 의무가 있으니까."

체이셔는 자신의 역할을 잘 알고 있었다. 달시 황녀에게 자신은 그저 아이를 갖게 하는 도구일 뿐, 그 이상도 그 이하도 아니었다.

"알죠?"

"응?"

"난 왕자님밖에 없어요."

코니는 여전히 체이셔를 왕자님이라고 불렀다. 어쩌면 달시 황녀와 결혼한 것을 부인하고 싶은 탓인지도 몰랐다.

"알아, 코니. 코니도 내 마음, 알지?"

"그럼요, 아주 잘 알죠."

남자의 부드러운 속삭임에 코니는 마음이 뭉클해지는 것을 느낄 수 있었다. 그녀는 아예 체이셔의 몸 위로 자신의 몸을 뉘였다. 그런 후 천천히, 체이셔의 몸을 혀로 애무하기 시작했다. 그는 자신이 달시에게 해주는 만큼, 아니, 그 이상의 쾌락을 코니에게서 받으며 아내로 인한 스트레스를 풀고 있었다.

❧

달시의 낯빛은 별로 좋지 않았다. 휘장 넘어 들려오는 격앙된 목소리에 달시는 얼굴을 찌푸렸다.

"별궁을 짓는 데 소요한 인력이며 지금까지 거둬들인 세금이 어마어마한데, 또 호수 공사라니요? 그건 불가합니다!"

불쾌한 심경을 역력히 드러내며 토르니가 목소리를 높였다.

"그것도 황녀마마의 개인적 취향 때문이라니요!"

현존하는 최고령 원로이자 라미 공작의 장인인 토르니 벤 두오반은 기어이 온몸을 부들부들 떨며 노기를 뿜어내기 시작했다.

"정녕 폐하께서는 신음하는 백성들의 고통 소리가 들리지 않으신 겁니까!"

토르니의 포효에 둘러선 대신들의 얼굴은 똥 씹은 표정이 되어 버렸다. 토르니의 고함은 황제, 아샤를 향한 것이 아니었다. 바로 뒤, 아샤가 자리한 의자 뒤의 달시에게 향한 것이었다. 대부분의 관료는 달시 황녀의 사람들이라 그저 복잡한 표정으로 관망하기만 할 뿐이었다.

"아, 그게……."

아샤는 어지러웠다. 아샤 역시 호수 공사를 권하던 달시의 말에 머리를 절레절레 흔들었지만 동생의 말을 들을 달시가 아니었다. 기어이 대신들의 판단에 맡기자 해서 이 지경에까지 이르게 되었던 것이다.

"폐하, 높은 세금으로 인해 백성들이 생활고에 허덕이고 있습니다. 이 마당에 호화 별궁에 호수라니요! 폐하께서는 진정으로 백성들을 위하는 마음이 없으신 겁니까!"

좌악, 토르니의 말이 떨어지기가 무섭게 아샤 뒤쪽의 휘장이 날카로운 소리를 내며 젖혀졌다.

"두오반 원로."

장내는 순식간에 팽팽한 긴장감으로 가득 찼다. 달시는 토르니를 부른 뒤 옆에 놓인 탐스런 포도송이를 집어들어 그리고 포도 한 알을 입에 물었다. 톡, 향긋한 포도 향이 진하게 퍼져 나갔다.

"원로는 우리 메르첼 대제국이 주변국으로부터 손가락질 받기를 원하나요?"

황녀의 뜬금없는 물음에 토르니는 입매를 실룩였다.

"별궁과 호수 공사가 제 개인적인 취향이라고 말씀하셨는데, 그렇지 않습니다."

달시는 다시 포도 한 알을 입에 물었다.

"물론 디자인은 제 취향이긴 하지만 다 제국을 위한 일입니다."

"제국을 위한 일이라고요?"

"강대국에 어울리는 건물을 짓는 것이 무에 나쁘다는 겁니까?"

"과한 세금과 노역으로 백성들이 고통받고 있지 않습니까!"

"제국을 위한 희생이지요, 아주 작은 희생. 우리 메르첼 정도면 궁에 으리으리한 건물쯤은 있어야 하지 않겠습니까? 그래야 보기에도 좋고요. 또한 제국민 역시 제국이 자랑스러울 겁니다."

"뭐라고요?"

"대의를 위한 작은 희생이니 백성들도 기쁜 마음으로 감수하지 않을까요?"

달시는 잠시 말을 멈췄다.

"그렇지요, 여러분?"

황녀의 서늘한 눈빛이 스윽, 장내를 훑자 마치 마법에라도 걸린 듯 꿀 먹은 벙어리처럼 묵묵부답하던 신료들이 앞다투어 입을 열기 시작했다.

"그렇고말고요! 우리 메르첼 대제국과 어울리는 건물이 서너 채는 있어야지요! 타국 사신들 눈도 있고!"

"메르첼 제국의 위상을 위해 반드시 필요한 일이라 생각합니다."

"이게 다 제국 국민들을 위한 일이지요, 암요!"

자신을 펀드는 원로들과 신료들에게 흡족해하며 달시는 토르니의 눈을 쏘아봤다. 백발이 성성한 토르니의 일그러지는 얼굴에서 그녀는 자신이 이겼음을 확신했다.

"또한 우리 황제 폐하의 위신도 고려해야 하지 않겠습니까."

말꼬리를 늘인 그 말 속에는 명백한 비웃음이 서려 있었다. 달시는 자신이 나서면서부터 말없이 바들바들 떨고 있는 동생, 아샤의 오른쪽 어깨 위에 자신의 손을 살포시 올려놓았다.

"제국의 지배자가 어린 황제라 하여 무시하지요. 으리으리한 건물은 나라가 강대하다는 것을 보여주기 위한 최선책입니다."

"맞습니다!"

"저도 그렇게 생각합니다."

달시의 적은 오로지 토르니 벤 두오반 원로뿐이었다. 토르니는 침통한 표정을 지었다.

"자, 그럼 계속 진행하시지요."

나이 든 원로에게 콧방귀 한번 뀌어준 뒤, 황녀는 바람을 휘날리며 등을 돌렸다. 이제 곧 호수 공사가 시작될 것이다.

원로회의에 회부된 사안들은 모두 다수결에 의해 판가름 내는 것이 메르첼 제국의 법도였다. 어차피 몇몇 원로를 제외한 대다수가 달시의 손아귀에 있기 때문에 모든 정책은 그녀의 뜻대로 이루어진다고 볼 수 있었다.

열다섯의 나이로 황제 자리에 등극한 아샤 안드레 흔나리온 텐셔너에게는 아무런 힘이 없었다. 그저 말뿐인 황제, 빈껍데기 황제일 뿐. 더군다나 나이가 어리다는 이유로 섭정 노릇을 하는 달시가 매사 관여를 하니 더더욱 무기력하기만 했다.

"자, 어서 드시지요."

아침 회의가 끝나면 달시는 내실로 동생을 불러들여 손수 달인 약을 권하곤 했다.

"예에."

답은 했지만 아샤는 선뜻 탕약을 받아 들지 못했다.

"쓴맛이 고약해서 그러십니까? 사탕을 준비했습니다."

지독한 향을 내뿜는 약사발과 달콤한 냄새를 풍기는 사탕을 동시에 들이밀며 그녀는 재차 권했다. 한동안 머뭇거리던 아샤는 날카롭게 쏘아보는 달시의 눈빛에 마지못해 탕약을 받아 들었다.

꿀꺽, 꿀꺽.

목울대가 두어 차례 더 움직이고 나서야 사발 안의 새까만 약이 모두 비워졌다.

"왜 그리 약을 못 드시는 겁니까. 이 누이는 참으로 걱정입니다."

세심한 손길로 아샤의 입에 사탕 한 알을 밀어 넣으며 달시가 속삭였다.

"폐하께서 강건하셔야 나라에 힘이 생기는 겁니다. 앞으로도 계속 약을 드세요."

"……그러지요."

이제 열일곱의 아샤였지만 그는 아직도 어린 티를 벗어나지 못하고 있었다. 반년 전부터 달시가 꾸준히 먹여온 약은 아샤의 건강을 위한 것이라고는 했지만 사실은 그렇지 않았다.

약을 먹고 나서부터 그는 점점 기력을 잃어가고 있었다. 그 사실을 알아차린 건 불과 며칠 전, 달시가 권한 약을 먹다가 실수로 화분에 약을 흘리고 나서였다. 싱싱하던 이파리가 시든 것을 발견한 아샤는 그 다음 날, 약을 마시는 척하며 입에 머금은 후 달시가 사라지고 난 뒤 버렸다. 하지만 곧 아샤는 무시무시한 눈빛을 봐야 했다.

"어이해 약을 버리시나이까?"

순간 아샤는 직감했다. 자신의 행동을 지켜보는 보이지 않은 눈이 있음을.

"……써서 그랬다오."

"아아, 그러셨습니까."

이내 달시는 활짝 웃어 보였지만 눈은 매섭게 빛나고 있었다.

"그럼 사탕을 함께 준비하지요."

아샤는 자신의 생명을 갉아먹는 약인 줄 알면서도 어쩔 수 없이 마셔야 했다. 궁에는 아샤를 위하는 사람이 단 한 명도 존재하지 않기 때문이었다.

'누나가 날 죽이려 하는구나.'

어린 황제는 절망했다. 어쩌면 형인 율리우스의 죽음도 누나와 관계있지 않을까 하는 생각도 들었지만 그 역시 어쩔 수 없었다. 달시를 막을 자는, 이 메르첼 제국에는 없으므로.

아샤는 율리우스가 그리웠다. 든든한 형으로, 또 제국의 황태자로, 아샤에게는 포근한 울타리이자 제국민들에게는 막강한 버팀목이었던 율리우스가 죽고 난 뒤, 아샤는 언제나 형을 그리워했다. 그리움에 매일 밤마다 눈물짓곤 했다. 그것은 이제 세상에 하나밖에 없는 혈육의 박정함 탓인지도 몰랐다. 달시는 아샤를 위한 일이라고 하면서 얼토당토않은 일을 강요하고 잘못된 일은 모두 그에게 덮어씌웠다. 몸도 마음도 약해져 버린 황제는 이제 모든 일이 귀찮기만 했다.

'살려달라고 빌어볼까.'

요즘 들어 아샤는 부쩍 자신의 목숨을 누나에게 구걸하는 상상을 하곤 했다. 살아도 사는 것이 아닌 지금의 상황에서, 목숨을 부지하기 위해서라면 그래야 할 것 같았다. 조금씩 조금씩 생명을 잃어버리고 있다는 건 생각보다 더욱 지독한 것이기 때문이었다. 더군다나 죽어간다는 사실을 알고 있는 경우라면 더더욱 끔찍했다.

"흐음."

달시는 생각에 잠겼다. 아무리 생각해도 토르니가 괘씸하기만 했다. 물론 선대에 지대한 공을 세운 신하라는 사실은 잘 알고 있었다. 하지만 사사건건 꼬투리를 잡는 것이 마음에 들지 않았다.

"두오반 원로가 자꾸 거슬려."

그녀의 중얼거림에 차 시중을 들던 로웨나가 서둘러 허리를 접었다. 들어도 듣지 않은 척, 알아도 알지 못한 척하는 것이 로웨나의 일이었다. 달시 역시 로웨나가 온전히 자신의 사람임을 알기에 속내를 숨기지 않았다. 그러나 대화가 아닌 독백이었다. 홀로 중얼거리는 그녀에게서 스산한 기운이 흘러나왔지만 시녀는 그저 차를 따르는 일에 집중했다.

'라미 공작의 장인이라 아직 어깨에 힘이 들어간 거야.'

그런데 그 라미 영애, 캠벨과 아샤가 결혼을 한다니. 달시는 사납게 도리질했다. 황제의 외척 따위를 만들어줄 생각, 추호도 없었다.

'아샤와 캠벨이 결혼을 하게 되면 권력은 라미 집안으로 넘어가겠지. 하지만 결코 그런 일은 없을 거야.'

달시는 스르르 눈을 감았다.

어머니가 같지만 아샤는 원수의 자식이다. 그녀는 한순간도 그 사실을 잊은 적이 없었다. 그 천인공노한 짓을 저지른 자의 피를 이어받았다는 사실만으로도 아샤는 달시의 분노를 사기에 충분했다.

똑똑.

정적이 흐르는 가운데 노크 소리가 들려왔다.

"그만 나가 봐."

동시에 달시가 로웨나에게 축객령을 내렸다. 허리를 깊이 숙이고 로웨나가 문을 열고 나서자 중년의 남자가 들어섰다.

"어서 오세요, 드레이브 백작."

션 에드워드 드레이브 백작은 예를 갖춘 후 달시의 맞은편에 앉았다.

"들지요."

탁자에는 두 사람분의 차가 준비되어 있었다. 이는 드레이브 백작의 출현이 예정되어 있었다는 뜻이었다. 황녀가 천천히 찻잔을 들었다. 장미꽃 향기가 그윽하게 올라왔다.

딸깍.

찻잔은 맑은 소리를 내며 유리 탁자 위로 내려앉았다.

"약을 좀 더 늘려야겠어요."

이윽고 달시는 무서운 결단을 내리고야 말았다. 육 개월 전부터 동생에게 먹여온 약은 은밀하게 제조한 것으로 무미, 무취, 무색의 독이었다. 설령 아샤의 사후 원인을 찾는다 해도 결코 찾지 못할 것이 분명했다.

션은 달시의 말이 무엇을 의미하는지 단박에 알아차렸다. 약을 구해준 사람이 바로 자신이었기에 백작은 고개를 끄덕였다.

"이상한 소문이 돌고 있습니다."

백작은 달시의 충실한 하수인을 자처하는 인물이었다.

"무슨?"

션이 잠시 머뭇거렸다.

"제국 곳곳에서 농성이 일고 있는 건 알고 계시지요?"

"그렇소."

몇 달 전부터, 정확히는 별궁을 짓겠다고 선언한 바로 그날부터 나라 이곳저곳에서 농성을 벌인다는 소식이 들어오고 있었다.

"얼마 전부터 농성대를 이끄는 집단이 생겼다고 합니다."

"집단?"

달시가 머리를 갸웃거렸다.

"군대로 밀어버려요. 어차피 어중이떠중이들일 테지."

아무렇지도 않게 엄청난 말을 하면서도 달시의 얼굴빛은 하나도 변하지 않았다.

"그게……"

이제 막 사십대 초반에 들어선 션은 말을 아껴야 할지, 사실을 말해야 할지 고민이 되었다.

"그게?"

"그 집단의 우두머리가 율리우스 황태자 같다는 첩보가……"

"뭐요?"

달시의 목소리가 뾰족해졌다.

"그럴 리가 없소!"

"네, 네, 저도 그렇게 생각합니다만……"

"드레이브 백작."

달시의 목소리가 다시 차분해졌다.

"예, 마마."

"율리우스 휴고 흔나리온 텐셔너는 죽었어요."

"네, 압니다, 알아요. 하지만……."

"그건 사람들이 만들어낸 환영일 겁니다. 다시 말하지만, 율리우스는 죽었어요!"

달시는 단호하게 말을 맺었다.

'내 이 두 눈으로 똑똑히 봤으니까.'

⚜

'썩었어, 썩었어!'

매번 이런 식이었다. 허수아비 황제 뒤의 여우 같은 황녀.

'어찌 나라의 녹을 먹는 자들이 나라를 위하지 않는가!'

여우의 꾐에 넘어가 꼭두각시가 된 대신들이 토르니는 답답했다. 결국 호수 공사를 하자는 쪽으로 의견이 모아졌고 곧바로 재정 정비가 시작되었다. 토르니는 탄식에 탄식을 거듭할 뿐이었다.

"아아, 황태자 전하만 살아 계셨어도!"

토르니는 아직까지도 율리우스가 죽었다는 사실을 믿을 수 없었다. 그도 그럴 것이 죽은 황태자의 시신을 본 사람이 단 한 명도 없으니 말이다.

율리우스가 황태자 자리에 오를 때만 해도 토르니는 제국의 미래가 창창하다고 믿어 의심치 않았다. 전(前) 황제인 빌도르보다 몇 배는 더 영특하고 정의감 투철한 율리우스였기에 그와 함께할 미래를 무척이나 기대했었다. 그런데 어느 날 갑자기 비보가 날아들었다.

새벽에 사망한 황태자의 장례를 불과 몇 시간 뒤에 치른 전대미문(前代未聞)의 사건은 율리우스의 죽음에 의심을 드리우게 만들었다. 하지만 곧 세상은 세리야르 원로와 달시 황녀의 손아귀에 들어갔고 어느새 아샤가 황제 자리에 올라 있었다. 이 모든 것이 불과 두 달도 채 안 된 사이에 일어났다.

"크흑!"

어둑어둑해지는 하늘 너머로 울분을 토해내며 토르니는 걸음을 재촉했다. 백발이 성성한 육십이 다 되어가는 나이였지만 청렴결백한 그는 말이나 마차를 타지 않았다. 높은 곳에 있으면 백성의 상황이 잘 보이지 않는다 믿기 때문이었다.

"하아."

한숨만 나왔다. 제국의 미래만 생각하면 암담할 뿐이었다.

메르첼 제국의 수도, 베네투스의 밤은 화려했다. 휘황찬란한 불빛과 자연이 어우러진, 지상 최고의 도시 베네투스에는 많은 귀족들이 자리를 잡았고 그중에는 토르니도 있었다.

후작가는 의외로 한적한 숲속에 자리했다. 도시 바로 뒤쪽에 위치한 벨레시스 산 중턱이 바로 두오반 가택이 있는 곳이었다. 토르니는 무거운 걸음으로 산을 올랐다.

"허억, 허억."

노구(老軀)의 몸은 무거웠다. 거기다 우울한 생각만 하고 있으니 더욱 무겁기만 했다.

'허허, 아무래도 내가 늙었나 보군.'

하지만 육십의 나이가 무색할 정도로 토르니는 정정했다. 두 명까지는 무리라 해도 장정 한 명이라면 그럭저럭 이길 수 있는 체력을 지닌 후작이었다. 그런 그가 평생을 오르내린 언덕길이 힘이 부칠 리 없었다. 그건 모두 심리적 요인 탓이었다. 아샤가 나이가 어리다는 이유로 섭정을 자처한 달시 황녀의 철없음과 끝없는 욕심 때문에 제국이 파멸할지도 모른다는 노파심 때문인지도 몰랐다.

"완전히, 달시의 세상이로군."

불퉁한 목소리가 튀어나왔다. 제국의 충신 토르니에게 지금까지 일어난 일들은 어처구니없기만 했다. 이대로 가다가는 제국의 주인이 바뀔지도 모른다는 불안까지 피어올랐다.

'루슬란 왕국의 핏줄이 우리 제국을 다스린다?'

안 될 일. 토르니는 강하게 도리질했다. 자꾸 약해져 가는 황제도 걱정이지만 황제의 뒤에서 야욕을 품은 달시의 표독스런 눈빛이 더 큰 걱정이었다. 그 욕심에, 그 야망에, 단순히 섭정으로 그칠 것 같지 않아 보였다. 달시가 낳은 루슬란 왕국의 피를 가진 아이가 제국을 다스린다니, 생각만으로도 머리가 아파왔다.

"허허."

헛웃음이 새어 나왔다. 토르니는 가쁜 숨을 몰아쉬며 걸음을 멈췄다. 삼나무 숲에서 나는 좋은 향이 그의 기분을 안정시켜 주었다. 한껏 숨을 들이마셨다. 바람이 불자 우거진 나뭇가지들이 은은한 향을 풍기며 한들한들 춤을 추었다.

"……좋군."

문득, 옛 생각이 떠오른 토르니가 중얼거렸다. 율리우스와 각별한 사이였던 그는 어렸을 적에 자신의 집으로 놀러 온 황태자가 유달리 삼나무 향을 좋아했다는 기억을 떠올리고는 후읍, 숨을 들이마셨다. 그러고는 희미하게 웃었다.

"그러게, 여전히 좋네, 향이."

토르니의 머리털이 곤두섰다. 심장이 거칠게 뛰기 시작했다.

"건강해 보이네, 토르니."

잊지 못할 목소리에 토르니는 천천히 뒤돌아섰다. 우거진 숲은 어두웠다. 늙은 후작이 눈 사이를 좁히며 숲의 그늘진 곳에 어른거리는 인영(人影)을 살폈다. 서서히 그의 시선이 위쪽으로 향했다.

"오랜만이야."

히죽 웃으며 모습을 드러낸 사람의 정체를 파악한 토르니의 눈이 왕방울만 해졌다.

"저, 저……."

꿈에서도 잊지 못했던 고든의 얼굴이 시야 가득 들어왔다.

"전하……!"

삼나무 숲 위로 놀람과 황당함이 담긴 토르니의 목소리가 커다랗게 울려 퍼졌다.

라이라는 태어나서 이렇게 얼굴 표정이 풍부한 사람을 처음 보는 것 같았다.

"오, 신이시여!"

두툼한 양손이 주름진 얼굴을 감싸 안았다.

"세상에, 그럴 수가!"

백발의 머리와 대비되는 검은 눈썹이 심하게 꿈틀거렸다.

"오오오오오!"

눈이 동그래지고 입술도 동그랗게 변했다.

"하늘이 도우신 겁니다!"

기도하는 시늉까지.

참으로 다양한 표정 변화였다. 고든이 지금껏 살아온 이야기를 늘어놓기 시작하자 토르니는 고든의 말 중간중간에 아주 많은 감탄사를 내뱉었다. 처음 고든을 봤을 때만 해도 죽은 귀신을 본 것처럼 얼굴이 하얗게 질리더니 그의 생존을 확인하자 요란한 소리를 내며 기뻐하던 토르니를 봤을 때 라이라는 알아봤어야 했다.

고든이 기다란 손가락으로 입술을 꾹 누르자 백발이 성성한 토르니가 고분고분 입을 다물고 고개를 끄덕이는 것은 다시 생각해도 희한한 것이었다. 더군다나 자신의 집으로 안내한 그가 집 안의 모든 하인들을 물러가라 명할 때는 카리스마가 철철 넘치지 않았던가.

"살아 계셨군요, 전하."

"응, 살아 있었어."

"그간 어디서 뭘 하셨습니까?"

물어오는 질문에는 걱정과 안도의 감정이 담겨 있었다.

"해적 두목 노릇 좀 했지."

"······예에에에?"

나이 지긋한 노인의 놀라는 표정이 저런 것이구나, 라이라는 다시 놀랐다. 얼굴에 있는 모든 구멍이란 구멍이 커질 수 있다는 것을 알게 된 탓이었다. 토르니의 눈, 코, 입은 커진 상태에서 좀처럼 원래 크기로 돌아올 생각을 하지 않았다.

"좀 유명한 해적단이었어."

그러고 보니 고든 모습도 조금 낯설게 느껴졌다. 카리스마만 있는 줄 알던 그에게서 어리광이 섞인, 그래서 조금은 아이 같은 느낌이 묻어나기까지 했다. 라이라는 놀랐지만 내색하지 않은 채 잠자코 두 사람의 대화에 귀를 기울였다.

"제국으로 돌아와서 농성도 좀 했고."

"아! 역시 소문이 사실이었군요!"

"소문?"

"예! 농성대를 지휘하는 사람이 황태자 전하 같다는 소문이 돌고 있었지요!"

"아아, 그거?"

피식, 고든이 웃었다.

"그거 내가 퍼뜨린 거야."

"……예에에?"

"제국 병사들이 만만치가 않더군."

탄식하듯 말하는 고든을 토르니는 그저 어안이 벙벙한 표정을 지으며 바라볼 뿐이었다.

해적들을 설득해 뭍으로 나온 고든은 미리 기다리고 있던 유로스와 합류했다. 하지만 그의 밑에 있던 병사들이라고 해봐야 수가 많지 않았고, 해적들 역시 수많은 싸움을 해온 전사들이라 해도 제국의 군사들을 상대로 곧바로 맞붙기에는 무리였다. 그래서 고든은 크고 작은 농성을 벌임으로 제국의 반응을 살피고 그들의 병력을 확인하고자 했던 것이다.

"유로스 공작의 도움으로 무리를 모을 수 있었는데 좀 역부족이네?"

씨익, 고든이 다시 웃었다. 슬슬 토르니를 찾은 이유를 밝혀야 할 타이밍이었다.

"그래서."

토르니의 눈, 코, 입이 드디어 제자리를 찾았다.

"앞으로 어찌하실 겁니까, 전하?"

후작의 질문에 고든의 표정이 바뀌었다. 장난치듯 빙글거리던 미소는 순식간에 사라지고 라이라가 늘 봐왔던 냉철한 표정이 모습을 드러냈다.

"어쩔까, 토르니?"

되레 토르니에게 되묻는 고든. 토르니가 찬찬히 고든을 살피기 시작했다. 세상 사람들에게 이미 죽은 사람인 율리우스 전(前) 황태자가 이렇게 새파랗게 살아서 눈앞에 있는 이유는 단 하나였다.

토르니의 눈이 빛났다. 그가 자리에서 일어나 양손을 모으고 허리를 굽혔다. 그리고 떨리는 목소리로 말을 내뱉었다.

"황위를 찬탈, 아니, 제자리로 돌아가십시오, 전하."

율리우스 휴고 흔나리온 텐셔너는 제자리로 돌아가 이 나라의 역사를 바로잡아야 한다, 이것이 토르니의 결단이었다. 고든은 그의 벗겨진 정수리를 바라보며 고개를 끄덕였다. 제대로 사람을 찾아온 것이 분명했다.

토르니는 고든, 아니, 율리우스의 어린 시절부터 알아온 사이로 정치적으로는 긴밀한 조력자이자 개인적으로는 할아버지와도 같은 존재였다. 나라를 부강하게 만든 건 아버지인 빌도르였지만 나라의 기초를 다진 건 할아버지와 건국 공신인 토르니였다. 대대

로 텐셔너 가문을 보필하겠다 맹세했던 토르니가 제일 믿음직스
러운 건 바로 그 때문이었다.

"토르니."

낮지만 힘찬 목소리에 후작이 더욱 머리를 조아렸다.

"토르니의 도움이 필요해."

그는 온몸 가득 희열이 가득 차오르는 것을 느낄 수 있었다.
방금 고든이 한 말은 제자리로 돌아가겠다는 뜻이었다.

"토르니 벤 두오반, 죽는 날까지 전하를 보필할 것이옵니다!"

희열은 흥분으로 변하고 흥분은 토르니의 기개를 높였다. 온몸
을 부들부들 떨며 그가 맹세하고 또 맹세했다.

"쓸모없는 몸이지만 전하를 위해 이 한 몸 불사를 것이옵니다!"

주먹까지 불끈 쥔 토르니가 굽혔던 허리를 폈다. 그러나 그 기
세는 오래가지 못했다.

"크억!"

우두둑, 허리를 펴자마자 들리는 뼈들의 비명과 토르니의 비명
은 절묘하게 어울렸다.

"토르니, 괜찮아?"

화들짝 놀란 고든이 잽싸게 그를 부축해 소파에 앉혔다.

"흐어어, 괘, 괜찮습니다, 전하."

좀 전과는 달리 토르니의 얼굴은 핼쑥해져 있었다. 순간적인
기쁨은 고통으로 돌아와 그를 괴롭혔지만 그래도 기분 좋았다.

"나이 좀 생각해야지, 토르니."

그건 질책이 아니었다. 따뜻한 걱정에 토르니는 울컥한 기분이
들었다. 하지만 그 감정은 순식간에 사라져 버리고 말았다.

"누구십니까?"

손수건으로 자신의 눈가를 닦아주는 손길에 토르니는 새삼 정신을 차릴 수 있었다. 자신을 향한 물음에 라이라가 문득 손을 멈췄다.

"이 아가씨는, 누구십니까, 전하?"

'아, 들킨 건가.'

남장을 했음에도 토르니는 라이라를 아가씨라고 정확하게 칭했다. 그녀는 난감한 표정을 지었다.

"어, 들켰네?"

고든의 입에서도 놀란 목소리가 튀어나왔다.

"이 친구, 여자라는 거 티 나?"

토르니는 눈을 끔뻑거렸다. 토르니가 누구던가. 지금은 나이가 들어 조금 찌그러져 있지만 한때는 매의 눈이라 칭송받던, 사물을 꿰뚫는 능력으로 전(前) 황제와 초대(初代) 황제의 신임을 얻었던 바로 그가 아니던가.

"전하, 제가 나이가 들었어도 아직 눈은 쓸 만하옵니다."

그가 억울하다는 듯 눈까지 흘기며 투덜거렸다.

"아아, 그래, 그래."

고든은 틀어진 토르니의 마음을 다독이듯 그의 어깨를 토닥거렸다.

"그런데 정말 뉘신지……?"

고든의 입에서 친구라는 단어가 튀어나왔으니 단순한 부하가 아닌 건 확실해 보였다. 토르니는 시선을 라이라에게 꽂은 채 고든에게 재차 물었다.

"내 여자."

"아아, 그러시군요, 내 여…… 예에에에에?"

그의 눈과 코와 입은 또다시 자리를 이탈할 수밖에 없었다. 옆에 있던 라이라도 같은 반응을 보였다.

내 여자.

해적들에게 그녀가 자신의 여자라 폭탄선언을 한 그 이후부터 고든은 정말로 라이라를 자신의 여자인 양 대했다.

그녀와 함께 식사하고 함께 정찰을 하고 심지어 같은 동굴에 머무르기까지 했다. 물론 라이라의 상황을 알기에 고든은 그녀의 털끝 하나도 건드리지 않았고 가까이하지 않았다. 라이라가 무의식적으로 두려워하는 모습을 조금이라도 보이면 즉시 동굴을 빠져나가 그녀가 혼자 잘 수 있도록 배려해 주곤 했다.

고든의 여자.

그것은 해적단 내에서 권력의 상징이었다. 그 누구도 라이라를 무시하지 않았다. 바투조차도 더 이상 그녀를 괴롭힐 생각을 하지 않았다. 그 사실만으로도 라이라는 고든에게 감사했다.

하지만 시간이 지날수록, 라이라는 심경 변화를 느껴야 했다.

그리고 지금, 황좌를 되찾기 위해 꼭 도움을 받아야 하는 제국의 원로에게까지 자신을 '내 여자'라고 소개하는 말에 라이라는 놀라지 않을 수 없었다.

'정말로 날 자기 여자라고 생각하는 걸까?'

불현듯 든 그 생각은 라이라의 의식을 지배하기 시작했다.

'왜 그런 말을 한 걸까? 해적들이야 그렇다 쳐도 앞으로 자기 자리를 찾게 되면, 자신이 한 말에 책임을 져야 할 텐데, 왜 그런

걸까?'

생각은 점점 감정으로 옮겨갔다.

'혹시……?'

하지만 감정은 더 이상 커지기를 원하지 않았다. 라이라는 작게 도리질했다.

'그럴 리가 없어. 나 같은 게 어떻게.'

고든은 자신의 과거를 낱낱이 아는 남자였다. 절대 호감이란 감정을 가질 수 없는 남자였다. 세상 그 어떤 남자가 겁탈을 당한 여자를 사랑할 수 있을 것인가. 거기다 그는 메르첼 대제국의 황태자 신분으로 돌아갈 것이다. 라이라는 자신의 감정을 야멸치게 외면하기로 했다.

'난 사랑 같은 거 할 수 없는 몸이야.'

그러나 그녀는 이미 그런 생각을 하고 있다는 것 자체가 고든을 특별한 사람으로 여기고 있는 거란 걸 깨닫지 못했다. 어느 순간, 고든이 자신의 꽁꽁 얼어붙은 심장을 조금씩 녹이고 있다는 사실까지도.

"위험해."

갸우뚱, 몸이 기울어진다고 느낀 순간 라이라는 나직한 고든의 목소리와 따스한 온기가 동시에 자신에게로 향한다는 걸 알 수 있었다. 순식간에 일어난 일이었다. 토르니와의 대화가 끝나고 해적들이 있는 곳으로 돌아가기 위해 숲길을 걷던 중 일어난 아주 사소한 사고였다.

"괜찮아?"

여느 때와 다름없는 말투였지만 지금의 라이라는 보통 때와는 달랐다. 걱정이 담긴 그 말투가 진심이었으면, 하는 바람이 생겨 버린 것이다.

"괘, 괜찮아요."

그녀가 마음의 소리를 무시했다.

"조심해야지."

어둠 속에서 그녀를 내려다보는 고든의 눈길은 따스하기만 했 다.

"자, 가자."

고든이 라이라의 손을 잡았다. 전 같았으면 그의 손을 매몰차 게 뿌리쳤을 터였다. 하지만 커다란 손은 너무 따뜻했다. 손에 닿 은 느낌이 기분 좋게 느껴졌다. 그녀는 혼란스러웠다.

'왜 이러는 걸까. 이 사람은 왜 나한테 친절한 걸까. 그리고 나 는 왜 이 사람의 친절을 거부하지 못하는 걸까.'

조금만 몸이 스쳐도 화들짝 놀랐던 지난 모습이 거짓 같았다. 아니, 사실 지금도 라이라는 다른 남자가 자신의 몸에 닿는 것이 불쾌했다. 그것은 테리에게도 예외가 아니었다. 며칠 전 냇가에서 물을 긷는 데 도와주겠다며 다가선 테리의 온기에 놀라 뒷걸음질 치지 않았던가.

"잘될 것 같아요?"

그녀는 감정의 혼란을 끊어버리기로 작정했다.

"응?"

어두운 숲속을 헤쳐 나가며 잔가지를 칼로 베던 고든이 라이 라를 돌아보지 않은 채 물었다.

"뭐가?"

"아까, 두오반 원로님 말이에요. 정말 계획대로 될까요?"

"응."

조심스럽게 말을 꺼낸 라이라가 무색할 정도로 고든의 답은 빨랐다.

"답이 빠르군요."

"다 계획된 거니까."

타악, 그의 칼이 나뭇가지 하나를 쳐냈다. 울퉁불퉁한 지면이 발밑을 자극할 때면 고든은 라이라를 잡은 손에 힘을 주어 그녀가 넘어지지 않도록 했다.

"토르니는 언제나 내 편이었으니까."

고든은 확신하고 또 자신했다.

"정치란 말이지."

타악. 또 하나의 가지가 나무의 품을 떠났다.

"사람을 잘 활용해야 하는 거야. 그게 정치지."

어쩐지 알 것도 같고 모를 것도 같은 이야기였다.

"난 사람을 이용해서 내 자리를 찾으면 돼."

그는 자신의 설명이 부족하다는 사실을 깨닫고는 덧붙였다.

"난 능력 있는 자에게 가진 능력을 활용할 수 있는 기회를 제공하고, 그 보상을 하면 되는 거야. 그게 정치다."

라이라가 어깨를 으쓱거렸다.

"알겠습니다, 전하. 제 능력을 총동원하여 일을 성사시키겠습니다."

투지로 활활 타오르던 토르니의 얼굴이 떠오르자 라이라는 고든의 말이 옳은 것 같다고 생각했다.

투둑.

"어?"

떨어지는 빗방울에 라이라가 얼굴을 들었다.

후두둑.

제법 굵은 빗방울이었다. 이에 고든이 라이라를 재촉했다.

"어서 가야겠어, 라일."

밤이라 이미 어두운 데다 비까지 내리니 주위는 그야말로 암흑과도 같았다. 이윽고 넓은 산기슭에 당도한 고든과 라이라는 숨겨두었던 말을 찾았다. 두 마리의 말은 내리는 빗속에서 얌전히 주인을 기다리고 있었다.

"얌전히 잘 있었네?"

기특하다는 듯 라이라가 말의 머리를 쓰다듬어 주자 기분 좋은 듯 말이 푸르거렸다.

"자, 빨리 돌아가야 해."

생각보다 많이 시간을 지체한 탓에 고든은 조급해졌다. 거기다 비까지 내리니 서둘러야 했다. 고든은 라이라에게 두 마리 중 몸집이 작은 말의 고삐를 넘겼다.

"자."

"네."

라이라는 혼자 말에 올라탈 수 있었다. 하지만 고든은 고집스럽게도 항상 그녀가 말을 타는 것을 도와주곤 했다. 더군다나 지금은 비가 오는 상황이어서 평소보다 안장이 미끄러워 도와줘야 했다. 고든은 말에 오르는 라이라의 날씬한 허리를 양손으로 단단히 붙잡아 올렸다.

"고마워요."

말 위에서 라이라가 목례를 해 보이며 고마움을 표시했다.

"별말씀을."

그녀에게 등을 돌린 순간, 고든은 히죽거렸다. 처음에 말 타는 것을 도와줄 때만 해도 새파랗게 질리며 거부했던 라이라였다. 그 모습이 너무 안쓰러워 그는 라이라를 돕기로 마음먹었다.

'남자의 스킨십에 대한 거부감을 없애라.'

그것이 고든이 라이라를 치료하기 위해 내린 결론이었다. 여기에는 티 나지 않도록 하는 것이 관건이었다. 최대한 자연스럽게, 물 흐르듯이. 그녀가 말을 잘 탄다는 사실을 알았지만 그래도 말 위에 오를 때마다 돕기를 계속했다. 역시 습관이란 대단했다. 처음보다 더 오래, 더 힘 있게 허리를 안았는데도 라이라는 잠자코 있었다.

말 위에 타는 일뿐이 아니었다. '내 여자'라고 공표한 이후, 고든은 눈치 볼 것 없이 그리고 스스럼없이 그녀에게 스킨십을 해왔다. 간혹 테리의 눈이 사납게 변하는 것을 발견할 수 있었지만 그녀의 상처를 치유하기 위해선 어쩔 수 없다고 생각했다. 거기다 라이라의 변화가 조금씩 보이니 신까지 나는 상황이었다.

'자연스럽게 손잡는 것까지 성공!'

기분이 좋았다. 겉으로는 강한 척해도 손안 가득 들어온 여린 손은 라이라가 여자라는 사실을 새삼 확인시켜 주었다.

'약간 거칠었어.'

문득 씁쓸한 기분이 들었다. 귀족 아가씨의 손이란, 그저 비단 결 같이 곱고 매끄러워야 할 터였다. 하지만 그녀의 손은 거칠었 다. 그것이 고든은 마음 아팠다.

"자, 출발해 볼까!"

히이잉.

고든과 라이라를 태운 두 마리의 말이 앞발을 커다랗게 굴렀 다. 두 사람은 힘차게 말을 내달렸다. 눈이 빠져라 소식을 기다리 고 있을 동료들이 있는 곳으로.

13 장

계획

쏴아아.

어느새 빗줄기는 거대한 물줄기처럼 쉼 없이 몰아쳤다. 어둠을 뚫고 목적지로 향하는 라이라의 몸이 추위로 덜덜 떨리기 시작했다.

"라일, 괜찮아?"

고든이 옆에서 큰 소리로 물어왔다. 라이라는 덜덜 떨리는 입술을 떼기 어려워 고개만 간신히 끄덕였다. 괜찮다고 했지만 고든은 라이라가 걱정되었다. 그래서 무리들이 있는 곳으로 돌아오기가 무섭게 라이라를 자신들이 머무는 동굴로 보내려 했다.

"춥다, 라일. 어서 들어가."

하지만 그녀는 말을 듣지 않았다.

"아니, 괜찮아요."

두 사람을 기다리고 있던 유로스에게 마른 수건을 건네받은 고든이 재빨리 라이라의 몸과 머리의 물기를 털어냈다.

"고집부리지 말고 얼른 들어가, 감기 걸려."

그녀는 고든의 걱정을 알았지만 특별하게 취급되는 것을 원치 않았다. 이미 고든의 '내 여자'로서 많은 부분에서 대우를 받고 있었기에 다른 해적들과 같이 행동하기를 원했다.

자신의 손에서 수건을 빼앗다시피 하며 물기를 털어내는 그녀의 표정에서 단단한 의지를 읽어낸 고든은 가볍게 혀를 차고는 다른 수건으로 몸을 닦아냈다.

"그래서."

유로스가 머무는 동굴에는 온갖 종류의 지도와 그가 머리를 쥐어짜 낸 전략이 담긴 종이 뭉치들로 가득했다.

"두오반 후작을 만나셨습니까?"

탁탁, 탁자 위의 흐트러진 종이들을 간추리며 유로스가 물었다. 이에 고든은 고개를 끄덕였다.

"만족할 만한 결과를 얻으셨습니까?"

"그럭저럭."

"확실한 겁니까?"

유로스의 물음에 고든이 자신 있게 고개를 끄덕였다.

"자네도 알다시피."

고든이 잠시 말을 멈췄다.

"토르니는 신임할 수 있는 사람이지."

유로스 역시 그 점에는 동의했다.

"지금 우리로선 토르니를 믿어보는 것이 최선책이야, 알고는 있지?"

고든의 말대로 지금으로썬 토르니를 믿는 수밖에 없었다. 유로스는 고든이 해적 두목으로 살아가는 동안 그를 위해 병사를 모으는 일을 했다. 제국의 군사력을 과소평가한 것은 아니었지만 예상했던 것보다 막강해서 유로스는 고민이었다.

아무리 훈련을 시킨다 해도 평생을 농부로 살아온 사람들과 어렸을 때부터 전문적으로 군사훈련을 받아온 사람을 어떻게 견줄 것인가. 유로스의 음침한 얼굴에 그늘이 드리워졌다.

메르첼 제국의 수도 뒤쪽으로 가로지르는 크멕스 산맥의 깊은 숲속. 유로스가 심혈을 기울여 찾아낸 이곳에서 몇 년 전부터 사람들을 끌어모아 훈련장으로 쓰고 있었다. 수도 베네투스의 가장 끄트머리를 지나는 산맥이라서 번화가와는 거리가 멀었고 또한 근처에 인가가 없어서 산맥 내에서 떠들썩한 소리가 난다 해도 누군가에게 들킬 위험이 없었다.

해적들을 설득한 고든은 그들을 몽땅 유로스의 손에 맡겼다. 제국의 군사들을 상대하기 위해 보다 더 체계적인 훈련이 필요한 까닭이었다.

사람이 갑자기 늘어나게 되자 아지트로써의 보안이 무너질 것을 우려한 유로스는 크멕스 산맥 이곳저곳에 새로운 아지트를 만든 후, 해적들을 나눠서 관리하기로 했다.

해적들은 유로스의 훈련을 잘 따랐다. 하지만 그것은 고든이 황좌를 되찾게 되면 원하는 보상을 해주겠다던 약속 때문만은 아니었다. 오로지 고든, 그 자체를 믿을 수 있기 때문이었다.

총명하기로 명망 높던 율리우스 황태자가 나라를 다스리게 되면 삶이 더 나아지리라는 희망이 큰 까닭이었다. 더군다나 고든이 어떤 인물인지 이 년이란 시간 동안 겪어본 덕에 그 믿음과 희망은 크기만 했다.

"차선책도 생각해 봐야지요."

그때 소리도 없이 자크라가 동굴 안으로 들어왔다. 고든과 라이라를 위해 그들이 기거하는 동굴에 불을 지피고 오는 길이었다. 갑자기 등장한 그 덕에 라이라는 흡, 하고 숨을 들이마셨다. 항상 이런 식으로 고든의 호위 기사가 출현한다는 것을 알고 있지만 언제나 그녀는 놀라곤 했다.

"자크라."

"네, 전하."

"인기척 좀 내도록 해."

순간 당황한 자크라의 눈이 라이라의 얼굴을 훑었다. 그것은 너무도 짧은 순간이라, 방 안에 있던 그 누구도 알아차리지 못했다.

"조심토록 하겠습니다."

호위 기사인 자크라에게 인기척을 지우는 것은 아주 당연한 일이었다. 그런 그에게 인기척을 내고 다니라는 건 호위를 함에 있어 힘을 빼라는 것과 같은 말이었다. 고든 역시 그 사실을 잘 알고 있을 텐데도 그런 명령을 내린다는 것은 분명히 이유가 있을 것이다.

"차선책, 물론 있지."

고든의 한마디에 자크라는 자신의 상념을 지워 버렸다.

"만일 토르니가 귀족 회유에 실패한다면……."

토르니는 비장한 표정으로 주먹까지 불끈 움켜쥐며 달시에게 불만을 품은 원로회 내(內)의 귀족들을 회유하겠노라 호언장담했다. 고든은 토르니가 능히 그 일을 해낼 것이라 믿었다. 문제는 달시의 교활한 손이 어디까지 뻗쳐 있느냐는 것이었다.

"전면전밖에 없지 않겠나."

고든의 말이 주는 파장은 생각보다 묵직했다. 유로스는 비장한 표정을, 자크라도 긴장이 역력한 표정을 지어 보였다. 그에 비해 고든의 얼굴은 여유로웠다.

"그래도 도움을 주는 귀족들이 생길 것이라는 예상은 하고 있지."

묵직한 분위기가 순식간에 흐트러졌다.

"어째서지요?"

유로스가 눈썹을 들어 올리며 물어왔다. 고든은 탁자 위 빨간 사과를 하나 집어 들어 와삭, 베어 물었다. 향긋한 사과 향이 순식간에 동굴 안으로 퍼져 나갔다.

"아, 저녁 사과는 독이라던데."

그러면서도 고든은 또 한 번 사과를 베어 물었다.

"전하."

궁금증을 참지 못한 유로스가 대답을 재촉했다.

"달시가 권력을 잡고 있지만 그건 표면에 불과하지."

하, 유로스는 저도 모르게 숨을 토해냈다.

"전하, 황녀의 편을 드는 귀족들은 힘 있는 귀족들이 대부분입니다."

유로스가 마른세수를 하며 고든을 바라봤다.

"권력욕에 잠식된 거지."

고든은 여전히 여유로운 표정을 유지했다.

"그들의 욕구를 들어주면 될 거야. 황녀의 눈 밖에 나지 않으려고 편드는 것일 뿐이니까. 아샤는 약하지만."

고든이 검은 눈을 빛냈다.

"난 그렇지 않지."

"하지만 그들이 정말로 황녀의 사람인지 아닌지, 어떻게 알 수 있습니까?"

"달시에게 반기를 드는 귀족 리스트를 입수했지."

히죽, 그의 입꼬리에 웃음이 맺혔다.

"어, 어떻게요?"

뜻밖의 말에 유로스는 놀란 목소리를 감추지 않았다. 겉으로 봐서 달시에게 대항하는 귀족은 토르니 벤 두오반과 몇몇 귀족뿐이었기 때문이었다.

"유로스는 이 형님을 너무 과소평가하는 것 같소?"

그의 입에서 가벼운 농이 튀어나왔다. 짐짓 불쾌한 표정까지 지었지만 유로스는 그런 고든을 무시했다.

"혹시 토르니 장로께서 알려주신 겁니까?"

"쳇."

예리한 반문에 고든이 짧게 혀를 찼다.

"잘됐군요."

고든이 자신만만했던 이유를 알아챈 유로스의 표정이 밝아졌다.

"우리의 병력만으로는 힘들지 모르나 도움을 받게 되면 형세가 어찌 될지는 모르는 겁니다."

유로스는 얼굴에 웃음꽃을 피워 올렸다. 하지만 그것은 너무나 음침해서 라이라는 시선을 돌리고 말았다. 좋은 사람이란 것은 잘 알고 있지만 그의 표정은 사람을 음울하게 만드는 부분이 있었다.

뽀송뽀송했던 수건이 어느새 물을 잔뜩 머금었다. 여전히 몸은 축축했고 동굴 안의 모닥불은 활활 타오르고 있었다. 하지만 어쩐지 몸이 따뜻해지지 않는 것 같았다. 오히려 으슬으슬 더 떨려 왔다. 하지만 그녀는 자리를 피하고 싶지도, 약한 모습을 보이고 싶지도 않았다.

"아가씨께서 피곤하신가 봅니다."

자크라가 라이라의 상태를 눈치채고는 입을 열었다. 유로스와의 대화에 열중하느라 잠시 그녀에게서 눈을 뗐던 고든이 그 말에 라이라에게로 시선을 돌렸다.

"그래? 피곤해, 라일?"

그의 눈이 빠르게 라이라의 몸을 훑었다.

"이런, 정말 안 좋아 보이는군."

"그렇군요, 괜찮으십니까?"

라이라는 자신을 향한 고든과 유로스의 시선에 손을 내저었다.

"괜찮아요."

하지만 고든은 그렇지 않았다.

"자, 그럼 오늘은 이쯤에서 마무리 짓도록 하지. 밤도 늦었고."

고든의 말에 모두들 두말 않고 자리를 털고 일어났다.

"그럼 잘들 자라고."

쏴아아.

동굴 밖에는 여전히 굵은 빗줄기가 내리고 있었다.

"이걸 쓰십시오."

유로스가 미리 준비해 둔 두꺼운 망토를 고든에게 내밀었다. 그것을 받아 든 고든이 라이라의 머리서부터 망토를 덮다시피 한 다음, 그녀의 어깨를 가볍게 감싸 안았다.

"뛸 수 있는 거지, 라일?"

고든은 라이라와 동시에 빗속으로 뛰어들었다. 유로스의 동굴과 그의 동굴과의 거리는 그리 멀지 않아서 그들은 금세 동굴에 도착할 수 있었다.

섬을 떠났어도 동굴 생활은 변함이 없었다. 일종의 게릴라가 된 그들이었기에 떳떳하게 좋은 집에 머물 수는 없었다. 오히려 섬에 있었을 때보다 더 갑갑했다. 적어도 섬은 사방이 탁 트여 있기라도 했었다.

"후우, 엄청 쏟아지는군."

비가 올 것을 대비해 유로스가 마른 장작을 비치해 둔 덕에 따뜻한 밤을 날 수 있었다. 라이라와 고든의 동굴에는 자크라가 미리 불을 지펴둔 까닭에 온기가 돌았다.

"많이 젖었네."

라이라가 뒤집어쓴 망토를 벗겨내며 고든은 그녀의 몸에 묻은 물기를 털어냈다. 오들오들 떨고 있는 라이라를 본 순간, 고든이 물었다.

"정말 괜찮은 거야, 라일?"

"누우면 괜찮아질 거예요."

간신히 답한 라이라의 말에 고든은 세심한 눈길로 그녀를 훑었다.

"정말인 거지?"

스윽, 그의 손이 라이라의 이마 쪽으로 향했다. 그러자 라이라가 움찔거리며 저도 모르게 한 걸음 뒤로 물러났다. 그 모습에 고든은 손을 거두어들이고는 다시 입을 열었다.

"자, 그럼 잘까?"

그 질문에는 오늘도 같은 침대에서 자도 괜찮겠냐는 뜻도 포함되어 있었다. 섬에서보다 훨씬 더 좋은 짚더미 침대가 유혹하듯 흔들렸다.

동굴을 가득 메울 정도로 커다란 짚더미였다. 장정 네다섯 정도 너끈히 잘 수 있는 크기는 그녀에 대한 고든의 배려였다. 위기에서 구하기 위해 '내 여자'라 지칭했지만 그 굴레에 뛰어든 것은 바로 라이라였다.

그녀를 돕기로 한 만큼, 고든은 완벽을 추구했다. 그 누구의 의심도 사지 않기 위해 그날부터 고든은 라이라와 같은 동굴을 사용했다. 말뿐인 '내 여자'가 아닌 '진짜' 내 여자로 보이기 위해서였다.

그럼에도 불구하고 그는 예의를 잊지 않았다. 라이라가 조금이라도 어색해하는 기색을 보이면 곧바로 널따란 침대의 구석으로가 몸을 뉘었다. 난 너에게 손 하나 까딱하지 않겠다, 라는 의미를 담고 그녀를 향해 등을 보이며 잠들곤 했다.

"……네."

석 달. 그와 같은 동굴을 쓴 지 벌써 석 달이란 시간이 지나 있었다. 그동안 고든은 단 한순간도 음흉한 시선으로 그녀를 본 적이 없었다. 그래서 마음이 놓이는 한편, 어쩐지 씁쓸하기도 했다.

라이라는 추워서 정신이 하나도 없었다. 얼른 따뜻한 이불 속으로 들어가고 싶었다. 어서 몸을 녹이고 싶었다. 잠을 자고 싶었다. 눈앞이 가물거려 라이라는 비틀거리는 걸음을 억지로 바로 하며 짚더미 쪽으로 다가갔다.

풀썩 쓰러지다시피 짚더미 위로 누운 라이라는 이불을 끌어모아 덮었다. 점점 추워지기만 했다. 마치 온기가 하나도 없는 것처럼 몸이 덜덜 떨렸다. 하지만 그녀는 아무렇지도 않은 척했다. 고든의 날카로운 눈초리가 자신을 살피고 있다는 사실을 알아차렸기 때문이었다.

동굴 안쪽에서 몸을 불사르고 있는 모닥불이 힘차게 타올랐다.

"잘 자, 라일."

모닥불에 장작을 더 밀어 넣고 그 옆에 젖은 수건을 걸쳐 놓은 고든이 라이라에게 인사말을 건넸다. 이에 라이라는 애써 태연한 목소리로 답했다.

"안녕히 주무세요."

부스럭거리는 소리를 내며 두 사람은 각자 자리를 잡았다. 구석에서 구석으로, 최대한 멀찍이 떨어진 그들은 그렇게 잠을 청했다.

라이라를 위해 켜둔 횃불 덕에 동굴 안은 환했다. 그녀가 어두운 곳을 두려워한다는 사실을 알게 된 고든의 배려였다. 그녀가 당했던 일을 그녀의 입을 통해 들은 고든은 최대한 라이라를 배려하기 위해 노력했다.

쏴아아.

거세게 내리는 빗줄기는 흙바닥을 때리고 바위를 때리고 돌무더기를 때렸다. 비가 들려주는 온갖 소리가 한데 어우러져 동굴 안을 울렸다. 눈을 감고 가만히 그 소리에 귀 기울이던 고든이 이상한 낌새에 눈을 떴다.

"라일?"

고든은 멀찌감치 누워 있는 라이라에게 시선을 던졌다.

"으으."

낮은 신음을 토해내는 그녀에게 고든이 재빨리 다가갔다.

"라일?"

가까이 다가가 바라본 라이라의 상태는 별로 좋지 않은 것 같았다.

"라일, 왜 그래?"

으슬으슬 몸을 떠는 모습이 심상치 않아 보였다. 고든은 라이라의 곁에 바짝 다가갔다. 그리고 커다란 손을 라이라의 얼굴에 갖다 댔다.

"이런."

얼굴은 땀범벅인데 피부는 얼음장처럼 차가웠다. 분명 동굴 안은 따뜻하고 모닥불은 꺼지지 않은 상태였다.

"왜 이렇게 몸이 차갑지?"

아까 비를 맞은 탓이라면 함께 있었던 고든의 옷은 거의 다 마른 상태였다. 고든은 그녀의 옷깃을 만져 봤다. 비 때문인지 땀 때문인지 여전히 축축했다.

"라일, 일어나!"

고든이 라이라의 몸을 흔들었다. 하지만 그녀는 이미 정신을 잃은 듯 꼼짝도 하지 않았다.

"이런."

고든이 가볍게 혀를 찼다. 비 오듯 쏟아지는 땀, 차가운 몸, 해적 생활하면서 많이 봐왔던 증상이었다.

산속에는 의사가 없었다. 설령 찾는다 해도 이 깊은 숲속을 비가 퍼붓는 밤에 오는 일이란 쉽지 않을 터였다. 고든의 고민은 그리 길지 않았다. 이윽고 그의 손길이 바빠졌다. 라이라가 덮고 있는 이불을 들춘 그는 눈썹 하나 까딱하지 않은 채 그녀의 옷을 벗기기 시작했다.

땀으로 축 늘어진 겉옷을 모닥불 근처에 널어놓고 마른 수건을 집어 든 고든이 다시 라이라의 옆으로 돌아갔다. 여전히 그녀는 땀을 흘리면서 몸을 떨고 있었다. 그는 그녀의 몸을 닦기 시작했다. 축축한 기운을 없앤 후, 고든은 그대로 라이라의 이불 속으로 들어갔다.

"으으."

신음을 내며 떠는 모습이 안쓰러웠다. 조심스럽게 그녀의 몸을 끌어안으며 고든은 자신의 온기를 나누기 시작했다. 라이라가 정신을 잃었기에 망정이지 제정신이었다면 꿈도 꾸지 못할 일이었다. 아무리 고든이 그동안 남자에 대한 두려움을 없애기 위해 많은 스킨십을 유도했다 해도 이런 상황을 그녀가 받아들이기란 쉽지 않을 것이 분명했다.

고든은 끌어안은 라이라의 몸을 문지르기 시작했다. 조금이라도 더 빨리 열을 내기 위함이었다.

고든의 노력 덕분에 라이라의 몸에 조금씩 온기가 돌기 시작했다. 거칠었던 숨소리도 고요해지고 창백했던 얼굴에 붉은빛이 돌았다.

자신의 품 안에서 안정을 되찾은 라이라를 지그시 내려다보며 고든은 갈등했다.

'그냥 이대로 잘까?'

물론 그럴 수 없었다. 자신의 품에서 눈을 뜬 라이라가 어떤 반응을 보일지 대강 짐작이 갔다. 고든은 나직한 한숨을 쉰 뒤 잠든 그녀가 깨지 않도록 조심하며 이불 밖으로 나왔다.

"후우."

긴장 풀린 한숨이 고든의 입에서 새어 나왔다. 하지만 아직 마음을 놓기에는 일렀다. 라이라가 깨기 전에 옷을 입혀놔야 했다.

"어서 말라야 할 텐데."

아직은 축축한 그녀의 옷을 매만지며 고든이 중얼거렸다.

라이라가 눈을 떴을 때, 비는 완전히 그쳐 있었다. 그리고 어젯밤보다 몸도 한결 가벼웠다.

"아, 잠을 푹 자서 그런가 보네."

그렇게 그녀는 기분 좋은 아침을 맞이했다.

"일어나요, 고든."

항상 제시간에 일어나던 고든이 잠에 취해 정신을 차리지 못하는 것만 빼면 여느 때와 다름없는 날이었다.

"어, 라일."

라이라의 부름에 고든이 눈을 비비며 일어났다.

"몸은 좀 괜찮아졌어?"

그 말에 라이라가 웃어 보였다.

"네, 아주 가뿐해요."

"다행이군."

무뚝뚝하게 말하며 고든은 하루 일과를 시작하기 위해 몸을 움직였다.

밤새 내리던 빗줄기는 아침이 되어서야 약해졌다. 하지만 무리들은 동굴 밖을 나서지 않았다. 약해졌다고는 해도 빗물때문에 미끄러워진 바위 위에서 훈련하는 것은 위험했기 때문이다. 각자의 동굴 안에서 오랜만에 휴식을 취하며 시간을 보내는 사이, 수뇌부들은 유로스의 동굴에 모여 머리를 맞대며 회의에 들어갔다. 그들은 어제에 이어 전면전에 대한 이야기를 나누었다.

"그래도 대등하지 않을까?"

"대등이요?"

고든의 물음에 유로스가 비웃음으로 답했다.

"간신히 버틸 수는 있을지 모르지요."

"흐음."

"우선 수적으로 열세이지 않습니까."

"하지만 우리에겐."

고든이 히죽, 웃었다.

"막강한 전략가가 있지 않나."

유로스를 바라보는 그의 눈에는 무한한 신뢰가 담겨 있었다. 어차피 싸움이란 전략과 물품의 싸움.

"전략을 잘 짜라고, 전략가 양반."

그렇게 고든은 유로스에게 어마어마한 짐을 지워주었다.

"귀족들의 호응을 얻지 못하면 우리 힘으로 해치워야 하니까."

"그런데 그 귀족들 말입니다."

그렇지 않아도 길게 늘어진 다크서클 위로 그늘을 더하며 유로스가 무겁게 입을 열었다.

"우리에게 동조하지 않은 귀족들이 달시 황녀에게로 달려가면 어쩌지요?"

"흠."

유로스의 걱정에 고든은 그리 심각해하지 않았다.

"걱정 말게. 황녀에게 반발한 귀족들이 달시에게 갈 리 없을 테니. 직접 관여는 안 할지라도 지켜는 볼 테지."

고든의 눈이 자신만만하게 빛났다.

"알지 않나? 귀족이란 족속들."

본인도 귀족 중의 귀족이면서도 고든은 귀족들의 속성을 가감 없이 입 밖으로 내뱉었다.

"손해 보는 짓은 절대 하지 않지."

그의 입가에 미소가 번졌다.

"달시 쪽이든 내 쪽이든 지켜보다가 우세한 쪽 손을 들어줄 거야."

그 말에 여전히 근심을 얼굴에 드리운 채 유로스가 고개를 끄덕였다.

"그렇겠지요. 하지만 지금 현재로썬 확실히 달시 황녀 쪽 승이로군요."

"뭐."

고든이 어깨를 으쓱였다.

"길고 짧은 건 대봐야 아는 거니까. 또, 살다 보면."

그의 입꼬리가 부드럽게 올라갔다.

"변수라는 게 생기고 말이지."

그날 밤.

타닥, 타닥. 동굴 안은 횃불 타는 소리만이 존재했다.

어제와 달리 쌔근거리며 깊이 잠든 라이라 옆에서 고든은 좀처럼 잠에 들지 못했다. 부하들 앞에서는 호기로운 소리를 해댔지만 그는 유혈사태를 원치 않았다.

'손에 피를 묻히지 않는 방법은 없을까?'

고든의 머릿속에는 온통 그 생각뿐이었다. 그가 생각하는 최적의 방법은 말 그대로 소리 소문 없이, 조용히, 아무 일도 없던 것처럼 제자리를 되찾는 것.

그렇게 될 가능성은 희박했지만 고든은 그 희박한 가능성을 찾고 있었다.

"후우."

나직하게 한숨을 토해내며 고든이 지끈거리는 이마를 손가락으로 지그시 눌렀다. 그동안 크고 작은 전투를 치르면서 느낀 것은 이제 싸움이라면 진절머리가 난다는 것이었다. 다친 동료들을 지켜보는 것이 괴로웠다. 해적이었을 때야 말 그대로 먹고살기 위해, 생계형 전투였다지만 지금은 오로지 자신을 위한 싸움이지 않은가. 고든은 최대한 피해가 적은 방법을 모색해야 했다.

"귀족들만 잘 선동하면 가능할 것도 같은데."

나직한 중얼거림이 고요한 동굴 안에 울렸다. 흘깃, 고든의 검은 눈동자가 라이라에게로 향했다. 혹여 그녀가 깰세라 숨을 죽인 채 그녀를 지켜봤다. 꼼짝도 안 하고 잠든 모습을 살핀 후 그는 다시 자신만의 생각으로 빠져들었다.

달시의 폭정에 불만을 품은 귀족이 늘어난다는 비오네의 정보는 그런 고든의 바람에 불씨를 지핀 격이었다. 어차피 정치란, 최소한의 희생으로 최대한의 효율을 얻는 것이었다.

그는 현명하게 일을 마무리 짓고 싶었다. 현명함이란 지식보다는 경험에서 우러나오는 법. 그만큼 고든은 토르니의 현명함을 믿었다.

아무리 황제의 피를 이어받은 적통이라고는 해도 이제 이십대 중반인 자신을 귀족들이 믿고 의지하기란 쉽지 않을 터. 고든은 자신의 패기와 토르니의 신망을 토대로 대업을 이루고 싶었다.

'일단 토르니를 믿고 기다려야겠지.'

토르니 벤 두오반 후작은 확실히 믿을 수 있는 사람이었다. 혈육에게 배신당한 경험이 있는 고든에게 믿을 만한 인물은 겨우 손가락에 꼽을 정도였다. 태어난 순간부터 함께한 호위 기사 자크라, 어렸을 때부터 봐온 시녀장의 딸 비오네, 언제나 정의로움을 추구하는 친척 유로스, 그리고 토르니.

"으음."

그때 가느다란 신음과 함께 라이라가 몸을 뒤척였다. 그와 동시에 고든은 상념에서 벗어났다.

화륵, 횃불이 그림자를 드리우며 타올랐다.

이불이 그녀의 뒤척임에 바닥으로 미끄러졌다. 그 모습을 지켜보던 고든이 몸을 움직였다. 짚더미로 만든 침대가 자신의 움직임에 흔들릴까 봐 신경 쓰는 모양새였다. 라이라에게 가까이 다가간 그가 조심스런 동작으로 이불을 주워 다시 살짝 덮어주었다.

"흐음……."

문득 라이라의 몸이 떨렸다. 덩달아 고든은 얼음이 되었다.

이윽고 들려오는 고른 숨소리에 고든은 가만히 가슴을 쓸어내렸다.

'휴우.'

그가 다시 조심조심 몸을 움직여 자신이 누웠던 자리로 돌아왔다.

타닥타닥.

횃불 타는 소리와 라이라의 숨소리가 켜켜이 쌓이며 묘한 안정감을 만들어냈다. 그 소리를 들으며 고든의 눈동자가 천천히 움직였다. 잠든 그녀의 얼굴은 처음 만났을 때와는 많이 달라져 있었다. 뽀얗던 피부는 어느새 뜨거운 태양과 바닷바람에 의해 그을고 거칠어져 있었다.

그럼에도 라이라는 우아했다. 거친 남자들 속에서 남자인 척을 하며 살면서도 귀족으로서의 품위는 잊지 않았다. 여자이기 때문에 더 그런 것인지도 몰랐지만 그녀는 몸가짐이 조심스러웠다. 어쩌면 그것은 아픔을 간직한 탓인지도 몰랐다.

"다시 예전으로 돌아갈 수 있을까."

고든이 그리는 밑그림은 이랬다. 자신이 황위를 되찾은 후 라이라의 복수를 돕는다. 그리고 그 후 그녀의 루슬란 왕국행(行).

"본국으로 돌아가서도 괜찮을까 모르겠군."

비단 라이라의 앞날만이 아니었다. 고든은 해적 모두의 미래를 걱정하고 있었다. 다른 녀석들이야 신분의 해방이라든지 억울한 누명을 풀어준다든지 원한다면 돈으로 보상을 해줄 수 있으리라 생각했다. 하지만 그녀는 좀 달랐다.

만일 그녀가 복수에 성공한다 해도 루슬란 왕국 입장에서는 왕족을 능멸하는 죄가 될지 모른다. 왕국에 남아 있는 쌍둥이 왕자가 해코지를 할 수도 있었다. 어쨌든 라이라에게 돕겠다고 약속했으니 끝까지 도울 생각이었다. 그것은 같은 동료로서의 우정, 그리고.

'동정이겠지.'

이것이 고든이 정의 내린 라이라에 대한 자신의 감정이었다.

분명 그 이상도, 그 이하도 아니었다. 그 연약하기 짝이 없는 몸으로 투박한 해적 생활을 견디고 오로지 복수의 일념으로 하루하루를 버텨온 라이라의 강인한 정신력을 고든은 높이 샀다.

'우리 아샤도 그랬으면 좋았을 텐데.'

처음 시작은 단순했다. 동생인 아샤를 닮은 모습에 관심이 갔고 이 악물고 힘든 일을 해내는 모습에 대견하다는 생각을 했다. 여자라는 사실을 안 순간부터 챙겨주고 싶었고 그녀가 겪은 일을 듣고 복수를 꿈꾸는 걸 알았을 때 도와주고 싶었다. 단지 그것뿐이었다. 한 번 더 그녀에게 눈길을 던진 후 고든은 자리에 누웠다.

'그런데 내가 잘한 일인 걸까?'

라이라를 생각하면 자꾸 마음이 무거워졌다.

내 여자.

해적들과의 일촉즉발 상황에서 그녀를 구하기 위해 한 말이었지만 그 말이 주는 무게는 실로 엄청난 것이었다. 라이라의 복수를 돕고 그녀가 본국으로 돌아가는 것까지 생각을 해봤지만 이미 제 여자임이 다 알려진 상태에서 그녀가 잘 살 수 있을지 걱정이 됐다. 과연 다른 귀족 여자들처럼 남자를 만나 결혼을 하고 아이를 낳을 수 있을까, 고든은 침울했다.

'내가 왜 이런 데까지 신경을 쓰는 거지.'

딱 복수까지. 라이라가 원하는 복수까지 돕는 것이 자신이 도울 수 있는 한계선이었다.

'그 이후는 라일이 알아서 할 일이지.'

제국의 전(前) 황태자는 냉철했다.

'난 복수까지만 도우면 된다.'

고든은 자신의 생각을 곱씹었다. 어쭙잖은 감정에 휘둘릴 마음 따윈 없었다.

'그거면 돼.'

그의 눈빛이 깊어졌다. 더 이상은 관여하지 않을 작정이었다. 혈육에게 배신당한 남자는, 반복을 원치 않았다.

"달시."

고든의 입술이 달싹였다. 선한 얼굴 뒤에 감춰뒀던 발톱을 드러내던 동생 달시를 떠올리면 등골이 서늘해졌다.

"오빠는 그냥 푹 자면 되는 거야."

달콤한 속삭임이 귓가에 맴돌았다. 그것은 너무나 달콤해서 쓰게 느껴지기까지 했다. 고든은 애써 목소리를 잊기 위해 노력했다. 하지만 그 목소리는 귓가에 찰싹 달라붙어서 좀처럼 떨어지지 않았다.

"이 나라는 내게 맡겨두라고."

고든은 눈을 부릅떴다.

'네 뜻대로 내버려 두지 않아, 달시.'

동굴 안을 밝히던 불빛이 검은 눈동자에 부딪쳤다.

"문제는."

고든의 목소리가 더욱 깊어졌다.

"아샤가, 달시와 뜻을 같이했느냐, 라는 거지."

아샤와 달시가 손을 잡고 자신의 뒤를 쳤다고 믿고 싶지 않았다. 그러나 확실히 해야 할 부분이었다. 당시의 아샤는 분명 어렸지만 지금 현재, 그의 마음이 어떻게 변했을지는 아무도 모르는 일이었다. 고든은 아샤가 전과 같은 마음일지, 그것이 궁금했다.

"고든."

라이라의 목소리에 흉흉한 기운을 내뿜던 고든이 차분해졌다.

"어, 깼어?"

고든의 중얼거림에 잠이 깬 라이라는 그저 조용히 미소 지었다.

"나 때문에 깼나 보군."

그의 말에 라이라는 부드럽게 도리질했다.

"아니에요."

"더 자, 라일."

"고든."

"음?"

"어쩌다 보니 듣게 됐어요."

"……뭘?"

"당신 동생."

아샤의 언급에 고든의 표정이 깊어졌다. 고든과 같이 지내면서 라이라는 그가 동생들을 얼마나 아끼는지 알게 되었다. 여동생인 달시가 자신을 배신했다는 사실에 무척이나 괴로워하는 것도 알고 있었고, 아샤가 달시와 함께 모의를 한 건 아닐까, 하고 불안해한다는 것 또한 알고 있었다.

"지금의 황제는 분명 당신 편일 거예요."

그에게서 가끔씩 지난 이야기를 들을 때마다 아샤에 대한 애정이 듬뿍 묻어났던 것으로 짐작해 보건대 아샤 역시 고든을 잘 따랐으리라는 생각이 들었다.

"너무 걱정 말아요."

라이라의 위로에 고든은 가만히 입술을 깨물었다.

"응."

푸른 눈에 시선을 맞추며 그가 답했다.

"그래, 그럴게. 고마워."

이내 부스럭거리는 소리를 내며 두 사람은 다시 잠자리에 들었다.

❧

"어멋, 어떡해, 손톱 부러졌어!"

하이소프라노의 목소리가 크멕스 산맥 깊은 골짜기에 울려 퍼졌다.

"아야야야, 아파, 아프다고!"

징징거리는 바투 옆에서 테리가 난감한 표정을 짓고 서 있었다.

"아프다잖아!"

투덜대며 바투가 테리를 곱게 흘겼다. 그 모습은 마치 토라진 여인 같아 보였다.

"괜찮아 보이는데."

흘깃, 바투의 꼬옥 쥔 손을 살핀 테리가 무덤덤하게 입을 열었다.

"쳇, 무뚝뚝하긴."

구시렁대며 바투가 슬쩍 눈을 흘겼다.

고든을 따라 크멕스 산맥에 자리를 잡은 해적들은 열심히 군사 훈련을 받고 있었다. 해적 생활을 하던 때보다 더 힘들었지만 모두들 군말 없이 따랐다. 이는 미래에 대한 기대 때문이었다.

고든이 자신이 메르첼 제국의 사라진 황태자, 율리우스임을 밝혔을 때 당연히 반발이 있었다.

"그 말을 어떻게 믿나!"

자크라가 고든을 향해 '전하'라는 호칭을 사용했다고 그가 정말 황태자라는 사실을 믿을 수는 없었다. 누군가가 던진 의문은 삽시간에 해적들을 뒤덮었다.

"그래, 우리가 그 죽었다던 황태자 얼굴을 아는 것도 아니고!"

"그딴 식으로 하면 우리가 믿을 줄 알고?"

"사기 아냐, 사기?"

의심에 의혹이 더해갈 무렵, 고든이 결단을 내렸다.

"들어라!"

우렁찬 고든의 목소리가 섬 전체로 울려 퍼졌다.

"무조건 믿으라 하면 믿을 수 없겠지."

흔들리지 않는 그의 목소리에 해적들은 숨을 죽였다. 자신을 향한 불신의 시선에도 고든은 당당했다. 해적들을 둘러본 고든이 자신의 웃옷을 벗기 시작했다. 이윽고 드러난 그의 상체에 해적들의 시선이 쏠렸다.

"보아라!"

고든이 당당하게 외쳤다. 해적들은 지금까지 고든의 벗은 상체를 본 적이 없었다. 그는 다쳤을 때도 절대 상체 앞쪽을 보이지 않았다. 평소 그의 상처를 치료해 주던 바투도 그의 가슴 쪽으로 커다란 흉터가 있을 거라고 짐작만 했을 뿐이었다.

"엇?"

"저, 저건!"

앞쪽에 자리한 해적들 틈에서 경악의 목소리가 새어 나왔다. 해적 중에서 제일 나이 많은 맥버른이 부들부들 떨리는 손으로 고든의 가슴을 가리켰다.

"저, 저건! 저건 메르첼 황태자의 표식!"

맥버른의 손가락이 정확히 가리킨 곳은 고든의 심장 부근이었다.

메르첼 대제국 황태자의 심장 위에 일곱 개의 별이 새겨져 있다는 이야기는 하늘이 알고 땅이 알았다. 더군다나 그 일곱 개의 별이란 메르첼 제국의 수호성인 북두칠성 모양이었다. 그래서 율리우스 휴고 흔나리온 텐셔너가 메르첼의 성군이 되리라, 모두 기대를 했던 것이었다.

맥버른의 외침에 횃불을 든 해적들이 고든 가까이로 다가왔다. 활활 타오르는 횃불 아래, 일곱 개의 별이 선명하게 드러났다. 침묵이 섬을 휘감았다.

"저거, 정말일까?"

"가짜 아냐? 여기 우리 중에서 실제로 황태자의 별을 본 사람이 있어?"

작은 속삭임은 덤불처럼 커져 나갔다. 웅성거림이 커질수록 고든의 눈은 점점 더 깊어졌다. 어차피 자신의 말을 있는 그대로 믿으리라고는 생각지 않았다. 그래서 고든은 잠자코 해적들을 지켜보다 자크라에게 눈짓했다.

차캉.

고요한 가운데 검을 빼 드는 날카로운 쇳소리가 울렸다. 그것을 시작으로 해적단 속에 있던 고든의 편이 모두 무기를 빼 들고 해적들을 겨눴다. 순식간에 해적들은 포위되고 말았다. 제이슨과 몇몇이 반발하기도 했으나 눈 깜짝할 사이에 그들은 제압당하고 말았다.

"믿느냐 안 믿느냐는 자기 마음이지."

고든의 조용한 말소리가 해적들의 머리 위로 묵직하게 내려앉았다. 대항할 수 없는 상황에 해적들은 포기한 채 고든의 휘하로

들어갔다. 물론 모두가 그런 것은 아니었다. 끝까지 고든의 길에 함께하기를 바라지 않은 해적들은 현재 산맥의 가장 깊은 동굴 안에 갇혀 있었다. 그들이 아무리 비밀을 지킨다 맹세한다 해도 죽었다던 메르첼의 황태자가 살아 있다는 사실을 알고 있는 것만으로도 고든은 신중해야 했다.

✤

"난 손톱이 느리게 자란단 말이야."

바투의 투덜거림에 테리는 쓰게 웃었다. 라이라에게 흑심을 품었던 바투는 이제 예전의 그로 돌아갔다. 라이라와 고든을 향한 관심은 딱 끊은 채, 제이슨의 사랑을 받는 그 바투로.

"자, 다시 시작할까?"

탁.

테리의 목검이 바투를 향했다.

"하여튼 자기는 너무 멋이 없어."

퉁명스럽게 말하며 바투 역시 목검을 고쳐 쥐었다. 그러자 순식간에 바투의 눈빛이 달라졌다. 평소에는 제 몸단장에 열중하며 예쁘게 웃기만 하는 바투였지만 검을 다룰 때는 기세가 날카로웠다.

"타앗!"

딱, 딱. 목검이 서로 부딪치는 소리가 하늘 높이 솟아올랐다. 테리와 바투, 두 사람은 그렇게 아침 훈련에 임했다.

"후아, 후아."

격렬한 훈련 뒤에 찾아오는 휴식은 달콤했다. 바닥에 널브러진 채 숨을 몰아쉬는 바투의 머리 위로 차가운 물방울이 떨어졌다.

"어?"

차가운 기운에 눈을 뜬 바투의 얼굴이 환해졌다.

"제이슨!"

"자, 시원한 물이야."

유로스가 크멕스 산맥을 본거지로 잡은 이유 중 하나는 산맥을 가로지르는 커다란 물줄기 때문이었다. 수많은 사람들이 한곳에 모여 생활하니 물은 필수였다.

"우와, 고마워!"

벌떡 일어난 바투가 제이슨이 건넨 물주머니를 받아 들고는 벌컥벌컥 마셨다.

"아, 시원하다!"

목을 축인 바투가 테리에게 물주머니를 건넸다. 가볍게 숨을 몰아쉬며 테리 역시 물을 들이켰다.

"만일 고든이 다시 황태자가 되면."

잠시 짬이 날 때면, 언제나 미래에 대해 상상을 하는 것이 해적들의 유일한 낙이었다.

"난 더 이상 이렇게 살지 않겠어."

고든은 해적 모두에게 원하는 것을 하나씩 들어준다고 약속했다. 바투는 눈을 빛내며 입을 열었다.

"난 편하게 살 거야."

그것은 간절한 진심이었다.

"명예고 지위고 다 필요 없어. 난 돈이 필요해."

산전수전 다 겪은 바투에게 세상 최고의 것은 바로 돈이었다. 돈이 없어서 태어나자마자 부모에 의해 팔린 자신이 아니던가.

"죽을 때까지 써도 줄지 않을 정도의 돈을 달라고 할 거야."

야무지게 말하며 바투는 주먹까지 불끈 쥐었다.

"제이슨은 어때?"

벌써 크멕스 산맥에 들어온 지 삼 개월 째지만 훈련 등으로 정신없던 나날이었기에 동굴에 들어가면 잠에 곯아떨어지기 일쑤였다. 그래서 아직 한 번도 이런 대화를 나눈 적이 없었던 바투와 제이슨이었다.

"난."

제이슨은 무뚝뚝하게 말했다.

"바투만 있으면 돼."

"어머, 자기도 차암."

애교 섞인 콧소리와 함께 바투는 앙증맞은 주먹으로 우락부락한 제이슨의 팔을 쳤다. 제이슨 역시 진심이었다. 바투가 자신만으로 만족할 수 없는 사람이라는 사실을, 제이슨은 이제야 알았다. 바투는 자신처럼 남자만 고집하지 않고 여자도 취해야 하는 사람임을 잘 인지하고 있었다.

제이슨의 꿈은, 그저 바투와 인생을 같이하는 것이었다. 바투가 자신 외의 다른 사람을 사랑해도 그것을 인정하며 살고 싶었다. 그냥, 바투만 옆에 있으면 되었다.

"아무튼 고든이 메르첼의 황태자 자리로 돌아가면, 라일은 어떻게 되는 걸까?"

바투가 부러운 듯 양손을 꼭 맞잡았다.

"메르첼 대제국의 황비가 되는 거겠지? 어쩌면 황후가 될지도 몰라!"

그 말은 비수가 되어 테리의 심장에 꽂혔다.

"아, 멋있겠다! 두 사람, 은근 잘 어울리잖아?"

바투는 두 손을 맞잡은 채 좋알거렸다.

"사이도 좋은 것 같고, 동굴도 같이 쓰고."

다분히 질투가 배어 있는 그 말에 제이슨이 그의 옆에 털썩 앉더니 바투를 뒤에서 껴안았다.

"우리도 같이 쓰고 있잖아, 동굴."

"아흥, 자기도 차암."

두 사람의 애정행각에도 테리는 눈 하나 꿈쩍하지 않았다. 바투의 말이 계속 머릿속에 맴돌았다.

"메르첼 대제국의 황비가 되는 거겠지? 어쩌면 황후가 될지도 몰라!"

"눈속임이야, 테리."

분명 라이라는 그렇게 말했다.

"고든이 나더러 자기 여자라고 한 건, 날 구하기 위해서였어."

고든과 라이라의 독대 후, 라이라는 테리에게 진실을 얘기해 주었다.

"그래서 나, 당분간 고든의 여자가 되려고 해."

눈이 튀어나올 정도로 놀라는 테리에게 라이라는 가만히 웃어 보였다.

"말 그대로 당분간이야. 그냥, 겉으로만 그러는 거라고."

라이라는 얼굴에 비장함을 드리웠다.

"내가 메르첼로 가는 이유, 테리는 알고 있지?"

뻐근해지는 심장에 테리는 그저 조용히 고개를 끄덕였다.

"복수할 거야, 테리. 난 고든의 도움을 받아야만 해."

만일 고든이 아니었으면 라이라와 테리는 제국에 가서도 엄청난 고생을 했을 것이 분명했다. 복수는 고사하고 체이셔를 만날 수 있을지도 미지수였다. 고든의 황위 찬탈을 도우면 복수의 기회가 올 것이다, 그녀는 그렇게 믿었다.

테리는 고민에 휩싸였다. 고든의 존재는 생각지도 못한 변수였다. 우연히 만난 해적단의 두목이 죽었다던 제국의 황태자일 줄이야. 테리는 지금 이 순간이 라이라의 마음을 돌릴 수 있는 마지막 기회임을 본능적으로 알 수 있었다.

"아가씨."

"응."

테리는 빛나는 라이라의 눈을 들여다봤다.

"여기까지 아가씨와 함께 왔지만 전 찬성할 수 없습니다."

"……뭐?"

"어머니가 아가씨를 잘 돌보라는 말씀을 남기셨습니다. 전 그 말씀을 지키고 싶습니다."

그는 말을 멈추고 라이라의 얼굴을 살폈다. 그녀의 얼굴은 딱딱하게 굳어 있었다.

"솔직히 말씀드리자면."

테리는 용기를 내기로 했다.

"루슬란 왕국도, 메르첼 제국도 아닌 다른 나라에서 아가씨와 살고 싶다는 생각을 했습니다."

자신의 속내를 털어놓은 테리는 긴장한 표정으로 라이라를 바라보다가 곧이어 다시 입을 열었다.

"아가씨와, 평범하게 살고 싶습니다. 아가씨를 행복하게 해드릴 자신도 있습니다."

라이라의 푸른 눈에 충격이 깃들었다. 테리의 마음에 놀란 그녀는 말을 제대로 잇지 못했다. 하지만 그녀는 지금은 피할 상황이 아니라는 사실을 어렴풋이 깨닫고 있었다.

"테리."

라이라는 나오지 않는 목소리를 쥐어짜 냈다.

"난 한 번도 그런 생각을 해본 적 없어."

그녀는 테리의 마음이 다칠 것을 알면서도 어쩔 수 없다고 생각했다.

"테리."

라이라가 가만히 테리의 이름을 불렀다.

"나, 복수해야 해. 아버지…… 그리고."

그것은 완곡한 거절이었다. 라이라는 잠시 말을 끊었다.

"젬마의 복수도."

그 단호한 말에 테리는 더 이상 라이라를 말릴 수 없음을 깨달았다.

❖

"테리는 어때?"

잠자코 두 사람의 대화를 듣고 있던 테리에게 질문이 날아들었다.

"라일이 황후가 되면 테리는 호위 기사가 되려나?"

은근한 눈으로 묻는 바투에게 테리는 아무 말도 할 수 없었다.

"글쎄……."

테리의 입장에선 일이 상당히 많이 꼬인 것이나 마찬가지였다. 라이라의 뜻에 따라 바다를 건너면서도 그녀와 자신이 체이서 왕자를 만날 확률은 제로에 가깝다고 생각했었다. 그래서 일단은 라이라의 기분을 맞추다가 제국이 아닌 다른 곳에서 그녀와 정착해 살 거라 생각했다. 그것이 테리가 세운 자신의 미래였다. 귀족이 아닌 라이라를 오롯이 책임질 수 있는 사람은 자신밖에 없다고 생각했다. 그런데 고든이 모든 계획을 다 망쳐 버렸다.

"흠, 뭐 황궁엔 대단한 기사들이 많을 테니까 호위 기사 자리는 다른 사람에게 양보하라고."

바투가 툭툭, 테리의 어깨를 쳤다. 자신이 한 말이 테리를 얼마나 괴롭게 만드는지 알지 못한 그는 계속 입을 놀렸다.

"아니면 귀족 자리 하나 달라 해."

그렇지 않아도 다수의 해적이 귀족 자리를 원하고 있다는 사실을 알고 있기에 바투가 슬쩍 운을 뗐다.

"그냥 귀족만 하지 말고 멋진 귀족 한번 해봐, 잘 어울릴 것 같아."

바투가 살갑게 웃으며 말했다. 순간 바투의 마음이 흔들리는 것이 아닌가 불안한 제이슨이 표정 변화 없이 그를 안은 팔에 힘을 꽉 줬다.

"아니면 테리도 돈 달라 해, 돈. 돈이 최고라니까? 돈 많으면 여자들이 따른다니까?"

엄청난 비밀이라도 털어놓는 듯 바투의 목소리가 한층 작아졌다.

"자고로 돈 싫어하는 여자 없다고."

쏴아아, 시원한 바람이 세 사람의 머리 위를 훑고 지나갔다.

"저기……."

가느다란 목소리가 바람에 실려온 건 그때였다.

"식사 시간 다 됐는데……."

수줍음 가득한 목소리에 바투가 뒤를 돌아봤다.

"아, 리즈!"

작은 소녀가 발그스름한 볼을 한 채 세 남자를 보고 있었다.

"벌써 밥시간이 다 됐나."

제이슨이 중얼거리며 육중한 몸을 일으켰다.

"하아, 그러게."

바투도 제이슨을 따라 일어섰다.

"시간 참 빨리도 간다."

교태 부리며 바투가 제이슨의 두툼한 팔을 양팔로 껴안았다. 이 모습에 리즈는 슬쩍 눈을 옆으로 돌렸다.

"아유, 우리 리즈는 참 순진도 해."

귀엽다는 듯 바투가 싱긋 웃었다.

"이제 익숙해질 때도 되지 않았니? 하긴, 아직 어리니까 힘들 긴 하겠다."

그리곤 보란 듯이 바투는 한껏 발뒤꿈치를 들어 제이슨의 볼에 쪽 하고 입을 맞췄다. 이에 리즈의 얼굴은 더더욱 붉어지고 말았다.

"꺄하하!"

리즈의 순진한 반응에 바투는 더욱 그녀를 놀리고 싶었다.

"그만해, 바투."

테리가 말리지 않았다면 더한 행동도 했을 터였다.

"칫."

테리의 만류에 뾰로통한 표정을 지어 보이곤 바투는 제이슨을 끌고 식사 장소로 내려갔다.

"가자."

자리에서 일어선 테리가 리즈에게 말을 걸었다.

"……네."

뒤돌아선 테리의 등을 보며 리즈는 다시 수줍게 웃었다.

리즈가 이 크멕스 산맥에 들어온 건 대략 두어 달 전이었다. 리즈는 라일과 만난 후로 그가 제게 한 말이 옳다고 생각해 접대부 일을 하지 않기로 마음을 바꿨다. 라일이 한 말처럼, 리즈는 미래의 사랑하는 남자에게 온전히 자신을 주고 싶었다. 자신의 몸을 소중히 하고 싶었다. 그리고 가능하다면, 라일을 다시 만나고 싶었다.

주방 일을 하고 싶다는 리즈의 말에 흔쾌히 그러라 했던 비오네는 어느 날, 그녀에게 크멕스 산맥 행(行)을 권했다. 그렇게 리즈는 고든 일행과 한배를 타게 된 것이었다.

"이야, 또 감자 스튜네? 신난다!"

"입에서 감자 냄새가 나겠어!"

떠들썩한 식사가 시작되었다. 말은 거칠지만 전직 해적들은 꽤나 유쾌했다.

"그래도 아침에 먹었던 것보단 조금 진하다, 응?"

"그래, 그래, 아주 진한 감자 맛이야."

여기저기서 투덜거리는 사람들이 많았지만 이상하게 그들의 투정은 그냥 투정처럼 들리지만은 않았다. 그래서 리즈는 괜히 미안한 마음이 들었다. 하지만 부족한 식량은 리즈가 어찌지 못하는 문제였다.

비오네가 리즈와 다른 여자들을 데려온 건 식사 문제를 해결하기 위해서였다. 이제는 사라진 웃는 해적단의 단원들과 유로스가 데리고 있던 사병들은 돌아가며 식사 당번을 했는데 그들로서는 이 많은 사람들의 식사를 챙기는 게 힘들었던 것이다.

그래서 고심하던 유로스와 비오네가 머리를 맞대고 내린 결론은 '여자들을 데려오자'였다. 아무래도 남자들보단 그들이 음식을 더 잘 만들 것이고, 또 그들이 식사 준비를 맡아주면 남자들이 훈련에 더 열중할 수 있으리란 생각에서 내린 판단이었다.

유로스는 병사들의 아내 중 지원자를 받았고, 비오네는 같이 일하는 아가씨 중에서 믿을 만한 사람을 뽑아 크멕스 산맥으로 데려왔다.

전(前) 해적단을 포함, 천여 명이 넘는 고든의 병사들은 각각 오십 명씩 조를 짰다. 한 조마다 여자들 두 명이 도맡아 살림을 꾸렸다. 그들 덕에 보다 맛있는 음식을 먹게 된 병사들은 훈련에 집중할 수 있게 되었다.

"리즈, 스튜 좀 더 줘."

"네."

"나도."

"네."

리즈는 정신없이 바빴다. 말이 오십 명이지 매일 같이 훈련을 하는 그들이 먹는 양은 어마어마해서 족히 백인 분은 되는 것 같았다.

전직 해적들 대부분은 덩치가 커다랗고 다혈질이었다. 개중에는 순박한 이들도 있었지만 대부분 성질이 괄괄했다. 그런데 놀랍게도 그들은 접시 나르는 것을 도와주거나 자신이 먹은 밥그릇을 개울에 갖다 주는 매너도 발휘했다. 가끔씩 설거지를 도와주기도 했다. 그래서 리즈는 유로스가 거느린 사병들보다 전직 해적들을 더 좋아했다. 그리고 리즈가 그들을 더 좋아하는 데는 한 가지 이유가 더 있었다.

"우리 것도 좀 남았나?"

묵직한 목소리에 리즈가 뒤를 돌아봤다. 곧이어 리즈의 얼굴이 환해졌다.

"네, 남아 있어요."

그리곤 리즈는 서둘러 두 개의 그릇에 감자 스튜를 퍼 담았다.

"여기."

리즈는 공손히 스튜 그릇을 내밀었다.

"리즈 먹을 건데 우리 주는 거 아냐?"

상냥한 목소리에 리즈는 휘휘 고개를 저었다.

"아뇨, 제 건 있어요."

리즈의 시선이 나란히 자리 잡고 앉은 두 사람에게 향했다. 그들은 바로 라이라와 고든이었다.

처음 크멕스 산맥에 들어와서 라이라를 봤을 때, 리즈는 경악했다. 마음의 연인이라 점찍은 사내가 사실은 여자라니, 그것도 해적 두목의 여자라니 엄청난 충격이었다.

"미안해, 리즈. 그때는 어쩔 수 없었어."

라이라의 진정성 있는 사과와 왜 그럴 수밖에 없었는지 대강의 이야기를 듣고 나서도 리즈는 마음 깊이 품었던 라이라에 대한 연정을 놓지 않았다. 혈육 하나 없는 리즈에게 비오네와 라이라는 이제 언니나 다름없었다. 한 사람은 어렸을 때 거둬준 사람이요, 한 사람은 자신을 진실하게 대해준 사람. 리즈는 그저 비오네가, 라이라가 좋았다.

"뜨거워, 조심히 먹어."

"네."

거기다 사이좋아 보이는 라이라와 고든은 이제 막 사춘기를 맞이한 리즈에게 풋풋한 환상을 심어주기에 충분했다. 식사 시간뿐만이 아니었다. 라이라와 고든은 항상 같이 움직였다. 뭘 해도 항상 함께였고, 어딜 가도 항상 함께 갔다. 그것이 리즈의 눈에는 참 좋게 보였다. 훤칠한 외모의 해적 두목과 아름다운 귀족 아가씨의 사랑은 리즈에게 그저 예쁘고 낭만적으로만 보였다.

라이라가 여자임을 알게 되고, 또 그녀에게 멋진 연인이 있다는 것을 알게 된 사춘기 소녀의 마음은 자연스레 그들과 가장 가까이에 있는, 또 자주 마주치는 테리에게 향하게 되었다.

우락부락한 해적들 사이에서 테리는 단연 돋보였다. 해적들에게 검술을 가르쳐 주는 그는 늠름했다. 해적 두목과 귀족 아가씨의 결합으로 사랑에 대해 환상을 품게 된 리즈는, 라이라가 고든의 곁에 있는 것처럼 테리의 곁에 서고 싶었다.

서로를 챙기며 식사를 하는 라이라와 고든을 흐뭇하게 바라보던 리즈의 갈색 눈동자가 조용히 움직였다. 한쪽에서 묵묵히 스튜를 먹고 있는 테리의 모습이 리즈의 시야에 들어왔다. 리즈는 냄비 바닥에 깔린 스튜를 박박 긁어 그릇에 담은 후 테리 곁으로 다가갔다.

"맛있게 드세요."

간신히 말을 내뱉은 리즈는 주춤거리며 테리의 옆에 앉아 스튜를 먹기 시작했다.

"리즈도 맛있게 먹어."

무뚝뚝한 말이었지만 리즈는 하늘을 날 것처럼 기뻤다. 테리는 자신의 말에 리즈의 눈이 반짝이는 것을 봤다. 그는 스튜 그릇으로 시선을 떨어뜨렸다가 다시 고개를 들어 라이라와 고든을 바라봤다.

그 누가 보더라도 잘 어울리는 한 쌍이었다. 라이라는 연극이라고 말했지만 누가 보더라도 고든은 라이라를 자신의 여자로 대했다. 그의 눈 속에 담긴 따뜻함은 오롯이 라이라를 위한 것이었다.

라이라가 태어난 순간부터 그녀와 함께 시간을 보낸 테리는 알 수 있었다. 어느새 라이라의 눈 속에도 고든이 자리하고 있음을.

그것은 불가항력과도 같았다. 평생을 걸쳐 사랑한 그녀의 마음이 이미 다른 남자에게로 향하는 것을 막을 수는 없었다. 테리는 라이라를 지켜주고 싶었다. 소중히 하고 싶었다. 그는 그녀에게 아픔을 주고 싶지 않았다. 자신의 성급한 고백에 라이라가 미안해하는 것을 보았던 테리는 자신의 마음을 꾹꾹 누르기로 했다.

"저기."

묵묵히 스튜를 먹던 테리는 옆에서 들려오는 작은 목소리에 시선을 던졌다.

"더 드세요."

자신의 그릇에 담긴 스튜를 테리의 그릇에 넘겨주며 리즈가 수줍게 웃었다. 테리는 그녀의 눈에서 자신이 라이라를 바라보던 눈빛을 읽어내렸다.

14 장
라이라의 정치

고든에게 호언장담했어도 두오반 후작은 고민이 많았다. 누가 아군이고 누가 적군인지 알아내는 것이 급선무였다.

'가장 가까운 사람부터 공략해야겠지.'

토르니는 노련한 정치가였다. 비록 세월이 많이 흘렀다고는 하나 대제국의 개국공신인 그의 감각은 여전했다.

"어서 오십시오."

은밀히 사람을 보내 고든을 집으로 오게 한 토르니가 로브를 뒤집어쓴 고든과 라이라를 반갑게 맞이했다.

"이제 곧 제 사위, 라미 공작이 올 겁니다."

토르니는 제일 먼저, 집안사람들을 공략할 생각이었다. 사위인 라미 공작은 제국에서 가장 영향력 있는 사람 중의 한 명이므로 그의 의중이 궁금했다.

"송구스럽지만 이 뒤에서 지켜봐 주십시오."

토르니가 고든과 라이라를 이끈 곳은 토르니의 자택 깊숙한 내실에 숨겨진 비밀 공간이었다.

"여기서 제 사위를 회유할 것입니다."

고든은 그의 말뜻을 알아차렸다.

"알았소."

밀실 안에서는 몰래 바깥을 살필 수 있게 되어 있었다. 고든과 라이라가 밀실 안쪽으로 들어서자 토르니는 의자에 앉아 사위가 오기를 기다렸다.

똑똑.

노크 소리가 난 뒤 문이 열렸다.

"공작님 오셨습니다."

집사의 말에 토르니는 몸을 일으켰다.

"어서 오시게."

방으로 들어선 라미 공작은 장인에게 인사를 올렸다.

"부르셨습니까, 아버님."

"일단 앉지."

"네."

라미 공작이 자리에 앉자 토르니는 차를 권했다.

"이번에 새로 들어온 차라네. 향이 좋더군."

"네, 감사합니다."

두 사람은 말없이 차를 마셨다. 차가 잔에 반쯤 남았을 무렵, 라미 공작이 입을 열었다.

"무슨 일이라도 생긴 겁니까, 아버님?"

토르니는 자신의 사위를 건너다봤다. 매처럼 날카로운 눈을 빛내고 있는 라미 공작은 자신감으로 똘똘 뭉친 사내였다. 그는 본래 전 라미 공작의 삼남으로, 원래대로라면 공작이 될 수 없는 자였다. 하지만 사리분별에 밝아 일찍이 정·재계 인사들과 교류하여 그들을 자신의 편으로 만들었고 그 결과 장남을 제치고 공작가의 후계자 자리를 거머쥐었다. 지금은 재상이 된 그는 이제 황제의 장인 자리를 넘보고 있었다.

"달시 황녀의 행태가 너무한다 싶어서 말일세."

토르니는 슬쩍 사위를 떠보았다.

"자네 생각은 어떤가? 별궁도 그렇고 이번 호수 공사도 그렇고 너무 안하무인이라 생각하지 않나?"

당시 토르니가 호수 공사에 대해 반발했을 때 그 자리에 같이 있었던 라미 공작은 그저 사태를 관망했을 뿐이었다.

"달시 황녀의 고집은 그 누구도 꺾을 수 없지 않습니까."

한 걸음 물러선 라미 공작의 대답에 토르니는 눈을 깜빡였다.

"아무리 그래도 대신들이 힘을 모아 옳은 소리를 하면 들으실 테지."

그 말에도 라미 공작은 눈 하나 깜짝하지 않았다.

허드슨 트레블 라미.

그는 야욕 많은 사나이였다. 허울뿐인 황제, 아샤의 황비로 내정되어 있는 캠벨을 위해서라도 일단 지금은 지켜봐야 한다는 것이 그의 판단이었다. 섭정인 달시가 캠벨을 탐탁지 않게 여긴다는 사실을 알고 있는 터라 조심해야 했다. 만에 하나 수틀리게 되면 황제의 장인이 된다는 꿈은 아예 날아가 버릴지도 모를 일이었다.

"아버님."

허드슨은 자신의 야욕을 숨기지 않았다. 더군다나 토르니는 자신의 장인이 아니던가.

"캠벨이 황비의 자리에 오르기 전까지 지켜보기로 했습니다."

공작은 이미 계산이 끝난 상태였다. 괜히 들쑤셔서 일을 그르칠 필요는 없었다.

"이제 얼마 안 있으면 황제 폐하의 성인식이 치러질 터. 그때 제 딸 캠벨이 황비로 간택되면 달시 황녀는 섭정 자리를 내놓아야 할 테지요."

다시 말해, 본인이 외척이 되어 달시를 지금의 자리에서 끌어내리겠다는 뜻이었다.

"그러니 아버님."

공작이 진지한 눈으로 토르니를 바라봤다.

"조금만 참아주시면 안 되겠습니까?"

"무얼 말인가?"

그의 뜻이 짐작되었지만 토르니는 부러 모른 척했다.

"일단은 달시 황녀의 뜻에 반발하지 않으셨으면 합니다."

허드슨의 말에 토르니는 진중한 얼굴이 되었다.

"정말로 캠벨이 황제 폐하의 황비가 될 거라 생각하는가?"

야심 가득한 공작의 얼굴에 의미심장한 미소가 피어올랐다.

"되게 만들어야지요. 황비는 물론 황후도 가능합니다."

자신감으로 가득한 목소리는 그가 얼마나 이 일에 매달려 왔는지를 가늠케 했다. 토르니는 이 패기만만하고 열정 가득한 정치가를 주시했다. 지금까지 누구에게도 져본 적이 없는 인물을.

"우리 캠벨, 아버님도 아시다시피 똑똑하고 영민한 아입니다.

나이보다 어른스러워 사람 마음도 곧잘 꿰뚫지요."

허드슨의 목소리는 자식에 대한 자부심으로 가득했다.

"솔직히 귀족 영애들 중에서 우리 캠벨만 한 아이는 없지 않습니까?"

자만심 가득한 목소리는 그의 치기 어린 성격을 고스란히 드러냈다.

밀실 안에서 그들의 대화를 듣고 있던 라이라의 호흡이 착 가라앉았다. 하지만 그녀의 심장은 세차게 뛰어대고 있었다. 토르니와 라미 공작의 대화에 귀를 기울이는 고든의 숨소리가 너무 가까이에서 들리는 탓이었다.

밀실 안은 상당히 좁았다. 말 그대로 비밀 공간이어서 두 사람이 서 있는 것만으로도 충분히 꽉 찰 정도였다. 그런 데다 두 사람의 대화를 듣기 위해 한쪽에 몰려 서 있다 보니 몸이 자꾸 부딪칠 수밖에 없었다.

고든이 라이라 쪽으로 몸을 기울였다. 한껏 낮아진 두 사람의 목소리를 자세히 듣기 위해서였다. 그 바람에 라이라는 숨조차 쉬기 어려운 상태가 되고 말았다.

고든의 숨소리가 고스란히 느껴졌다. 그의 뜨거운 체온도 모두 가까이에서 느껴졌다. 라이라는 숨 쉬는 것이 어려워졌다. 심장이 두근거리고 얼굴이 달아올랐다. 그것은 밀실 안이 어두워서 그런 것일지도 몰랐다.

"쉿."

호흡을 힘들어하는 그녀의 입술에 고든의 손가락이 세심하게 와 닿았다.

"라일, 제발 진정해줘."

고든이 나직이 속삭였다. 라이라는 고든의 말을 들어주고 싶었다. 지금 상황이 어떤 상황인가. 제국의 유력 인사 중 한 명인 라미 공작의 마음을 읽어보는 상황이 아니던가. 라이라는 침착하게 숨을 가다듬으려 했다. 하지만 그녀의 몸은 그녀를 배신했다. 갑자기 찾아온 호흡곤란에 라이라의 눈이 크게 뜨였다. 공기를 빨아들이려 해도 그럴 수 없었다. 심상치 않은 그녀의 표정에서 곤란함을 읽어내린 고든이 손을 뻗었다. 소리도 내지 못하는 라이라를 본 고든이 서둘러 몸을 움직였다.

고든은 라이라의 양 볼을 살포시 붙잡고 숨을 불어넣었다. 고든이 입을 맞춰오자 라이라는 죽을 듯이 놀라고 말았다. 하지만 곧바로 입을 통해 들어오는 공기로 그가 자신에게 무엇을 하는지 알아차릴 수 있었다.

온몸이 딱딱하게 굳어갔다. 거부해야 하는데 그럴 수도 없었다. 어떤 소리도 내선 안 되는 상황이라는 것을 알기에 라이라는 어쩔 수 없이 고든의 숨을 고스란히 받아들여야 했다.

천천히, 호흡이 돌아왔다. 라이라의 입술에서 자신의 입을 떼어낸 고든은 가만히 그녀를 바라봤다. 눈에 떠오른 당혹감이 안쓰러웠다. 가늘게 떨리는 여린 몸이 가여웠다. 겁에 질린 라이라를 놓아주며 고든은 살며시 그녀의 손을 잡았다.

다시 얼어버린 그녀를 안아주고 싶었지만 고든은 참았다. 그렇게 했다간 라이라가 완전히 기절할지도 모른다는 생각이 들어서였다. 라이라가 더 이상 흥분하지 않도록 가만히 그녀를 토닥인 고든이 눈짓을 보냈다.

고든의 눈에서 진정하라는 의미를 읽어낸 라이라는 몸과 정신을 추스렸다. 들통이 나면 안 된다, 그렇게 되면 지금까지의 모든 일이 다 수포로 돌아가리라, 그렇게 생각하니 정신이 번쩍 났다.

가만히 숨을 가다듬은 라이라는 고든을 향해 괜찮다는 듯 고개를 끄덕여 보였다. 라이라의 고갯짓에 고든은 다시 방 안의 대화에 귀를 기울였다.

"그러고 보니 요새 통 캠벨이 오지 않는군."

"아, 황비가 되기 위해 나름 노력을 하고 있더군요. 조만간 보내겠습니다."

"그래, 고맙네."

그 뒤로도 일상적이면서도 팽팽한 대화가 장인과 사위 사이를 오갔다.

"전하."

라미 공작이 작별 인사를 건네고 떠난 뒤, 토르니가 밀실 문을 열었다.

"고생하셨습니다."

"아니, 괜찮아."

어둡고 더웠던 공간을 벗어나며 고든이 긴 다리로 성큼성큼 방의 중앙으로 다가갔다.

"라일은 어때?"

고든이 라이라를 돌아봤다. 그녀는 창백한 얼굴로 비틀거리고 있었다.

"라일, 괜찮아?"

"……네."

라이라는 괜찮다고 했지만 고든은 그녀의 무릎 아래로 손을 집어넣어 그대로 안아 들었다.

"앗!"

놀란 라이라가 외마디 비명을 질렀지만 고든은 개의치 않고 그대로 그녀를 안은 채 기다란 소파로 다가가 한쪽 무릎을 꿇고 그녀를 조심스럽게 내려놓았다.

"저, 정말 괜찮은데……."

말 그대로였다. 많이 놀랐고 또 아직도 다리가 후들거리기는 했지만 그래도 정신을 놓지는 않았다. 그나마 이 정도인 것은 다 고든 덕이었다. 한 공간에서 지내며 그녀가 혹시나 두려워할까, 겁에 질리지는 않을까 노심초사하며 살핀 덕이었다. 그가 왜 그럴 수밖에 없었는지 그의 의도를 잘 알기에 라이라는 두려움을 내리누를 수 있었다.

"좀 쉬도록 해."

다정하게 말하며 라이라의 이마에 맺힌 땀을 닦아낸 고든이 잠시 그녀를 바라보다 꿇었던 무릎을 펴고 일어섰다.

"토르니."

라이라에게 보여줬던 다정함은 오간 데 없이 고든에게서 싸늘한 기운이 풍겨 나왔다. 묘한 눈으로 두 사람을 바라보던 토르니는 자신을 향한 전(前) 황태자의 부름에 얼굴빛을 바로 했다.

"라미 공작의 영애가 확실하게 아샤의 비(妃)로 내정되었나?"

제국 전체를 뒤덮은 소문을 고든도 들었다. 하지만 소문을 완전히 믿을 수는 없는 법. 고든의 물음에 토르니는 신중하게 답했다.

"예, 전하."

"그렇다면 라미 공작은 황제의 장인이 될 생각이로군."

고든의 눈이 깊어졌다. 만일 라미 공작의 목적이 그것이라면 그는 자신의 편이 되지 않을 것이다, 고든은 판단을 내렸다.

"전하."

고든의 표정에서 그의 심중을 읽어낸 토르니가 조심스럽게 입을 열었다. 고든의 검은 눈동자가 늙은 장로에게 향했다.

"듣기로 달시 황녀는 캠벨을 황비로 마뜩잖아 한다고 합니다."

그것 역시 귀족들 사이에서 오가는 이야기였다.

"라미 공작 정도면 뜻하는 바를 이루겠지, 하지만."

고든의 두뇌가 팽팽 돌아갔다.

"달시도 만만치 않지."

그 의견에는 토르니도 공감했다.

"만일 캠벨이 황비가 되지 못한다면 제 사위, 라미 공작은 달시 황녀에게 칼을 들이밀겠죠."

"달시 역시 그에 대한 대비를 해두었겠지."

잠시 침묵이 찾아왔다. 각자의 생각에 빠진 두 사람이 서로의 눈을 바라봤을 때는 이미 한참의 시간이 지난 뒤였다.

"전하."

결심이 서린 토르니의 얼굴을 본 고든이 고개를 끄덕였다.

"상대에게서 원하는 것을 얻고자 할 시에는 상대가 원하는 것을 내주는 것도 한 방법이옵니다."

"알고 있네."

하지만 고든의 얼굴에는 변화가 없었다. 그가 무슨 생각을 하는지 알 길이 없어진 토르니의 눈이 뒤쪽의 라이라에게로 향했다. 토르니가 다시 입을 열었다.

"전하."

"음."

"아가씨가 힘들어 보이십니다."

그 말이 끝나기가 무섭게 고든이 토르니에게서 등을 돌렸다.

"라일, 많이 힘들어?"

늙은 후작의 눈이 이채를 발했다. 제국의 황제가 될 몸이 여자 앞에서 무릎을 꿇는다는 것은 그 상대가 결코 평범한 인물이 아 니라는 뜻이었다.

"전하."

토르니의 부름에도 고든은 몸을 돌리지 않았다.

"음."

"괜찮으시다면 아가씨를 저희 집에 모셨으면 합니다만."

문득, 고든의 어깨가 움찔했다.

"여기에?"

"예."

늙은 원로는 희끗한 머리를 조아리며 말을 이었다.

"아가씨 몸 상태도 별로 좋지 않으신데 아무래도 크멕스 산맥 보다야 이곳이 낫겠지요."

고든의 얼굴을 볼 수 없었지만 토르니는 그가 흔들리고 있음을 직감했다.

"잠자리도 그렇고 또 앞으로 일어날 일을 대비해 아가씨를 안 전한 곳에 모시는 것이 좋을 듯합니다."

고든은 놀란 표정을 짓고 있는 라이라를 가만히 내려다봤다.

토르니의 말처럼 라이라의 안색은 창백했다. 확실히 깊은 산속은 살기에 그리 좋은 환경이 아니었다.

고든은 결단을 내려야 했다. 이제 전면전으로 치달아야 할지 아니면 그가 원하는 대로 정치적으로 접근해야 할지. 그 어떤 경우를 생각하더라도 라이라는 안전하지 못했다.

"토르니."

고든이 몸을 일으켰다.

"예, 전하."

"라일을 부탁하네."

그의 말에 라이라가 깜짝 놀라 그의 옷자락을 꽉 움켜쥐었다.

"나도 같이 돌아가겠어요."

라이라의 푸른 눈을 들여다보는 고든의 검은 눈에 웃음기가 돌았다. 고든이 라이라의 손을 가볍게 쥐었다.

"라일."

라이라는 답하지 않았다.

"지금은 라일이 여기 있는 게 우리 모두에게 도움이 될 거야."

새파란 눈동자에 반짝, 빛이 서렸다. 고든은 라이라에게로 몸을 가까이 하고는 속삭였다.

"정치란, 그런 거니까."

결국 라이라는 고개를 끄덕였다.

"자, 그럼."

고든이 몸을 일으키고는 토르니에게로 향했다.

"난 대책을 더 생각해 보도록 하지. 라일을 잘 부탁해, 토르니."

"예, 전하. 걱정하지 마십시오."

고든은 할 말이 끝났다는 듯 성큼성큼 문으로 다가갔다. 토르니가 황급히 그 뒤를 따랐고 이내 문이 닫혔다. 남겨진 라이라는 예전에 고든이 했던 말을 떠올렸다.

"사람을 잘 활용해야 하는 거야. 그게 정치지."

라이라를 토르니에게 맡긴 고든은 말을 달려 아지트에 도착했다. 그의 옆에 라이라가 없다는 사실을 알아차리는 데에 그리 오랜 시간이 걸리지 않았다.

"라일은 왜 안 보여, 두목?"

바투가 고든에게 라이라의 부재에 대해 물었다.

"잠시 맡겨두었다."

무뚝뚝한 그의 말에 바투와 그들 옆에 있던 무리들이 화들짝 놀라 그를 바라봤다. 그 속에는 테리의 험한 시선도 리즈의 걱정 어린 시선도 들어 있었다.

"맡겨두다니, 어디에?"

"안전한 곳에."

그의 말은 너무나 비장해서, 그들은 이제 곧 무슨 일이 일어날 것이라는 사실을 직감할 수 있었다. 잠시 머뭇거리던 그들은 고든의 서늘한 눈길에 우르르, 각자 할 일을 찾아 흩어졌다.

동굴로 돌아온 고든은 그대로 짚더미 침대 위로 몸을 던졌다. 토르니와 라미 공작 간의 은밀한 대화를 엿듣느라 한껏 웅크렸던 몸이 편해지니 한결 기분이 나아졌다.

"라일."

눈을 감고 편안함을 즐기던 고든의 입에서 불쑥 라이라의 이름이 흘러나왔다.

"라일?"

원하던 대답이 들리지 않자 고든은 의아해하며 눈을 뜨고는 동굴 안을 둘러봤다.

"아."

그제야 고든은 자신이 라이라를 두고 왔음을 깨달았다.

'이런, 매일 같이 있다 보니.'

그는 쓰게 웃었다. 마음 한쪽이 허전했다.

"두목."

동굴 밖에서 고든을 찾는 목소리가 들려왔다. 그가 몸을 일으키고는 입을 열었다.

"들어와."

들어선 이는 테리였다. 무표정한 얼굴에서 그의 심정을 읽어내린 고든이 한숨을 쉬었다.

"테리."

"라일은 어디에 있는 겁니까."

무표정이었지만 테리의 안광은 흉흉했다.

"안전한 곳에 있다고 말했을 텐데."

오늘 많은 일이 있었기에 고든은 피곤했다. 그래서 테리를 빨리 돌려보내고 싶었다. 테리의 눈빛은 여전히 불손했다. 하지만 고든은 그것을 문제 삼고 싶지 않았다.

"앞으로 전쟁이 일어날지도 모른다."

꿀꺽, 테리의 목울대가 크게 울렸다.

"루슬란 왕국의 귀족 아가씨가 메르첼 제국의 전쟁에 휩쓸릴 필요가 있을까?"

그 말에는 라이라에 대한 안전이 가장 중요하다는 의미가 내포되어 있었다. 그것을 눈치챈 테리의 얼굴은 더욱 어두워졌다.

"두목."

테리의 나직한 부름에 고든이 그를 건너다봤다. 테리는 날카로운 눈빛을 거두지 않은 채 살피듯 고든을 바라봤다.

"말해."

긴장이 역력한 그의 표정에서 고든은, 그가 자신에게 하고 싶은 말이 있음을 눈치챘다. 테리가 천천히 입을 열었다.

"라일은, 정말로 복수를 할 수 있는 겁니까?"

고든의 검은 눈이 반짝였다.

"그렇게 될 거야. 내가 도울 거거든."

자신감 넘치는 확고한 답에 테리는 입술을 깨물었다. 그리고 다시 물었다.

"그 다음은 어떻게 할 생각이십니까?"

고든이 질문의 요지를 파악하기 위해 눈썹 사이를 좁혔다.

"모든 일이 잘돼서 두목이 제국의 통치자가 된 이후에, 라일을 어떻게 하실 건지 묻는 겁니다."

테리는 잠시 말을 끊었다. 여전히 고든은 미간을 찌푸린 채 테리를 보고 있었다.

"아시다시피 라일의 가문은 멸문했고, 이제 라일은 평민입니다."

그것이 테리가 걱정하는 이유였다.

"제국의 황제가 거두시기엔, 라일의 신분이 너무 미천합니다."

스윽, 드디어 고든의 눈동자가 움직였다.

"지금의 난 해적 신분인데, 같이 미천한 것 아닌가?"

그의 말에 테리는 말문이 막혀 버렸다.

"해적이 황제가 된다면 평민이 귀족 되는 것쯤이야."

그 말의 의미를 테리가 채 깨닫기도 전에 할 말이 다 끝났다는 듯 고든이 손을 내저어 테리를 동굴 밖으로 내보냈다. 테리는 한 동안 고든의 동굴 밖에서 서성이다 자신의 자리로 돌아갔다.

"후."

고든의 나직한 한숨 소리가 울렸다. 조용한 동굴은 허전했다.

❧

"쉬실 방을 마련해 두었습니다."

한참 뒤에 돌아온 토르니가 라이라에게 말을 건넸다. 토르니가 돌아오기를 기다리는 동안 생각을 정리한 라이라는 두말없이 그 말을 따라 준비했다는 방으로 향했다.

"편히 쉬십시오, 곧 시중들 사람을 들이겠습니다."

"감사합니다."

토르니가 내어준 방은 욕실이 포함된 커다란 방이었다. 화려하지는 않아도 필요한 것들이 다 구비되어 있어서 단순한 손님방 같지는 않아 보였다. 더군다나 매일 청소한 듯 먼지 하나 없이 깔끔했고 잘 정돈되어 있었다.

저택 깊숙한 곳에 자리한 내실이라 조용해서 라이라의 마음에 쏙 들었다. 좀 어둡긴 했지만 참을 수 없을 정도는 아니었다.

라이라를 방으로 안내하고 난 뒤, 자신의 집무실로 향하는 토르니의 눈빛은 그 나이에 맞지 않게 형형했다.

'전하의 여자라.'

그 의미는 대단히 무거운 것이었다. 돌아온 전(前) 황태자가 자신의 여자라 소개했을 때만 해도 토르니는 그저 단순히 '여자'에 초점을 맞췄다. 그저 살을 섞는 그런 관계인 줄로만 알고 별로 신경을 쓰지 않았는데, 오늘 고든이 보인 행동에서 토르니는 라이라가 단순히 '여자'가 아님을 깨달았다.

황제의 여자.

제국 통치자의 여자.

토르니는 아무 여자가 황후의 자리에 오르는 것을 두고 볼 수 없었다. 황후란, 반드시 귀족 영애여야 하고 황제 옆에서 그를 보필할 수 있을 정도로 영리해야 했다.

남장을 한 라이라는 토르니에게 그다지 매력적으로 보이지 않았다. 해적 생활을 하면서 만난 여자라면 평민일 테니 귀족의 생리를 이해하지 못할 것이 분명했다. 만에 하나 그녀가 황후의 자리에 오르게 된다면 뭇 귀족들의 질타를 받는 건 고든이 될 터였다.

"후우."

마음에 걸리는 건 라이라에 대한 고든의 태도였다. 아무리 그래도 한쪽이나마 무릎을 꿇다니, 그것은 라이라의 존재가 고든에게 가볍지 않음을 나타내는 것과 다름없다고 토르니는 생각했다.

황후가 아니라 황비로 낮춰 생각해 봐도 라이라는 수준 미달이었다. 물론 평민이 황비가 된 전례가 있기는 했다. 바로 메르첼 제국을 통일한 고든의 할아버지, 블타로이의 세 번째 황비가 그랬다. 하지만 귀족 간의 암투에서 쥐도 새도 모르게 사라져 버렸기에 더 걱정되었다.

토르니가 보기에 고든은 라이라를 귀하게 여기는 것 같았다. 지금 당장 눈앞에는 달시 황녀와 귀족들이 적으로 포진되어 있는 상황이었다. 다행히도 그들을 다 휘어잡고 다시 제자리로 돌아간다 해도 자격 미달인 황후 혹은 황비를 빌미 삼아 기어오르는 세력이 생길 것이 분명했다.

'일단 저 아가씨가 어떤 사람인지라도 파악해야지.'

이것이 바로 고든에게 라이라를 맡겠다고 청한 토르니의 진짜 속셈이었다.

'하다못해 기본적인 예절이라도 가르쳐 놓아야겠지.'

제일 먼저 토르니가 해야 할 일은 고든을 도와 황제의 자리를 되찾는 것이었다. 하지만 어쩐지 토르니는 라이라의 존재가 마음에 걸렸다. 최대한 고든의 걸림돌이 되지 않도록 교육을 해야 할 필요성을 느꼈다.

토르니의 생각을 알 리 없는 라이라는 일단 피곤한 몸을 쉬기로 하고 침대 위에 몸을 뉘었다. 씻어야 하지만 움직이는 것조차 귀찮을 정도로 너무 피곤했다.

"하아."

감탄사가 저절로 나올 정도로 침대는 폭신폭신 포근했다. 그래서 저절로 눈이 감겼다. 잠시 뒤 똑똑, 문 두드리는 소리에 라이라는 벌떡 침대에 일어나 앉았다.

"누구세요?"

토르니가 시중들 사람을 보내겠다 했으니 하녀가 분명하리라. 하지만 라이라는 조심스럽게 상대의 신분을 물었다.

"아가씨를 돌보라는 명을 받았습니다."

"들어오세요."

이윽고 문이 열리고 중년의 여성이 방으로 들어섰다. 라이라는 침대에서 내려와 자신을 살피는 낯선 여성을 마주 봤다. 깔끔하게 틀어 올린 머리와 단아한 몸가짐이 그녀가 예사 하녀가 아님을 알려주었다.

"옷 갈아입는 걸 도와드리겠습니다. 먼저 씻을 물을 준비하겠습니다."

라이라는 조용히 고개를 끄덕였다. 중년 여성은 날카로운 눈으로 라이라를 살피고선 안쪽으로 걸음을 옮겼다.

'몸조심해야겠어.'

자신을 향한 날카로운 시선에 라이라는 생각했다. 분명 토르니 원로가 자신을 이곳에 붙잡아둔 이유가 있을 것이다. 그렇기에 고든이 선선히 그의 말을 수락한 것이리라.

"난 능력 있는 자에게 가진 능력을 활용할 수 있는 기회를 제공하고, 그 보상을 하면 되는 거야. 그게 정치다."

라이라는 고든에게서 체이서에 대한 복수를 약속 받았다. 고든의 논리에 의하면 라이라 또한 그에 합당한 보상을 해야 했다.

지금 당장, 자신이 고든을 위해 할 수 있는 일이 무엇일까. 라이라는 곰곰이 생각하기 시작했다. 고든에겐 전력이 필요했다. 토르니 원로의 사위인 라미 공작이 고든의 편에 서느냐 아니면 달시 황녀의 편에 서느냐. 그것이 관건이었다.

'어떻게 해야 하지.'

토르니 옆에 있으면 라미 공작과 접촉할 기회는 생기겠지만 그렇다고 라이라가 그를 설득할 수는 없었다.

'일단은 지켜봐야겠지.'

그래도 크멕스 산맥에 있는 것보다 그들 안으로 침투해서 기회를 엿보는 것이 훨씬 더 이득일 터였다.

"목욕물이 준비되었습니다."

욕실에서 씻을 준비를 마친 중년 여성이 밖으로 나와 라이라에게 전했다. 그 말에 라이라는 천천히 욕실 쪽으로 걸음을 옮겼다.

"하아."

욕조 가득 찰랑거리는 물을 보니 라이라의 입에서 반가움의 탄성이 새어 나왔다. 서둘러 옷을 벗고 욕조 안으로 들어서자 따뜻한 물이 몸을 감싸왔다.

"아, 좋다."

아주 오랜만에 느껴보는 개운함에 라이라는 이 순간을 즐기기로 했다.

"갈아입으십시오."

목욕을 마치고 욕조에서 나온 라이라에게 중년 여성이 가져다준 옷은 푸른빛이 도는 실크드레스였다. 거칠고 헐렁한 남자 옷만 입다가 오랜만에 느끼는 부드러운 감촉에 저절로 라이라의 입꼬리가 위로 올라갔다.

"옷과 모자는 제가 처리하겠습니다."

빈틈없는 목소리로 중년 여성은 라이라가 벗어둔 옷과 모자를 챙겼다. 그러고는 라이라의 머리에 시선을 주었다. 모자 속에 감춰져 있던 머리카락이 아름다운 금발이라는 사실에 한 번, 그리고 그것이 짧다는 것에 두 번 놀란 것이리라.

곧바로 라이라의 목에 새겨진 흉터를 발견한 그녀의 눈이 이채를 발했다. 여자의 목에 새겨진 희미한 상처. 확실히 평범한 일은 아니라는 생각이 들었다. 하지만 중년 여성의 얼굴은 덤덤하기만 했다.

"그래주면 고맙겠어요."

라이라는 아주 오랜만에 귀족의 면모를 보였다.

"아, 그리고."

라이라가 위엄이 깃든 목소리로 물었다.

"제가 뭐라고 부르면 되죠?"

중년 여성은 그녀를 새삼스런 눈으로 바라보고는 머리를 조아렸다.

"마가렛입니다, 아가씨."

자신을 향한 호칭에 라이라는 만족스런 미소를 지었다.

"고마워요, 마가렛."

마가렛이 밖으로 나가고 난 후 라이라는 방을 둘러보았다. 마가렛이 켜두고 간 촛불이 일렁이며 몰려오는 어둠을 막아주고 있었다. 침대 옆의 화장대를 본 라이라는 원하던 것을 발견하고는 그 앞으로 걸어갔다.

'아, 정말 오랜만이다.'

화장대 앞에 앉은 라이라는 감회가 새로웠다. 이렇게 자신의 얼굴을 보는 것이 얼마 만이던가. 금방이라도 쏟아져 내릴 것 같은 눈물에 라이라는 애써 눈에 힘을 줬다. 그리고 손을 움직였다.

라이라는 자신의 목을 쓰다듬었다. 정체를 감추기 위해 만들었던 상처는 이제 많이 희미해져 있었다. 이 상처를 낼 때만 해도 죽음을 염두에 두었었는데 이렇게 아버지의 복수를 위해 살고 있다니 복잡미묘한 기분이 들었다.

목에서 시선을 돌린 그녀가 화장대 위의 빗을 들었다.

사락.

비누와 향긋한 물로 씻어낸 머리카락 위로 빗질을 했다. 아름다운 금발에 대한 자부심은 귀족으로서의 자긍심과도 같았다. 거울 속 자신을 보며 머리를 빗던 라이라의 손이 문득 멈췄다.

"아버지."

이렇게 앉아 있으니 마치 그린그린에 있는 자신의 방 화장대 앞에 앉아 있는 것 같았다. 라이라는 나직이 중얼거렸다.

"젬마."

매일 밤, 귀족 아가씨는 머리카락을 잘 관리해야 한다며 빗질을 해주던 유모를 떠올린 라이라는 목구멍으로 치밀어 오르는 뜨거운 덩어리를 있는 힘껏 내리눌렀다. 한동안 거울 속 자신을 바라보던 라이라는 마른세수를 한번 하고는 침대로 몸을 옮겼다. 침대에 누워 촛불을 바라보던 라이라의 입이 불쑥 열렸다.

"고든."

몸은 나른하고 몰려오는 잠 때문에 눈앞이 가물거렸다.

"잘까요?"

하지만 그녀가 원하는 답은 들려오지 않았다.

"고든?"

문득 머리를 든 라이라가 휘휘 주변을 둘러보았다. 그제야 자신이 있는 곳이 어두컴컴한 동굴이 아니라 토르니 원로의 저택임을 깨달은 라이라는 가만히 한숨을 내쉬었다.

'아아, 그렇지, 여기는 후작가지.'

가슴 한쪽이 서늘해졌다. 혼자라는 사실이 갑자기 커다랗게 다가왔다.

"잘 자요, 고든."

그에게는 들리지 않을 인사를 허공에 던진 라이라는 다시 베개에 머리를 묻었지만 이상하게도 좀처럼 잠이 오지 않았다.

"……보고 싶다."

눈을 감은 라이라는 그렇게 불쑥 중얼거렸다. 그녀는 자신이 한 말에 화들짝 놀랐다. 생각지도 못한 말이었다. 하지만 그녀는 자신이 내뱉은 말이 채 사라지기도 전에 또다시 입을 열었다.

"보고 싶어."

외로움으로 인한 일시적인 감정이 분명했다. 그것이 틀림없었다. 입으로 내뱉은 말을 부정하고 싶지는 않았다. 지금 당장의 감정이었으므로.

"……자야 하는데."

긴장했던 몸이 목욕으로 이완된 지금, 몸은 무척 피곤했다. 당장에라도 깊은 잠에 빠질 수 있으리라 믿었는데 그녀는 좀처럼 잠에 들지 못했다.

똑똑.

멀리서 들려오는 낯선 소리에 라이라의 눈썹이 꿈틀거렸다.

"아가씨, 마가렛입니다."

문밖에서 들리는 목소리에 라이라는 가까스로 정신을 차렸다.

"들어와요."

문을 열고 들어선 마가렛은 라이라에게 허리를 굽혀 보이고는 창가 쪽으로 걸음을 옮겼다.

촤락, 두꺼운 커튼을 열고 창문을 여니 희미한 아침 햇살과 함께 차가운 아침 공기가 왈칵 방 안으로 밀려 들어왔다.

"일어나실 시간입니다."

라이라는 마가렛의 도움을 받으며 씻고 단장을 시작했다.

"머리를 빗겨 드리겠습니다."

"부탁해요."

화장대로 라이라를 이끈 마가렛이 빗질을 시작했다. 그간 관리를 하지 못해 푸석했던 머리카락은 오랜만에 깨끗하게 감고 잠들기 전에 빗질까지 해서인지 매끄러웠다. 부드러운 금발을 빗기던 마가렛의 얼굴에 감탄이 어렸다.

"머릿결이 정말 좋으시군요."

그것은 라이라의 가장 큰 자랑거리였다. 웸블턴 가 대대로 내려오는 금발은 굽이쳐 흐르는 곱슬머리에 금가루라도 뿌린 듯 반짝반짝 빛이 났다. 물론 지금은 라이라의 목덜미를 간질이는 정도의 길이밖에 되지 않지만 반짝임은 감출 수 없었다.

"화장은 간단히 하면 좋겠어요."

화장 도구를 집어 든 마가렛을 거울로 보며 라이라가 입을 열었다.

"네, 알겠습니다."

분명 목의 흉터를 봤을 텐데도 아무 말 하지 않는 마가렛에게 라이라는 고마움을 느꼈다.

숙련된 기술자처럼 마가렛은 아주 단순한 화장법으로 라이라를 치장했다. 기초적인 몇 가지 화장품을 바르니 거칠어진 피부가 한결 나아 보였다. 라이라의 화장을 마친 마가렛이 옷장을 열어 드레스 한 벌을 고르고는 그녀의 앞에 내보였다.

"어떻습니까?"

심플한 디자인의 살굿빛 드레스는 라이라의 마음에 들었다.

"좋네요, 그걸로 하겠어요."

아주 신기하게도 드레스는 라이라의 몸에 꼭 맞았다. 마지막 마무리를 하는 마가렛의 뒤통수를 내려다보며 라이라가 흘러가듯 말했다.

"이 방은 손님방이 아닌 것 같네요."

순간 마가렛의 손짓이 멈칫했지만 그것은 그야말로 찰나의 순간이었다.

"곧 식사가 시작됩니다."

서둘러 화제를 돌리는 마가렛에게서 뭔가 이상한 낌새를 눈치챘지만 라이라는 모르는 척했다.

"네."

마가렛을 앞장세운 라이라는 조심스럽게 하지만 날카로운 시선으로 주변을 살폈다. 길게 이어진 복도는 어둡고 조용했다. 그 누구도 드나들지 않는 것처럼 을씨년스럽기까지 했다. 한참을 걷던 라이라는 복도가 환해졌다는 사실을 깨달았고 그와 동시에 식당에 도착했다.

"아가씨 오십니다."

마가렛이 알리자 미리 와 기다리고 있던 토르니가 자리에서 일어나 라이라를 맞이했다.

"편히 주무셨습니까?"

식당으로 들어서는 라이라를 보는 토르니의 눈에 이채가 떠올랐다. 아무리 꾸민다 해도 평민이 금세 귀족처럼 보일 수는 없었다. 그런데 남장을 했던 라이라가 드레스를 입고 꾸미기까지 하니 완전히 다른 사람처럼 보였다.

"네, 덕분에 잘 잤습니다."

은은한 미소를 얼굴에 드리우며 라이라는 가벼운 목례로 토르니에게 인사했다. 점점 더 토르니의 눈빛이 묘해졌다. 반짝이는 라이라의 금발이 그의 눈길을 사로잡았다.

"앉으시지요."

"네."

조용한 분위기에서 식사가 시작되었다. 마가렛은 라이라의 옆에서 그녀의 시중을 들기 시작했다.

라이라의 기분 또한 묘했다. 식탁에서의 식사라니, 이 얼마 만이란 말인가. 반짝이는 은숟가락과 포크가 낯설게 느껴지기까지 했다.

하지만 그녀는 귀족이었다. 아무리 해적 생활을 하며 잠시 자유를 즐겼다고는 하나 태어나 무려 십칠 년이나 귀족의 예절을 배우지 않았던가. 그녀는 익숙하게 귀족의 식사법을 행했다.

'호오.'

거리낌 없이 스푼을 쥐고 나이프와 포크를 사용하는 라이라의 모습을 보는 토르니는 내심 감탄했다.

'평민이 아니었던가.'

완벽한 식사 예절을 보이는 라이라는 결코 평민이라 볼 수 없었다. 토르니의 눈매가 깊어졌다.

토르니는 어젯밤, 마가렛에게서 라이라에 대한 이야기를 전해 들었다. 마가렛은 황실의 예절 교육을 맡았던 수석 시녀장이었다. 이른 나이에 은퇴를 하고 두오반 가에 몸을 의탁한 뒤로 그녀는 토르니의 딸들에게 예절을 가르쳤던 아주 깐깐한 인물이었다. 그런 그녀가 라이라에게 후한 점수를 줬다.

"기품이 있는 아가씹니다."

마가렛은 딱 한 마디 했을 뿐이었다. 하지만 토르니는 그녀의 입에서 칭찬의 말이 나온 것이 놀라웠다. 그녀가 워낙 꼼꼼하고 깐깐해서 웬만하면 칭찬을 하지 않는다는 사실을 알고 있었기 때문이었다.

토르니는 눈앞의 이 기품 있는 아가씨가 평범한 이는 아닐 수도 있다는 생각이 들었다. 목의 상처도 예사로 보이지 않았다.

"아가씨."

토르니의 부름에 라이라는 먹던 것을 멈추고 자세를 바로 한 채 답했다.

"네."

"제가 뭐라고 불러드려야 합니까."

라이라는 긴장했다. 단순히 이름을 물어보는 것이지만 그로 인해 알아낼 수 있는 정보는 많았다. 아주 짧은 시간, 라이라는 생각을 마쳤다.

"젬마 그레이입니다."

유모 젬마와 아버지 그레이엄의 이름을 동시에 떠올린 라이라의 입에서 흘러나온 이름에 토르니는 살짝 미간을 좁혔다. 분명 고든이 그녀를 '라일'이라 부른 것을 알고 있었기에 이 깜찍한 아가씨가 눈 하나 깜짝 안 하고 거짓말을 하고 있음을 알아차렸다.

'제법 영리한 면도 있는 것 같군.'

토르니는 조금 마음이 놓였다. 고든 옆에 있는 여자가 멍청하다면 필시 그에게 안 좋은 일이 생길 테지만 이 눈앞의 아가씨는 적어도 그에게 짐이 되지는 않을 것 같았다.

"그래요, 젬마 양."

토르니는 그녀의 거짓말을 넘어가 주기로 했다. 하지만 라이라 역시 토르니가 자신이 '라일'임을 알고 있다는 것을 알고 있었다. 그래서 그냥 이대로 넘어가 주는 토르니가 고마우면서도 여전히 경계를 늦추지 않았다.

"아, 음식을 앞에 두고 실례가 많았습니다. 어서 드시지요."

"네, 감사합니다."

꼿꼿한 자세로 식사하는 라이라를 보는 토르니의 얼굴에 흡족함이 어렸다.

식사를 마친 토르니와 라이라는 응접실로 자리를 옮겨 차를 마시기로 했다. 라이라와 조용히 대화를 나누고 싶었던 토르니는 마가렛과 후작가의 집사를 물리고 단둘이 남은 상황에서 속내를 드러냈다.

"젬마 양."

"네."

딸깍. 그녀의 손끝에서 떨어진 찻잔이 작은 소리를 냈다.

"젬마 양은, 어쩌다 해적이 되었습니까?"

많은 의미가 담긴 질문이었다. 라이라는 고심했다. 사실대로 말할 수는 없었다. 그렇다고 거짓말을 할 수 없었다. 후작가에 머무르기로 한 이상, 어느 정도의 정보를 던져 주어야 했다.

"부모님이 돌아가셔서 떠도는 신세가 되었습니다."

라이라는 전부를 말하지 않았다.

"제국으로 향하던 중에 해적이 제가 탄 배를 갈취했습니다."

"호오."

토르니가 마시던 잔을 입에서 떼어냈다.

"그 해적단이 전하가 이끌던 무리였군요."

"그렇습니다."

"그럼 젬마 양은 배를 타기 전부터 남장을 했다는 말입니까?"

여자를 들이면 바다 신의 저주를 받는다는 해적의 미신에 대해선 토르니도 알고 있었다. 토르니는 라이라의 짧은 금발이 일부러 자른 것임을 알게 되었다.

"네."

어차피 속일 수 없는 이야기라면 드러내는 게 나을 수도 있었다.

"왜 남장을 했는지 물어도 될는지요?"

토르니는 라이라의 말투, 차를 마시는 모양새, 몸가짐, 옷을 갈무리하는 손길 등을 유심히 살피며 물었다.

"안전을 위해서지요."

그 말에 토르니는 고개를 끄덕였다. 확실히 여자가 여행을 한다는 건 위험한 일이었다.

"그럼, 혼자서 제국으로 향하셨다는 말씀이십니까?"

"그렇지는 않습니다."

다시 토르니의 눈이 신중해졌다.

"가신과 함께 제국으로 향하던 중이었습니다."

테리의 아버지는 웸블던 자작가의 기사였고 그 어머니는 라이라의 유모였으므로 가신으로 칭해도 무방할 터였다. 이로써 라이라는 자신의 신분이 평민이 아니었음을 슬쩍 드러냈다.

"아하."

토르니의 얼굴에 만족의 빛이 흘렀다.

"귀족가의 자제셨군요."

"아버님께서 말단 귀족이셨습니다."

그 말로 토르니는 라이라가 제국 사람이 아닌 타국의 귀족이라는 사실을 확실히 알았다.

"실례가 안 된다면, 부모님이 왜 돌아가셨는지 여쭤도 될까요?"

라이라의 가느다란 눈썹이 슬쩍 올라갔다.

"죄송하지만."

라이라는 천천히, 그러면서 우아하게 입술을 달싹였다.

"그것까지는 말씀드리고 싶지 않습니다."

흐응, 토르니는 콧소리를 내며 라이라를 찬찬히 뜯어봤다. 짧지만 부드럽게 출렁이는 아름다운 금발이 눈길을 끌었다. 거기에 영특함이 엿보이는 새파란 눈동자 하며 야무진 입매는 그녀가 결코 만만치 않음을 나타내 주었다.

"귀족 아가씨가 그동안 험한 생활을 하느라 힘이 들었겠군요."

그것은 위로였다. 체면을 가장한 위안과 격려에 라이라는 가만히 아랫입술을 깨물었다. 이런 다정한 말에 흔들려선 안 된다, 라이라는 희미한 미소를 얼굴에 드리웠다.

"세상일이 원하는 대로 될 수는 없는 법이지요."

어린 소녀의 입에서 흘러나올 수 있는 말이 아니었다. 그것은 그녀가 생각보다 많은 일을 겪었음을 알려주었기에 토르니는 새삼스런 눈으로 라이라를 바라봤다.

"그런데 여쭐 것이 있습니다."

라이라가 푸른 눈을 깜빡이며 토르니에게 물었다.

"물어보십시오."

나이가 어려도 토르니는 그녀를 깍듯하게 대했다. 그녀는 '고든의 여자'였으므로.

"제가 묵고 있는 방에 대해서 여쭙고 싶은데요."

순간, 토르니의 얼굴을 지나간 당황한 빛을 라이라는 놓치지 않았다.

"무…… 엇을 말입니까?"

반 박자 쉰 토르니의 되물음에 라이라는 다시 머리를 굴렸다.

'함부로 물어선 안 되겠군.'

라이라는 마음먹었던 질문을 슬쩍 돌렸다.

"방이 지나치게 커서요. 제가 써도 될까 싶어서 말이에요."

라이라는 일부러 열일곱의 소녀다운 말투를 썼다. 사실 그녀는 누군가가 쓴 흔적이 역력한, 그럼에도 굉장히 깔끔한 방의 주인에 대해 물으려 했지만 토르니 원로의 얼굴에 떠오른 표정에 서둘러 질문을 바꿨다.

"아아."

안심한 듯 토르니는 푸근한 미소를 얼굴에 떠올렸다.

"괜찮아요, 젬마 양. 지금은 아무도 안 쓰는 방이니까요."

그 말은 분명 이전엔 누군가의 방이었다는 뜻이었다. 라이라는 상큼한 미소로 화답했다.

"아아, 그렇군요. 감사합니다."

그리고 두 사람은 다시 찻잔에 입을 댔다.

두오반 후작가의 응접실은 청렴한 그의 성격답게 깔끔했다. 방을 꾸민 것이라곤 화병의 꽃뿐, 으리으리한 장식품이라든가 번쩍이는 쇠붙이 같은 것은 보이지 않았다.

"이렇게 쉴 수 있는 기회를 주셔서 감사합니다."

라이라는 귀족 영애다운 미소를 그려내며 감사를 표했고 토르니는 가볍게 고개를 저었다.

"아닙니다, 전하의 소중한 분이시니."

지금까지는, 토르니는 슬쩍 나머지 말을 삼켰다. 하지만 라이라는 자신을 향한 말에 문득 얼굴을 붉혔다.

'소중한 분.'

라이라는 천천히 토르니가 한 말을 곱씹었다.

'다른 사람의 눈엔 내가 고든에게 소중한 사람으로 보이는구나.'

어쩐지 설렜다.

"실례가 되지 않는다면."

달아오른 붉은 뺨을 바라보던 토르니가 눈을 빛내며 물었다.

"전하와 어떤 사이신지 물어봐도 되겠습니까?"

직설적인 물음에 라이라는 숨을 들이마셨다. 분명 고든은 토르니에게 라이라를 '내 여자'라고 소개하지 않았던가. 라이라는 토르니의 생각을 읽어내려 애를 썼다.

파란 눈망울을 굴리며 애써 난처한 빛을 얼굴에 떠올렸다. 그런 후 라이라는 살짝 수줍은 미소까지 얹었다.

"한 침대에서 함께 잠을 청하는 사이입니다."

가늘게 떨리는 목소리는 부끄러움을 담고 있었다. 그렇기에 토르니는 역시, 하는 표정으로 라이라를 바라봤다.

딱히 틀린 말도 아니었다. 같은 동굴을 쓰는 처지이므로 라이라의 말은 진실이었다. 물론 토르니가 생각하는 것과는 거리가 멀긴 했지만.

'역시 전하는 이 아가씨를!'

메르첼 대제국을 부흥시킬 황제, 율리우스 휴고 흔나리온 텐셔너가 사랑하는 여자.

라이라를 대하는 고든의 태도는 그녀가 아무 여자가 아니라는 사실을 입증했다. 그럼에도 토르니는 어쩐지 안타까운 마음을 감출 수 없었다.

캠벨, 자신의 하나밖에 없는 외손녀가 떠올랐다.

라미 공작의 말대로 캠벨은 또래의 귀족 영애 중 영특하고 기품이 넘쳐흘렀다. 팔은 안으로 굽는 법인지라 토르니 역시 캠벨이 황후가 되는 것이 싫지는 않았다.

만일 고든이 되살아오지 않았다면 아샤 황제의 후가 되는 것에 찬성했을 터였다.

캠벨의 나이 이제 열여섯으로 한창 꽃다운 나이였다. 아샤가 아니라 고든의 짝으로도 손색이 없다고 판단한 토르니는 고든이 '내 여자'라고 지칭한 라이라를 살피기로 했다. 배경으로야 제국의 공작만 한 것이 없지만 만에 하나, 고든이 라이라를 진심으로 사랑한다면 캠벨이 황후가 되는 길이 만만치 않을 것이라는 생각에서였다.

거기다 제국의 귀족은 아니지만 일단 출신 성분에 문제도 없고 기품까지 있는 아가씨였다. 그녀가 평민이라 여겼을 때만 해도 토르니는 그녀의 출신 성분을 문제 삼을 생각이었지만 신분이 드러난 마당에 그는 생각을 달리해야 했다.

어쩌면 눈앞의 이 아가씨가 캠벨의 앞을 막는 최대의 걸림돌이 될지도 모른다는 생각이 들었다. 권력에 욕심이 없는 토르니였지만 손녀인 캠벨이 제국의 황후가 되고 싶어 한다는 걸 알고 있기에 그 바람이 이루어지길, 바랐다.

"아, 젬마 양?"

"네."

"이 커다란 저택에 혼자 계시다 보면 적적하실 겁니다. 마침 제 외손녀가 젬마 양과 또래인데 이 할애비를 보러 온다고 합니다. 소개시켜 드려도 괜찮겠습니까?"

토르니의 외손녀라면 라미 공작의 영애였다. 어제 밀실 안에서 엿들었던 이야기 속 인물을 보게 된단 얘기에 라이라는 고개를 끄덕였다. 라미 공작을 파악하기 위해서 그 주변의 사람들에 대해 알아둘 필요가 있었다.

"아, 전 좋아요."

라이라는 열일곱 소녀의 설렘을 얼굴에 그려냈다.

"제 또래랑 이야기를 나누는 것이 얼마 만인지 몰라요."

순진한 그녀의 말에 토르니는 미소 지었다. 영리한 캠벨이 이 아가씨에 대해 더 알아낼 것이다. 다른 나라의 귀족 아가씨가 어쩌다 제국까지 오게 되었는지, 왜 해적들과 어울리게 되었는지 등에 대해 알게 되면 나중에 고든이 황위에 오르고 황후를 고를 때, 라이라에 대한 흠을 잡을 수 있을 것이다. 늙은 원로는 날카로운 발톱을 숨긴 채 찻잔을 기울였다.

라미 공작가의 혈육, 캠벨 로즈 라미의 등장은 시끌벅적했다.

"할아버지!"

치맛자락을 한껏 들어 올린 채 다다다, 잰걸음으로 달려와 토르니의 품에 안겨 어리광을 부리는 캠벨은 딱 열여섯 소녀였다.

"에구, 내 강아지."

품 안에 쏙 들어오는 어린 손녀를 어르는 토르니는 손녀 사랑이 지극한 할아버지였다. 혈육의 정을 담뿍 나누는 그들 옆에서 라이라가 부러운 눈으로 바라보고 있었다.

"아."

문득 생각났다는 듯, 토르니가 캠벨을 품에서 떼어내며 라이라를 바라봤다.

"이 아이가 아직 어려서 말입니다."

하나밖에 없는 외손녀가 귀여워 죽겠다는 표정을 감추지 못하며 토르니는 라이라에게 캠벨을 소개했다.

"이 아이는 제 외손녀 캠벨입니다. 캠벨, 이 아가씨는 젬마 그레이 양이란다."

이미 후작가로 오기 전, 전서구로 할아버지에게서 대강의 이야기를 들은 캠벨의 호기심 어린 눈이 라이라에게로 향했다.

"캠벨 로즈 라미입니다."

탐색하는 것도 잠시, 캠벨은 우아한 곡선을 그리며 라이라에게 인사를 건넸다. 라이라 역시 예의를 갖춰 인사했다. 그러나 캠벨이 머리를 드는 순간, 라이라의 살굿빛 드레스에 시선이 닿자마자 그녀의 눈빛이 살짝 흔들렸는데 그것은 그야말로 찰나였다.

"젬마 그레이라고 합니다."

두 소녀가 호기심 어린 눈으로 서로를 바라보는 모습을 주의 깊게 보던 토르니가 문득 입을 열었다.

"자, 다과를 준비해 두었습니다. 이쪽으로."

작은 응접실로 향한 두 소녀는 예쁘게 빚어놓은 앙증맞은 쿠키와 홍차가 놓인 탁자를 사이에 두고 마주 보고 앉았다.

"젬마 양은 메르첼 사람이 아니란다. 그러니 캠벨, 젬마 양에게 이것저것 알려주려무나."

그 말을 끝으로 토르니는 두 소녀를 남겨둔 채 방을 빠져나왔다.

탁. 문이 닫히는 소리 뒤로 침묵이 찾아왔다. 라이라와 캠벨은 홍차를 홀짝이며 서로를 살피기 시작했다.

불타는 빨간 머리와 그보다 더 붉은 눈동자에 라이라는 놀랐다. 지금까지 붉은 눈동자를 가진 사람을 본 적이 없었기 때문에 신기하게 느껴졌다.

지금까지 라이라가 본 사람 중에 가장 아름다운 사람은 바투였는데, 눈앞의 이 귀족 아가씨도 그에 못지않게 아름다웠다. 바투가 섹시함과 귀여움을 동시에 지닌 아름다움이라면 캠벨은 귀여움과 순진함이 도드라져 보였다.

라이라도 그리 큰 키는 아니었는데 캠벨은 더 작았다. 얼굴도, 손도, 발도 모두 작아서 열여섯으로 보이지 않았지만 희한하게도 몸의 균형은 놀랍도록 잘 잡혀 있었다.

라이라를 요목조목, 호기심 어린 눈으로 바라보던 캠벨이 먼저 입을 열었다.

"와, 금발이 눈부시네요!"

느닷없는 칭찬에 라이라는 살짝 당황했다. 귀족의 딸이긴 했지만 그린그린 근방에서는 라이라가 또래와 어울릴 만한 사교계가 형성되지 않았었기에 이런 대화가 낯설기만 했다.

"아, 고마워요."

"난 빨갛기만 한 이 머리카락이 좋지 않아요. 옷 고르는 데 제약도 많고."

캠벨은 정말 부럽다는 듯 라이라의 금발을 바라봤다.

"눈도 정말 파랗네요? 우와, 바다색 같아요!"

라이라는 어제 들었던 캠벨에 대한 설명이 잘못된 것이 아니었나, 생각했다. 눈앞의 소녀는 영리해 보이긴 했지만 공작의 말대로 사람을 꿰뚫는다거나 할 것 같지는 않아 보였다.

"어디서 오셨어요?"

캠벨의 질문에 라이라는 일단 자신이 루슬란 왕국 사람이라는 사실을 감추기로 했다.

"작은 변방에서 왔답니다. 영애께서는 잘 모르실 거예요. 너무 작아서 말이죠."

"캠벨."

라이라의 말이 끝나기가 무섭게 캠벨이 입술을 달싹였다.

"……네?"

"캠벨이라고 불러주세요."

눈을 반달 모양으로 만들며 캠벨이 애교 섞인 목소리로 말했다. 반짝이는 빨간 눈은 마치 보석처럼 빛이 났다.

"저도 젬마라고 부르면 되겠죠?"

메르첼 제국 공작가의 여식이 생각보다 다정해서 라이라는 속으로 놀라고 말았다.

"네."

잠시 말을 끊은 라이라가 서둘러 말을 이었다.

"물론이죠."

그녀의 대답을 들은 캠벨의 얼굴이 놀랍도록 환해졌다.

"아아, 좋아라!"

손뼉까지 치며 좋아하는 그녀의 모습은 마치 아이 같았다.

"친구는 많을수록 좋으니까요."

어쩜 말을 이처럼 예쁘게 하는지. 라이라는 이 작고 귀여운 소녀에게 호감이 생겨 버렸다.

"어머, 이거 슈바르네요?"

갑자기 다과 차림에 시선을 돌린 캠벨이 호들갑을 떨었다.

"어머, 어머, 어머, 이거 구하기 힘든 건데! 이게 얼마나 맛있는지 모르시죠?"

동그란 모양의 파이를 세심한 손가락으로 집어 든 캠벨이 손끝에 힘을 주자 파이는 파삭, 소리와 함께 두 조각으로 나뉘었다.

"자, 드셔 보세요. 제국의 디저트 중에서 이 슈바르가 최고거든요."

너무나 친근해서 라이라는 마치 그녀를 몇 년이나 알고 지낸 사이같이 느껴졌다. 어쩌면 공작이 말한 게 이 친화력인지도 몰라, 라이라는 속으로 중얼거렸다. 확실히 애교 많고 귀여운 아가씨 앞에서 라이라는 저도 모르게 무장해제가 되고 말았다.

"아, 정말 맛있네요."

캠벨이 건넨 파이는 처음 먹어보는 것이었다. 디저트라고는 작은 시골 마을인 그린그린 유일의 빵집, 존 베이커리의 빵이나 쿠키가 고작이었고 십오 년 전통의 존 베이커리의 메뉴는 언제나 고정이었기에 이처럼 새로운 맛을 라이라는 먹어본 적이 없었다.

달콤한 망고 잼이 가득 든 파이는 소녀의 마음을 말랑말랑하게 만드는 데 일조했다.

"여기 홍차도 드셔보세요. 슈바르랑 무척 잘 어울린답니다."

라이라는 순순히 캠벨의 말을 따랐다. 부드럽게 넘어가는 홍차의 향과 입안에 맴돌던 망고의 향이 어우러지며 기막힌 여운을 남겼다.

"아아, 정말 맛있네요!"

"그렇죠?"

캠벨이 달콤하게 웃으며 자신의 홍차를 한 모금 마셨다.

"궁금한 게 있는데요."

"네?"

"평민은 아니신 것 같고 귀족이신가요?"

빨간 눈을 빛내며 순진하게 묻는 캠벨은 천진난만해 보였다.

"아버지께서 말단 귀족이셨어요."

어차피 토르니에게도 말한 사실이므로 숨길 이유란 없었다.

"아아, 어쩌지."

캠벨이 한쪽 머리를 살짝 기울이고는 사랑스럽게 웃으며 고개를 끄덕였다.

"그런데 제국에는 어쩐 일로 오신 거예요?"

캠벨의 붉은 눈이 위험스레 번뜩였다.

"작은 변방의 이름 없는 귀족 따님이 수도까지 온 데에는 이유가 있을 것 같아요."

작게 속삭이는 달콤한 목소리에는 날카로운 비수가 담겨 있었다. 그렇게 순진을 가장한 발톱이 드러났다.

15 장
신분 상승

두 소녀가 잡담을 가장한 정보 캐기에 정신이 없을 즈음, 토르니 원로는 닫시 황녀의 별궁에 들어서고 있었다.

'이 요사스러운 것이 또 무슨 말을 하려고.'

집무실에 있던 토르니에게 황녀의 전서가 도착한 건 불과 삼십 분 전이었다. 뭐가 그리 급한지 친히 마차까지 보낸 황녀의 명에 토르니는 그대로 따를 수밖에 없었다.

"기다리고 계십니다."

황녀가 부리는 이의 안내를 받고 들어선 곳은 으리으리하기로 소문난 별궁의 내실이었다. 금붙이로 번쩍이는 내부에 청렴한 토르니의 성성한 눈썹이 하늘로 치솟았다.

'허어, 이렇게 사치스러울 수가!'

알고 있는 사실이었지만 눈으로 또 확인을 하니 속에서 천불이 일었다.

'이것들을 뜯어서 팔아도 우리 제국민들 배가 일 년은 부르겠구만!'

형형한 눈빛에 노기가 들어섰다.

"두오반 원로."

딸깍 소리와 함께 안쪽에서 달시가 등장했다. 토르니는 재빨리 눈빛을 감추고 황녀에게 예를 다 했다. 하지만 불쾌한 낯빛은 도저히 감춰지지 않았다.

"이리 급하게 오게 해서 미안하군요."

달시는 토르니의 낯빛을 못 본 척하며 천천히 드레스 자락을 끌었다. 그녀가 걸을 때마다 달콤한 향이 진동했다. 하지만 토르니에게는 너무나 진해 머리가 아프게 하는 향일 뿐이었다.

"아닙니다, 마마."

늙은 후작의 조아린 정수리를 빤히 내려다보며 달시는 부드럽게 움직였다. 몸에 착 감긴 붉은 드레스가 매혹적으로 흔들렸다.

"두오반 원로."

"예, 마마."

"이번에 콰이샤에서 보내온 차랍니다. 향이 아주 좋더군요."

슬쩍 자리에 앉기를 권하는 달시 황녀의 손짓에 토르니는 군말 없이 그에 따랐다.

"자, 한잔 드세요."

고운 손을 들어 직접 차를 따르는 황녀의 손놀림은 평온했다. 진한 녹색의 찻물이 찻잔으로 흘러내렸다. 토르니는 공손히 찻잔을 들어 우선 향을 맡아본 후, 한 모금 음미했다. 입안을 맴도는 알싸한 맛과 상쾌한 향이 근사했다.

"좋은 차로군요."

"그렇죠?"

마치 고양이가 갸르릉거리는 것처럼 달시는 만족스러운 미소를 얼굴에 드리우며 토르니를 가만히 응시했다.

율리우스나 아샤와는 달리 달시의 눈동자는 노란빛이 감도는 암갈색이었다. 빛의 세기나 각도에 따라 다른 색으로 보이기도 하는, 무슨 생각을 하는지 도통 알 수 없는 그 눈이 토르니를 바라보다 문득 웃음 지었다.

"은밀히 부르신 이유가 무엇인지요."

괜스레 불편해진 토르니가 먼저 입을 열었다.

"아."

가만히 찻잔을 내려놓으며 달시가 머리를 갸웃거렸다.

"재미있는 이야기를 들어서 말이죠."

토르니의 몸이 긴장감으로 굳어지기 시작했다.

"어제 댁으로 세 사람이 들어갔는데 나올 때는 두 사람이라는 이야기가 있더군요."

토르니는 눈에 힘을 주었다. 고든이 다녀간 지 한나절도 채 되지 않았는데 눈앞의 황녀는 벌써 이 사실을 알고 있었다. 그것은 토르니를 둘러싼 눈이 무수히 많다는 것을 뜻했다.

"아아."

토르니는 침착하게 말을 이었다.

"어젯밤에 소중한 손님들이 오셨었습니다."

"호오."

달시는 토르니에게서 시선을 거둔 채, 차와 함께 내온 쿠키 하나를 집어 들어 입으로 가져갔다. 와삭, 가벼운 소리와 함께 쿠키를 씹으며 달시는 다시 토르니를 정면으로 바라봤다.

"소중한 손님이라."

목이 타들어가는 것을 차로 다스리며 토르니는 아무렇지도 않은 얼굴로 계속 말을 이었다.

"사실, 어젯밤 제게 가족이 한 명 생겼습니다."

"……가족?"

달시의 가느다란 눈썹이 하늘로 치솟았다.

"아주 오래전에 제게 도움을 준 이가 있었는데, 얼마 전에 세상을 떠났다지 뭡니까. 그에게 어린 딸이 있는데 제가 거두기로 한 겁니다."

"흐음."

달시의 눈이 가늘어졌다.

"설마 아내로 맞이하신 건 아닐 테고."

달시의 말에 토르니는 펄쩍 뛰었다.

"무슨 말씀을 그리 하십니까? 우리 캠벨 또래의 아이를 딸아이로 거둔 것입니다!"

달시가 흥미로운 얼굴로 토르니를 바라보다가 중얼거렸다.

"들어갈 땐 셋이요, 나갈 땐 둘이라."

"한 명은 제 시종이고, 한 명은 그 아이, 또 한 명은 그 아이의 사촌 되는 이랍니다."

토르니는 머리에 쥐가 날 것 같았다. 하필이면 딸이라니, 아무래도 너무 무리수가 아닌가 생각되었지만 이미 엎질러진 물이었다.

"흠, 그럼 그 입양하신 따님은 경의 저택에 남고 시종과 그 사촌 되는 이가 돌아간 거다?"

"배웅은 해야지요. 밤도 늦었는데."

"그러게요. 늦은 밤인데 굳이 돌아갈 이유가 있었을까 싶네요. 하룻밤 정도야 원로 댁에서 머물러도 되었을 텐데."

교활한 눈이 꽂혔지만 토르니도 만만치 않았다.

"싫다고 하더군요."

"아하."

달시는 이해했다는 듯 고개를 끄덕이고는 다시 차 한 모금을 마셨다.

"그러고 보니 원로 댁에 라미 공작도 들렀다던데요?"

그녀의 눈은 토르니를 향해 있지 않았다. 마치 귀중한 장식품을 살피듯 들고 있는 찻잔을 찬찬히 훑으며 달시는 다시 입을 열었다.

"라미 공작이 원로의 입양 소식에 대해 알고는 있는 거겠죠?"

토르니는 이 자리에서 벗어나면 당장 사위에게 연통을 넣으리라 다짐했다.

"애석하게도."

토르니는 섣부른 거짓을 하지 않았다.

"아직 말을 하지 않았습니다. 공작과는 집안일로 만난 것이었습니다."

"아하."

딸깍, 달시가 찻잔을 탁자 위로 사뿐히 내려놓았다.

"그래요?"

달시가 자리에서 일어섰다. 그 바람에 토르니도 황급히 자리에서 일어섰다.

"아아, 난 그저 원로 댁에 무슨 일이 생긴 것이 아닐까 궁금했을 뿐이에요."

"신경 써주셔서 감사합니다."

귀족이란, 마음에 없는 말도 안색 하나 변하지 않고 자유자재로 말할 수 있는 능력의 소유자들이었다.

"흠."

달시는 코끝으로 말하고는 그대로 몸을 돌렸다. 더 이상 할 말이 없으니 그만 돌아가라는 뜻에 토르니는 서둘러 달시에게 머리를 조아린 후 잰걸음으로 문을 향했다.

"아참, 두오반 원로?"

황녀의 나긋한 목소리가 토르니의 뒷덜미를 잡아챘다.

"예, 마마."

어쩔 수 없이 토르니는 다시 뒤돌아서서 예를 표했다.

"원로의 새로운 따님이 궁금하군요. 조만간 작은 연회를 열 생각인데, 초대해도 될까요?"

토르니의 등줄기에 식은땀이 주륵 흘렀다.

"아, 감사합니다만 그 아이는 제국인이 아니라 제국의 예법에 대해 서툽니다. 더 가르친 다음에……."

"아니, 원로."

달시가 달콤하게 웃었다.

"작은 연회이니만큼 예의는 그다지 중요하지 않답니다."

달시의 눈동자가 묘한 이채를 띠었다.

"그저, 원로의 새로운 따님이 궁금할 뿐이에요. 그러니 제 부탁을 거절하지 말아주세요."

공손하면서도 부드러운 말투였지만 꼭 데리고 오라는 압박에 토르니는 머리를 조아렸다.

자택으로 향하는 토르니의 발걸음은 무겁기 그지없었다.

"미쳤어, 미쳤어, 미쳤어."

영혼 없는 중얼거림이 끊임없이 흘러나왔다.

"딸이라니, 딸이라니!"

달시 황녀에게 얼결에 댄 핑계가 자신의 발목을 잡을지도 모른다는 생각이 머릿속을 떠나지 않았다. 하지만 어쩔 수 없었다. 그 야심한 밤에 낯선 이들이 저택에 방문한 사실을 알고 있는 달시 황녀에게 뭐라 둘러댈 말이 없었다.

달시 황녀가 말은 안 했지만 어쩌면 그녀는 어제 토르니를 찾아온 이들의 성별쯤은 이미 알고 있을지도 몰랐다.

아니 어쩌면, 라이라와 캠벨이 만나고 있는 것까지도 황녀는 알고 있을지도 몰랐다.

'그래, 잘 둘러댄 거야.'

다시 생각해 보니 딸 핑계를 대기를 잘했다는 생각이 들었다.

'설마, 전하임을 알아본 건 아니겠지?'

불현듯 든 생각에 토르니의 안색이 창백해졌다. 하지만 시꺼면 로브를 뒤집어썼으니 가까이서 보지 않으면 그가 율리우스라는 사실을 알아채지는 못했을 것이다.

'하인들을 내보낸 건 정말 잘한 일이었군.'

아샤가 황제로 등극했을 때 달시가 나라의 경사라는 이유로 귀족들에게 하사품과 함께 하인들을 보냈었다. 토르니는 하사품도 하인들도 몽땅 다 돌려보내려 했지만 곧바로 돌려주면 달시의 의심을 살지도 모른다는 사위의 충고에 따라 시간을 두었다. 그리고 기부도 하고 입을 줄인다는 명목으로 달시가 보낸 사람들을 모두 내보냈다.

지금 토르니의 저택에 남아 있는 하인들은 예전부터 데리고 있던 가신들로 모두 믿을 수 있는 이들이었다. 만일 달시가 보낸 사람들을 아직까지 끼고 있었다면 집에서 이루어지는 모든 일들이 달시의 귀에 닿았을 것이라는 생각이 들자, 토르니는 다시 식은땀을 흘렸다.

"후우."

역시 늙은 몸으로 산을 오르기란 쉽지 않았다. 숨을 몰아쉬며 집 앞에 도착한 토르니는 걸음을 멈추고 주변을 둘러보았다. 날카로운 눈으로 집 주위를 훑었지만 그 어떤 인기척도 느껴지지 않았다.

'하긴.'

토르니가 천천히 집 안으로 들어섰다.

'달시의 수족이 눈에 띌 리가 없지.'

집 안으로 들어오기가 무섭게 토르니는 집사를 찾았다.

"캠벨은 아직 있는가?"

"예, 각하."

"사람을 보내어 라미 공작 내외를 모셔오게."

"예, 각하."

집사가 물러나자마자 그는 다시 종을 울려 마가렛을 불렀다.

"부르셨습니까."

"젬마 양과 캠벨은 지금 뭘 하고 있지?"

"응접실에서 아직 대화를 나누고 계십니다."

"그래?"

꽤나 오랜 시간이 지났는데도 아직 대화를 나누고 있다니, 그만한 시간이면 영특한 캠벨이 라이라에 대해 어느 정도 파악했으리라.

"응접실로 가지."

지금 당장 발등에 떨어진 불은, 달시에게 핑계로 댄 양녀 입양 문제를 그녀가 어떻게 받아들이느냐 하는 것이었다.

토르니가 응접실로 들어서자 재잘거리던 소녀들이 서둘러 자리에서 일어섰다.

"아니, 아니, 괜찮아요."

토르니는 인자한 웃음을 얼굴에 드리운 채 귀여운 소녀들을 바라봤다.

"그래, 즐거운 시간이 되었는지?"

라이라는 자신을 향한 것이 분명한 물음에 고개를 끄덕였다.

"네, 캠벨이 재미있는 이야기를 많이 해줬어요."

스스럼없이 손녀의 이름을 부르는 라이라와 그럼에도 생글생글 미소 짓는 캠벨을 번갈아 바라보며 토르니는 놀란 표정을 감추지 못했다.

토르니는 자신의 손녀가 얼마나 도도한 아이인지 잘 알고 있었다. 상하 계급이 뚜렷한 귀족 사회에서 캠벨은 최상위급 귀족에 속했고 그런 그녀의 이름을 함부로 부르는 무례를 범하는 사람을 캠벨은 용서치 않았다. 그 아무리 나이가 많다 하더라도 날카로운 눈으로 지적하는 것을 저어하지 않는 아이가 바로 캠벨이었다.

"아하, 벌써 젬마 양과 친구가 된 것이냐?"

토르니가 묻자 캠벨은 상큼한 미소를 그려내며 순수한 표정으로 말했다.

"네, 할아버지. 젬마는 참 좋은 사람 같아요."

대놓고 하는 칭찬에 라이라는 얼굴을 붉혔고 토르니는 달콤한 미소 속에 감춰진 캠벨의 또 다른 표정을 보았다.

라이라와의 만남을 주선하기 전, 토르니는 캠벨에게 라이라에 대해 알아봐 주길 부탁했었다. 두어 시간 동안 캠벨이 라이라에 대해 얼마나 많이 알아냈는지 궁금했지만 지금 당장은 그것을 들을 여유가 없었다.

"젬마 양, 그리고 캠벨."

"네."

두 소녀가 동시에 답했다. 토르니는 다시 두 소녀를 번갈아 바라봤다. 비슷한 나이의 소녀들이 친구가 되면 그것도 괜찮다는 생각이 들었다. 메르첼 제국에서 캠벨은 이미 황비로 내정된 상태였고 그런 그녀에게 마음을 나눌 수 있는 친구란 없었다. 권력의 제일 높은 곳에 오를 소녀와 친구가 된다는 건, 독 바른 사과를 삼키는 것과 같은 것이었다. 시기, 질투로 얼룩진 귀족 사회에서는 당연한 일이었다.

"할 이야기가 있습니다."

토르니는 라이라의 푸른 눈을 들여다보며 말했다. 라이라는 무언가 중요한 이야기를 할 것 같은 분위기를 눈치채고 긴장하기 시작했다.

"달시 황녀가 아가씨를 연회에 초대했습니다."

작은 응접실은 침묵에 휩싸였다. 토르니가 내뱉은 말에 두 소녀는 혼란스러웠다.

"예?"

"뭐라고요, 할아버지?"

두 개의 놀란 탄성이 동시에 튀어나왔다.

"달시 황녀가 어떻게 저를 알고……."

"달시 황녀가 왜 젬마를 초대해요?"

"일단 앉읍시다. 이야기가 좀 길어질 것 같으니."

부스럭거리는 소리를 내며 두 소녀가 드레스 자락을 정리했다. 두 소녀가 눈을 빛내며 자신을 보자 토르니의 입이 천천히 열렸다.

"어젯밤 보이지 않는 눈이 이 저택을 지켜보고 있었나 봅니다."

그 말을 듣자마자 라이라와 캠벨의 눈에 신중함이 깃들었다.

"그렇다면……!"

라이라의 영민한 푸른 눈이 재빨리 캠벨을 훑었다.

"어젯밤에 불청객이 온 걸 달시 황녀가 알고 있다는 말인가요?"

토르니는 다시금 감탄했다. 그 짧은 순간에 고든의 존재를 감춘 기지가 놀랍게 느껴졌다. 이 저택에서 전 황태자의 생존 소식을 아는 이는 라이라와 토르니밖에 없었다. 토르니는 핏줄인 캠벨에게도 라미 공작에게도 그에 관해서는 말을 하지 않았다. 혹시라도 라이라가 말실수라도 하면 아찔했을 상황이었는데, 잘 넘어가 준 것이 고마웠다.

"그렇습니다, 젬마 양."

토르니의 대답에 라이라의 얼굴에 수심이 어렸다.

"달시 황녀가 젬마 양을 제 수양딸로 알고 있습니다."

"수양딸요?"

대번에 놀란 목소리가 날아들었다. 캠벨의 붉은 눈동자에 적의(敵意)가 서렸다.

"그게 무슨 말씀이세요?"

사랑스러운 표정이 사라진 소녀에게는 표독스런 얼굴만이 남았다.

"수양딸이라니요?"

귀족에게 있어서 결혼이나 이혼, 입양 등의 문제는 그리 녹록지 않은 것이었다. 특히나 고위 귀족일수록 혈연 유지를 위해 사람 들이는 일에 매우 신중했는데, 출신 성분을 중시하는 사회인 만큼 입양 같은 부분은 너무나 민감한 사안이었다.

웃는 낯으로 라이라를 대했지만 사실 캠벨은 그녀를 처음 봤을 때부터 마음에 들지 않았다. 다른 건 다 차치하고라도 그녀가 입고 있는 드레스, 그 드레스 때문에 싫었다.

"너도 알다시피."

토르니가 사랑하는 손녀에게 차근차근 말하기 시작했다.

"젬마 양은 이 할애비 친구와 막역한 사이란다. 어쩔 수 없이 지난밤서부터 우리 집에 머물게 되었는데 하필이면 달시 황녀의 첩자가 그 모습을 봤나보더구나. 오늘 달시 황녀에게 불려갔더니 대뜸 젬마 양에 대해 물어보지 않겠니."

캠벨은 토르니의 입을 주시했다.

"그 밤에 귀족가에 손님이 들어왔다는 사실이 달시 황녀의 흥미를 끌었을 게다. 왜 손님이 우리 집에 머무는지 궁금해하더구나. 캠벨, 네가 이 집에 온 사실도 달시 황녀는 알고 있을 테지. 그래서 의심을 덜기 위해 젬마 양을 수양딸로 삼았다고 해버렸단다."

캠벨은 못마땅한 기색을 감추지 않았다. 그렇다고 섣불리 입을 열지도 않았다. 한동안 세 사람은 아무 말도 하지 않았다. 토르니는 토르니 대로, 라이라는 라이라 대로 생각이 깊어졌다.

딸을 시집보낸 후 토르니가 혼자 살고 있다는 사실은 제국 내에서 유명했다. 그런 그의 집에 밤에 손님이 찾아들고 머물기까지 했으니 누구나 이상하게 여길 터였다. 더구나 이미 젬마가 소녀라는 사실을 후작가에서 일하는 모든 사람들이 알게 되었으니 토르니가 입양 핑계를 댄 것은 그의 성격상 당연한 일인지도 몰랐다.

더군다나 라이라를 금방 돌려보낼 생각이 없었기에 수양딸로 둔갑시키는 편이 달시를 속이기에 훨씬 수월할 것이라는 생각도 뒤늦게 했다. 또한, 만에 하나 그녀가 황비가 된다면 후작가의 수양딸이라는 배경이 생기는 것이고 그렇게 되면 고든의 면이 설 수도 있을 것이다, 라는 생각도 없지는 않았다.

"왜 하필 딸이에요?"

불쑥, 캠벨이 물었다.

"그냥 머무는 손님이라고 해도 되잖아요?"

그 말에 토르니는 겸연쩍은 표정을 지어 보였다.

"사실 당황해서 말이 헛 나왔단다."

"하아!"

외할아버지의 솔직한 발언에 캠벨은 커다랗게 한숨을 쉬었다. 캠벨이 판단하기에 외할아버지는 대단한 면도 물론 있지만 가끔 이렇게 엉뚱한 면도 있었다. 두 조손 간의 이야기를 듣는 둥 마는 둥, 라이라는 자신만의 생각에 빠져 있었다.

'연회에 초대한다고?'

꿀꺽, 절로 마른침이 목구멍으로 넘어갔다.

'황궁에서의 연회.'

라이라의 눈이 새파란 빛을 피워 올렸다.

'체이셔를, 만날 수 있다!'

새파란 눈빛은 독기를 뿜어냈고 잔뜩 말아 쥔 손에 힘이 들어갔다.

'그런데, 지금 그를 만나도 괜찮은 걸까?'

와락, 두려움이 라이라를 덮쳤다. 물론 토르니가 옆에 있어주겠지만 막상 체이셔를 본다면 자신의 몸이 어떤 반응을 보일지 겁이 났다. 순식간에 변한 라이라의 분위기를 알아챈 토르니가 막 입을 열려 할 때였다.

똑똑 문 두드리는 소리가 들렸다.

"라미 공작 내외분께서 도착하셨습니다."

"어서 모시게."

토르니의 말이 끝나기가 무섭게 벌컥 문이 열리고 한 쌍의 남녀가 방 안으로 들어섰다.

"아버님!"

검붉은 머리와 붉은 눈동자의 라미 공작이 토르니를 부르며 들어서다 라이라를 보고는 멈칫거렸다.

"이 아가씨는……?"

라미 공작의 날카로운 눈길이 라이라를 위아래로 훑었다. 그의 눈동자가 너무도 차가워서 라이라는 저도 모르게 몸을 떨었다. 딸과 사위의 시선이 라이라에게로 향하자 토르니는 라이라에게 정중한 부탁의 말을 건넸다.

"젬마 양."

"네."

"자리를 좀 피해주시겠습니까? 가족끼리 해야 할 이야기가 있어서요."

어떤 이야기일지 대충 짐작이 간 라이라는 가볍게 고개를 끄덕였다.

"네, 알겠습니다."

라이라는 모인 사람들에게 목례를 해 보인 후 방을 나서기 위해 자리에서 일어났다.

"아, 잠깐, 젬마 양."

막 문을 열려던 라이라를 토르니가 잡았다.

"같이 계시는 게 좋을 것 같군요."

어차피 그녀를 수양딸로 받아들이기로 했으니 가족들과 같이 얘기를 나누는 편이 나을 것이라는 판단에서였다.

라미 공작은 토르니 원로가 캠벨 또래의 여자아이에게 극존칭을 쓰는 것에 놀랐지만 내색하지 않았다. 대신 그 시리도록 차가운 눈을 들어 샅샅이 라이라를 살폈다.

금발이 눈길을 끌었다. 다른 색이 섞이지 않은 그야말로 순수한 금발은 그녀의 신분이 평범하지 않다는 사실을 말해주었다. 거기에 영리해 보이는 얼굴과 기품 있는 몸가짐이 그 사실을 뒷받침해 주었다.

하지만 저 짧은 머리는 굉장히 수상해 보였다. 귀족의 영애라면 짧은 머리를 하지 않을 터. 그것만 보더라도 평민 계급이 분명한데 장인의 '젬마 양'이라는 호칭은 귀족 아가씨의 것이었다.

"이 아가씨는 누굽니까?"

라미 공작이 의아함을 얼굴에 잔뜩 드리운 채 토르니 원로에게 물었다. 이 저택에 어린 아가씨라니, 어울리지 않는 존재였다.

"할아버지가 입양한 딸이요."

그 대답은 캠벨에게서 튀어나왔다. 딸아이의 말에 라미 공작과 그 부인이 소스라치게 놀랐다.

"입양이요?"

의혹이 가득 담긴 시선이 라이라를 다시 스쳤다.

"내가 설명토록 하마."

토르니는 일단 딸과 사위에게 앉기를 청하고 간략하게 라이라에 대해 말을 했다. 물론 캠벨에게 한 것처럼 고든의 이야기는 쑥 빼놓은 채였다.

"굳이 딸이라고 안 하셔도 되셨을 텐데요."

라미 공작이 냉랭하게 캠벨과 같은 의견을 내놓았다.

"그래, 그건 내가 미안하게 됐네."

"이 아가씨에게도 부모가 있을 것 아닙니까?"

"안타깝게도 양친 다 돌아가셨다네."

"아."

라미 공작은 입을 다물고 다시 라이라를 훑었다. 말을 듣고 보니 곱게 자란 아가씨처럼 보이기도 했다.

"작은 나라의 귀족 출신이라고 하네요."

묵묵히 토르니의 설명을 듣고만 있던 캠벨이 불쑥 입을 열었다.

"귀족?"

라미 공작의 검붉은 눈에 이채가 스쳐 지나갔다.

"아무튼 달시 황녀에게 내 수양딸이라 말했으니 번복할 수는 없네."

토르니는 강하게 나갔다.

"그리고 공작도 특별히 주위를 조심하게나."

그 말은 공작에게도 달시의 보이지 않는 눈이 붙었을지도 모르니 조심하라는 뜻이었다.

"예, 아버님."

뭔가 개운치 않은 표정을 지으며 라미 공작이 어쩔 수 없이 답했다. 토르니의 말대로였다. 이미 달시 황녀에게 수양딸을 들였다고 말을 했으니 그는 라이라를 수양딸로 들여야 했다.

"그래도 그렇지, 딸이라니요. 아버지도 참."

아버지와 남편의 대화를 듣고 있던 캠벨의 어머니, 메기가 기도 안 찬다는 듯 중얼거렸다. 삼십대 중반인 메기는 샐쭉한 얼굴로 라이라를 바라봤다. 라이라를 하나하나 뜯어보는 그녀의 얼굴에는 달갑지 않은 표정이 역력했다.

"더군다나 조세핀의 옷까지 입히고선."

사나운 말투가 메기의 입에서 튀어나왔다. 그러자 캠벨 역시

적의 어린 눈으로 라이라를 바라봤다.

"그뿐이겠어요? 젬마가 머무는 방도 조세핀 이모의 방이더라고요."

딸의 말에 메기는 화들짝 놀라 토르니와 라이라를 번갈아 바라봤다.

"조세핀의 방이라니! 아버지, 어떻게 그런!"

조세핀은 열여덟의 나이로 사망한 메기의 쌍둥이 자매였다.

쌍둥이 자매를 낳자마자 죽은 아내의 몫까지 토르니는 힘껏 두 딸을 키워냈고 메기는 라미 공작가에 시집을 보냈지만 남은 한 명, 조세핀은 일찍 보내 버리고 말았다. 태어날 때부터 몸이 약했던 조세핀은 평생을 시름시름 앓다가 결국 침대에서 생을 마감하고 말았던 것이다.

사랑하는 딸의 죽음에 토르니는 허탈했고 슬펐으며 안타까웠다. 딸의 죽음을 고스란히 목격한 아버지는 딸을 잊지 못해 딸이 머물던 방을 그대로 유지했고 손녀가 죽은 딸의 방에 들어가 놀거나 물건을 달라고 떼를 쓰면 벌컥 화를 내곤 했다. 그런데 그런 그가 생판 남인 라이라에게 조세핀의 방을 내주고 또 그녀가 입던 옷을 내주다니, 메기와 캠벨은 험악한 눈으로 라이라를 바라봤다.

"그래도 손님인데 하녀 옷을 줄 순 없잖니."

토르니는 무뚝뚝하게 말했다. 라이라는 '고든의 여자'가 아니던가. 함부로 대할 수 없는 노릇이었다. 또한 토르니는 양친이 모두 돌아가셨다는 라이라의 말에서 죽은 딸을 떠올렸고 측은한 마음이 든 것이 사실이었다.

이러한 토르니의 속을 알 리 없는 라미 공작과 메기, 캠벨은 그저 미심쩍은 눈으로 토르니와 라이라를 번갈아 바라볼 뿐이었다.

"젬마 양."

토르니의 부름에 라이라는 푸른 눈을 들었다.

"젬마 양이 묵고 있는 방은 사실 제 죽은 딸의 방입니다."

"어머."

작은 탄성을 질렀지만 라이라는 크게 놀란 눈치였다.

"후작가라고는 하지만 변변한 방이 별로 없어서 실례를 무릅쓰고 그 방을 내어드렸습니다."

그의 말대로 후작가는 다른 귀족가들과는 검소한 편이었기에 라이라는 고개를 끄덕였다.

"저는 괜찮습니다."

어쩐지 누군가가 쓰던 방이라 생각했기에 라이라는 오히려 미안한 생각이 들었다.

"제가 그 방을 써도 괜찮으신 겁니까?"

"그럼요."

공손한 그녀의 질문이 토르니는 무척 마음에 들었다.

"일이 이렇게 되었으니 당분간 제 딸 행세를 해주시겠습니까?"

이미 벌어진 일이고 또한 토르니의 수양딸 행세를 한다면 그 누구도 그녀를 쉽게 보지 않을 뿐더러 황궁 출입도 수월하리라. 그 편이 고든에게 도움이 될 일이 더 많아 보였다. 생각을 마친 라이라가 답했다.

"네, 그렇게 하겠습니다."

"그러니 라미 공작."

토르니는 라이라에게서 눈을 떼지 않은 채 라미 공작에게 말했다.

"예, 아버님."

"이 아가씨의 신분을 바꿔주게나."

"……예?"

공작의 눈매가 슬쩍 찌푸려졌고 라이라의 파란 눈이 흔들렸다.

"되도록 달시 황녀가 알지 못할 만한 나라의 국적으로 손 써주게. 아주 낮은 귀족 신분의 아가씨로."

귀족 아가씨가 해적이 되었다는 사실 하나만으로도 라이라의 과거는 범상치 않았다. 가명을 대고 태어난 나라도 제대로 이야기하지 않은 것으로 보아 그녀에겐 뭔가 사정이 있어 보였고, 만일 달시 황녀가 라이라의 뒤를 캐다가 고든의 정체가 드러날까 염려된 토르니의 계략이었다.

왜 그래야 하는지 물을까, 잠시 고민하던 라미 공작의 시선이 다시 라이라에게로 향했다. 확실히 라이라의 저 짧은 머리는 수상쩍었다. 귀족의 딸이라면 절대 저런 식으로 머리를 자르지는 않을 터. 분명 숨겨진 사연이 있을 것이라는 생각이 들었다. 그는 이내 알겠다는 듯 고개를 끄덕였다.

"빠른 시일 안에 처리해 주게. 연회 전에 젬마 양이 숙지할 수 있도록."

"알겠습니다, 아버님."

묻고 싶은 것은 많았지만 지금 당장은 토르니의 말대로 하는 것이 우선이라고 라미 공작은 생각했다.

"아니, 정말로 이 아가씨를 딸 삼으시려는 건 아니시죠?"

잠자코 있던 메기가 성난 음성으로 입을 열었다. 토르니는 딸을 건너다봤다.

아름다운 외양을 가졌지만 그만큼 고집 세고 욕심 많은 딸이 무슨 생각으로 저런 말을 하는지 토르니는 잘 알았다.

고위 귀족, 그것도 후작의 입양아가 되면 후계자에 대한 권리 또한 부여되기 때문이었다. 그리 풍족하지는 않지만 토르니의 재산과 지위에 대한 권리가 나눠지는 것을 메기는 원치 않았다.

"더군다나 캠벨과 비슷한 또래로 보이는데, 딸이라니. 기가 막혀서."

캠벨과 꼭 닮은 사나운 눈매가 라이라를 훑었다. 이에 라이라는 가만히 있을 수 없었다.

"외람된 말씀이지만."

라이라는 살굿빛 드레스를 살짝 펼치고선 한 발짝 앞으로 나아갔다.

"전 후작가의 재산이나 지위에 대한 권리를 주장하지 않겠습니다."

라이라의 말에 방 안에 있던 사람들의 시선이 그녀에게로 쏠렸다.

"말씀드린 대로 전 메르첼 제국의 사람이 아닙니다. 솔직히 앞으로 살아가려면 든든한 배경이 필요한 것이 사실입니다. 후작님께서 일부러 수양딸이라는 신분을 주셨으니 감사히 받겠습니다. 제 미래를 위해서요. 하지만 그것만입니다. 여타의 다른 것에는 욕심을 내지 않겠어요. 그러면 되겠죠?"

당돌한 라이라의 말에 라미 공작도, 메기도, 캠벨도 그리고 토르니 역시도 어안이 벙벙한 표정으로 그녀를 바라봤다.

메르첼 제국의 두오반 후작가 하면 개국공신의 집안이요, 라미 공작가와는 사돈지간이니 명성이 하늘을 찌르고도 남았다. 그런 가문에 적(籍)을 두면서 그에 대한 권리를 하나도 취하지 않겠다니. 모두가 다 이해할 수 없다는 표정이었다.

"방금 한 말이 정말입니까?"

라미 공작이 다짐을 받듯 물었다. 라이라는 입가에 은은한 미소를 드리운 채 그를 올려다봤다.

"네, 제게 필요한 건 이곳에 머무를 이유가 되는 신분입니다."

딱 잘라 말하는 라이라의 표정은 확고했다.

"제국에서 자리를 잡게 되면 그 신분도 내놓도록 하지요."

어차피 체이셔에게 복수를 하고 난 후에는 이 나라를 떠날 생각이었다. 그렇다고 루슬란 왕국으로 돌아갈 수는 없으니 지금처럼 신분을 위장해 작은 나라의 어딘가로 가서 조용히 살 생각이었다.

"살아라, 라이라."

아버지의 유언대로 라이라는, 살 생각이었다. 모든 것을 다 잃었다고 생각했을 때는 살아 무엇하랴, 하는 심정이었지만 지금은 살고 싶었다.

푸른 눈을 빛내며 당당하게 자신의 의견을 말하는 라이라를 토르니는 다시 한 번 감탄의 눈으로 바라봤다. 제게 적의를 드러내는 세 명을 앞에 두고도 자신의 의견을 똑 부러지게 내놓는 라이라의 모습은 범상치 않았다.

하긴 그녀라면 후작가의 수양딸이라는 신분보다 메르첼 제국의 황비 혹은 황후의 신분이 더 가까울 테니 당당한 것은, 어찌 보면 당연한 것인지도 모른다고 토르니는 생각했다.

"또."

라이라는 모두를 둘러보며 말을 이어 나갔다.

"두오반 후작 각하의 따님이 되는 것이 손녀 되는 것보다 낫지 않겠어요? 죄송한 말씀이지만 돌아가신 따님 대신이라고 하면 모두들 넘어갈지도 모르지요."

그녀의 말은 틀리지 않았다. 토르니의 손녀라면 라미 공작부인의 수양딸이 되는 것이니 공작의 신분으로 입양을 한다는 건 이보다 더 어려웠다. 더군다나 이미 딸이 있는데도 또 수양딸을 들인다고 한다면 더더욱 수상하게 보일 터였다. 토르니가 죽은 딸을 대신해 입양을 결심했다고 한다면 오히려 설득력이 있었다.

좌중을 압도하는 새파란 안광에 응접실은 침묵에 휩싸였다.

방으로 돌아온 라이라는 마가렛을 물리고 침대 위에 앉아 생각에 잠겼다.

'체이셔를 만난다.'

라이라의 머릿속은 온통 그 생각뿐이었다. 복수를 위해 그를 만나려고 얼마나 애를 썼던가. 여자로서 차마 입에 담지 못할 일을 당하고 하나밖에 없는 혈육과 길러준 유모를 잃고 거기다 해적 노릇까지. 오로지 체이셔에게 복수하기 위해 삶의 의지를 불태운 라이라는 이제 그 원수, 체이셔와의 만남을 코앞에 두고 있었다.

황녀가 벌인다는 연회에서 체이셔를 만날 확률은 그다지 높지 않았다. 하지만 일이 되려고 하는지 후작의 수양딸로 신분이 바뀌었으니 체이셔를 만나는 일이 그리 어렵지는 않을 터였다. 이는 필시 하늘의 뜻이라고 라이라는 생각했다.

'당장은 아냐.'

곧 있을 연회에서 체이셔를 만난다 해도 라이라가 그를 어찌할 수는 없었다.

라이라의 파란 눈동자가 빛을 뿜어냈다. 억울하고 속상하긴 하지만 그것이 현실이었다.

'만일 마주치게 된다면.'

라이라는 눈을 감고 생각에 잠겼다. 눈앞에서 그를 목도하게 되면 자신의 몸이 어떻게 반응할지, 솔직히 겁이 났다.

체이셔를 떠올리는 것만으로도 라이라의 몸은 가늘게 떨렸다. 호흡 또한 가빠졌다. 만일 연회에서 체이셔를 만났을 때 이런 모습을 보인다면 안 된다, 라이라는 중얼거렸다.

'난 다른 사람이 되는 거야.'

생각 끝에 내린 결론은, 토르니 원로의 말대로 라미 공작이 만들어주는 신분으로 완벽히 변신하는 것이었다.

'내 생각만 해선 안 돼.'

라이라는 자신의 복수만 생각할 수 없었다. 지금 그녀는 고든과 동맹 관계였다. 그녀의 복수를 고든이 도와준다 했고 라이라 또한 고든의 황위 찬탈을 돕기로 한 것이 아니던가.

'내 복수는 나중에 해도 돼.'

우선 중요한 것은 고든의 일이었다.

'캠벨이라는 아이, 꽤나 교활한 면이 있었어.'

캠벨은 라미 공작의 말대로 영악한 구석이 있었다. 앞에서는 방실방실 웃으며 뒤로는 자신에 대해 파악하려 했다는 것을 라미 공작가의 세 사람과 마주했던 그 순간에 알아차렸다.

캠벨 역시 자신에 대해 어느 정도 눈치챘으리라. 하지만 라이라는 딱 토르니가 아는 정도의 정보만 내주었을 뿐이라 자세한 내막은 아무리 캠벨이 눈치가 빠르다 해도 알아차리지 못했을 것이라 확신했다. 더군다나 해적 이야기는 쏙 빼놓았으니 고든의 존재에 대해 알 리는 만무할 터.

'그래서 그런 눈으로 나를 본 거였군.'

문득, 처음 보자마자 의혹이 담긴 눈으로 자신의 옷차림을 훑던 캠벨이 떠올랐다.

'토르니 후작의 돌아가신 따님 방이란 거지.'

라이라는 방을 한번 둘러보았다. 깔끔하고 단정하게 정리된 방은 아버지인 토르니가 딸아이에게 얼마나 정성을 쏟았는지 여실히 보여주었다.

'우리 아버지도 살아 계셨다면.'

더하면 더했지 덜하진 않았을 것이다, 문득 떠올린 생각에 라이라는 쓸쓸해졌다.

푸르른 달빛이 창문 사이로 흘러들어 와 보드라운 금발을 어루만졌다. 커다란 방은 달빛으로 차곡차곡 쌓여갔다. 은가루가 잔뜩 뿌려진 침대 위에서 라이라는 무릎을 세우고 앉아 얼굴을 무릎에 묻었다. 어쩐지 자꾸 눈물이 흘렀다.

열일곱 소녀에게 지금의 방은 너무도 컸다. 아무리 청렴결백한 후작가라고는 하지만 작은 시골의 귀족 아가씨가 보기에 방은 무척 컸다.

오도카니 앉아 이것저것 생각에 잠겼던 라이라는 문득 몸을 떨었다. 이미 죽은 사람의 방이라서가 아니었다. 그것은 이제 앞으로 자신에게 펼쳐질 일에 대한 두려움이 밀려온 탓이었다.

"잘 해낼 수 있어."

라이라는 중얼거렸다.

"그래, 해낼 수 있어, 라이라."

지금 당장 그녀가 할 수 있는 것은 스스로에게 기운을 북돋는 일밖에 없었다.

이틀 뒤, 라미 공작이 두툼한 서류 봉투를 들고 두오반 후작의 저택을 찾았다.

"수고했네."

토르니는 사위가 가져온 서류 봉투를 받아 들며 그의 노고를 치하했다. 그리고 봉투를 열어 서류를 꺼낸 후 재빨리 눈으로 읽어내렸다.

"이스말 공국이라?"

"예, 아주 작은 공국이라 당시 황녀는 물론 귀족들 대부분이 잘 모르는 곳입니다. 로우시아 제국의 속국이었다가 독립한 지 얼마 안 된 나라입니다. 로우시아 제국이 분리될 때 떨어져 나온 귀족들끼리 분쟁이 생겨 약한 귀족을 내쳤는데 젬마 양을 그 귀족의 영애로 꾸몄습니다."

"흐음."

"그 귀족은 정실부인에게선 소실이 없고 평민 여인의 몸에서 낳은 딸의 행방이 묘연하다고 알려졌습니다. 그것이 불과 수개월 전이죠."

"그럼 그 몰락당한 귀족가의 딸이다?"

"예, 그 딸은 지금 이스말 공국과 한참 떨어진 세자리아의 한 시골에서 살고 있습니다. 나이도 열일곱, 젬마 양과 같습니다."

"달시 황녀가 알아낼 확률은?"

"없습니다."

공작은 단호하게 말했다.

"그 아가씨에게 새로운 신분을 만들어줬습니다. 물론 젬마 양은 자신의 이름을 그대로 사용하면 됩니다. 다만 성은 그 귀족의 것을 써야 하겠지요. 이스말 공국이 혼란기라 호적 정리가 제대로 되어 있지 않은 것이 천운이었습니다. 독립을 하면서 귀족으로 올라선 평민들도 많고요."

공작은 꼼꼼했다.

"다만 젬마 양의 머리카락은 어떻게 해야 할 것 같습니다. 그 아가씨는 평민 어머니를 닮아 평범한 갈색 머리라 합니다. 다행히 눈은 아버지를 닮아 푸른색이라 하지만요."

"그건 캠벨이나 마가렛에게 맡기면 되겠지."

토르니의 말에 라미 공작은 고개를 끄덕이며 말을 이어 나갔다.

"몇 년 전에 마침 아버님께서 로우시아 국경선을 지날 때 산적의 습격을 받은 적이 있으시죠?"

"그렇지."

오래전 일이었지만 토르니는 기억하고 있었다. 산적이라고는 하나 농민들이 모여 이룬 일당들이라 사병들의 엄포에 모두들 들고 있던 농기구들을 떨어뜨리고 도망갔던 일을.

"그때 아버님을 도와준 사람의 딸이 젬마 양이라고 하십시오. 젬마 양을 만나고 보니 그 사람이 이스말 공국의 귀족이었다는 사실을 알게 되었다고 하면 될 겁니다."

"그렇군."

토르니는 만족스러운 웃음을 흘리며 라미 공작의 어깨를 툭툭 쳤다. 만일 이 남자를 적으로 돌리게 된다면 분명 곤란한 일이 생길 것이 틀림없었다. 토르니는 웃으며 라미 공작을 어떻게 회유해야 할지에 대한 고민을 해야 했다.

✤

"젬마 그레이 엘시온. 젬마 양의 새로운 이름입니다."

토르니는 라이라에게 두툼한 서류 봉투를 내밀었다.

"새로운 신분에 대한 설명이니 확실하게 숙지하십시오."

묵직한 서류 봉투를 받아 들고 라이라는 토르니를 똑바로 응시했다.

"말씀 낮추세요. 그리고 이제 젬마 그레이 엘시온 두오반이 되겠군요."

토르니는 다시금 라이라를 바라봤다. 영리한 파란색 눈이 반짝거렸다. 그리고 이내 난처한 빛이 스쳐 지났다.

"아버지…… 라고 불러야겠죠?"

살짝 달싹이는 입술 끝으로 흘러나온 그 단어에 토르니는 뭉클해졌다. 마치 죽은 딸이 살아 돌아온 것 같은 기분이 들었다.

"힘들면 그렇게 부르지 않으셔도 아니, 그렇게 부르지 않아도 된다. 너무 급한 건 좋지 않아."

눈시울이 뜨거워지는 것을 느끼며 토르니는 잠깐 손으로 눈가를 훔쳤다.

"……감사합니다."

울컥한 것은 라이라도 마찬가지였다. 이제는 불러볼 수 없는 단어가 가슴을 먹먹하게 했다. 새로운 신분이 생겼으니 토르니를 아버지라 해야 했다. 그러나 쉽지 않았다. 아버지 그레이엄과의 기억과 추억이 잔뜩 있는데, 돌아가신 지 얼마 되지도 않았는데 다른 사람에게 아버지라는 호칭을 쓴다는 건 썩 내키지 않았다.

딸을 잃은 아버지와 아버지를 잃은 딸이 서로를 마주 바라봤다. 문득 토르니가 주름이 잔뜩 잡힌 손을 들어 라이라의 고운 손을 잡았다.

"앞으로 잘 부탁한다, 젬마."

"저도요."

라이라는 잠시 숨을 가다듬고는 곧바로 말을 이었다.

"아버지."

"그래, 그래."

토르니는 글썽거리는 눈물을 그냥 내버려 두었다. 자신을 아버지라 부르는 라이라가 진짜 딸처럼 느껴졌다.

라이라는 그를 아버지라 부르기 위해 애를 썼다. 이 난국을 잘 넘겨야 고든을 위한 발판을 만들 수 있고 그래야만 자신의 복수가 완성되기 때문에. 그리고 불과 며칠이지만 자신에게 친절을 베푸는 토르니에게 그가 그리워하는 딸 노릇을 해주고픈 마음도 든 것도 사실이었다.

"일부러 그렇게 부를 필요는 없단다. 아직 너도 어색할 테니까."

토르니는 진심을 다해 말했다.

"당분간은 그냥 각하라고 부르려무나. 후작님도 좋고. 자연스러운 게 좋은 거다."

"……예."

라이라는 토르니의 마음 씀씀이가 고마웠다. 그런 감정이 고스란히 담긴 눈을 바라보는 토르니 역시 기분이 묘해졌다. 사랑하는 외손녀 캠벨의 말에 따르자면, 눈앞의 이 아가씨는 꽤나 영악해서 자신이 알아낸 것이 별로 없다고 했다. 눈치 빠른 캠벨이 알아낸 것이라곤 토르니가 라이라에게서 들었던 것이 전부였다. 그 와중에도 라이라는 자신이 해적단 소속이었다는 사실을 감추었다. 이는 고든의 존재 자체를 발설하지 않았다는 것이다.

또한 며칠 전, 가족들 앞에서 이 아가씨는 눈부신 기지를 발휘했다. 자신에게 올 권리를 모두 포기함으로써 자신을 적대하던 이들의 마음을 사고 제게 필요한 것을 얻었다. 그 예로 라이라가 수양딸이 된다는 말에 반발하던 메기는 그대로 수긍했고, 말은 안 했지만 떨떠름히 여겼던 라미 공작 역시 새로운 신분을 가져왔다. 라이라의 판단이 제대로 되었음이 분명했다.

토르니는 이 푸른 눈의 아가씨가 만만치 않음을 알아차렸다. 속이 약간 쓰렸지만 황비가 될 자격이 충분하다는 사실 또한 인정하지 않을 수 없었다.

"그럼, 이만 물러가 보겠습니다. 서류 내용을 숙지해야 해서요."

라이라는 정중히 물러가기를 청했다. 라이라의 목소리에 상념에서 벗어난 토르니가 고개를 끄덕였다.

"그래, 어서 가보거라."

방으로 돌아온 라이라는 침대에 편하게 앉아 서류를 훑어봤다. 젬마 그레이 엘시온의 출생부터 지금까지 살아온 내용이 꼼꼼히 적혀 있는 문서에 라이라는 감탄했다.

"우와, 대단하신 분이네."

아무리 제국의 공작이라 해도 한 사람의 인생을 바꾸기란 쉽지 않았을 터였다. 아무리 몰락한 귀족 가문이라 해도 세세한 부분까지 꾸며내다니 대단했다. 만일 이런 치밀한 라미 공작이 고든의 적이 된다면, 생각만 해도 라이라는 눈앞이 아찔해졌다.

'어떻게 해야 라미 공작의 호응을 얻을 수 있을까?'

라이라는 걱정이 됐다. 고든에게 도움이 될 만한 일을 해야 하는데, 어쩐지 딱히 도울 수 있는 일이 없는 것 같았다.

똑똑.

노크 소리에 라이라는 생각을 걷어냈다.

"네."

"캠벨 아가씨께서 오셨습니다."

"아, 들어오라 하세요."

문이 열리고 새빨간 머리를 땋아 양쪽으로 동그랗게 말아 올린 캠벨이 들어섰다.

"흥!"

라이라가 묵고 있는 방에 들어선 캠벨은 계속 콧방귀를 뀌어댔다.

"흥, 흥!"

"안녕, 캠벨?"

라이라는 서류를 침대 위에 내려놓고 캠벨에게 인사를 건넸다.

"흥!"

캠벨은 머리를 옆으로 팩 돌리며 내키지 않은 듯한 어조로 입을 열었다.

"안녕."

여기서 캠벨은 잠시 말을 끊었다.

"하세요."

고집스런 아가씨의 자존심이 고스란히 보여 라이라는 웃음이 났다.

"그냥 편하게 해도 돼. 굳이 말을 높일 필요는 없어."

라이라는 자신을 제대로 쳐다보지 않는 이 작은 아가씨가 왜 틀어졌는지 눈치챘다.

"그래도."

여전히 라이라를 쳐다보지 않으며 캠벨이 툴툴거렸다.

"이모잖아, 요."

캠벨은 또다시 말을 한 박자 쉬었다.

이제까지 메르첼 대제국을 쥐락펴락하는 라미 공작의 무남독녀 외동딸에게 함부로 하는 사람은 없었다. 아무리 나이가 많아도 그녀에게 말을 놓는 사람이 없었으며 그녀 또한 부모뻘 되는 사람이 아닌 다음에야 그녀보다 신분이 낮은 자 누구에게도 말을 높인 적이 없었다.

그런데 하룻밤 새에 고작 한 살 많은 이모가 생겨 버렸다. 출신 성분도 불분명하고 객관적으로 봐도 자기보다 예쁠 것 없는 웬 여자아이를 이모로 대접하란다. 외할아버지의 눈치 때문에 구경조차 제대로 해보지 못한 방의 새 주인이란다. 캠벨은 괜히 억울했다.

외할아버지의 부름으로 후작가에 오긴 했지만 새로 생긴 이모와는 말을 섞고 싶지 않았다. 그런데 고집불통 외할아버지께서 이모와 대화를 나누라 하고, 얼마 후에 있을 연회에 입고 갈 드레스에 대해 조언을 좀 해주란다. 캠벨은 속상했다.

"캠벨?"

라이라가 조용히 캠벨을 불렀다. 캠벨은 여전히 샐쭉한 표정을 한 채, 곁눈질로 라이라를 보았다.

"난 단지 신분이 필요할 뿐이야."

라이라는 감정에 호소하는 방법을 택했다.

"난 부모님이 안 계셔. 또 아직 성인도 아니야. 내겐 울타리가 필요해."

그 말에 캠벨은 저도 모르게 고개를 끄덕이다가 또 흥 하고 머리를 돌려 버렸다.

"그냥, 이곳에 머물러 있기만 하면 돼. 얼마 후면 나도 성인이 될 거고, 그땐 내가 알아서 나갈 거니까."

캠벨의 붉은 눈동자가 스윽 움직였다. 문득 자신보다 한 살 많은 소녀가 처한 상황이 안됐다는 생각이 들었다.

"그러니 캠벨."

라이라가 부드럽게 웃으며 속삭이듯 말했다.

"나 좀 봐주면 안 돼?"

그럴까 말까 망설이는 캠벨의 빨간 눈동자가 흔들렸다. 이를 놓칠세라 라이라는 그녀의 고운 손을 잡았다.

"응?"

캠벨이 힐끗 라이라의 머리카락을 바라봤다.

"젬마의 나라에선 그런 머리가 유행인지도 모르지만 여기서 그런 스타일은 최악이야."

라이라는 캠벨이 반응을 보이자 다행이라는 생각이 들었다.

"그래?"

"응, 많이 이상해."

루슬란 왕국의 귀족 사회에서도 귀족 여성이 짧은 머리카락을 하는 경우는 없었기에 라이라는 그저 웃으면서 고개를 끄덕였다.

"가발을 쓰자."

"가발?"

속상한 마음이 많이 가신 듯 이제 캠벨은 라이라의 손을 마주 잡고 이야기를 이어 나갔다.

"응, 요즘 우리 메르첼에서는 가발이 유행하거든. 진짜 같은 가발 말이야."

그렇지 않아도 달시의 초대로 황궁에 갔다가 혹시나 체이셔를 만나게 되면 그가 틀림없이 자신을 알아볼 것이라는 생각에 고민하던 라이라였다.

"우와, 그래?"

라이라는 어린 열여섯 소녀의 장단에 맞춰 춤을 추었다.

"어떤 모양들이 있는데?"

"그럼, 나랑 나가자. 그렇지 않아도 할아버지가 젬마 옷 좀 봐 주라고 하셨어. 나간 김에 화장품이랑 가방, 구두도 좀 보지 뭐."

발랄한 열여섯 살의 캠벨은 생긋 웃으며 라이라의 손을 잡아 끌었다.

그리고 그로부터 정확히 삼일 뒤, 황궁에서 초대장이 날아왔다. 두오반 후작의 수양딸을 초대한다는, 금박을 입힌 정중한 문구가 위험스레 번쩍였다.

16 장
대면

하루가 멀다 하고 달시가 열어대는 연회는 화려하고 사치스러웠다.

"흐응."

체이서는 지루했다.

'로이드가 제국으로 왔다면 속 터져 죽었을지도.'

체이서는 속으로 히죽 웃으며 지나는 시종의 쟁반에서 샴페인 한 잔을 집어 들었다. 입술을 축이며 그는 눈으로 연회장 안을 훑었다.

섭정을 하고 있는 달시는 국무가 끝나면 반드시 연회를 열거나 작은 파티라던가 소소한 모임을 엶으로 자신의 젊음을 만끽했다. 밤늦게야 끝나는 각종 모임들은 새벽녘에 끝나는 육체 향연의 전초전에 불과했다.

제국의 백성들은 별궁이다, 호수 공사다 해서 허리가 휘는데 귀족들은 희희낙락하며 세월을 즐기고 있었다. 흥청망청 술 마시고 배우자가 있건 없건 간에 마음만 맞으면 몸을 여는, 그야말로 퇴폐적이고 난잡한 생활이었다.

'로이드였다면 이런 생활을 견디지 못했겠지.'

체이셔는 샴페인으로 입술을 축이며 발름의 선견지명에 감탄했다.

'후작이 우리 루슬란 왕국을 살렸어.'

제국의 뜻대로 로이드가 달시 황녀의 배우자로 왔다면 그는 아마도 벌써 피를 토하고 죽었거나 시름시름 앓아 황녀의 눈 밖에 났을지도 모를 일이었다. 거기다 매일 밤마다 황녀를 만족시켜야 하니 로이드로서는 무척이나 힘에 부칠 터였다.

"흐음."

체이셔의 눈이 멈춘 곳은 묘령의 여인들이 모여 이야기꽃을 피우고 있는 연회장의 중앙이었다. 한껏 졸라매 날씬한 허리 라인하며 봉긋한 가슴을 더욱 돋보이도록 등을 꼿꼿이 세운 여인들의 모습이 보기에 좋았다.

"쩝."

체이셔는 군침을 삼켰다. 매일 밤 달시를 안긴 해도 확실히 그녀는 닳고 닳아 썩 매력적이지 못했다. 남자를 즐겁게 해주기보다 즐거움을 받는 쪽을 더 원했고 실제로도 체이셔는 달시의 즐거움을 위해 봉사를 하는 입장이었다.

'흠.'

뒤태가 고운 여인의 옷을 머릿속으로 하나하나 벗기며 알몸이 어떤 모습일지 상상하는 것으로 체이셔는 연회를 즐겼다.

"당신."

어느 틈에 왔는지 달시가 체이셔의 오른편에서 모습을 드러내며 그를 불렀다.

"언제 오셨소?"

서둘러 여인들에게서 시선을 거둔 체이셔가 만면에 웃음을 드리운 채 달시를 반겼다.

'틀림없이 연회가 끝난 후 함께 침대에서 뒹굴 귀족 녀석을 하나 물색하고 오는 길이겠지.'

하루 이틀도 아니고 또 뒤처리 하나만큼은 깔끔하게 하니 체이셔는 그에 대해 더 말하지 않았다. 자신도 달시와의 관계가 끝나면 코나나 제시와 남은 열기를 식히기 때문이었다.

"어때요."

달시의 화법은 독특했다. 묻는 것 같기도 하고 그저 독백 같기도 한 오묘한 말투를 잘 사용했다.

"즐기고 계신가요."

"아, 뭐, 그렇소."

매일 열리는 연회라서 흥미도 볼 것도 없었다. 초대되어 얼굴을 들이미는 귀족들 또한 고만고만했고 별로 색다를 것 없는 파티는 체이셔에게 그저 지루할 뿐이었다.

"오늘은 특별 손님이 계세요."

"특별 손님?"

체이셔의 머리가 한쪽으로 기울어졌다. 이 대제국 메르첼에서 달시 외의 특별한 사람이 있다니, 그럴 리가 없었다.

"두오반 원로, 아시죠?"

"알지요."

황녀에게 절절매는 귀족 사이에서 희끗희끗한 머리를 빳빳이 들고 사사건건 달시의 말에 토를 다는 아주 재미있는 노인네였다. 체이셔가 궁금하다는 듯 눈을 빛냈다.

"두오반 원로께서 수양딸을 입양하셨다는군요."

"호오? 아니, 그 연세에?"

놀란 체이셔의 반응에 달시는 고개를 끄덕였다.

"글쎄, 캠벨과 비슷한 또래라고 하더군요."

"라미 공작 영애와 말이오?"

"네."

체이셔는 놀란 빛을 감추지 못했다. 도대체 어떤 소녀이기에 손녀뻘 되는 여자를 딸로 삼았는지 심히 궁금했다.

"정말, 딸이오?"

혹시 내연의 관계가 아니냐는 의미가 들어간 그 말에 달시가 어깨를 으쓱여 보였다.

"놀랍죠?"

어깨와 옆구리를 훤히 드러낸 은색 드레스가 샹들리에 불빛을 받아 반짝거렸다. 몸에 착 달라붙는 드레스는 달시가 걸음을 옮길 때마다 스슷, 하는 작은 소리를 냈다.

"어디 작은 나라의 시골 귀족의 딸이라고 하더군요."

"호오."

"저기 오네요."

달시의 말에 체이셔는 들고 있던 샴페인 잔을 지나가는 시종의 쟁반에 올려주고 옷매무새를 바로 했다. 권력의 중심에서는 한참 벗어나긴 했어도 자신은 제국의 실질적인 주인인 달시 황녀의 남편이 아니던가. 적어도 달시의 체면을 세워줘야 했다. 시선을 돌리니 이제 막 세 사람이 연회장으로 들어오는 모습이 보였다.

"당신은 조금 더 있다가 오세요."

달시가 조용히 속삭였다. 수개월간 달시와 함께 살아온 체이셔는 두말없이 그 말에 따랐다.

"알았소."

체이셔가 안쪽으로 걸음을 옮겼다. 달시가 자신에게 시간을 준 이유는, 자신이 알 필요가 없는 이야기가 오갈 것이기 때문일 터였다. 체이셔는 제국의 정세에 관심이 없었다. 달시가 통치하든 아샤가 통치하든 상관없었다. 그저 약속대로 메르첼 제국이 루슬란 왕국의 편의를 봐주면 그만이었다.

체이셔는 손짓으로 시종을 불러 새로운 샴페인을 홀짝거리며 또다시 귀부인들을 훑었다. 삼삼오오 모여 있던 귀부인들이 체이셔에게 눈인사를 보냈고 체이셔 역시 품위 있게 답했다.

"안녕하십니까, 대공."

"안녕하시오, 백작 부인."

황녀와 달리 그녀의 남편은 어딘지 넉살이 좋은 구석이 있었다. 황녀가 멀리 있는 것을 확인한 몇몇 귀부인들이 체이셔 곁으로 다가섰다.

"오늘도 아름다우십니다."

체이셔의 너스레에 모인 귀부인들이 웃음을 터뜨렸다.

뒤에서 왁자하게 웃음소리가 퍼지는 것을 들으며 달시는 토르니 일행에게로 다가갔다.

"어서 오세요, 두오반 후작."

"초대해 주셔서 감사합니다."

암갈색 눈동자가 스윽 토르니를 지나 그 옆에 다소곳이 자리한 소녀에게로 향했다. 허리까지 내려오는 곱슬곱슬한 갈색 머리, 오밀조밀한 이목구비, 가무잡잡한 피부, 그리고 새파란 눈동자의 소녀였다.

"황녀마마, 제 수양딸입니다."

토르니가 라이라의 등에 손을 대며 달시의 앞으로 살짝 밀었다.

"안녕하십니까, 젬마 그레이 엘시온 두오반이 황녀마마를 뵈옵니다."

짜인 각본대로 라이라는 허리를 깊숙이 숙였다.

"아아."

감정이 드러나지 않는 암갈색의 눈동자가 반짝였다.

"반가워요."

달시는 화사하게 웃으며 라이라를 똑바로 바라봤다.

"두오반 영애."

이에 라이라는 조용히 머리를 숙이는 것으로 화답했다.

"그리고 라미 영애."

달시의 부름에 캠벨 역시 머리를 숙였다.

"캠벨 로즈 라미, 달시 황녀마마를 뵈옵니다."

달시는 붉은 머리 소녀를 그윽한 눈으로 바라봤다. 이 욕심 많은 아가씨가 생판 모르는 남을 가족으로 받아들였다는 사실이 신기했다. 그 성정이라면 난리를 쳐도 어마어마했을 텐데, 들려온 소식통에 의하면 라미 영애와 두오반 영애의 사이는 좋아 보인다고 했다.

"그래요."

달시는 고개를 까딱하는 것으로 캠벨의 인사를 받았다. 그리고 다시 라이라에게로 시선을 던졌다.

"두오반 영애?"

"네, 마마."

"듣기로 양친이 돌아가셨다고."

이미 달시는 라이라에 대한 조사를 끝낸 상태였다. 라이라에겐 다행스럽게도 그녀가 손에 넣은 정보는 라미 공작의 발 빠른 조치로 만들어진 신분에 대한 것이었다.

"네."

라이라는 침착했다.

"내전으로 양친께서 모두 돌아가셨습니다."

"저런."

달시는 손짓으로 시종을 불러 두 잔의 샴페인을 받아 하나를 라이라에게 건넸다. 옆의 두오반 후작과 라미 영애를 무시하는 듯한 태도였다. 그녀의 이해할 수 없는 즉흥적인 행동에도 라이라는 침착했다. 토르니와 캠벨은 이런 일이 자주 있었는지 아무 말이 없었다.

"그런데 어떻게 두오반 후작과 연을 맺었는지 궁금하군요."

아무리 사람을 풀어 새로운 두오반 영애에 대해 알아내려 애를 썼어도 애당초 꾸며진 인물인 데다 라미 공작 측에서 제대로 된 정보를 내놓지 않아 달시는 궁금한 것이 많았다.

"그건 제가 말씀드리겠습니다."

토르니가 나섰다.

"아주 오래전에 로우시아 국경선을 지날 때 산적의 습격을 받은 적이 있습니다."

"아, 기억하고 있답니다."

"그때 지나던 이에게 도움을 받았는데 알고 보니 이 아이의 아버지였지 뭡니까."

"아하."

달시와 토르니가 대화를 주고받는 사이, 라이라는 조심스럽게 달시를 살피기 시작했다. 처음 봤을 때 제일 먼저 묘하다는 느낌을 받았다. 분명 아름다운 사람인데 어쩐지 섬뜩한 느낌에 등줄기가 서늘하기도 했다. 자신을 바라보는 얼굴은 무표정이었지만 번뜩이는 눈에는 분명 적개심이 들어 있었다.

아름다운 장미와도 같은 여자였다. 화려한 아름다움 뒤에 뾰족한 가시를 품은. 어쩌면 그것은 고든과 그녀의 관계를 알기 때문에 생긴 선입견인지도 몰랐다.

자신을 조심스럽게 뜯어보는 라이라를 위해 달시는 일부러 웃어 보였다.

"쉬운 결정이 아니었을 텐데요, 원로."

귀족이 혈연이 아닌 가족을 들이는 것은 결혼밖에 없는 통념에 대해 말하는 것이었다. 더군다나 자신들이 가진 것을 움켜쥐고 절대 밖으로 내보내려 하지 않는 족속들이 바로 귀족이 아니던가.

"아시다시피, 마마."

토르니는 감정이 보이지 않는 어두운 암갈색 눈을 똑바로 응시했다.

"요즘 들어 이 늙은이가 부쩍 외로움을 타서 말이지요. 죽은 딸도 그립고…… 또 이 아이가 부모를 잃었기에 제가 부모 노릇을 해주고 싶었습니다."

사실 달시는 토르니가 어린 소녀를 수양딸로 들였다는 것이 매우 의아했다. 자신이 캠벨을 아샤의 짝으로 그리 달가워하지 않는다는 것은 숨기려 한 적이 없었기에 모두가 다 아는 사실이었다. 그래서 토르니가 다른 아이를 아샤의 짝으로 내세우기 위해 수양딸을 들인 것이 아닌가, 하고 의심하던 차였다.

캠벨이 화려한 온실 속의 꽃이라면 젬마라는 소녀는 수수한 들꽃이라고 달시는 생각했다. 몰락 귀족 가문의 딸이라고는 했지만 가무잡잡한 피부색 때문에 어딘지 순박해 보였다. 아무래도 평민 어머니에게서 태어난 까닭인 듯했다.

달시는 웃었다. 캠벨이야 조금 어렵지만 젬마라는 아이는 제 손에 쥐고 다룰 수 있어 보였다. 만에 하나, 그럴 리야 없겠지만 젬마가 황비가 된다 하더라도 자신의 손바닥 위에 올려놓고 갖고 놀기에 충분해 보였다. 더군다나 젬마는 따지고 들자면 한쪽만 귀족의 핏줄이 아니던가. 약점이라면 엄청난 약점이었다. 한마디로 말해, 달시에게 이 소녀는 아주 좋은 먹잇감이었다.

연회장이 뭐가 그리 신기한지 안 그러는 척하면서 파란 눈을 굴리며 연회장의 이곳저곳을 둘러보는 모습은, 그런 달시의 생각을 더욱 굳히게 만들었다.

라이라는 달시의 눈빛에서 그녀의 속내를 읽었다. 아주 잠깐이었지만 캠벨과 자신을 번갈아 바라보는 달시의 노골적인 시선을 엿보았다.

라이라는 다행이라고 생각했다. 그녀가 자신을 의심하지 않는다면 고든의 존재 또한 감추기 쉬운 까닭이었다. 잠시 숨을 돌릴 여유를 찾았던 라이라는 누군가를 발견하고 바짝 긴장하기 시작했다.

'체이셔!'

화려한 실내 한곳에서 시선을 잡아끄는 남자의 얼굴을 확인한 순간, 라이라는 온몸이 떨리는 것을 참아내려 애를 써야 했다.

잊을 수 없었다. 잊으려 해도 결코 잊을 수 없었다. 눈을 감아도 떠오르는 그 얼굴을 어찌 잊을 수 있단 말인가. 보지 않으려 해도 라이라의 눈은 체이셔에게서 떨어지지 않았다.

'뭘 보는 거지?'

이 순진하고 어린 아가씨가 뭔가에 정신이 팔린 듯한 모습을 보이자 달시는 궁금증에 슬쩍 라이라가 보고 있는 방향으로 시선을 돌렸다.

'로이드?'

자신의 남편이 귀부인들에게 둘러싸여 호탕한 웃음을 터뜨리는 모습을 본 달시는 콧방귀를 뀌었다.

'하긴, 로이드가 말끔하니 생기긴 했지.'

평민 어머니를 둔 이 순진한 아가씨가 시골에서 살았다는 이야기를 떠올린 달시는 그녀를 비웃었다. 자신의 남편에게서 눈을 떼지 못하는 라이라에게 달시는 관용을 베풀기로 했다.

"아, 소개해 드릴 사람이 있군요."

토르니와 캠벨의 의아한 눈빛을 받으며 달시는 시종을 불러 명을 내렸다.

"대공을 모셔오너라."

밝은 갈색 머리의 시종이 깍듯이 허리를 숙여 보인 후 잰걸음으로 체이셔에게 향했다. 이윽고 체이셔가 만면에 미소를 드리운 채 이쪽으로 걸어왔다.

정면으로 체이셔를 본 라이라의 등에 소름이 돋았다. 몇 달 사이에 체이셔는 더 좋아 보였다. 화상을 입었을 텐데도 걸음걸이는 멀쩡했고 얼굴은 활기로 넘쳐 보였다.

'호오.'

체이셔는 자신을 기다리는 한 명의 노인과 세 명의 여인에게 시선을 던졌다. 세 여인 중 한 명이야 매일 밤 안는 자신의 아내, 달시이고 또 한 명은 처남인 아샤와 혼담이 오가는 라미 공작 영애, 그리고 나머지 한 명은……

'제법 태는 괜찮군.'

호리호리한 몸매가 체이셔의 이목을 사로잡았다. 적당히 솟아오른 가슴도 훌륭했다. 무엇보다 키 큰 여자를 싫어하는 체이셔의 구미에 맞는 아담한 체구가 마음에 들었다.

'흐응.'

체이셔는 자신을 바라보다가 자신과 눈이 마주치자 수줍게 눈을 내리까는 시골 처녀의 모습에 더욱더 매력적인 미소를 입가에 그려냈다.

라이라는 차마 그를 똑바로 볼 수 없었다. 몸이 떨렸다. 몸이 기억했다. 눈이, 코가, 귀가, 피부가 그를 똑똑히 기억하고 있었다.

'괜찮아.'

그녀는 애써 자신을 다독였다.

'가발을 썼고 화장도 했으니까 알아채지 못할 거야.'

라이라는 캠벨의 도움으로 등까지 내려오는 진한 갈색 가발을 구입할 수 있었다. 혹시라도 체이셔에게 들통이 날까 봐 그녀는 화장까지 진하게 했다. 루슬란 왕국에 있을 때 그녀는 화장을 하지 않는 데다 피부 역시 잡티 하나 없이 맑은 상태였다. 그러나 지금의 그녀는 바다의 뜨거운 햇빛과 짠 기를 머금은 바람에 의해 많이 타서 가무잡잡한 피부가 되었다. 일부러 피부색을 더 어둡게 했고 눈썹도 진한 갈색으로 만들었다. 그런 데다가 화장법으로 얼굴 인상도 다소 바꾼 상태였다. 다만 그 푸른 눈은 어떻게 할 길이 없었기에 라이라는 되도록 체이셔와 눈을 맞추지 않기로 마음먹었다.

체이셔가 가까이 다가올수록 라이라의 호흡은 불안정해졌다. 눈동자가 흔들리는 것이 느껴졌다. 호흡곤란으로 가슴이 심하게 불룩거렸다. 온몸이 떨리고 아프기까지 했다. 하지만 라이라는 참아냈다. 그래야 했다. 아무도 눈치채지 못하게 호흡을 가다듬어야 했다.

마음 같아서는 눈앞의 체이셔를 당장 도륙하고 싶었지만 그것은 나중의 일이고, 일단은 고든을 도와야 했다. 그 마음으로 라이라는 자신의 불안과 두려움, 분노와 치욕을 내리누르고 또 내리눌렀다.

이윽고 그들 앞에 도착한 체이셔가 시선은 라이라에게 고정시킨 채 달시 옆에 섰다.

"자, 이쪽은."

달시의 희고 고운 손끝이 자신의 옆을 가리켰다.

"제 남편, 로이드 데라블 켄즈 공입니다."

라이라는 떨림을 감춘 채 우아한 동작으로 인사를 전했다. 그리고 연습했던 대로 목소리를 꾸며내어 말했다.

"젬마 그레이 엘시온 두오반, 켄즈 대공을 뵈옵니다."

며칠 동안, 아니, 그에게 유린당하고 아버지를 잃는 치욕을 당했던 그때부터 꿈꿨던 바로 그 순간이었다. 찢어 죽여도 시원치 않을 원수와의 재회에 라이라는 죽을 만큼의 인내로 북받치는 감정을 참아냈다.

"반갑군요, 두오반 영애."

체이셔는 고개를 갸웃했다. 분명 처음 보는 얼굴인데도 어딘지 익숙했다. 하지만 그는 제국에 와서 코니와 제시 외의 다른 여자를 안아본 적이 없었다. 달시의 눈을 피해 다른 여자를 만날 수 없어서였다. 그렇다고 루슬란에 있을 때 본 여자 같지도 않았다. 저런 가무잡잡한 피부는 왕자의 신분이 아니었을 때, 루슬란의 한적한 시골에서 살 때나 봤지 귀족 여자들은 모두 흰 피부를 자랑해서 그때 보았던 여자라면 기억나지 않을 리 없었다. 그럼에도 자꾸 낯익은 느낌이 들었다.

라이라는 자신을 향한 체이셔의 시선에 재빨리 고개를 숙였다. 이렇게 가까운 곳에서라면 들킬 위험이 있을 것 같았다.

하지만 언제까지고 계속 고개를 숙인 채로 있을 수만은 없었다. 라이라는 슬쩍 눈만 치켜뜬 채로 체이셔를 살폈다. 그는 여전히 그녀를 바라보고 있었다. 그의 밤색 눈동자가 제 얼굴을 훑기 시작하자 라이라는 저도 모르게 숨을 흡, 들이마셨다. 위기였다.

아무리 가발을 뒤집어쓰고 분장 수준의 화장을 한다 해도 이

토록 가까운 곳에서 못 알아볼 리가 없었다. 이게 어떻게 온 기회인데 이대로 날려 버릴 수는 없다는 생각에 라이라는 손에 힘을 풀었다.

툭.

"어멋!"

뭔가가 바닥으로 떨어짐과 동시에 라이라의 입에서 깜짝 놀라는 소리가 흘러나왔다. 그러자 그녀의 얼굴을 핥듯이 바라보던 체이셔의 밤색 눈동자가 스르륵 아래로 향했다.

"죄, 죄송합니다."

새빨개진 얼굴로 어쩔 줄 몰라 하며 라이라가 사과의 말을 두서없이 던졌다.

"긴장해서 부채를 놓쳤어요. 어머나, 어떡해. 제가 이런 큰 연회는 처음이라. 아, 실은 황녀님 뵙는 것도 처음이고, 아름다우신 분이라 말은 많이 들었는데 이렇게 직접 뵈니 긴장을…… 아, 죄송합니다."

횡설수설하는 모습에 달시의 입에서 픽, 웃음이 새어 나왔다. 그녀는 허리를 굽혀 부채를 주우려고 하는 라이라를 제지했다.

"아니, 그냥 두세요, 두오반 영애."

달시가 손짓으로 시종을 불렀다. 서둘러 달려온 시종은 공손히 한쪽 무릎을 꿇고 마치 소중한 보물이라도 되는 양 라이라가 떨어뜨린 부채를 주워 바쳤다. 시종의 손에서 부채를 집어 든 황녀가 약간의 거만함을 드러내며 라이라에게 그것을 건넸다.

"자, 여기."

"아, 가, 감사합니다."

달시가 직접 부채를 건네주는 일이 황송한 것이라도 되는 양 라이라는 한껏 몸을 숙인 채 받아 들었다.

"아, 이렇게 감사할 데가, 직접 주시다니."

그녀의 목소리는 감격으로 떨리고 있었다. 그 모습에 달시의 눈이 옆으로 길어졌다. 황녀는 새로운 후작 영애의 어수룩함이 마음에 들었다. 확실히 영악한 캠벨보다 다루기가 쉬워 보였다. 달시의 고양이를 닮은 얼굴에 흡족한 미소가 드리웠다.

체이셔는 아내의 얼굴에서 그녀가 두오반의 새로운 딸을 마음에 들어 한다는 사실을 눈치채고는 더 이상의 관심을 끊어냈다. 달시와 엮여서 좋을 것이 없다는 생각에서였다.

한편 달시 황녀와 그녀의 남편 켄즈 대공, 토르니 후작과 캠벨 라미 그리고 라이라가 대화를 나누는 사이, 연회장의 귀부인들 사이에서 속삭임이 새어 나오기 시작했다.

"어머, 라미 영애 옆의 아가씨는 누구죠?"

"그러게요, 어떤 분이기에 황녀마마와 대공과 인사를 나누는 거죠?"

살랑살랑 부채질 사이로 시기와 질투가 넘실거렸다. 달시가 여는 연회에는 극소수의 인물만 초대되었기에 서로를 잘 아는 귀부인들 사이로 이방인인 라이라가 눈에 띄는 것은 당연한 일이었다.

"거기다 두오반 후작까지 함께 있네요?"

귀부인들 사이에는 황제 아샤의 반려가 되려고 달시 황녀의 눈에 들기 위해 갖은 아양을 떠는 소녀들도 있었다.

캠벨이 제일 유력한 황비 후보였지만 달시가 그녀를 못마땅하게 여긴다는 공공연한 소문은 많은 귀족 영애들의 희망이 되었다. 궁금증을 동반한 수군거림은 서서히 퍼져 나갔고 급기야 연회장 안의 모든 사람들의 시선이 달시 황녀가 있는 곳으로 쏠리기 시작했다. 더군다나 라이라가 부채를 떨어뜨리는 장면을 연출하는 바람에 그 수군거림은 더욱더 커지기 시작했다.

"저런."

달시가 우아한 미소를 머금으며 낮은 탄성을 내질렀다.

"아무래도 모두들, 두오반 영애가 궁금한가 봅니다."

나긋했지만 그녀의 목소리는 또렷이 연회장 안을 울렸다. 수군거림이 멈추고 이제는 사람들의 노골적인 시선이 라이라에게 닿았다.

"어차피 두오반 원로께서 새로운 딸을 맞이했다는 사실은 공표가 될 것이니 미리 알려도 흠이 되지는 않겠지요."

이로써 라이라는 자연스럽게 귀족들 앞에 소개되었다. 달시는 몸에 착 달라붙는 은빛 드레스를 마음껏 과시하며 넓은 곳으로 나아갔다.

"여러분!"

달시의 목소리가 연회장 전체를 뒤덮었다.

"좋은 소식이 있습니다."

달콤하지만 교활한 미소가 달시의 입가에 머물렀다.

"두오반 후작께서 입양하신 따님이 이 자리에 오셨습니다."

달시의 말이 끝나자마자 여기저기서 탄성과 웅성거림이 터져 나왔다.

"두오반 후작님이 입양을?"

"아니, 그럼 저 아가씨가 후작 영애가 된다는 말이에요?"

"어머, 어머, 세상에!"

사람들의 시선 역시 라미 공작 내외와 다를 바 없었다.

"아니, 저런 어린 소녀가 딸이라니, 말도 안 되지 않아요? 캠벨 양과 비슷해 보이는데."

"혹시 딸이 아니라……."

"아니라?"

"아, 왜 그런 거 있잖아요!"

"어머, 세상에! 하지만 두오반 후작님이 그럴 분이 아닌데……?"

"여자가 후리면 별수 있나요? 남자들이 다 거기서 거기지!"

"아니, 그래도 그렇지, 저런 어린 소녀와……."

여기저기서 들려오는 속삭임은 속삭임이 아니었다. 차츰 커져 가는 노골적인 말소리에 라이라의 몸이 덜덜 떨렸다. 이런 식의 시선은 처음이었다. 사람을 멋대로 난도질하는 그 목소리들이 어이도 없고 겁도 났다.

열일곱의 소녀는 이미 자신의 모든 것을 망친 짐승 같은 사내를 앞에 두고서도 온 힘을 다해 참아내고 있었다. 죽을 만큼 힘을 내서 그를 죽이고픈 마음을 누르고 애써 웃고 애써 모르는 척했다. 그런 와중에 그녀의 귀에 닿은 말소리는 가까스로 참아내고 있는 인내를 무너뜨리는 일종의 도화선이었다.

체이셔는 이미 자신에게 흥미를 잃은 듯했지만 곱지 않은 시선을 보내는 귀부인들로 인해 라이라는 인내의 한계를 느껴야 했다.

바로 그때, 따스한 손길이 라이라의 손을 스쳤다. 놀란 마음에 고개를 돌리니 토르니가 안쓰러운 기색이 역력한 인자한 표정으로 라이라의 손을 토닥이고 있었다.

"괜찮다, 아가."

그 속삭임에 불안은 순식간에 가라앉았다. 오롯이 혼자 견뎌 내야 했던 라이라에게 기운을 북돋아주는 토르니의 마음이 고마웠다.

"저런 소리에 일일이 다 신경 쓰면 머리만 아파. 그러니까 신경 쓰지 마."

옆에서 좋알거리는 캠벨의 마음도 고스란히 느껴져 라이라는 눈물이 날 것 같았다. 라이라는 고개를 들었다.

"두오반 영애."

달시의 부름에 라이라는 침착하게 걸음을 옮겼다. 연회장 안의 모든 사람의 시선이 라이라에게 꽂혔다. 따가운 그들의 시선 속에서 라이라는 당당함을 잃지 않기 위해 애를 썼다.

"두오반 후작께서 오래전에 따님을 잃으시고 홀로 지내시다 이번에 수양딸을 입양하셨답니다. 자, 인사하시죠."

달시는 연회장의 중앙으로 라이라를 이끌었다. 이 순박한 소녀의 존재를 모두에게 알림으로써 달시는 라이라를 캠벨의 대항마로 만들 생각이었다.

"젬마 그레이 엘시온 두오반이라고 합니다."

이제 라이라는 떨지 않았다. 연회장에 모인 사람들 대부분은 상위 귀족이니 알아두면 분명 고든에게 어떤 식으로든 도움이 될 터였다.

"앞으로 잘 부탁드립니다."

라이라는 마치 그림처럼 완벽한 인사를 해냈다. 그 완벽함에 귀부인들은 감탄하고는 슬금슬금 그녀에게 다가왔다.

"안녕하세요? 전 앨리스라고 해요. 크레오 자작님이 아버지 되십니다."

"네, 안녕하세요, 반갑습니다."

순식간에 라이라는 모두의 관심을 받았다. 그도 그럴 것이 딸을 잃은 후작의 일은 워낙에 유명한 것이라 달시의 소개에 묘한 설득력이 있었기 때문이었다.

'치.'

캠벨은 괜히 속상했다. 이 욕심 많은 아가씨는 자신보다 라이라에게 사람들의 관심이 쏠린 것이 못내 분했다. 하지만 아까보다는 사람들의 시선이 라이라에게 관대해진 것 같아 마음이 놓이기도 했다. 캠벨은 질투와 뿌듯함을 동시에 느껴야 했다.

'뭐, 어차피 한동안은 화제의 중심이 될 테니까.'

이 영특한 아가씨는 귀족 사회의 무료함이 한동안 라이라에 대한 소문으로 해소될 것이라는 사실을 알고 있었다. 우아한 미소를 얼굴에 드리우며 자신에게 질문을 해오는 사람들을 예의 바르게 대하는 라이라를 보며 캠벨은 미소 지었다.

처음과는 달리 캠벨은 라이라가 좋아졌다. 자신보다 고작 한 살 많지만 훨씬 더 어른스러운 라이라는 자신의 어리광을 잘 받아줬고 다른 영애들처럼 자신을 질투하지도 않았다.

'흥.'

외할아버지의 수양딸이니 항렬로 따진다면 이모가 되지만 라이라는 친구처럼 친근했다. 집안 배경과 성격 때문에 마음 터놓고 이야기 나눌 친구가 없던 캠벨에게 라이라는 좋은 친구였다.

'칫! 조그만 나라의 하급 귀족이라더니.'

투덜거리면서도 캠벨은 귀부인들을 대하는 라이라의 기품 있는 태도에 뿌듯한 표정을 지어 보였다.

두오반 가(家)로 돌아오자 라이라는 그만 스르륵 긴장이 풀리고 말았다. 방에 틀어박혀 침대 위에 누웠지만 어쩐지 정신은 점점 더 말똥말똥했다.

어떻게 시간이 흘렀는지 알 수 없었다. 그녀가 기억하는 건, 눈앞의 체이셔를 향한 분노를 내리누르려 엄청나게 애썼다는 것뿐이었다.

사실 라이라는 두려웠다. 체이셔가 자신을 알아볼까 봐 얼마나 겁이 났는지 몰랐다.

'메르첼 제국 사람들은 아직도 체이셔를 로이드로 알고 있단 말이지?'

라이라는 몸을 일으켜 앉아 무릎을 세우고 양팔로 무릎을 껴안았다. 어쩐지 한기가 밀려드는 것 같았다.

수개월의 시간이 지났기에 어쩌면 체이셔가 황녀에게 자신이 로이드가 아님을 고백했을지도 모른다고, 라이라는 생각했다. 어쨌거나 달시 황녀와 부부가 되었으니 모든 걸 고백했을 수도 있다. 하지만 라이라는 아직도 그가 로이드 행세를 하고 있음을 오늘 확인했다.

'만일 내가 체이셔의 정체를 밝힌다면 어떻게 될까?'

아무도 믿지 않을 것이다, 라이라는 결론을 내렸다. 아무리 두오반 후작의 수양딸이 되었다고 해도 저들 입장에서는 근거 없는 루머, 혹은 인신공격에 가까운 소문을 퍼뜨리면 오히려 자신이 황실의 표적이 될 것이 틀림없었다. 더군다나 루슬란 왕국에 있는 로이드가 부인하면 아무리 진실을 외친다 해도 소용없는 일이었다.

'이제 어떻게 해야 하지?'

라이라의 목표는 단 하나였다. 고든을 돕고 자신의 복수를 이루는 것. 메르첼 대제국의 지배자가 나선다면, 작은 왕국의 일쯤이야 아무것도 아닌 게 될 수도 있었다.

'라미 공작을 적으로 돌리면 힘들 거야.'

몇 번의 만남으로 라이라는 라미 공작이 쉽지 않은 상대라는 것만을 거듭 확인했다. 그의 엄청난 정보력과 추진력은 확실히 고든에게 도움이 될 것이 분명했다.

'공작을 조력자로 만들기 위해선……'

라이라는 골똘히 생각에 잠겼다. 일전에 들은 라미 공작과 토르니와의 대화가 떠올랐다.

'고든의 말대로 그가 원하는 것을 보상으로 주어야겠지.'

그것이 고든이 말하는 정치였다. 어쩌면 고든은 이미 그 답을 알고 있을지도 모른다는 생각이 들었다.

'혹시……'

불현듯 떠오른 생각에 라이라는 방을 휘휘 둘러보았다.

'일부러 날 이곳에 남겨두려고 한 건가?'

부족한 식량 문제를 안고 있는 크멕스 산맥의 열악한 환경과 두오반 후작가는 완전히 하늘과 땅 차이였다. 라이라는 이곳에서 며칠 동안이었지만 따뜻하고 포근한 침대에서 잠을 청했고 영양 균형이 잘 잡힌 식사를 했다.

"정말, 그런 건가……?"

중얼거림이 끝남과 동시에 그리움이 왈칵 밀려왔다. 커다란 방에 홀로 남겨진 소녀는, 급작스럽게 찾아온 한기에 주섬주섬 이불을 끌어당겨 모았다.

"고든……."

나직이 불러보는 그 이름.

"……고든."

제 목소리에 라이라는 가슴 한쪽이 서늘해지는 것을 느꼈다. 라이라가 봤을 때 라미 공작이 원하는 것은 단 하나였다. 보다 확실한 권력을 쥐는 것.

'그러기 위해선.'

라이라의 눈매가 깊어졌다.

'캠벨이 황비가 되어야 해.'

가슴이 떨렸다. 캠벨이 황비가 된다는 것은 황제 자리로 돌아간 고든의 옆자리에 캠벨이 함께한다는 것이 아닌가.

'싫다.'

고든과 캠벨이 나란히 선 모습을 떠올린 라이라는 저도 모르게 눈을 질끈 감았다.

기분이 이상했다. 고든이 황위를 되찾기 위해서, 더 나아가 자신의 복수를 하기 위해서 필요한 사람이 바로 라미 공작이었다. 그러기 위해선 고든은 라미 공작에게 보상을 해야 했다.

캠벨의 황비 책봉 말고 다른 방법은 없었다. 만일 달시가 캠벨을 아샤의 황비로 택한다면 라미 공작은 달시의 힘이 될 것이 분명했다. 기실, 그는 지금 달시의 편이지 않은가.

"그렇게 되면 안 돼."

말은 그렇게 하면서도 라이라는 여전히 눈을 뜨지 않았다.

"캠벨이, 황비가 되어야 해."

억눌린 음색이 흘러나왔다. 그것은 마치 억지로 쥐어짠 목소리 같았다. 결론은 딱 하나였다. 하지만 어쩐지 라이라는 마음이 편치 않았다.

'내가, 왜?'

라이라는 자신의 의문에 의문을 더했다.

"내가 왜 이런 감정을 느껴야 하지?"

달싹이는 입술은 떨리는 목소리를 토해냈다. 라이라는 혼란스러웠다. 분명 아버지의 복수, 자신의 복수를 위해 고든의 도움이 필요했고 그러기 위해선 라미 공작을 뒤에 둔 캠벨이 필요했다. 그런데 마음 한쪽, 깊숙한 곳에서부터 피어오르는 야릇한 감정이 자꾸 걸렸다. 캠벨이 고든 옆에 있는 것이 썩 내키지 않았다.

"고든."

라이라는 다시 고든을 나직이 불러봤다.

"보고 싶어."

곁에 맴돌던 그리움이 와락, 다시 덮쳐 왔다. 고든이 그리웠다. 한동안 무엇을 하든 함께 붙어 지내다가 갑자기 따로 떨어지니 너무 허전했다. 체이서 앞에서 두려움과 분노를 이겨낼 수 있었던 건 고든 때문이었다. 그를 떠올리며 라이라는 용기를 낼 수 있었다.

"고든."

라이라는 가만히 등을 동그랗게 말았다. 창문 너머, 희미한 새벽빛이 어른거렸다.

❦

"초대요?"

라이라가 토르니의 전언에 반문했다.

"달시 황녀가 또 저를 초대했다고요?"

"그렇더구나."

며칠 전, 연회장에서 라이라가 두오반 후작의 수양딸이라 소개한 이후 귀족 세계는 온통 라이라 이야기로 들썩였다. 몰락한 귀족가의 여식이 운 좋게 제국 후작의 여식이 되어 이제 인생이 폈다는 그런 닳고 닳은 이야기들이었다.

남 말 하기 좋아하는 귀족들의 습성을 익히 알고 있던지라 라이라는 소문이 가라앉기를 기다리고 있었다. 그런데 예기치 않게 날아든 달시의 초대장에 라이라는 복잡한 심경이 되었다.

'도대체, 왜?'

갈피를 잡을 수가 없었다.

'도대체 무슨 일이지?'

불안함이 엄습했지만 라이라는 달시의 초대를 거부할 수 없었다. 다행히 이번에도 캠벨이 함께하기를 청했고 라이라는 기쁜 마음으로 수락했다. 라이라의 궁금증은 달시가 초대한 별궁에 들어가고 나서야 풀어졌다.

"메르첼 제국의 황제입니다."

달시 옆에, 아샤가 난처한 표정으로 서 있었다. 생각지도 못한 일에 라이라는 잠시 멍하니 있다가 정신을 차리고 서둘러 인사를 건넸다.

"젬마 그레이 엘시온 두오반, 황제 폐하를 뵈옵니다."

"캠벨 로즈 라미가 황제 폐하를 뵈옵니다."

옆에서 캠벨이 못마땅한 목소리로 아샤에게 인사를 건네는 소리가 들려왔다.

"아, 처음 뵈오, 두오반 영애. 그리고 오랜만입니다, 라미 영애."

라이라는 호기심 가득한 눈으로 제국의 황제를 바라봤다. 이제 막 사춘기에 들어선 황제는 콧잔등에 작은 주근깨가 돋아 있었고 턱에는 막 자란 수염이 고개를 들이밀고 있었다.

"두오반 영애도 아시겠지만 우리 아샤가, 아니, 황제께서 곧 혼인을 해야 하셔서 말입니다."

머리를 깔끔하게 틀어 올린 달시의 귓불 아래 새빨간 보석이 흔들렸다.

"두오반 영애도 혼인적령기인 데다가 후작가의 여식이니 당연히 황비 후보가 되겠지요. 그래서 제 동생, 아, 실례인 줄은 압니다만 저와 아샤 사이가 각별해서 말이죠. 아무튼 두오반 영애는 아직 사교계에 데뷔하지 않으셨으니 이렇게라도 황제 폐하를 만나게 해드리고 싶었답니다."

다시 말하자면, 달시가 라이라를 자신의 동생, 아샤의 신붓감으로 낙점했다는 얘기였다. 옆에서 듣고 있던 캠벨의 얼굴이 창백해지기 시작했다.

"어머, 라미 영애? 그런 얼굴 하지 말아요. 확실히 정해진 것도 아닌걸요. 물론 두오반 후작의 따님이니 그 영향이 좀 들어가긴 하겠지만요."

달시가 즐거운 듯 웃었다.

"네, 당연히 그러시겠죠."

캠벨은 달시가 자신을 마음에 들어 하지 않는다는 사실을 잘 알고 있었고, 또 자신 역시 달시 황녀를 좋아하지 않았기에 목소리가 곱게 나가지 않았다.

어린 황제, 아샤는 당황했다. 캠벨이 놀러 온다는 달시의 말에 설레는 마음으로 기다리고 있었는데 느닷없이 두오반 영애와의 인사라니, 불안해진 것이다.

달시 황녀와 캠벨이 보이지 않는 전쟁을 벌이고 있는 사이, 라이라는 아샤를 살폈다. 열일곱의 소년은 달시보다는 고든을 더 많이 닮아 있었다. 검은 눈과 검은 머리가 그러했고 좀 나약한 분위기가 흐른다는 것 빼고는 제법 둘이 얼굴 생김생김도 비슷해 보였다.

라이라는 달시와 캠벨 사이에서 눈치 보는 이 소년이 안되어 보였다. 그리고 자신을 소개받았을 때 캠벨을 보며 안절부절못하던 모습에서 그녀는 아샤가 캠벨을 남다르게 생각하는 것 같은 느낌을 받았다.

"뭐, 라미 영애도 아시겠지만."

달시가 느릿하게 말을 이어 나갔다.

"본국의 모든 귀족 영애들에게 황제 폐하의 비가 될 자격이 주어지니까요."

찌릿, 두 여자의 시선이 얽혔다.

"지당하신 말씀이지요, 다만."

캠벨 역시 지지 않았다.

"자격과 자질은 다른 문제라 생각합니다."

다른 영애들은 자격은 있지만 황비의 자질이 되지 못한다는 뜻으로 캠벨은 우아한 미소를 얼굴에 그려냈다.

"아아."

달시의 암갈색 눈에 이채가 서렸다.

"물론 라미 영애는 그 자격과 자질을 갖추었다고 생각합니다."

그러곤 달시가 볼우물을 만들어냈다.

"다만."

덧붙이는 달시의 말에 캠벨이 살짝 긴장하는 모습을 보였다.

"황실의 입장은 또 다를 수 있지 않을까요? 더군다나 이렇게 두오반 영애도 새롭게 등장하셨으니."

황녀는 얄미우리만치 여유롭게 말했다. 그녀가 노린 것은 바로 캠벨의 입지를 좁히는 것이었다.

달시가 일부러 이런 사적인 자리에서 라이라를 아샤에게 소개한 것은 라미 공작과 두오반 후작의 사이가 틀어지기를 바랐기 때문이었다. 자신이 캠벨을 탐탁지 않게 여긴다는 건 라미 공작도 잘 알고 있으니 황녀가 새로운 두오반 영애에게 마음이 있다고 하면 그 승부욕 많고 권력욕 많은 공작이 딸과 자신의 미래를 위해 라이라를 내칠지도 모른다고 생각했다.

만일 라미 공작이 달시의 계획대로 두오반 후작에게 라이라를 내치라고 한다면 이미 그녀를 입양한 후작의 입장에서는 이러지도 저러지도 못할 상황에 처해질 터. 대외적으로 라이라를 수양딸이라 공표했으니 그 자존심에 거두어들이지도 못할 테니 그렇게 되면 공작과 후작, 두 사람은 껄끄러워지리라.

캠벨은 달시의 행태가 못마땅했지만 화를 내지도, 싫은 태를 내지도 않았다.

"아아."

캠벨의 분홍빛 입술이 달싹였다.

"그렇군요."

제국의 황녀와 공작 영애는 드러내 놓고 감정을 표출하지는 않았지만 그녀들이 뿜어내는 기운은 서로를 어떻게 생각하는지를 여실히 보여주고 있었다.

그렇게 달시와 캠벨이 드러나지 않는 전쟁을 벌이고 있을 즈음, 라이라는 아샤를 보고 있었다. 캠벨을 정신없이 바라보다가 문득 아샤는 라이라가 자신을 바라보고 있음을 눈치채고는 얼굴을 붉혔다. 그 모습에서 라이라는 아샤의 마음을 확실히 알 수 있었다.

그 뒤로도 달시는 종종 라이라를 황궁으로 불러들였다. 그것은 두오반 후작의 영애에 대한 애정을 드러냄으로써 자신을 추종하는 귀족들에게 자신의 뜻을 관철시키는 것과 다름없었다. 황녀는 라미 공작 영애가 아닌 두오반 후작 영애를 황비로 점찍었다는 사실을.

"그래."

찻잔을 탁자 위에 내려놓으며 달시가 그윽한 표정으로 라이라를 바라봤다.

"제국에서의 생활은 어떠십니까, 두오반 영애?"

"아아."

라이라의 입매가 부드럽게 움직였다.

"제가 있던 곳은 정말 작은 나라였어요. 그래서 제국의 모든 것이 정말 대단하고 신기하답니다."

말을 하며 그녀는 꿈꾸는 듯한 표정을 지어 보였다.

"그런가요?"

달시는 이 순박한 시골 처녀가 정말 마음에 들었다. 반짝이는 푸른 눈은 동경으로 가득한 데다 얼굴에는 자신을 향한 경외가 한껏 드러나 있어서 매우 흡족했다.

라이라는 달시의 뜻에 따르는 제스처를 취해 보였다. 메르첼 제국의 실세인 달시에게 거슬리는 행동을 했다가는 의심을 살 테고 그렇게 되면 아슬아슬한 위장이 탄로 날 수도 있는 까닭이었다. 그렇기에 라이라는 아샤에게 매우 관심 많은 척, 연기를 했다.

라이라가 아까부터 문 쪽을 힐끔거렸다. 그것은 마치 누군가를 기다리는 모양새여서 달시는 속으로 웃었다.

"어디 불편한 데라도 있으신가요?"

달시의 물음에 라이라는 서둘러 도리질했다. 그런 그녀의 얼굴에 수줍은 기색이 떠올랐다.

"저어……."

달시는 순진한 시골 귀족 아가씨의 말에 귀를 기울였다.

"폐하께서는 안 오시나요?"

부끄러운 듯 얼굴을 붉히는 라이라에게서 달시는 시선을 떼지 않았다. 확실히 연모하는 이를 기다리는 얼굴이었다.

"아아."

달시가 부드러운 포물선을 입가에 그려냈다.

"폐하를 기다리는군요?"

답 없이 쑥스럽게 웃는 라이라를 보며 달시는 흐뭇한 미소를 지었다.

"이제 곧 오실 겁니다. 마침 급한 일이 생겼다고 하지 뭡니까."

"아아, 예에."

언제나 달시는 라이라를 초대하는 날이면 아샤와 함께 그녀를 기다리곤 했다. 두 사람을 조금이라도 더 가깝게 만들기 위한 묘수였다.

"황제께서도 두오반 영애와 대화 나누는 것이 즐겁다 하셨습니다."

달시는 라이라의 마음을 잡기 위해 애를 썼다. 자신의 말에 다시금 얼굴을 붉히는 귀족 소녀는, 앞으로를 위해서라도 확실하게 붙잡아야 하는 이였다.

"황제 폐하께서 드십니다."

전하는 소리에 라이라와 달시는 동시에 자리에서 일어섰다. 문이 열리고, 방으로 들어선 아샤는 무척 피곤해 보였다.

"황제 폐하를 뵈옵니다."

라이라의 인사에 아샤는 가볍게 고개을 끄덕였다.

"아아, 두오반 영애."

하지만 그의 눈은 라이라를 보고 있지 않았다. 누군가를 찾듯 방 안을 훑는 아샤의 표정이 금세 조금 어두워졌다.

"아, 오늘도 혼자 오셨나 보군요, 두오반 영애."

그런 그의 얼굴에는 못내 아쉽다는 표정이 걸려 있었다. 라이라는 그가 캠벨을 찾고 있음을 알았다.

"뭐 어떻습니까."

달시가 부드럽게 말했다.

"두 분이서 재미나게 대화를 나누시면 되지요."

라이라와 아샤를 번갈아 바라보며 달시가 의미심장한 미소를 입가에 매달았다.

"아시겠지만, 폐하."

그 부름에 아샤가 달시를 바라봤다.

"이 누이는 폐하께서 두오반 영애와 더욱 친해지길 바란답니다."

아샤의 검은 눈이 바닥으로 향했다.

"알고 있소."

떨떠름한 말에도 달시는 눈웃음을 멈추지 않았다.

"제국의 황제는 세상 곳곳에 시선을 주어야 합니다. 부디 두오반 영애로부터 세상을 들으시옵소서."

미간을 약간 찌푸린 황제가 알았다는 듯 고개를 끄떡이자마자 기다렸다는 듯 문밖에서 시종이 고했다.

"마마, 드레이브 백작이 알현을 청하옵니다."

이르는 말에 달시는 만면에 미소를 드리웠다.

"아아, 그러고 보니 드레이브 백작과의 약속이 있는 걸 깜빡했군요."

일부러 그렇게 약속을 잡은 것이었다. 아샤와 라이라, 둘만 남겨두기 위해서.

달시의 입장에서 라미 공작 가문과 두오반 후작 가문의 결속은 그리 탐탁지 않은 것이었다. 두 가문을 반목(反目)시켜야 했다. 그래야 나중에 아샤를 처리할 때 보다 용이해질 테니까. 그래서 달시는 반드시 라이라가 황비의 자리에 오르도록 힘을 써야 했다.

"그럼 전 이만 나가볼 테니 영애는 폐하와 좀 더 이야기를 나누시지요."

달시가 몸을 일으켰다. 라이라는 놀라 황녀를 올려다봤다.

"마, 마마!"

"그럼, 황제 폐하와 좋은 시간을 갖도록 하세요, 두오반 영애."

달시가 사라지고 난 뒤, 아샤와 단둘이 남게 된 라이라는 지금이 황제의 속내를 알 수 있는 절호의 기회라는 사실을 깨달았다. 황궁 안에 아무리 보이지 않는 눈과 귀가 있다고는 해도 황제와 단둘이 있을 수 있는 기회란 흔치 않은 까닭이었다. 하지만 또 함부로 입을 열 수는 없는 노릇이니 때를 엿봐야 했다.

"두오반 영애가 있던 곳은 어떤 나라였소?"

아샤의 물음에 라이라는 퍼뜩 정신을 차렸다.

"이스말 공국은."

천천히, 습득한 지식을 더듬으며 라이라가 입을 열었다.

"아주 작은 나라였습니다. 메르첼 대제국과는 비교도 할 수 없는 나라지요."

"그래요?"

묻기는 했어도 사실 아샤는 별 관심이 없었다. 하지만 그는 예의를 지킬 줄 알았다.

"그래, 두오반 영애가 살던 곳은 어떤 곳이었소?"

단순한 응대였을 뿐이었다. 그렇기에 아샤는 라이라를 보고 있지도 않았다. 이 연약한 황제는 기운 없는 몸을 소파에 기대앉아 있기만 했다. 그러나 라이라는 자신의 역할에 충실했다.

"제가 자란 곳은 그보다도 더 작은 시골이었지요."

일전에 라미 공작이 내민 서류상의 이야기를 읊조리고 있었지만 어느새 그녀의 눈앞에는 그린그린의 풍경이 펼쳐지고 있었다.

"참 아름다운 마을이었어요. 조용하고 평화로운 곳이었죠. 순박하고 다정한 사람들이 모여 살았어요."

라이라의 목소리가 방 안을 나직하게 울렸다.

"우리 마을 사람들은 서로 사이가 좋았어요. 집에 무슨 변고가 있는지, 경사가 있는지 서로서로 위로하고 축하해 줬죠."

그녀의 목소리에 물기가 배어들었다.

"이제는 볼 수 없는, 그리운 사람들이에요."

아샤는 그제야 라이라의 고향이 전쟁으로 사라졌다는 사실을 떠올렸다.

"아, 미안하오."

소년 황제는 소파에 기댔던 몸을 세웠다.

"그대가 가족을 잃었다는 사실을, 들어서 알고 있소."

아샤의 얼굴 가득 연민이 드리워졌다. 그렇지 않아도 그는 두오반 원로가 입양했다는 귀족 아가씨가 고아라는 사실에 약간의 동질감을 느꼈었다.

"나도, 나도 가족을 잃었소."

라이라의 얼굴에 걸린 쓸쓸함에 아샤는 서둘러 그녀를 위로하려 애를 썼다.

"내게도 정말 좋은 형이 있었다오."

제국의 통치자인 까닭에 소년은 어른의 말투를 흉내 냈지만 그것은 커다란 옷을 억지로 입은 것처럼 어색했다. 하지만 따뜻함이 깃들어 있었다.

"정말 멋진 사람이었소. 사람들은 그가 제국 최고의 통치자가 될 거라고 말했지."

라이라는 아샤가 고든을 말하고 있음을 알아챘다.

"아, 저도 들은 적이 있어요."

라이라는 서두르지도, 그렇다고 너무 늦지도 않게 아샤의 말에 동조했다. 그런 그녀의 목소리에는 그 어떤 호기심도 들어 있지 않고 너무도 담담해서 아샤는 저도 모르게 입가에 미소를 그려냈다.

"그럴 거요, 우리 형은 정말 유명했거든."

소년의 핏기 없는 얼굴에 홍조가 비치기 시작했다.

"정의롭고 사리분별력이 뚜렷했지. 공과 사를 구분할 줄 알고 나에게 무척 다정한 형이었소."

불현듯 아샤의 얼굴에 서글픈 미소가 피어오르기 시작했다.

"내게 사냥하는 법을 알려준다고 했는데."

그것은 라이라를 향한 말이 아니었다. 문득 고개을 숙인 아샤는 목구멍 안쪽에서부터 치밀어 오르는 덩어리를 가까스로 내리눌렀다. 눈시울이 뜨거워졌다.

"저도 절 키워준 분들이 그리워요."

툭 던진 라이라의 말이 아샤의 심장을 후벼 팠다.

"보고 싶은데, 볼 수가 없어요."

도화선에 불을 붙인 격이었다. 달시를 비롯한 사람들의 눈치를 보며 묵직한 슬픔을 드러내지 못했던 아샤는, 자신의 감정을 솔직히 말하는 라이라로 인해 슬며시 감정이 움직이고 말았다.

"나, 나도 그러하오."

병약한 소년이 가만히 속삭였다.

"나도 내 형이 보고 싶소, 두오반 영애."

율리우스가 죽고 나서 단 한 번도 말하지 않았던 자신의 감정 앞에 아샤는 숨죽인 오열을 터뜨렸다. 일그러지는 소년의 얼굴에 라이라는 안타까운 마음을 감추지 않았다. 위로가 되고 싶었다. 아샤가 고든을 어떻게 생각하고 있는지, 충분히 알 것 같았다.

"나, 난 우리 형이 죽었다는 사실을 인정할 수 없소. 꼭 살아 있을 것만 같아. 돌아와서, 이 모든 걸 멈춰줬으면 좋겠소."

몸이 약해지면 정신도 무너지는 법. 이미 약해질 대로 약해진 아샤에게 강인한 황제의 정신력은 그 어디에도 없었다. 하지만 황제는 더 이상의 무너짐을 허락지 않았다. 이내 눈물을 거둔 아샤는 부끄러운 기색을 보였다.

"미안하오, 두오반 영애."

"아닙니다, 폐하. 저도 혼자 있을 때 실컷 운답니다. 그러면 좀 나아지거든요."

그녀의 위로에 아샤는 살짝 고개를 끄덕였다.

"오늘은 이만 물러가 보겠사옵니다."

"그래요, 두오반 영애."

라이라는 자리를 털고 일어났다. 고든에 대한 아샤의 마음을 알았으니 더 이상 황궁에 머물 이유는 없었다.

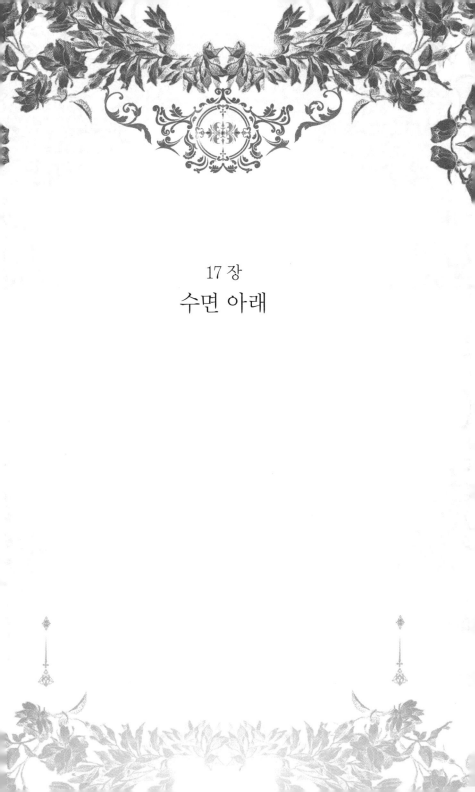

17 장
수면 아래

"휴우."

코니는 흐르는 땀을 손끝으로 털어냈다. 아무리 대공의 시녀라 해도 그녀의 신분이 상승되는 것은 아니었다. 켄즈 대공이 데려온 시녀들, 코니와 제시가 그의 밤 시중을 드는 존재라 해도 그녀들은 다른 시녀들과 마찬가지로 일을 해야 했다.

오늘도 여느 때처럼 복도 청소를 하던 코니는 문소리가 들리자 무심코 고개를 돌렸다.

"그럼 다음에 뵙도록 하지요."

"그래요, 두오반 영애."

황제의 목소리를 듣고서 코니는 지금 막 몸을 돌린 여자가 소문 속의 후작 영애임을 알 수 있었다.

호기심이 일었다.

'응?'

몸을 돌린 후작 영애의 얼굴을 본 코니는 순간적으로 멈칫했다. 분명 처음 보는 얼굴이었다. 하지만 어딘지 익숙한 느낌이 들었다.

어느 순간 시선이 마주쳤다. 그러자 코니는 서둘러 허리를 접었다. 그녀의 심장이 급하게 뛰고 있었다.

'그 여자다!'

확실했다. 코니는 자신의 눈썰미를 믿었다. 며칠이긴 해도 바로 옆에서 시중까지 들었던 여자의 얼굴을 잊어버렸을 리가 없었다.

코니는 확신했다. 아무리 머리색이 다르고 피부색이 진해졌다고는 하나 그 얼굴을 못 알아볼 정도는 아니었다. 화장 아래 감춰진 얼굴이 훤히 보였다.

라이라는 느닷없이 마주친 코니에 당황했지만 겉으로 티를 내진 않았다. 그리고 눈치로 코니가 자신을 알아보았음을 알아챘다. 하지만 상관없었다. 그녀가 자신이 누구인지 알아차렸다 하더라도 이제 와 여기에서 멈출 생각은 없었다.

고개 숙인 코니를 지나쳐 라이라는 그대로 황궁을 빠져나왔다.

후작가로 돌아온 라이라는 출타했다는 토르니를 기다리고 있었다. 하지만 토르니는 늦은 저녁이 돼서야 지친 몸으로 돌아왔다.

"오셨어요?"

"오, 젬마!"

라이라를 반기며 토르니가 활짝 웃었다.

"내가 널 위해 준비한 게 있단다."

토르니는 라이라의 팔을 붙잡고 일 층의 응접실로 자리를 옮겼다.

"듣자 하니 오늘 황제 폐하를 알현했다지?"

소문은 빠르게 움직였는지 이미 토르니는 라이라와 아샤가 만난 일을 알고 있었다.

"네."

라이라는 긴장했다. 토르니 역시 캠벨이 황비가 되는 것을 바랄 텐데 마치 자신이 그 자리를 뺏는 기분이 들었다.

"황제 폐하를 뵈니 어떻든?"

다행히 토르니는 황비에 대한 말은 일언반구도 하지 않았다.

"고든, 아니."

라이라는 난처한 얼굴이 되었다. 토르니는 그의 정체를 알고 있으니 굳이 가명을 사용하지 않아도 될 성싶었다. 그 모습을 본 토르니가 인자하게 웃었다.

"편하게 얘기하렴. 다 밝히는 건 그리 좋지 않단다."

"네. 그분은 고든과 많이 닮아 보이더군요."

라이라의 말에 토르니는 고개를 끄덕였다.

"그래, 좀 우유부단한 것만 빼면 영특하시지. 달시 황녀만 없으면 좋은 군주가 되실 분이다."

어마어마한 말을 하면서 토르니는 어두운 표정을 얼굴에 드리웠다. 잠시 그 모습을 보던 라이라가 막 입을 열려고 할 때, 문 두드리는 소리가 들려왔다.

"누군가."

"상단이 왔습니다, 각하."

"여기로 들라 하게."

토르니는 소파에서 몸을 일으키며 라이라에게 손을 내밀었다.

"네 선물이 도착했구나."

"선물이요?"

영문을 알지 못한 채 어리둥절한 표정으로 라이라는 토르니가 내민 손을 잡고 일어섰다. 잠깐의 시간이 흐른 뒤, 문이 열리고 한 무리의 사내가 각자 커다란 짐을 짊어지고 응접실 안으로 들어섰다.

"아무래도 젬마, 네게 필요한 물건들이 있어야 할 것 같아 상단에 주문을 했단다."

토르니의 친절한 설명에도 라이라는 여전히 어리둥절한 표정이었다.

"수고들 했네."

짐을 내려놓는 사내들 사이로 토르니는 두 명의 사내를 손으로 가리켰다.

"자네들만 남고 다들 나가시게. 값은 집사가 지불할 걸세."

우르르 들어왔던 것처럼 사내들은 우르르 응접실을 빠져나갔다. 그리고 두 사람만이 남아 토르니와 라이라 앞에 마주 섰다. 라이라의 시선이 바닥에 놓인 많은 짐들로 향했다.

"이렇게 많은 물건은 필요 없는데요."

라이라의 말에도 토르니는 그저 웃기만 했다. 눈을 깜빡이던 라이라 앞에 두 명의 사내 중 한 명이 바싹 다가왔다. 저도 모르게 놀란 라이라가 두어 걸음 뒤로 물러났을 때, 남자가 뒤집어쓰고 있던 후드를 벗었다.

"앗!"

검은 후드를 벗은 순간 드러난 얼굴에 라이라의 눈이 커다래졌다.

"고든!"

반가운 외침이 방 안을 울렸다. 고든의 뒤에서 후드를 벗은 테리는 착잡한 눈을 들어 라이라를 바라봤다. 라이라는 정신없이 고든만 바라보고 있었다. 마치 테리는 보이지도 않는 듯했다.

"잘 지냈어?"

다정한 말이 흘러나오자 라이라의 푸른 눈이 커다래졌다. 이윽고 그녀의 눈에서 눈물이 툭 떨어져 내렸다.

"이런."

물기를 머금은 라이라의 눈을 보며 고든은 안타까운 한숨을 토해냈다. 마음 같아서는 품에 끌어안고 다독여 주고 싶었지만 그럴 수 없었다. 여전히 남자를 두려워하는 라이라에게 그건 고문이 될 것이 분명했으므로 그저 라이라가 눈물을 멈추길 기다릴 뿐이었다.

"힘들었나."

라이라의 눈물이 잦아들 즈음, 고든이 입을 열었다. 그런 그의 물음에 라이라는 가만히 도리질했다. 솔직히 힘들었다고 얘기할 수 없었다.

"아니."

라이라는 가만히 숨을 뱉어냈다.

"두오반 후작님 덕분에 잘 지내고 있었어요."

두 사람의 대화는 간신히 이어지고 있었다. 그걸 느낀 테리는 더욱 마음이 아팠다. 아니, 괜히 화가 났다. 그리고 뒤이어 찾아온 것은 상실감이었다. 십칠 년간 모시던 아가씨였다. 이제 그녀의 세상은 온통 고든으로 가득하다는 사실이 여실히 느껴졌다.

"아가씨."

불쑥, 테리가 입을 열자 그제야 그를 돌아보며 라이라가 반색했다.

"어머, 테리!"

"좋아 보이십니다."

테리는 애써 자신의 우울한 감정을 털어냈다.

"아, 그런데 무슨 일로……."

반가움 다음으로 밀려온 걱정에 라이라는 고든과 테리를 번갈아 바라봤다. 혹시라도 크멕스 산맥의 동료들에게 무슨 일이라도 생긴 게 아닌가 싶었다.

"뭐, 이런저런 소문을 들어서."

고든은 아무렇지도 않게 말하며 털썩 소파에 앉았다. 그런 후 라이라와 테리에게 긴 손가락을 까딱이며 앉기를 권했다.

"듣자 하니 두오반 영애가 되셨다고."

라이라가 맞은편에 앉자마자 고든이 빙글거리며 입을 열었다.

"아, 그렇게 됐어요."

라이라가 아직도 그 자리에 서 있는 토르니를 바라봤다.

"어쩌다 보니 그렇게 되었습니다."

고든이 눈으로 토르니에게 앉기를 권했지만 그는 허리를 꼿꼿이 편 채로 말을 이어 나갔다.

"달시 황녀를 속이기 위함입니다."

고든이 고개을 끄덕였다. 달시 황녀의 첩자가 자신과 라이라가 이 저택에 왔던 일을 알았다고 한 것을 이미 토르니에게서 전해 들었던 것이다. 그래서 이번에는 달시의 눈을 의식하여 토르니가 물건을 주문한 상단으로 변장, 후작가로 들어왔던 것이었다. 그러면서 라이라에 대한 걱정으로 신경이 예민해져 가는 테리도 함께 데리고 왔다.

"달시 황녀가 두오반 영애를 초대했었다고 하던데."

스윽, 고든의 검은 눈이 토르니에게서 라이라로 향했다.

"네."

라이라는 침착한 표정을 지으며 다시 입을 열었다.

"달시 황녀를 만났어요."

그녀의 푸른 눈동자 위로 이채가 떠올랐다.

"황제도요."

고든의 검은 시선이 라이라에게로 박혔다.

"그는."

라이라는 잠시 호흡을 멈췄다.

"자신의 형을 그리워하고 있더군요."

그녀의 말에 고든의 눈빛이 흔들렸다.

"몹시 보고 싶어 했어요."

"그런가."

고든의 답은 모호했다.

"그 답을, 어떻게 들었지?"

라이라가 답했다.

"정치를 했거든요."

짧은 답에 고든의 눈동자에 웃음기가 돌았다. 라이라는 다시 분위기를 새로 잡아야 했다.

"그리고."

좀 전과는 어두운 목소리가 그녀의 입에서 흘러나왔다. 그녀의 눈이 토르니를 향했다. 망설이는 눈치에 토르니는 자신이 피해야 할 때임을 직감했다.

"그럼 대화들 나누십시오."

그들만의 시간이 필요할 것 같아 토르니는 일부러 자리를 피해 주었다. 토르니가 나가고 문이 닫히자 방 안에는 세 사람만이 남았다.

"체이셔를 봤어요."

그녀의 말이 끝남과 동시에 고든이 눈을 감았다가 가만히 떴다. 라이라는 그 눈을 똑바로 바라보며 말을 이었다.

"그리고 오늘, 그의 시중을 들던 시녀 중 한 명이 절 알아본 것 같아요."

고든의 눈썹 사이가 좁아졌다. 하지만 라이라는 표정 변화 없이 말을 이어 나갔다.

"그것보다 가장 우선적으로 생각해야 할 것은."

고든은 얼굴을 바로 하고 라이라를 바라봤다.

"라미 공작은 전하께 정말로 필요한 사람입니다. 잠깐 경험했지만 그의 능력은 정말로 대단한 것이었어요. 만일 공작을 적으로 돌리게 된다면……."

라이라는 마른침을 삼켰다. 입안이 바싹바싹 말라왔다.

"라미 공작이 적이 된다면 전하는 뜻을 이루지 못하실지도 모릅니다."

"나도 그렇게 생각해, 라일."

고든은 흥미로운 얼굴로 라이라의 얼굴을 마주했다.

"그럼 공작을 어떻게 내 편으로 만들어야 하지?"

"일전에 말씀하신 대로."

라이라는 따끔거리는 마음을 외면했다.

"공작이 원하는 걸 내주어야 합니다."

"그게 뭘까?"

"라미 영애가 황비가 되는 겁니다."

그 말을 한 후, 라이라는 잠시 망설였다. 앞으로 덧붙이려는 말이 고든에게 엄청난 고민을 안겨줄 것이라는 예감이 들었지만 하지 않을 수 없었다.

"그런데."

천천히 흘러나오는 라이라의 말에 고든의 눈동자가 움직였다.

"황제가 라미 영애를 마음에 들어 하는 눈치였어요."

"흐음."

고든이 눈을 내리깔았다.

✣

황궁 안에서 일어나는 모든 일들 대부분이 라미 공작의 귀에 들어가는 것은 당연했다. 라이라와 아샤가 단둘이 한 공간에 있었다는 일을 전해 들은 라미 공작은 깊은 생각에 빠졌다.

'달시는 우리 캠벨을 황제의 짝으로 영 탐탁지 않게 여기고 있지. 그런데 두오반 영애를 또 초대했다? 거기다 황제와 단둘이 있게 했다고?"

붉은 눈동자가 타올랐다.

"그러니까, 젬마 양을 황비로 염두에 두고 있다?"

스산한 라미 공작의 목소리는 방 안 공기마저 꽁꽁 얼어붙게 만들었다.

"그렇게 되어서는 안 되지."

결코 그렇게 만들 수는 없었다. 지금까지 보다 높은 곳을 향해 걸어왔던 자신이 아니던가. 하나밖에 없는 딸 캠벨을 황비 자리에 앉히고 후에 황후 자리에까지 이르게 하는 것이 바로 라미 공작이 원하는 바였다. 그 최고의 자리를 바로 눈앞에서 놓칠 수 없었다.

"흐음."

라미 공작은 의자에 등을 깊숙이 기대고 생각에 잠겼다.

'호락호락하지 않을 줄은 알고 있었지만.'

라미 공작은 왼손으로 자신의 머리를 매만졌다. 섭정 자리에서 황권을 쥐고 흔드는 그 간악한 여우 계집이 참으로 못마땅했다. 그녀가 캠벨의 운명을 좌지우지할 줄이야.

마음 깊숙한 곳에 남아 있던 라이라에 대한 의혹이 다시 머리를 들었다. 장인에게서 라이라에 대해 확실하게 설명을 듣지 못한 것도 여전히 마음에 걸렸다.

'캠벨 말로는 하급 귀족의 딸이라던데.'

라미 공작은 몸을 곧추세우고 다시 생각에 잠겼다. 귀족의 딸이라면 짧은 머리를 절대 하지 않을 터였다.

"혹시."

불신을 가득 담은 목소리가 튀어나왔다.

"황비의 자리를 노리고 일부러 장인어른께 접근한 건가?"

교활한 귀족의 여식이라면 충분히 가능한 일이었다. 라미 공작은 마음이 다급해졌다. 어쩌면 오랜 꿈을 그르칠지도 모른다는 생각에 라미 공작은 행동을 서둘렀다.

말을 달려 두오반 후작가에 당도한 라미 공작은 숨을 돌릴 새도 없이 장인을 찾았다.

"아니, 이 시간에 자네가 무슨 일인가?"

토르니는 공작이 왔다는 집사의 말에 허둥지둥 나오던 길이었다.

"아버님."

"왜, 무슨 일인가?"

심상치 않은 라미 공작의 표정에 토르니는 놀란 마음을 감추지 못했다. 자신의 감정을 좀처럼 드러내지 않는 사나이가 불신과 의혹으로 얼룩진 얼굴을 하고 있었다.

"조용히 드릴 말씀이 있습니다."

시립하고 있는 집사와 손님을 맞이하기 위해 분주히 움직이는 하녀들을 보며 라미 공작이 청했다.

"알겠네."

토르니는 이 층의 손님방으로 라미 공작을 데려갔다.

"아버님."

방에 들어서자마자 라미 공작은 성급한 마음을 드러냈다.

"그래, 무슨 일인가?"

"달시 황녀가 젬마 양을 황제께 선보였답니다!"

분기에 찬 목소리가 공작의 입에서 터져 나왔다.

"달시 황녀는 캠벨을 절대, 황비에 앉히지 않을 생각인 겁니다!"

"나도 그렇게 봤네."

흥분한 라미 공작과는 달리 토르니는 침착했다. 그 침착함에 라미 공작은 의혹에 찬 눈으로 장인을 바라봤다.

"그럼, 젬마 양을 계속 곁에 두시겠다는 겁니까?"

공작의 질문 뒤로 침묵이 두 사람을 덮쳤다. 아무 말도 하지 않은 채 묵묵히 생각에 잠긴 토르니를 지켜보는 라미 공작의 속은 말이 아니었다.

'아니, 아버님은 정말로 젬마 양에게 마음을 줘버리신 건가? 엄밀히 따지자면 이제 젬마 양은 우리 캠벨의 적이 되는 건데!'

생각이 깊어질수록 공작의 분노는 커졌다.

"공작."

자신을 향한 부름에 라미 공작은 토르니를 바라봤다.

"예."

"잠시 기다리게. 소개해 줄 사람이 있네."

"……예?"

대답을 듣지도 않고 휑하니 방 밖으로 나서는 토르니의 뒷모습을 보며 라미 공작은 어안이 벙벙한 표정이 되었다. 초조해진 공작은 거친 걸음으로 방 안을 서성거렸다.

이윽고 들려오는 문 여는 소리에 라미 공작은 문 쪽으로 몸을 돌렸다. 곧이어 그의 검붉은 눈이 커다랗게 떴다.

"……어?"

제 눈을 믿을 수가 없었다. 분명 죽었다던 황태자가 검은 옷을 뒤집어쓴 채 자신의 앞으로 걸어오고 있지 않는가. 라미 공작은 계속 눈을 깜빡였다.

"오랜만이오, 라미 공작."

묵직한 중저음이 공작의 등줄기를 타고 흘러내렸다. 주변이 순식간에 서늘해진 것 같았다. 라미 공작은 자신에게 다가오는 사람에게서 시선을 떼지 못했다.

"공작."

뒤이어 들어선 토르니가 바쁘게 입을 열었다.

"율리우스 전하일세."

말하지 않아도 알 수 있었다. 저 얼굴, 저 미소를 가까이 모셨던 자로서 어찌 잊을 수 있겠는가.

"저, 전하!"

라미 공작의 입에서 경악에 찬 비명이 새어 나왔다.

라미 공작이 정신 차릴 시간을 준 고든이 겨우겨우 숨을 고르는 그에게 다시 인사를 건넸다.

"잘 지냈소, 라미 공작?"

라미 공작은 빤히 고든을 바라봤다.

"살아…… 계셨습니까?"

"보다시피."

라미 공작은 다시 말이 없어졌다. 그는 지금 너무나 혼란스러웠다. 죽은 황태자가 살아 돌아왔으니 지금의 황제는 자리를 내놓아야 할 터였다. 하지만 과연 그렇게 되도록 달시가 가만히 있을까?

라미 공작은 저울질을 시작했다. 전(前) 황태자와 현(現) 황제. 수많은 사람들이 추앙했던 전 황태자의 부활이 과연 어떤 미래를 가지고 올 것인가. 그리고 전 황태자는 무슨 마음을 먹고 다시 나타난 것일까.

"그런데 전하⋯⋯."

라미 공작이 막 입을 떼었을 때, 고든이 그를 막고 먼저 입을 열었다.

"날 도와줘야겠어, 공작."

묵직한 그 한 마디에 모든 것이 담겨 있었다. 도움을 청한다는 건 결국 원래 자리로 돌아가겠다는 의미이기에 라미 공작의 머리는 더욱더 빨리 돌아갔다.

"그러시다면 전하."

라미 공작의 얼굴엔 여유의 빛이 생겨났다.

"제가 도움을 드린다면 전하께서는 제게 뭘 주시렵니까?"

공작의 말에 고든이 히죽 웃었다.

"공작이 원하는 걸 드리겠소."

라이라가 토르니의 수양딸이 되어 고군분투할 동안 고든도 손 놓고 있지는 않았다. 토르니가 건넨 명단 속 귀족 중 믿을 만한 인물들을 만나며 물밑 작업에 들어갔다. 여전히 많은 귀족들이 율리우스를 기억하고 있던 덕분인지 다행히도 긍정의 답을 받았지만 라이라 말대로 고든에게 가장 필요한 존재는 라미 공작이었다.

"제가 원하는 걸 주신다, 하셨습니까?"

라미 공작이 다짐하듯 물었다.

"그렇소."

고든은 시원하게 답했다.

캠벨을 황비로 만들 수는 있을 것이다. 하지만 달시가 두 눈 시퍼렇게 뜨고 있는 이상 그 이상을 노리는 건 쉽지 않았기에 라미 공작은 깊은 생각에 빠졌다.

'만일 캠벨이 아샤 황제의 황비가 된다면 달시의 시달림을 받게 되겠지. 또, 아샤 황제는 너무 힘이 약해. 만일 율리우스 황태자가 황제의 자리에 오른다면 어떨까.'

율리우스가 죽은 이후로 라미 공작은 오로지 아샤 황제의 옆자리만 생각했었다.

'만일 율리우스 황태자가 황제 자리에 오르게 되면, 내 입지가 불리해질지도 모른다.'

라미 공작의 검붉은 눈이 고든과 토르니 사이를 오갔다.

'강력한 황권 뒤엔 약한 귀족이 있는 법.'

라미 공작은 갈등했다. 아샤 황제라면 손에 쥐고 흔들 수 있었다. 하지만 그 옆에 찰싹 달라붙은 황녀 달시를 무시할 수 없었다. 황녀를 끌어내지 않는 이상, 아샤를 마음대로 주무를 수는 없을 것이다.

'황권이 약해지니 귀족들이 서로 잇속을 챙기려 물불 안 가리겠지.'

아샤가 계속 제국을 이끌어간다면 지금처럼 달시에게 휘둘릴 것이 불을 보듯 훤했다. 라미 공작은 눈을 들어 고든을 보았다.

이 긴박한 순간에도 여유로운 웃음을 흘리는 그 얼굴은 이미 황제의 그것이었다.

'율리우스 황태자가 황제가 된다면.'

그은 분명 역대 최강의 황제가 될 것이 분명했다. 메르첼 대제국은 더욱 성장할 것이요, 태평성대가 올 것이 분명했다.

'캠벨이 율리우스의 황후가 된다면.'

율리우스가 제 사위가 된다면 그는 장인이자 황위를 되찾는데 도움을 준 저를 극진히 모실 것이었다. 그리고 만에 하나 황후가 된 캠벨이 아들이라도 낳는다면……

'내 핏줄이 이 메르첼 제국을 다스리는 것이다!'

생각만으로도 가슴이 뛰었다.

분명 온갖 생각이 폭풍처럼 휘몰아칠 텐데도 표정 변화가 없는 라미 공작의 얼굴에 고든은 탄복했다.

'대단한 자로군.'

한참의 시간이 흐른 뒤, 라미 공작은 자신의 본색을 드러냈다.

"제가 원하는 건."

붉은 눈동자가 빛을 발하며 번뜩였다.

"제 딸이 황비 아니, 황후 자리에 오르는 것입니다. 제 딸의 황후 자리를 약속하신다면, 힘이 되어드리겠습니다."

일생일대의 도박이었다. 만일 전(前) 황태자가 자신의 제안을 거절한다면 공작은 가차 없이 그을 제거할 생각까지 했다. 율리우스의 뒤에 있는 토르니가 걸리긴 했지만 최악의 상황이 온다면 그는 결국 사위인 제 편을 들 수밖에 없을 거라는 계산도 이미 끝낸 상태였다.

"황후라."

고든은 가만히 단어를 읊조렸다. 라미 공작이 그것을 요구할 거라 이미 예상은 했지만 막상 들으니 어쩐지 마음 한편이 불편했다.

"안 되겠습니까?"

높낮이 없는 어조로, 라미 공작이 도전하듯 물었다.

"아니."

고든은 가만히 도리질했다.

"한데 라미 영애의 지금 나이가?"

"열여섯입니다."

"아하."

고든은 뭔가 깊은 생각을 하는 듯 한쪽 머리를 기울였다. 라미 공작은 숨을 죽인 채 고든의 답을 기다렸다.

고든의 검은 눈동자가 천천히 움직였다. 허공 어딘가를 응시하던 고든의 눈이 이내 아래로 닫혔다.

수 분의 시간이 흐른 뒤, 고든이 다시 눈을 떴다. 그리고 차분한 음색으로 입을 열었다.

"공작이 원하는 걸 이루어 드리리다."

그 말 한마디로, 메르첼 제국은 새로운 역사를 맞이하게 되었다.

"소개해 드리겠소."

라미 공작과 협상을 성공한 뒤, 고든과 토르니는 서로 눈짓을 주고받았다. 토르니는 옆방에서 기다리고 있던 라이라와 테리를 라미 공작이 있는 방으로 데리고 들어왔다. 라이라를 본 라미 공작은 지금까지와는 다르게 당황한 표정을 지어 보였다.

"이 아가씨가 왜 여기 있는 겁니까?"

"라일은 아, 미안하오. 이 아가씨의 이름이 라일이라서. 아무튼 라일과 옆의 이 사내는 내 동료요."

'동료?'

라미 공작의 눈이 커다래졌다. 그는 방 안에 있는 모두를 둘러보았다.

"내가 죽었다는 소문이 돌 동안, 먼 바다에서 해적 노릇을 좀 했다오. 그때 만난 동료들이고 이들 외에 또 있소."

라이라를 본 이후 평정심이 깨진 라미 공작은 더욱 놀란 표정을 지었다.

"해적이요? 전하께서 말씀입니까?"

고든은 어깨를 으쓱이고는 웃어 보였다.

"크멕스 산맥에 일행이 더 있소. 아, 그들과 유로스가 함께 있소이다."

"예? 유로스 공작과요?"

율리우스 황태자의 사망 소식에 궁을 뛰쳐나갔던 유로스의 이름이 나오자 라미 공작은 깜짝 놀랐다. 그의 지략을 높이 사던 공작이기에 훌륭한 인재 둘이 한꺼번에 사라진 것을 매우 안타까워했었다.

"그런데 이 아가씨는 어떻게 해적단에……."

라미 공작은 자꾸만 라이라가 신경 쓰였다. 아샤 황제의 황비 후보로, 캠벨의 자리를 넘보는 거라고 생각했을 때도 마음에 들지 않았는데 이제는 율리우스의 동료라고 하니, 장인이 그녀를 수양딸 삼은 데에 분명 이유가 있었을 거라는 생각이 들었다.

"뭐, 각자 나름대로 다 사정이 있는 법이니까."

고든은 그렇게 휘갑치며 라이라를 보호했다.

한편, 라이라는 덜컥 내려앉은 심장에 그것을 내색하지 않기 위해 주먹을 꾹 쥐고 있었다. 라미 공작의 얼굴이 밝은 것으로 보아 고든이 그가 원하는 것을 내어주었다는 것을 눈치챘다.

'캠벨이 황비가 된다.'

예감했던 일이지만 막상 닥치니 가슴 한편이 시려왔다. 버릇처럼 고든의 옆에 자리한 라이라의 표정이 어두워졌다. 분명 고든에게 아샤가 캠벨을 좋아한다는 이야기도 건넸다. 그럼에도 아무런 고민 없이, 이렇게 빨리 캠벨을 황비로 맞아들인다는 조건을 수용하다니. 그럴 수밖에 없는 상황인 건 이해가 가면서도 마음 한쪽에선 서운한 감정이 밀려왔다. 이렇게 되면 황제는 어쩌지, 라이라는 속으로 중얼거렸다.

라미 공작은 동료라고는 하지만 전(前) 황태자에게 스스럼없이 가까이 다가가는 라이라가 범상치 않아 보였다. 두 사람을 번갈아 쳐다보는 라미 공작의 눈이 가늘어졌다.

"전하."

라미 공작의 부름에 고든은 그를 내다봤다.

"약조를 하나 더 해주시면 감사하겠습니다."

"그게 무어요."

"제 딸 캠벨을 황후로 맞이하신 후에……."

라미 공작의 시선은 고든이 아닌 라이라에게 박혀 있었다. 그녀의 얼굴이 창백해지는 것을 본 공작은 제 예상이 맞았음을 깨달았다.

'역시 이 아가씨와 전하는 보통 사이가 아니었군.'

라미 공작은 마음을 다잡고 목소리를 높였다.

"그 어떤 이도 황비로 맞으시면 아니 되옵니다."

라미 공작은 겁이 났다. 아무리 캠벨이 어여쁘고 똑똑하다고는 해도 이미 황태자 옆에 여자가 있는 것을 그대로 간과할 수는 없었다. 이미 두 사람은 깊은 관계처럼 보였다. 그 정을 어떻게 쉽게 끊겠는가. 캠벨이 한숨 쉬며 눈물지을지도 모른다는 생각에 라미 공작은 다시 한 번 목소리를 더 높였다.

"그리고 저와의 약조를 문서로 남겨주시옵소서!"

공작의 말에 고든은 옆에 선 라이라를 바라봤다. 특별히 어떤 생각을 한 것은 아니었다. 그냥, 라이라를 보고 싶었다. 하지만 그 모습을 낱낱이 지켜본 라미 공작은 자신의 생각이 옳았음을 깨달았다.

"그건 안 되겠소."

공작의 미소 짓던 얼굴에 금이 갔다.

"만일 라미 영애가 아이를 잉태하지 못한다면 우리 메르첼의 대가 끊기게 되오."

캠벨이 아이를 낳지 못해 고든의 아이가 태어나지 않는다 하더라도 아샤의 아이에게 황권을 넘기면 되는 일이었다. 하지만 고든은 그에 관해서는 얘기하지 않았고 라미 공작도 할 말이 없었다.

"그렇다면 전하."

라미 공작은 포기하지 않았다. 그는 고든이 안 된다고 하자마자 다른 대안을 내놓았다.

"캠벨이 황후가 되고 나서 십 년간 황자를 생산하지 못하면 그 때 황비를 들이십시오."

'십년이면 아무리 정이 없어도 아이를 낳기 위해 잠자리는 같이 하겠지.'

생각을 마친 라미 공작은 한 마디를 덧붙였다.

"하지만 황후는 오로지 제 딸, 캠벨뿐이옵니다."

만일 캠벨이 아들을 낳지 못하고 라이라나 다른 여자가 아들을 낳는다면 그 자리를 위협받을 수도 있다. 공작은 딸을 위하여 모든 가능성을 차단하기로 했다.

"흐음."

사위와 황태자 사이의 대화를 듣던 토르니의 낯빛은 시시각각 변했다. 그는 저도 모르게 라이라를 바라보았다.

"한 침대에서 함께 잠을 청하는 사이입니다."

분명 라이라는 그렇게 말했다. 황태자와 연인 사이가 분명한 라이라 앞에서 사위가 하는 말은 그녀에게 고문이 될 수도 있었다. 라이라의 창백해진 얼굴에 토르니의 마음도 안 좋아졌다.

"좋소, 공작."

드디어 고든이 입을 열었다.

"공작 말대로 하리다. 문서로 작성하지요. 대신 공작은 지금 당장 날 도와주시오."

라미 공작이 원하는 것을 들어주기로 한 고든은 곧바로 그에게 대가를 받아내기로 했다.

"크멕스 산맥에 내 동료들이 있소. 물자가 부족해 열악한 상황에 처해 있으니 공작의 도움을 바라오."

라미 공작가는 제국 최고의 부호였다. 달시 황녀가 흥청망청하지만 않았더라면 공작가 못지않은 부를 황실도 거머쥐고 있을 텐데, 다시 생각하니 달시가 괘씸해져 고든은 입술을 짓씹었다.

"그렇게 하겠습니다."

라미 공작의 붉은 눈이 일렁였다.

"그럼 문서를 작성토록 하지요."

이야기가 마무리되고 종이를 가져온다, 펜을 가져온다 조금 소란스러웠지만 라이라은 강 건너 불구경하듯 그 모습을 보며 잠자코 서 있기만 했다.

'캠벨이 황후가 된다.'

사실 라이라는 살짝 당황했다. 캠벨이 황비가 되리라 생각했는데 황후라니, 하지만 당연히 그래야 했다. 고든에게는 라미 공작이 필요했다. 그런데 왜 이렇게 마음이 아픈 건지 라이라는 혼란스러웠다.

고든이 제게 무어라고. 그와 자신은 아무 사이도 아닌데. 하지만 어쩐지 마음 편하게 이 상황을 받아들이기가 힘이 들었다.

'고든은 제국의 황제가 될 몸이야. 난 복수만 하고 나면 이 제국을 떠나야 하고.'

라이라는 마음을 다잡았다. 푸른 눈을 들어 종이를 앞에 두고 펜을 든 남자들에게로 시선을 돌렸다. 이제, 자신의 제자리로 돌아갈 기회를 잡은 고든의 얼굴에서 빛이 나는 것 같았다. 라이라는 그 빛나는 얼굴을 오래 쳐다보지 못한 채 눈을 감았다.

✦

달시와 질펀한 관계를 맺고 난 후 코니에게서 위로를 받고 있던 체이셔가 번쩍 눈을 떴다.

"……뭐?"

그가 코니에게 재차 물었다.

"방금 뭐라고 했어?"

"두오반 후작의 수양딸 말이에요."

코니가 속살거렸다.

"그 계집이 분명하다고요."

코니는 체이셔의 팔에 머리를 베고서 손가락으로 그의 가슴을 어루만졌다. 그 말에 체이셔는 콧방귀를 뀌었다.

"그 계집은 죽었다."

자신이 루슬란 왕국을 떠나고 난 뒤에도 웹블던의 여식을 찾았다는 소식을 듣지 못했다는 이유로 체이셔는 라이라가 죽었다고 생각했다.

"아니에요, 왕자님!"

코니는 자신의 주장을 꺾지 않았다.

"분명히 그 여자였어요!"

체이셔는 코니의 말을 믿지 않았다. 하지만 계속된 그녀의 말에 마음이 슬며시 움직인 것도 사실이었다.

"화장을 다르게 하고 머리카락 색도 바꿨지만 분명 그 여자였어요."

체이셔는 만일 코니의 말이 사실이라면, 그냥 손 놓고 있을 수는 없다고 생각했다.

"그래, 알았다. 조만간 알아보도록 하지."

코니의 말을 확인하는 데는 그리 오랜 시간이 걸리지 않았다. 바로 다음 날, 변덕스러운 달시의 명에 작은 파티가 열렸고 당연하게도 두오반 후작 영애가 참석했다.

'음?'

체이셔의 눈빛이 번뜩였다. 코니의 말을 들어서 그런지, 이전에는 그냥 지나쳤던 여자의 얼굴이 어딘지 낯이 익은 까닭이었다. 달시와 이야기 중인 라이라를 뜯어보던 체이셔의 얼굴이 딱딱하게 굳고 눈이 커져 갔다. 갈색 머리 때문에 긴가민가했는데 자세히 보니 확실했다.

'그 계집이다!'

체이셔는 즐거운 듯 달시와 대화를 나누고 있는 라이라에게서 눈을 떼지 못했다. 분명, 여자는 그가 아는 라이라 제랄딘 웸블턴이 틀림없었다. 하지만 그 여자가 정말로 신분을 속이고 자신의 앞에 나타났다는 것을 믿을 수가 없었다. 이럴 때만 비상하게 돌아가는 체이셔의 머리가 기민하게 회전하기 시작했다.

'아는 척을 하면 안 된다.'

찰나의 순간, 체이셔는 판단을 내렸다. 만일 지금 라이라에게 아는 척한다면 교활한 달시가 이상히 여길 것이고 그렇게 되면 이 파란 눈 아가씨의 입을 통해서든 어떤 루트로 인해서든 자신이 로이드가 아닌 체이셔라는 사실이 들통날지도 모른다.

파티를 마치고 난 후, 방으로 돌아온 체이셔는 혼란 속에서 홀로 밤을 맞이했다. 그는 입술을 물어뜯으며 생각에 잠겼다.

분명 루슬란 왕국을 떠나올 당시까지도 웸블던 여식의 생사 구분이 안 된다는 보고를 받았었다. 온 나라를 뒤져도 나오지 않기에 어디선가 죽었거나 쥐 죽은 듯 살고 있겠거니 여기고 있었는데 덜컥 눈앞에 나타난 것이다. 그것도 쉽게 건드릴 수도 없는 후작가의 여식이 되어서.

"라이라 제랄딘 웸블던."

체이셔의 눈에서 불꽃이 일었다. 자신이 체이셔라는 사실을 아는 사람은 형인 로이드와 데렉 후작, 왕국의 대신 셋, 밤 시중을 드는 시녀 둘 그리고 라이라뿐이었다. 다른 사람들은 몰라도 라이라만큼은 조심해야 했다.

'설마 떠들고 다니는 건 아니겠지?'

불안감이 엄습했다. 만일 이 사실이 알려지면 루슬란 왕국은 끝이나 다름없었다.

'만약 내가 로이드가 아니라 체이셔라는 사실을 달시가 알게 된다면……'

생각만으로도 끔찍했다. 체이셔는 달시가 왜 로이드를 선택했는지 잘 알고 있었다. 명석하기로 소문난 그에게서 자식을 얻기 위한 선택이었을 뿐, 다른 이유는 없었다. 오로지 똑똑한 아이를 낳는 것이 달시의 목표였다. 그런데 자신이 로이드가 아님을 알게 된다면……?

'그녀가 알면 안 된다.'

당연했다. 겉으로는 순진하고 아름다운 자신의 아내가 얼마나 무서운 사람인지, 체이셔는 잘 알고 있었다. 자신의 마음에 들지 않으면 눈에서 치워 버리고 마는 여자, 눈 하나 깜짝 안 하고 웃으며 사람을 죽일 수 있는 여자, 자신이 원하는 일이라면 그 어떤 일도 마다하지 않는 여자가 바로 달시였다.

그런데 그녀를 속였다는 사실을 알아버리기라도 한다면, 루슬란 왕국은 끝이었다.

"어떡하지?"

화려한 방은 체이셔가 내뿜는 불안과 초초로 채워졌다. 얼굴을 잔뜩 찡그리던 체이셔는 이윽고 결심한 듯 눈을 빛냈다.

"그 계집을."

혼자 있는 방이 분명한데도 체이셔는 눈으로 온 방 안을 훑었다.

'죽이자.'

라이라만 없어지면 비밀은 라이라와 함께 영원히 무덤 속에 묻힐 것이다. 체이셔의 눈이 무섭게 빛났다.

'그런데 어떻게 죽이지?'

지금 라이라는 두오반 후작의 여식이 되었다. 제아무리 황녀의 남편이라 해도 후작의 가족을 아무 이유 없이 해할 수 없었다.

"어떻게 해야 좋을까?"

체이셔는 달시의 손을 빌리는 것이 제일 빠른 방법임을 알고 있었다. 하지만 그러기 위해선 명분이 필요했다.

'이 앙큼한 것이 신분 세탁을 하고 나타나다니.'

체이셔는 머리가 터질 것 같았다.

"아니지."

체이셔는 문득 고개를 들어 허공 어딘가의 한 점을 보았다.

'흐음, 완벽한 세탁을 했다, 이거지?'

체이셔는 히죽였다. 소문을 듣자 하니 이스말 공국의 하급 귀족의 딸이 제국 두오반 후작가의 수양딸이 되어 신분 상승을 했다 하였다. 루슬란 왕국의 귀족이 어떻게 이스말 공국의 귀족이 되었을까.

'두오반 후작이 그 계집의 과거를 바꿨을 가능성이 있겠군.'

신빙성 있는 가설에 체이셔는 밤이 새도록 머리를 굴리기 시작했다.

내내 체이셔가 혼자 있던 방은 새벽이 가까운 시각이 되어서야 또 다른 존재를 맞이했다.

스륵, 조용히 문이 열렸다. 그리고 어둠을 뚫고 달시가 방으로 들어섰다.

"당신."

나른한 목소리가 체이셔에게 날아들었다.

"날 기다린 거예요?"

높낮이의 변화가 없는 그 목소리에 체이셔는 치를 떨었지만 웃는 낯을 했다.

"잠이 오지 않더군."

"아아."

피곤한 기색이 역력한 그녀의 얼굴에 체이셔는 잠시 망설였다.

"할 말이라도 있는 건가요?"

연회를 마치고 나서 미리 점 찍어둔 기사 지망생과 질펀한 시간을 보내고 온 달시는 온몸으로 정사의 흔적을 보이면서도 당당했다. 버젓이 남편이 있었지만 달시는 자신이 누릴 수 있는 즐거움을 놓치고 싶지 않았다. 그러면서도 매번 남편을 찾는 것은 오직 똑똑한 아이를 낳기 위해서일 뿐이었다. 그래서 달시는 아무런 죄책감도 갖고 있지 않았다.

"당신에게 말을 해야 할지 말아야 할지……."

체이셔는 일부러 말끝을 흐렸다. 사내들과 진탕 놀고 난 후의 달시는 신경이 흐트러져서 평소처럼 판단력이 좋지 못하다는 걸 체이셔는 익히 알고 있었다.

"뭔데요?"

다른 때라면 달시는 그대로 침대로 뛰어들어 잠을 청했을 것이다. 하지만 자신을 기다렸다는 체이셔를 그냥 외면할 수는 없었다.

"그, 두오반 영애 말이오."

"두오반 후작의 수양딸 말씀이신가요?"

"그렇소."

"왜요?"

피곤한 중에도 달시는 날카롭게 물었다.

"어, 사실, 내가 아는 인물 같아서 말이오."

체이셔는 조금 더 극적인 연출을 위해 말하기 힘든 것을 억지로 하는 듯 힘겹게 입을 열었다.

"아는 인물?"

달시가 가만히 혀를 굴렸다.

"당신이 어떻게 두오반 영애를 안다는 거죠?"

"그게……."

의혹이 섞인 아내의 날카로운 눈빛에 체이셔는 긴장으로 바싹 마른 입술에 침을 발랐다.

"내가 제국으로 오기 전, 우리 루슬란 왕국에 사건이 하나 터졌었소."

"무슨 일이었는데요?"

"한 귀족이 역모를 꾸몄던 거요."

"……역모요?"

체이셔는 밤새 머리를 굴려 짜낸 이야기를 풀어놓기 시작했다.

"내가 제국으로 오고, 내 쌍둥이 동생인 체이셔가 왕국에 남기로 했는데 이에 반발한 세력이었소."

"……그래요?"

처음 듣는 이야기였지만 달시는 토를 달지 않았다.

"다행히 그 낌새를 재빨리 눈치채서 반란이 일어나기 전에 그 귀족가를 처단했다오. 그런데 아비 되는 귀족은 처형했지만 그 딸은 찾지 못했었소. 그런데 그 딸이……."

"그 귀족의 여식이 두오반 영애다?"

"그렇소."

체이셔의 둔한 머리로 급조한 것치고는 꽤 그럴듯한 이야기였다.

"흐응."

나른한 기운은 어디론가 사라지고 달시의 눈은 교활하게 번뜩였다.

"그 말, 사실인 거죠?"

체이셔는 격하게 고개를 끄덕였다.

"사실이오! 당장에라도 왕국에 사람을 보내 물으면 답을 보내올 것이오!"

체이셔는 로이드에게 편지를 보내야겠다고 생각했다.

"흐응."

달시의 눈이 살짝 감겼다가 뜨였다.

"그렇다면 두오반 후작이 그 아가씨의 신분을 임의로 바꿨다는 얘긴데……."

도대체 왜 그랬는지, 그 이유까지는 알 필요 없었다. 달시의 눈이 반짝였다.

"두오반 후작이 완벽하게 내 눈을 속였을 것 같진 않으니…… 라미 공작이 배후에 있겠군요."

달시는 기회를 놓치지 않았다. 하나는 사사건건 제 일에 반대하는 두오반 후작이요, 다른 하나는 세력을 키워가며 황권에 도전하는 라미 공작. 이유야 어떻든 간에 눈엣가시 같은 두 사람을 한꺼번에 보낼 수 있는 기회였다.

"확실한 거죠?"

달시는 재차 물었다.

"그렇소! 내 긴가민가하여 유심히 살폈소. 확실히 그 반역자의 딸이오! 달시, 태어나면서부터 난 귀족들에게 둘러싸인 삶을 살았소. 아무리 하급 귀족의 딸이라 해도 기억한다오. 당신도 그렇지 않소?"

달시는 그의 말에 수긍했다. 자신이야 대제국의 황녀라 솔직히 하급 귀족의 딸까지 다 아는 것은 아니었지만 루슬란 왕국은 작은 나라이니 그의 말처럼 얼굴을 다 알 수도 있는 일이었다.

"분명 복수하기 위해 이곳에 온 걸 거요."

체이셔는 분연히 외쳤다.

"아버지가 억울한 죽임을 당했다고 생각할 테니까."

"흐응."

자신과 로이드가 라이라에게 한 행동은 쏙 빼놓고 라이라를 반역자의 딸로 만든 체이셔는 달시의 대꾸를 기다렸다.

"어쨌거나."

달시는 침대 위에 올라 이불을 끌어당겨 가슴 위까지 덮었다.

"두오반 후작과 라미 공작을 잡을 기회이니, 잡아야죠."

빌미를 잡았으니 어떤 누명을 뒤집어씌우든 제 맘이었다. 메르첼 대제국을 다스리는 이는 바로 달시, 자신이었으므로.

18 장

달시의 모략

메르첼 대제국의 현(現) 황제 아샤는 우울했다. 하루가 갈수록 몸은 약해지고 기력은 쇠해져 가는 자신을 볼 때마다 죽음에 대한 공포가 밀려왔다.

달시가 머물다 간 방에는 짙은 향이 좀처럼 사라지지 않았다. 아샤는 그것이 마치 죽음의 향처럼 느껴져 방 안의 모든 창문을 활짝 열었다. 차가운 공기가 들어오자 아샤는 그제야 살 것 같다는 표정을 지었다.

똑똑.

흠칫한 아샤가 고개를 들었다. 문 두드리는 소리에도 깜짝깜짝 놀랄 만큼 아샤의 건강은 굉장히 약해져 있었다.

"폐하, 안젤로입니다."

"오, 어서 들라!"

미끄러지듯 문이 열리고 노랑머리의 남자가 들어섰다.

그는 전(前) 황태자의 시종이었으나 황태자의 죽음 후 현 황제의 시종이 된 안젤로였다. 한때는 율리우스가 죽고 나서 달시의 명으로 아샤의 시종이 되어 일거수일투족을 황녀에게 보고하기도 했지만 지금은 오롯이 아샤의 편이었다. 황녀의 첩자 노릇을 하면서 안젤로는 제멋대로 하는 황녀의 횡포에 질렸고 유약한 황제에게 안쓰러운 마음이 생긴 까닭이었다. 그는 그 어떤 편도 없는 황제에게 미약하게나마 힘이 되어주고 싶었다. 그렇다 해도 그가 아샤에게 해줄 수 있는 건 아무것도 없었다.

"어서 오게."

힘없는 황제라 눈도 귀도 다 막힌 아샤는 안젤로를 통해 겨우 세상 돌아가는 이야기를 들을 수 있었다. 황제의 시종이자 겉으로는 달시의 세작인 안젤로는 황궁 안팎을 마음대로 돌아다닐 수 있어서 이런저런 이야기를 아샤에게 들려주고 있는 형편이었다.

"그래, 뭐 새로운 소식이라도 있나?"

안젤로는 자신의 막냇동생보다 훨씬 더 어리고 파리한 안색의 황제가 안쓰러웠다. 달시가 매일 아샤에게 주는 약의 정체를 어렴풋이나마 눈치채고 있는 그는 그것을 막을 수 없는 현실이 원망스러웠다.

"아, 예, 폐하."

"아니지, 일단 앉기부터 하게."

어린 황제는 대화 상대가 생겼다는 사실이 즐거웠다. 그래서 서둘러 시녀에게 차를 내오라, 다과를 내오라 하며 한동안 부산을 떨었다.

"자, 어디 말 좀 해보게."

잔뜩 기대에 부풀어 검은 눈동자를 빛내는 아샤는 열일곱 소년, 그 자체였다. 번쩍이는 금관에 묵직한 장식을 걸치고 위엄 가득한 표정을 얼굴에 드리웠지만 소년은 소년이었다. 마치 아기 새가 어미에게 밥 달라는 것처럼 간절하게 자신을 바라보는 아샤의 시선에 안젤로는 뭉클해졌다.

"예, 폐하."

그러나 감히 황제에게 그런 마음을 품었다는 사실이 들통이라도 나면 안 될 일. 안젤로는 서둘러 머리를 조아리고는 지금 수도를 떠도는 이야기들을 하나둘, 풀어놓았다.

"두오반 후작이 수양딸로 들인 영애가 활발한 사교 생활을 하고 있답니다. 귀족들의 파티도 많이 참석하고 많은 영애들과 친분을 쌓아간다고 하더군요."

"호오."

아샤의 눈이 반짝였다.

"영특해 보이더니 나름대로 기반을 잘 닦고 있나 보지?"

"예, 말씀하신 대로 영리한 아가씨라고 하더라고요."

안젤로가 말을 덧붙였다.

"성격도 좋고 해서 영애들은 물론 그들의 부모들도 호감을 갖고 있다고 합니다."

"호오."

아샤는 고개를 끄덕였다. 비록 달시는 자신과 그녀를 엮으려 하는 것 같았지만 아무래도 뜻대로는 될 것 같지 않았다. 만일 두오반 영애가 황비 자리를 노린다면 달시의 뜻을 따르고 그녀의 곁에만 머물 텐데, 이렇게 다른 가문과 접촉을 하는 것을 보니 괜히 기분이 좋아졌다.

달시의 속셈을 아샤도 알고 있었다. 캠벨이 황비가 되면 유력한 황후 후보가 될 테고 그렇게 되면 라미 공작가의 힘이 커질 테니 그것을 막으려 하는 것이었다. 아샤가 결혼을 하고 성인이 되면 섭정 자리를 내놔야 할 달시는 그럴 마음이 추호도 없어 보였다.

'그러니까 내게 그런 약을 먹이는 거겠지.'

씁쓸한 마음이 아샤의 얼굴에 고스란히 드러났다.

아샤는 어렸을 적부터 알고 지내 온 캠벨이 좋았다. 자라면서 캠벨이 제 황비가 될 것이라는 소문은 아샤를 기쁘게 만들었다. 그런데 달시는 캠벨을 꺼려했다. 그런 가운데 느닷없이 등장한 두 오반 후작의 수양딸을 자신과 엮으려 하는 달시의 속셈을 아샤도 눈치챘었기에 달시의 예상을 벗어난 라이라의 행보가 반가웠다.

"그리고 폐하."

"오, 말하라."

안젤로는 목소리를 한층 더 낮게 깔았다.

"귀족들의 움직임이 심상치 않습니다."

뜻밖의 소식에 아샤는 잠시 눈을 깜빡였다. 아샤가 아는 한, 대부분의 귀족은 달시의 편이 아니던가. 물론 토르니와 같은 귀족도 있긴 하지만 뭔가를 꾸미기엔 그 세력이 너무도 미약했다.

"……그게 무슨 뜻인가?"

호기심과 알 수 없는 기대감에 아샤가 물었다. 안젤로는 이미 널리 퍼진 소문이지만 아샤에게 닿지 않은 소식을 전하기 위해 꿀꺽 침을 삼켰다.

"얼마 전부터 제국 내에 수많은 농성이 일어나고 있습니다."

"알고 있네."

"그런데 폐하."

안젤로의 긴장한 목소리에 아샤는 일이 심상치 않음을 눈치챘다. 아샤는 의아한 눈으로 안젤로를 바라보았다. 황제와 자신 외에 아무도 없음에도 안젤로는 주위를 둘러보며 다시 목소리를 낮췄다.

"그 농성을 지휘하는 자가 율리우스 전하 같다는 소문이 있사옵니다."

순식간에 커다란 방은 정적으로 휩싸였다. 아샤의 파리한 안색은 더욱 창백해지고 그렇지 않아도 퀭한 눈은 더욱 깊숙해졌다.

"그, 그게 무슨 말……."

입안이 바싹바싹 말랐다. 율리우스가 죽은 뒤로 달시는 그의 죽음에 대해 함구령을 내렸다. 좋지 않은 일이니, 더 이상 율리우스의 죽음에 대한 일을 입 밖으로 내뱉을 시 용서치 않겠다는 서릿발 같은 호령을 내렸고 이에 귀족들은 머리를 조아렸다.

"혀, 형이 살아 있다는 말인가?"

죽어 있던 검은 눈이 번뜩였다. 너무나도 놀라운 소식이었지만 아샤 역시 주위를 살피는 것을 잊지 않았다. 그도 안젤로처럼 목소리를 한껏 낮추었다. 두 사람의 사이는 저절로 가까워졌다.

"확실한 건 아니오나, 율리우스 황태자 전하를 봤다는 소문이 퍼지고 있습니다. 또……."

아샤는 안젤로의 말에 귀를 기울였다.

"두오반 후작과 라미 공작의 움직임이 심상치 않습니다."

잔뜩 긴장했던 아샤의 어깨가 툭 떨어졌다.

"안젤로."

"예, 전하."

"네가 알 정도의 소문이라면 누나도 이미 알고 있겠지."

그것은 체념이었다. 이제 겨우 열일곱 소년의 입에서 흘러나오는 체념에 안젤로는 말문이 막혀 버렸다.

"두오반 후작은 원래부터 누나에게 반기를 들었던 인물이고 라미 공작이야 후작의 사위이니 두오반 후작을 돕는다고 쳐도 다른 귀족들이야 어디 쉽게 움직일 수 있겠나?"

제국의 어린 황제에 대한 세간의 평가는 그리 좋지 않았다. 달시의 횡포에 눌려 제 뜻을 펴지도 못하는 가여운 위인. 겁 많고 멍청한 황제. 하지만 아샤의 입에서는 제법 정세를 잘 파악한 이야기가 흘러나왔다.

"설령 형님께서 다시 살아오신다 해도 이미 대부분의 귀족은 누나 편이야."

아샤의 검은 눈동자에 아련함이 깃들기 시작했다.

"살아 계시다면야 좋겠지만."

하지만 그 아련함은 곧이어 찾아온 무력감에 금세 사라졌다.

"아무튼 귀족들의 심상찮은 움직임 뒤에 율리우스 형님이 있다, 이 말이라는 거지?"

"예, 폐하."

잔뜩 긴장했던 아샤의 몸이 탁 풀리고 말았다.

"하하."

그것은 백성들의 희망이요, 자신의 희망이 아니던가.

"농성은 사실이겠지만 형님이 이끄는 건 아닐 거야."

아샤는 희미한 미소를 얼굴에 드리웠다.

"형님은 돌아가셨어, 안젤로."

율리우스가 죽고 난 뒤부터 줄곧 들어왔던 말이었다.

"죽은 율리우스를 대신해서 내가 아샤를 도와주겠어요."

"내가 하는 일은 율리우스가 하는 것과 다름이 없습니다."

달시의 달콤한 속삭임은 아샤의 머릿속 깊숙이 박혀 있었다.

오늘도 아샤에게 독을 먹이고 자신의 방으로 들어선 달시는 후다닥 자신의 곁으로 다가서는 체이셔를 제지했다.

"당신."

달시의 손짓에 체이셔는 말 잘 듣는 강아지처럼 우뚝 섰다.

"지금 아무것도 신경 쓰고 싶지 않아요."

"아, 그, 그렇소?"

체이셔는 궁금한 것이 무척이나 많은 얼굴이었지만 아내가 아무 말도 하고 싶지 않다고 하니 그냥 방 밖으로 나올 처지에 놓여 버렸다.

"루슬란 왕국에서."

축 처진 걸음으로 막 문을 열려던 체이셔 목덜미 뒤로 달시가 남편이 원하던 말을 내뱉었다.

"무슨 소식, 없었나요?"

"있었소!"

대번에 몸을 돌린 체이셔는 또다시 후다닥 아내의 곁으로 다가갔다.

"그 역적의 딸에 대한 문서를 정리해서 곧 보내준다는 연락을 받았소!"

의기양양한 표정이 체이셔의 얼굴 위로 떠올랐다.

"정리?"

달시의 얼굴이 찌푸려졌다.

"아, 그게."

체이셔는 서둘러 변명을 늘어놓기 시작했다.

"역적인지라 이미 그 귀족 가문에 대한 모든 것을 없앴다 하지 뭐요. 두오반 영애가 그 귀족의 딸이라는 사실을 밝히려면 치밀하게 준비해야 하지 않소? 그래서 내, 시일이 걸리더라도 완벽한 서류를 부탁했다오."

얼마 전 루슬란 왕국의 로이드에게 연락한 체이셔는 라이라에 대한 이야기를 하면서 그녀의 가문이 반역죄를 지었음을 밝히는 서류를 만들어달라고 부탁했다.

"흐음."

체이셔의 말을 듣던 달시가 스륵 움직였다. 긴 드레스 자락이 카펫 위를 뱀처럼 기어가기 시작했다.

"두오반 후작과 라미 공작이 다른 귀족들을 만나고 다닌다는 정보가 있어요."

"그렇소?"

달시의 말에 체이셔는 놀란 표정을 지어 보이더니 다시 달시의 곁에 바짝 다가섰다.

"내 뭐랬소? 그 계집이 역적의 딸이라 하지 않았소? 필시 제 아

비처럼 두오반 후작과 라미 공작에게 속살거려 황위를 위협하려
는 역심을 움직인 거라오."

"흐응."

달시는 그가 뭐라고 하든 상관없었다. 두오반 후작과 라미 공
작만 한꺼번에 제거할 수 있다면 말이다. 설령, 그의 말이 억지라
해도 진짜로 만들어 버리면 그만이었다.

"루슬란 왕국에서 서류가 도착하면 바로 일을 시작하도록 하
죠."

이번만큼은 체이셔의 덕을 톡톡히 본 셈이 된 달시는 가만히
볼우물을 만들어 보였다. 그 미소에 체이셔는 득의양양한 미소를
지었다.

'그 계집만 사라지면 내가 체이셔라는 사실은 그 누구도 알지
못한다.'

체이셔는 오로지 자신의 정체가 탄로 날까 두려울 뿐이었다.
두오반 후작이고 라미 공작이고 메르첼 제국의 귀족들이 뭘 하
든 아무 관심 없었다. 그는 그저 달시의 곁에 찰싹 달라붙어 그녀
의 환심을 사기만 하면 그만이었다. 운이 좋아 아들이라도 낳게
되면 자신의 핏줄이 이 거대한 제국의 지배자가 될 테니, 그것도
좋았다.

"당신."

"왜, 왜 그러오?"

갑자기 정색하는 달시를 본 체이셔는 긴장했다.

"로웨나를 불러주겠어요?"

"아, 알겠소."

달시의 심기를 거스르면 안 된다. 체이셔는 기분이 상했지만 그 사실을 상기하고 또 상기했다.

"한동안 혼자 있을 생각이에요."

그 말은 이제 나가 달라는 뜻이었다.

"아, 알겠소. 내 당장 나가 로웨나를 불러드리리다."

방을 나선 체이셔는 로웨나를 찾아 달시가 불렀다는 사실을 알리고는 곧바로 코니와 제시에게로 달려갔다.

문이 열리고 로웨나가 허리를 굽히며 들어섰다.

"차를 두 잔 준비해 줘, 로웨나."

방에 들어서기 전, 드레이브 백작에게 찾아오라는 명령을 내렸던 달시는 그를 맞을 준비를 시작했다.

"예, 마마."

명을 받은 로웨나가 사라진 뒤, 방 안에는 고요함이 찾아왔다.

커다란 방은 으리으리했고 침대 역시 화려했다. 하루 종일 향을 뿜어내는 꽃들이 만발했고 귀한 보석으로 만들어진 장식품들이 그 위용을 자랑했다.

가만히 방을 둘러보던 달시의 눈이 표독하게 변하기 시작했다.

"감히."

낮게 흘러나오는 그녀의 목소리는 스산했다.

"선동을 한다?"

코웃음이 새어 나왔다. 달시는 이미 캠벨의 대항마로 두오반 영애를 택했다. 그런데 두오반 후작의 수양딸은 생각보다 평판이 아주 좋았다. 귀족 영애들에게 환심을 사고 급기야 그 부모들에게까지 좋은 이미지이 되었다지 않은가.

'잘됐어.'

체이셔의 말대로 두오반 영애가 루슬란 왕국의 역적 가문의 딸이 맞다면 아주 잘된 일이었다. 두오반 후작이 수양딸을 들이자마자 후작과 공작이 기이한 행보를 보이니 그 배후를 두오반 영애로 지목하면 아귀가 딱딱 맞아떨어질 터.

"흐응."

꽃 같은 입술이 달싹였다.

"이 기회에 나에게 반(反)하는 귀족들을 모조리 쓸어버릴 테다."

스산하다 못해 냉혹한 목소리가 달시의 입에서 흘러나왔다.

똑똑, 노크 소리와 함께 목소리가 들려왔다.

"마마, 드레이브 경이옵니다."

"들라."

달시의 허락이 떨어지자마자 문이 열리고 션이 들어섰다.

"어서 오세요."

"그간 강녕하셨습니까."

인사를 마친 션은 달시의 손짓에 그녀의 맞은편에 자리했다. 얼마 지나지 않아 로웨나가 차를 가지고 들어왔다.

"귀족들의 움직임이 심상치가 않습니다."

차를 한 모금 넘긴 후 드레이브 백작이 말을 꺼냈다.

"두오반 후작과 라미 공작을 위시로 이상한 낌새를 보이는 이들이 늘어나고 있습니다."

"그래요?"

달시는 우아하게 찻잔을 내려놓았다. 그 모습은 너무도 평온해서 마치 가벼운 티파티에 온 것처럼 보였다.

"상관없어요, 드레이브 경."

달시는 자신만만한 미소를 입가에 드리웠다.

"……예?"

뜻밖의 말에 선의 눈이 휘둥그레졌다.

"어차피 그들은 뜻을 이루지 못할 겁니다."

달시의 말에 선은 멍한 표정을 지어 보였다.

"그런 수가 있답니다."

달시의 암갈색 눈동자가 묘하게 반짝였다. 달시는 더 이상 깊은 이야기는 하지 않았다. 선을 믿기는 하지만 달시는 모든 것을 내 보이지는 않았다. 그것은 경험에 의한 것이었다.

달시는 세리야르 원로를 떠올렸다.

달시 황녀와 함께 손을 잡고 율리우스를 죽이고 아샤를 황제로 만든 그는 있는 속 없는 속을 다 드러내 보이다가 결국 달시에 의해 죽임을 당했다.

"이 기회에 두오반 후작과 라미 공작을 내칠 생각입니다."

그녀의 말에 선은 반색했다.

"묘수라도 있으신 겁니까?"

그 말에 달시는 빙긋 웃기만 했다.

"경은 그저, 옆에서 구경만 하시면 됩니다."

달시의 호언장담에 선은 망설였다.

'하아, 전 황태자 이야기를 꺼내면 또 화내실 텐데.'

일전에 율리우스가 살아 있다는 소문을 전했을 때 불같이 화를 내던 달시를 떠올리며 선은 갈등에 휩싸였다.

사십대 초반에 들어선 백작은 기회주의자였다. 원래 세리야르 원로의 오른팔이었고 세리야르와 달시 황녀가 손잡고 난 후로는 두 사람의 수족이 되었으며 이제는 달시의 하수인이 된 그는 입을 달싹였다.

달시의 기분이 좋아 보여 션은 더욱더 망설일 수밖에 없었다. 황녀는 확실한 것을 좋아했다. 아무리 신빙성 있는 소문이라고 해봐야 사실이 아닌 것은 그리 좋아하지 않았다.

'아무 말 하지 않는 것이 좋겠군.'

션은 괜히 긁어 부스럼 만드는 일을 하지 않는 것이 좋겠다, 마음먹었다. 더군다나 황녀 스스로가 전 황태자의 죽음을 목격했다고 하지 않았는가. 아무도 보지 못한 황태자의 죽음을 목격했다는 것은, 즉 그 죽음에 황녀 본인이 연관되어 있다는 뜻이기에 션은 입을 다물었다.

✤

"세금이 너무 과도하옵니다!"

쩌렁쩌렁한 음성이 울렸다.

"백성들의 피고름으로 또 무리한 정책을 하시려는 겁니까!"

오늘도 토르니는 소리 높여 황제 아샤의 뒤, 휘장 속 달시 황녀를 꾸짖었다.

"이는 성군의 자세가 아니옵니다! 무릇 성군이란! 나라보다 백성을 먼저 생각해야 하옵니다!"

"이보세요, 두오반 원로."

숨죽여 토르니와 달시 사이에서 눈치를 보던 대신들 머리 위로 나긋한 목소리가 날아들었다.

휘장이 열리며 달시가 단아한 모습을 드러냈다.

"어찌 나라보다 백성을 먼저 생각해야 한단 말입니까? 나라가 있어야 백성이 있는 것입니다."

"백성이 있어야 나라가 존재하는 것이지요!"

백발이 성성한 토르니의 눈에서 노기가 뿜어져 나왔다. 하지만 달시는 눈 하나 깜짝하지 않았다.

"백성은 아무나 될 수 있습니다."

달시는 살랑살랑 부채를 흔들었다. 보라색 깃털이 달린 부채가 하늘거리며 달시의 향을 퍼뜨렸다.

"하지만 아무나 황제가 될 수는 없지요."

연분홍 입매가 살짝 비틀리며 미소를 그려냈다.

"백성은 황제를 위해 존재하고 황제 또한 그러합니다."

달시는 계속 말을 이어 나갔다.

"강인한 황제 아래에서 백성들은 안정을 찾게 되는 것이지요."

도대체 말이 되지 않는 달시의 궤변에 토르니는 기가 찼다.

"지금 그 말씀이 과도한 세금과 무슨 상관인지 모르겠군요!"

흥, 달시가 코끝으로 비웃었다.

"세금은 나라를 부강하게 만드는 제일 빠른 방법입니다. 강한 나라에서 안정을 취하려면 마땅히 그에 대한 대가를 치러야 하지 않겠습니까?"

"아니, 황녀마마!"

달시의 어치구니없는 주장에 토르니의 분기는 사라지지 않고 오히려 더 커져 가기만 했다.

"어찌 백성에게 대가를 바라시는 겁니까? 나라는 백성이 있어야 존재하고, 황실은 그 백성을 보호해야 합니다!"

"네, 그겁니다. 보호."

살랑. 다시 부채가 흔들렸다.

"백성을 보호하기 위해 나라는 강해야 하고 그러기 위해선 자금, 즉 세금이 필요하지요."

달시의 향은 더욱 멀리 퍼져 나갔다.

"그렇지 않습니까, 대신 여러분?"

마치 마법의 주문이라도 되는 듯, 달시의 한마디에 대신들은 너나 할 것 없이 고개을 크게 끄덕였다.

"옳으신 말씀이옵니다!"

"두오반 후작은 그만 물러나도록 하시오!"

몇몇 귀족의 선동으로 토르니는 어쩔 수 없이 물러날 수밖에 없었다. 토르니는 달시의 편에 선 대신들을 쭉 둘러봤다. 그의 눈에서는 형형한 빛이 뿜어져 나오고 있었다.

'내, 기필코 기억하리라!'

"자, 그럼 다음 안건으로 넘어가도록 하세요."

달시는 다시 휘장으로 들어갔고 침통한 표정을 한 황제에게로 대신들의 시선이 쏠렸다.

"흥."

정무를 마치고 방으로 돌아온 달시는 대신들을 비웃었다.

"기회주의자들 같으니라고."

달시는 권력의 달콤함을 잘 이용할 줄 아는 여자였다. 백성들에게 과도한 세금을 부여하고 그 세금으로 귀족들의 배를 어느 정도 채워주면 아무 문제가 없다는 것을 잘 알고 있었다.

"덕분에 나만 수월한 거지, 뭐."

그렇게 귀족들을 비웃고 있을 때 다급한 발소리와 함께 체이셔가 방으로 들어섰다.

"다, 달시!"

"무슨 일이신가요?"

서두르는 체이셔와는 달리 달시는 차분했다.

"루슬란 왕국에서 연락이 왔소!"

그 차분함은 체이셔의 말 한마디에 금방 달아나 버렸고 달시는 서둘러 남편 곁으로 다가섰다.

"자, 여기 있소!"

달시는 체이셔가 내민 봉투를 얼른 받아서 열었다. 재빠르게 내용물을 훑어보던 달시의 입가에 미소가 맴돌았다.

"어떻소?"

기대와 흥분으로 체이셔의 목소리는 잔뜩 떨려 나왔다.

"원하던 서류로군요."

서류에는 웸블던이 역적 가문이고 그레이엄 하워드 웸블던이 역적의 주모자이며 그 딸 역시 역모에 가담했다는 내용이 적혀 있었다.

'이거면 라미 공작과 두오반 후작을 칠 수 있어.'

달시의 눈이 기쁘게 빛났다.

"자, 이제 그 웸블던 그년을 아니, 두오반 영애를 잡아 족치십시다! 라미 공작과 두오반 후작도 같이!"

죽이자는 말을 하고 싶었지만 체이셔는 참았다. 달시는 남편의 천박한 언사에 살짝 인상을 찡그렸다.

"아직 때가 아닙니다."

"뭐요?"

라미 공작과 두오반 후작 그리고 라이라를 당장에라도 잡아들여 문책해야 속 시원할 것 같은데 말리는 달시에게 체이셔는 불손하게 눈을 떴다.

"뭐가 때가 아니라는 거요? 이렇게 증거가 확실한데!"

거짓 서류이기에 체이셔는 한시라도 빨리 일을 마무리 짓고 싶었다. 하지만 달시는 그와 생각이 달랐다.

"왜 이리 서두르십니까."

타이르는 듯한 달시의 말에 체이셔는 얼굴에 못마땅한 기색을 가득 드리웠다.

"역적들은 빨리 해치워 버리는 게 좋지 않소!"

"좀 전에도 말씀드렸다시피 때가 아닙니다. 이들이 조금 더 일을 진행시켰을 때, 그때 쳐도 늦지 않아요."

달시는 다시 덧붙였다.

"분명 이 서류가 중요한 증거가 되겠지만 아직 이렇다 할 일도 꾸미지 않은 그들을 엮으려 했다간 오히려 내가 당할 수도 있으니까요."

달시는 그를 달래며 천천히 말을 이었다.

"당신도 아시다시피 라미 공작이 그리 호락호락한 인물이 아니지 않습니까?"

그 말에 체이셔는 저도 모르게 고개을 끄덕였다.

"조금 더 기다리세요."

그렇게 말하는 달시도 얼굴 가득 기쁜 낯빛을 감추지 못했다.

그렇게 달시는 기다리기로 했다. 라미 공작과 두오반 후작의 움직임을 면밀히 살피며 그녀는, 때를 기다렸다.

그리고 그렇게 때를 기다리는 달시의 뒤통수를 치기라도 하듯 느닷없는 소식이 전해진 것은 얼마 지나지 않아서였다.

"뭐요? 원로회의?"

"예, 마마."

재무대신이 알려온 소식에 달시는 눈살을 찌푸렸다. 몇 년 전, 세리야르 원로가 죽고 난 뒤부터 그 힘이 급격히 줄어든 원로들이 달시의 허락을 받지 않고 회의를 연 것은 이번이 처음이었다.

"흐응."

달시의 눈이 교활하게 반짝였다.

'그러니까, 낮은 귀족들을 들쑤신 건 눈속임이다? 그리고 원로들을 움직였어?'

라미 공작과 두오반 후작이 원로의 힘을 빌렸다는 사실을 눈치챈 달시는 희미하게 웃었다.

'그 노인네들이 무슨 힘이 있다고.'

"그래, 알았소."

달시는 의자를 박차고 일어섰다.

"갑시다, 원로회의에."

걸음도 당당하게 달시는 재무대신을 앞세워 원로회의가 열리고 있다는 회의장으로 향했다. 그런 그녀의 품에는 루슬란 왕국에서 전달받은 예의 그 서류가 고이 안겨 있었다.

그녀가 회의장 안으로 들어서자 묵직한 침묵이 내려앉았다. 달시는 귀족들에게 여유로운 미소를 보이며 아샤의 뒷자리에 착석했다.

"무슨 일로 원로회의를 여신다는 거요?"

휘장 안쪽에 앉은 달시는 회의장 안에 모인 사람들을 얼굴을 바라보았다. 하늘거리는 휘장 너머로 보이는 제국의 원로들은 이제 겨우 십여 명이 있었다. 거기에 후작 이상의 대신들도 별로 없어서 회의장 안에 모인 인원은 대략 이십여 명이 전부였다.

'이 인원으로 뭘 어쩌겠다고.'

달시는 속으로 비웃었다.

"황제 폐하!"

우렁찬 목소리가 회의장 안을 울렸다. 바라보니 세리야르 원로 다음으로 원로원을 이끌고 있는 리카르도였다.

"말씀하시오."

지친 기색을 감추지 못한 황제가 허락의 말을 내놓자 리카르도는 흉흉한 기운을 고스란히 드러낸 채 힘차게 말다.

"외람된 말씀이오나, 폐하. 우리 메르첼 대제국은 대대로 적통만이 그 명맥을 이어왔사옵니다."

생각지도 않은 말에 아샤도 달시도 의아한 얼굴을 했다.

"그게 무슨 말씀이시오?"

아샤는 리카르도가 자신을 부정하는 것 같은 말을 하자 날카롭게 물었다.

"짐이 적통이 아니라는 말씀이시오?"

아샤의 물음에 회색빛 눈썹을 파르르 떨며 리카르도가 신중하고 침중한 음색으로 다시 입을 열었다.

"황제 폐하는 메르첼 제국의 핏줄이시옵니다!"

도대체 아샤는 리카르도가 무슨 말을 하는지 몰라 입을 다물었고 달시만이 얼굴빛이 흙빛이 되었다.

'저, 저자가 지금 무슨 말을 하는 것이냐! 혹시 내가 텐셔너의 핏줄이 아니라는 사실을 알고 말하는 것인가⋯⋯!'

확실히 아샤는 빌도르의 핏줄이니 텐셔너의 피가 흐르긴 했다. 하지만 달시는 아니었다. 그러나 그 누구도 그 사실을 알지 못했다. 그런데도 리카르도 원로가 핏줄 운운하는 것으로 보아 아샤가 아닌 자신을 지적하는 것 같아 달시는 섬뜩해졌다.

눈이 튀어나올 정도로 놀란 달시의 얼굴은 다행히도 휘장에 가려져 그 누구도 보지 못했다.

"다만 황제 폐하의 어머님이신 실비아 님은 황비 신분이셨사옵니다. 다시 말씀드리자면 폐하께서는 완전한 적통은 아니라는 말씀이옵니다."

백발이 성성한 머리를 조아리는 리카르도의 말에 아샤는 심기 불편한 표정을 지었고, 휘장 뒤의 달시의 얼굴은 굳었다.

"그래서 뭐가 어떻다는 말씀이오?"

아무리 그래 봤자 텐셔너의 적통 율리우스는 이 세상에 없었다. 아샤는 새삼 이런 말을 하는 리카르도를 노려봤다.

"혹시 아버님이 숨겨둔 자식이라도 있다는 말씀이오?"

말하고 보니 또 그럴 수도 있겠다 싶었다. 기실 빌도르는 꽤나 여성 편력이 심했으므로 아주 없는 소리는 아닌 것 같았다. 하지만 그렇다 해도 그 숨겨둔 자식이 적통일 리는 만무했다.

'이게 또 무슨 소리야?'

아샤의 질문에 달시는 또 놀라고 말았다. 겨우 율리우스를 제거하고 아샤도 얼마 후면 사라질 텐데 또 다른 텐셔너의 핏줄이라니, 달시는 사납게 눈을 치떴다.

"예, 황제 폐하!"

조아렸던 머리를 번쩍 들며 리카르도가 근엄한 목소리로 말했다.

"선황 폐하의 적통 후계자가 지금 이 자리에 있사옵니다!"

리카르도의 말이 끝남과 동시에 벌컥 회의장 문이 열리고 한 사람이 모습을 드러냈다. 아샤와 달시 그리고 회의장 안의 모든 사람들의 시선이 그에게로 쏠렸다.

"저, 저……!"

너무나 깜짝 놀라 자리에서 펄쩍 일어선 아샤의 입에서 당황한 목소리가 튀어나왔다.

"혀, 형!"

당혹감과 놀라움이 뒤범벅된 목소리가 회의장 가득 울려 퍼졌다.

"쉿, 조용."

유로스의 지시에 모두들 숨을 죽였다. 라이라는 초조했다. 고든을 따라 비밀 통로를 통해 들어온 황제의 방은 화려했지만 어딘지 을씨년스럽게 느껴졌다.

라이라가 고든과 함께 황궁으로 들어온 건 바로 조금 전이었지만 계획을 세운 건 꽤나 오래전의 일이었다.

"궁으로 들어가는 길을 알고 있소."

바로 자신의 방이었던, 지금은 아샤가 쓰고 있는 방과 연결된 비밀 통로. 오로지 적통 황위 계승자에게만 알려진 비밀의 장소. 만일 고든이 느닷없는 죽임을 당하지 않았다면 분명 아샤에게도 알려줬을 바로 그 비밀 통로.

머리를 맞대고 황궁을 장악할 묘수를 쥐어짜 내던 동료들에게 툭, 하고 던진 그 말은 한 줄기 빛과도 같았다.

언제, 누가 만들어졌는지 알 수는 없었지만 아주 오래전부터 황족들의 적장자에게만 알려졌던 동굴 이야기는 희망이 되었다. 들었던 기억을 토대로 찾아낸 작은 동굴은 아주 다행스럽게도 남아 있었다. 고든을 선두로 몇 명이 동굴 탐색에 들어갔고 드디어 그들은 황궁과 이어진 비밀 통로를 찾아낼 수 있었다.

"후."

누군가의 입에서 한숨 소리가 새어 나왔다. 그와 동시에 라이라는 상념에서 벗어났다. 지금 그녀는 동료들과 현 황제의 방에서 잔뜩 긴장을 한 채 대기하고 있는 중이었다. 원래 고든의 방이었다는 이곳은, 그가 죽은 것으로 알려진 뒤 형이 그립다며 아샤가 황제의 방 대신 이 방에서 지내길 원하여 그의 방이 되었다고 했다.

"아직인가?"

불안 가득한 목소리는 숨죽인 동료들의 머리 위로 무겁게 내려앉았다. 그리고 그것은 서서히 작은 불씨가 되어 번지기 시작했다.

"조급해하지 마라."

유로스가 불안해하는 모두를 진정시켰다.

"지금까지 고생한 것이 물거품이 될 수도 있다."

현실적인 조언에 모두를 휘감던 불안감은 초기 진압되었다.

"내가 먼저 나가볼 테니, 조용히 기다리고 있도록."

원로회의를 열어 그 자리에서 전 황태자 율리우스가 생존해 있음을 밝혀 되도록 피를 보지 않는 방향으로 일을 마무리 지으려는 고든의 생각에 모두가 찬성했다. 아무리 훈련을 해도 해적들 대부분이 이전에 평민이거나 농민이었던 자들로 체계적인 훈련을 받은 병사들과 대등한 싸움을 벌이기는 무리라는 판단에서였다.

이에 유로스는 지하 통로를 이용, 고든과 라이라를 포함한 소수 정예를 일단 황궁으로 들이고 나머지는 나눠서 회유한 귀족들의 개인 사병들 틈에 숨겨놓았고 또 크멕스 산맥 자락에도 무리를 숨겨둬서 여차하면 수도 베네투스를 치게끔 했다. 테리를 위시한 제이슨, 바투 등이 섞인 그들은 만반의 준비를 한 채 황궁으로 진격할 준비를 마친 상태고 나머지 무리들 역시 베네투스를 향해 칼을 겨누고 있었다.

황제가 없는 황제의 방 앞을 지키는 이는 없었다. 잠시 주변을 둘러보던 유로스는 천연덕스런 얼굴로 걸음을 옮기기 시작했다. 율리우스가 죽기 전까지만 해도 황궁을 제집 드나들 듯했던 유로스이었기에 회의장이 어디인지는 잘 알고 있었다.

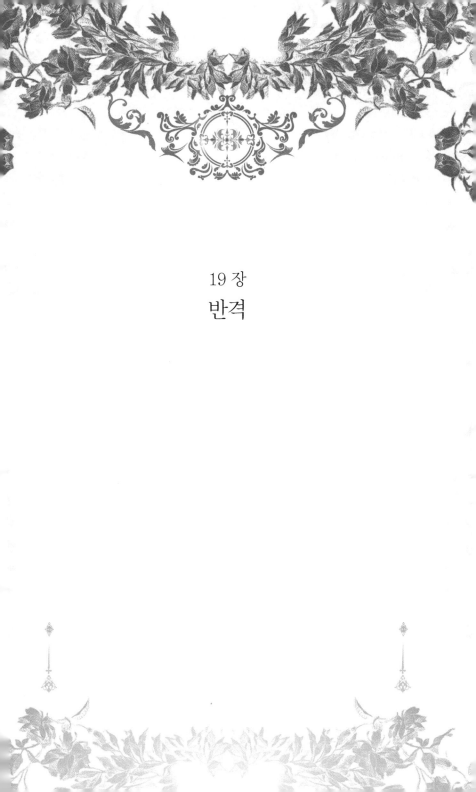

19 장

반격

고든의 존재에 대해 새까맣게 몰랐던 귀족들이 웅성거렸다.

"형? 빙금 폐하께서 형이라고 하셨소?"

"그럼 정말로 율리우스……?"

혼란스러워하는 귀족들 사이에서 아샤는 그 누구보다 큰 충격을 받고 있었다.

"……형?"

의문 가득한 목소리가 울렸다. 아샤는 제 눈을 믿을 수가 없었다. 아무리 눈을 비벼봐도 눈앞에 있는 사람의 모습은 사라지지 않았다.

메르첼 제국을 보다 더한 강국으로 만들리라 추앙받던 전 황태자, 아샤가 존경하고 사랑하던 형이 바로 앞에 있었다.

하지만 그는 아샤가 기억하고 있는 모습과는 조금 달랐다. 새까만 옷을 입고 가죽 갑옷에 아무런 치장도 없이 머리를 한데 묶은 고든에게 황태자 시절의 화려함은 보이지 않았다. 하지만 그는 분명 형이었다.

"형은 죽었다고……."

그의 존재를 눈으로 보고도 의혹은 사라지지 않았다. 아샤는 머릿속이 복잡했다. 지금껏 형이 죽은 줄로만 철석같이 믿고 있었는데, 소문대로 살아 있는 형의 모습을 실물로 보니 혼란스러웠다.

달시 역시 마찬가지였다. 분명 율리우스는 죽었다. 숨이 끊어진 것을 확인했었다. 그리고 숨진 그를 없앤 것은 바로 세리야르 원로였다.

'설마……?'

한 치의 의심도 하지 않았던 인물에 대한 의구심이 피어올랐다.

고든은 당당한 걸음으로 회의장 안으로 들어섰다. 황족으로서의 모습은 하나도 남아 있지 않았지만 분위기만큼은 이 안 그 누구보다도 황족다웠다.

저벅저벅. 쥐죽은 듯 고요한 회의장 안에 고든의 발소리만 울렸다. 모두가 율리우스를 기억하고 있었다. 보다 더 강인해 보이는 전 황태자가, 바로 눈앞에 있었다.

"멈추시오!"

정신을 제일 먼저 차린 건 드레이브 백작이었다.

'반역(反逆)이다!'

현 황제 앞에 전 황태자가 나타났다는 것은 누가 봐도 황위 찬탈이 목적이었다. 그는 나서야 했다. 죽은 황태자가 살아 돌아온 건 놀라운 일이지만 이런 식은 아니었다. 그는 실체가 없단 이유로 수많은 소문을 귓등으로 흘려 넘긴 지난날을 후회하며 고든의 앞을 막아섰다.

하지만 고든은 멈출 생각이 없었다. 기세 좋게 고든을 막아섰던 션은 자신을 똑바로 바라보는 그의 눈빛에 기가 죽고 말았다. 그것은 마치 태산과도 같은 중압감이었다.

그대로 션을 지나친 고든은 아샤를 향해 성큼성큼 걸음을 옮겼다. 원로석에서 낮은 비명이 새어 나왔지만 고든은 개의치 않았다.

"이 무슨 무례한 짓이오!"

뒤에서 션이 버럭 소리를 지르며 고든의 뒷덜미를 잡기 위해 몸을 날렸다. 하지만 이 자리에 있는 그 누구보다도 무예가 뛰어난 고든에게 그것은 애들 장난처럼 느껴졌다.

휘익, 쿠당탕.

"어이쿠!"

고든이 슬쩍 어깨를 흔들자 션은 맥없이 나가떨어지고 말았다.

심연과도 같은 고든의 검은 눈동자가 션을 응시했다. 아픔에 얼굴을 일그러뜨리던 션은 찔끔한 표정을 지어 보였다. 마침내 고든이 아샤의 앞에 섰다.

"율리우스 휴고 흔나리온 텐셔너, 메르첼 제국의 황제 폐하를 뵈옵니다."

아샤 앞에 서자마자 한쪽 무릎을 구부리고 머리를 숙인 고든에게서는 그 어떤 반역의 기미도 보이지 않았다.

회의장은 다시 침묵에 휩싸였다. 자신을 향해 예우를 하는 고든을 바라보는 아샤도, 그 두 사람을 보고 있는 대신들도 모두 침묵했다.

침묵을 깬 것은 아샤였다.

"이, 일어나시오."

혈육 간의 정을 나누는 것은 뒤로 미루기로 한 아샤는 놀란 가슴을 진정시키고 황제의 위엄을 갖췄다. 당장 율리우스의 품 안으로 뛰어들어 위로를 받고 싶었지만 황제라는 자리는 그런 가벼운 행동을 묵인하지 않았다. 아샤는 천천히 입을 열었다.

"그래, 대공께서는 지금껏 어디서 무얼 하셨소? 짐은 그대가 죽은 줄 알았거늘."

율리우스는 전 황태자이기는 했으나 지금은 아샤 자신이 황제가 되었으므로 그는 형을 '대공'이라 칭했다.

아샤의 질문은 이 자리에 있는 모두가 궁금해하는 것이었다. 고든은 묵직한 관을 쓰고 근엄한 표정을 짓고 있는 자신의 동생을 바라봤다.

"폐하."

고든은 유혈사태를 원치 않았다. 그렇기에 달시에게 반감을 가진 귀족들을 회유하고 제게 동조해 줄 원로들을 모았다. 혹시나 일어날지도 모를 일에 대비해 무장시킨 동료들을 궁 안에 배치시키고 다른 무리들 모두 수도에 집결시켰다.

전 황태자의 등장에 긴장했던 귀족들은 상황이 어떻게 돌아가는지 알 수가 없어 침묵했다. 죽었다던 황태자의 등장이 의미하는 것은 단 하나밖에 없어 보였다.

황위 찬탈.

하지만 어찌 된 영문인지 전 황태자가 현 황제에게 예를 갖추고 인사를 했다.

"그간 강녕하셨사옵니까."

고든의 목소리는 물기로 젖어들었다. 오랜만에 본 동생의 안색이 너무도 좋지 않은 탓이었다. 꽉 막힌 목에 고든은 잠시 말을 멈췄다. 감성에 젖을 시간은 없었다. 빨리 일을 마쳐야 했다.

"소신, 그동안 오랜 여행을 했사옵니다."

"여행?"

"예."

"그러면 대공이 죽었다던 소문은 어찌된 것이오?"

다시 주변 공기가 무거워졌다. 고든은 천천히 검은 눈을 들어 혈육을 마주 바라봤다.

"그 소문은 사실이옵니다."

헉, 하고 바람 빠지는 소리가 곳곳에서 들려왔다.

"그, 그럼 대공은 어찌 이렇게 살아 있는 거요?"

당황한 아샤는 더듬거렸다. 앙상하게 뼈만 남은 동생을 바라보는 고든의 눈에 슬픔이 배어들었다.

"운이 좋았습니다."

잠깐 말을 멈춘 고든은 아샤의 뒤, 휘장 너머 어른거리는 그림자를 노려보며 입을 열었다.

"아주 잠깐, 목숨이 끊어졌는데 운 좋게도 다시 살아났습니다."

"그, 그런데 왜 바로 돌아오지 않으셨소?"

아샤는 약간의 원망을 담아 물었다.

"글쎄요."

고든은 황제 앞에서 어깨를 으쓱이는 무례를 저질렀지만 그 누구도 제지하지 않았다.

"돌아올 수 없었다고 해두죠."

고든은 눈을 들어 휘장 너머, 달시를 노려봤다.

"그때 돌아왔다면, 정말 죽었을 겁니다."

그의 온몸에서 뿜어져 나오는 분노를 느낀 사람들은 그의 시선을 좇아 휘장 너머에 있을 누군가를 바라보았다.

달시는 자신이 인생 최대의 난관에 부딪쳤다는 사실을 인지했다. 휘장 너머 보이는 귀족 중 오롯이 자신의 편은 대략 절반 정도. 만일 두오반 후작과 라미 공작이 손을 썼다면 아마도 적은 절반 이상일 터였다.

고든은 비무장 상태이니 육탄전이라도 벌어진다면 어느 정도 대등하게 버틸 수는 있다는 판단이 들었다. 달시는 아직도 넘어진 채 자리에서 일어나지 못하는 션에게 시선을 던졌다. 어떻게 해서든 션을 밖으로 내보내 병사들을 불러오도록 해야 했다.

달시의 입장에서는 아주 다행스럽게도 션은 눈치가 빨랐다. 션은 자리에서 일어나 아무도 눈치채지 못하도록 주의하며 회의장 뒤쪽으로 걸음을 옮겼다.

"어찌 그런 말씀을 하시오?"

제 뒤쪽을 바라보는 고든의 시선에서 아샤는 희미한 위험을 감지했다.

"원흉은 달시 황녀이옵니다."

고든은 달시를 용서하고 싶지 않았다. 하지만 배려는 하고 싶었다. 비록 자신을 죽이려 한 사람이기는 했지만 그래도 가족으로 살아온 세월이 있기에 고든은 완벽하게 모질지는 못했다.

고든의 한마디에 회의장은 벼락이라도 맞은 것처럼 소란스러워졌다.

"뭐, 뭐요?"

경악에 물든 아샤의 목소리가 커다랗게 울렸다.

촤륵! 휘장 걷히는 소리가 날카롭게 회의장 안을 울렸다.

"모함입니다."

아샤의 등 뒤에서 모습을 드러낸 달시의 얼굴은 차분했다. 하지만 떨리는 목소리를 감추지는 못했다.

드레스 자락을 끌며 달시는 아샤의 바로 옆에 자리했다. 그런 그녀의 시선은 고든의 얼굴에 꽂혀 있었다.

'율리우스.'

달시는 고든의 이름을 곱씹었다. 분명 그의 죽음을 똑똑히 확인한 달시였다. 코끝에 손을 대고 숨이 끊어진 것을 분명히 확인했는데 이렇게 버젓이 눈앞에 다시 돌아오다니, 믿을 수 없었지만 믿어야 했다.

'세리야르 장로.'

평온한 얼굴로 달시는 이미 죽은 세리야르 장로를 원망했다. 율리우스의 시체를 처리한 것이 바로 그였기 때문이었다.

"전 분명 대공의 죽음을 확인했습니다."

달시는 낯빛 하나 바꾸지 않고 말을 이어 나갔다.

"네, 애석하게도 그의 죽음을 알고 있는 사람은 저와 세리야르 장로, 단둘뿐이었죠."

하아, 작은 한숨을 토해낸 달시는 곧바로 말을 덧붙였다.

"그 세리야르 장로마저 세상을 떠났고 말이죠."

눈썹을 들어 올리는 고든에게서 시선을 뗀 달시는 좌중을 둘러보았다. 그녀의 시선에 소란스러웠던 회의장은 다시 침묵했다.

"그래요, 제가 대공의 주검을 제일 먼저 발견한 사람입니다."

살랑. 부채 대신 달시는 들고 있던 서류 봉투로 바람을 일으켰다.

"아마도, 그 때문에."

원로들의 얼굴 하나하나를 살피던 달시의 눈이 드디어 다시 고든에게로 닿았다.

"대공께서 저를 의심하는 것이겠지요."

달시는 빤한 시선으로 고든의 검은 눈을 들여다봤다.

"오빠는 그냥 푹 자면 되는 거야."

"이 나라는 내게 맡겨두라고."

달콤한 속삭임이 냉기가 뚝뚝 묻어나는 것으로 바뀌는 데는 그리 오래 걸리지 않았다. 쓰러지던 그 순간, 귓가에 바싹 입술을 대고 속삭였던 달시의 말을 고든은 지금도 똑똑히 기억하고 있었다.

"대공께서는 지금, 억측으로 절 범인 취급하고 있는 겁니다."

세리야르 장로가 뒤처리를 한다고 했을 때, 그냥 그렇게 보내면 안 되었다. 율리우스의 시체가 땅에 묻히든 불에 타든 이 세상에서 사라지는 것을 끝까지 지켜봤어야 했다. 하지만 이미 엎질러진 물. 달시는 어깨를 으쓱였다.

"상황이 제게 불리한 걸 알지만 어쩔 수 없는 노릇이지요."

어차피 진실을 아는 이는 달시와 고든 단둘이었다.

"대공이 진즉에 제국으로 돌아오지 못한 건, 대공의 사정이지요. 저와는 아무 상관 없습니다."

달시의 암갈색 눈이 원로들에게 향했다. 몇 명의 얼굴에 의혹이 떠올랐지만 달시는 개의치 않았다.

"대공."

달시는 원로들에게서 고든에게로 시선을 돌렸다.

"혹여 대공께서는 자신의 자리를 되찾으려고 돌아오신 겁니까?"

그 말인즉, 지금의 황제를 자리에서 끌어낼 거냐고 묻는 것과 다름없었다. 달시의 물음으로 인해 순식간에 회의장 안의 분위기가 바뀌었다. 원로들 사이에서 웅성거림이 퍼져 나갔다.

"여, 역모?"

누군가의 입에서 튀어나온 단어는 들불처럼 퍼져 나가기 시작했다.

"가능하다면."

고든은 간단하게 답했다. 하지만 말처럼 간단한 내용이 아니었다. 고든의 말에 달시를 비롯하여 아샤와 몇몇 원로들의 안색이 싹 변하고 말았다.

'형이 날 죽이려 하는 것인가!'

아샤는 두려움에 떨었다. 이미 아샤는 혈육인 달시에게 죽음의 위협을 받고 있는 상황이었다. 그런 중에 또 다른 위협이 생기자 그는 절망했다.

열일곱의 어린 소년은 새파랗게 질려서 눈에 띌 정도로 몸을 떨고 있었다. 번쩍이는 금관은 그를 무겁게 짓눌렀다. 형을 바라보는 동생의 눈에 서글픔이 어리기 시작했다.

'아샤.'

고든은 아샤의 눈에서 그의 두려움을 읽었다. 절대 동생에게 그 어떤 해를 가할 생각은 추호도 없었다. 고든은 무릎을 펴고 자리에서 일어섰다. 그 서슬에 놀란 아샤가 저도 모르게 한 걸음 뒤로 물러섰다.

"폐하."

바로 옆에서, 달시가 아샤를 차가운 목소리로 독려했다.

"물러서시면 아니 되옵니다."

영악한 그 한 마디에 고든은 정말로 황제를 위협하는 꼴이 되어버리고 말았다. 뒤쪽의 원로들이 자리를 박차고 일어나며 덜컹거리는 의자 소리가 들려왔다. 하지만 고든은 자신의 동생들에게서 시선을 떼지 않았다.

달시는 그렇다 쳐도 안색이 파리한 아샤는 금방이라도 쓰러질 것처럼 위태로워 보였다.

"폐하."

고든은 한 걸음 나아가 기다란 팔로 아샤를 붙잡아주려 손을 뻗었다.

"무엄하오!"

탁!

달시는 들고 있던 서류로 고든의 손을 쳤다. 그 바람에 고든은 황제에게 무력을 행한 게 되었다.

"저, 저!"

원로들 속에서 기겁하는 소리가 튀어나왔고 분위기는 또 한 번 바뀌었다. 원로들이 격앙된 목소리로 소리치기 시작했다.

"이건 역모요!"

달시는 고든을 막아선 한편, 한시라도 빨리 션이 병사들을 데리고 오길 바랐다. 딱 좋은 분위기였다. 겁에 질린 황제, 그를 위협하는 고든. 병사들만 제때 도착한다면 단숨에 고든을 제압할 수 있을 것 같았다.

탕!

하늘이 달시의 바람을 들어주었는지 회의장의 문이 커다란 소리를 내며 열렸다. 반가운 마음에 그쪽을 바라본 달시의 얼굴이 순식간에 일그러졌다.

"전하!"

칼을 빼 들고 맨 앞으로 들어선 사람은 유로스였다. 그리고 그 뒤를 이어 라이라, 자크라 등이 회의장 안으로 밀려들어 왔다.

"뭐, 뭐야?"

"이게 무슨 일이야?"

원로들의 아우성에도 유로스는 침착했다. 조금 전, 회의장의 분위기를 살피기 위해 홀로 정찰을 나왔던 유로스가 션을 발견한 것은 그야말로 하늘이 도운 것이었다. 허둥지둥 회의장을 나서는 션의 모습에 유로스는 어느 정도 일이 진행되었음을 눈치채고는 곧바로 동료들을 데리고 들이닥친 것이다.

"폐하."

유로스는 일단 고든을 제치고 아샤를 향해 예를 취했다.

"신(臣) 유로스 덴 드바하, 황제 폐하께 인사드리옵니다."

정중한 그의 인사에는 결코 위협이 담겨 있지 않았다. 그럼에도 달시는 고양이 같은 눈을 번뜩이며 날카롭게 외쳤다.

"드바하 경은 역모를 저지를 참인가!"

달시는 이 상황을 빨리 잠재우고자 했다. 얼른 율리우스를 역모의 주동자로 만들어 원로들의 마음을 얻어야 했다.

"황녀는 말을 삼가십시오!"

벼락같은 노성이 원로들 틈에서 튀어나왔다. 토르니가 눈을 부라리고 있었다.

"메르첼 황실은 적통으로 이어졌습니다! 적통 황태자가 제자리를 찾겠다는 것인데 어찌 역모라 칭하는 것이오!"

원로들 대부분이 토르니의 열변에 동요했다.

"맞는 말씀이시오!"

짜 맞추기라도 한 듯, 리카르도가 토르니의 말을 받았다.

"전 황태자가 자신의 자리를 찾는 건 대의명분에 어긋나는 일이 아니외다!"

달시는 격분했다. 필시 리카르도 원로는 토르니와 한편인 것이 분명했다. 그때, 콰당 하는 커다란 소리가 나며 회의실 문이 또다시 열렸다.

"마마!"

기다리고 기다리던 션의 등장이었다. 그의 등 뒤로 수많은 병사들이 밀집해 있었다.

"드레이브 경!"

반가운 마음에 달시는 저도 모르게 션을 소리 높여 부르고 말았다.

"늦어서 죄송합니다!"

션은 헐떡거렸다. 당장에라도 달시에게 달려가고 싶었지만 유로스의 사병들에 막힌 션은 그저 입으로 사과할 도리밖에 없었다.

칼과 칼이 대적했다. 병사들은 서로에게 칼을 겨눈 채 노려보았고 원로들 중에서 달시의 편 몇몇이 은근슬쩍 그쪽으로 몸을 옮기기 시작했다.

"용기는 가상합니다만."

달시가 비웃었다.

"이제 대공은 참으로 불리한 지경에 몰리신 겁니다."

달시는 자신의 군사력을 자랑했다. 하지만 고든 또한 만만치 않았다.

"아아."

고든은 어깨를 으쓱였다.

"그 정도야 누구나 알 수 있는 것이지요."

고든은 얼굴에 은은한 미소를 드리웠다.

"설마 제가 그 정도 대비책 없이 왔겠습니까."

"뭐, 뭐요?"

"황궁 주변을 제 동료들이 포위하고 있습니다."

자신만만한 고든의 말에 달시의 낯빛은 흙색이 되어버리고 말았다.

"하지만!"

달시는 악을 썼다.

"조금 있으면 황궁 안의 병사들이 이곳으로 다 몰려올 것이오!"

황궁 밖이야 그렇다 쳐도 황궁 안에도 수많은 병사들이 대기하고 있다. 달시는 여전히 자신이 우세하다고 믿었다.

"흠."

이번엔 고든이 코웃음을 쳤다.

"아무래도."

자크라에게서 건네받은 칼을 길게 뽑으며 고든이 입을 열었다.

"칼자루는 내가 쥐고 있는 것 같은데?"

고든은 날카로운 칼끝을 달시의 목에 겨누었다. 달시의 눈동자가 이리저리 흔들렸다. 이 상황을 헤쳐 나가야 했다. 그런 그녀의 눈 끝에, 라이라가 닿았다.

순간, 달시의 두뇌가 재빠른 회전을 시작했다. 토르니와 리카르도가 반역자의 편에 섰다고는 해도 그들 대부분은 대의명분을 중시하는 노인네들. 달시는 라이라를 사납게 노려봤다.

"이것은 역모입니다!"

달시의 손가락이 정확하게 라이라를 가리켰다.

"두오반 후작 영애, 저 계집은 이미 루슬란 왕국에서 역모를 꾀했던 인물입니다!"

그 말에 고든은 검은 눈썹을 슬쩍 들어 올렸고 원로들 사이에서는 웅성거림이 들려오기 시작했다.

"뭐요? 두오반 영애가 역모를?"

"아니, 그럼 후작 영애가 루슬란 왕국 사람이라는 거요?"

"그렇습니다!"

달시는 당당하게 외쳤다.

"두오반 후작 영애는 사실 루슬란 왕국의 하급 귀족으로 불과 몇 달 전, 제 아비와 함께 역모를 꾀하다 쫓겨난 계집입니다! 그런 계집이 대공과 함께한다는 건, 역모가 아니면 무엇이겠습니까! 지금 상황만 봐도 그렇습니다! 감히 황제 폐하 앞에서 칼을 들이밀다니요! 이는 분명 황위를 찬탈하려는 역모가 분명합니다!"

달시의 목소리가 회의장 안을 메아리쳤다. 토르니의 주최로 원로회의가 열리긴 했지만 모인 원로들 중 반 정도는 고든의 존재를 이제야 알게 되었고 난데없이 돌아가는 상황에 얼이 빠진 상태였다. 그런 데다 다른 나라, 그것도 부마의 본국에서 쫓겨난 역적이라니. 원로들은 다시 웅성거리기 시작했다.

"아무리 전 황태자라고는 하지만 역적을 무리에 두다니, 그건 아니지 않소?"

"하지만 원래 자리로 돌아오려는 것뿐이니 딱히 문제 될 것도 없지 않소이까."

"아니, 다른 나라의 역적이 우리 제국과 무슨 상관이 있다는 말이오!"

"그러나 이렇게 칼을 들고 오는 건 아니지요."

고든은 그들의 설전에 귀를 기울였다. 다시 자신의 자리를 찾기 위해서는 그들의 동의가 필요했다. 만약 일이 잘못된다면 원치 않는 피바람이 불 것이었다.

고든은 달시에게 눈을 떼지 않은 채 입을 열었다.

"그녀는 역적이 아닙니다."

그 말에 달시는 눈을 빛내며 한 걸음 물러나 고든의 칼끝에서 벗어났다. 고든은 일단 잠자코 달시가 하는 양을 지켜보기로 했다.

"이것이 바로 그 증거입니다!"

달시의 높은 목소리가 회의장 안을 울렸다. 번쩍 든 그녀의 손에서 서류 봉투가 흔들렸다. 루슬란 왕국의 문양이 똑똑히 찍힌 서류 봉투에 모두의 시선이 쏠렸다.

"루슬란 왕국에서 그녀의 정체를 밝힌 서류를 보내왔습니다."

달시의 당당한 목소리가 주위를 환기시켰다.

"두오반 영애의 진짜 이름은 라이라 제랄딘 웸블던, 루슬란 왕국 하급 귀족의 딸이며 역적의 딸이기도 합니다."

"아닙니다!"

라이라는 앞으로 나서며 달시의 말에 반박했다.

"제 아버지는 역적이 아닙니다!"

그러나 달시는 라이라의 말을 비웃듯 더욱 목소리를 높였다.

"그레이엄 하워드 웸블던, 두오반 영애의 친아버지 이름이고 그가 역적이라는 증거가 바로 여기에 있습니다!"

달시는 봉투에서 서류를 꺼내 펄럭였다.

"율리우스와 저 역적의 딸이 같이 있다는 건, 지금 이 상황이 역모라는 사실을 가리키는 겁니다!"

달시는 원로들이 가장 중시하는 정당성을 건드렸다.

"율리우스가 정통 황위 계승자가 맞긴 하지만 이미 이 나라는 아샤 폐하의 통치하에 있습니다. 황제를 억지로 끌어내리겠다는 건, 역모가 아니고 무엇이겠습니까?"

토르니의 노성이 터져 나왔다

"억지로 끌어내리다니요! 전하께서는 결코 그런 생각이 없으십니다!"

"전하라니요?"

달시의 눈이 빛났다.

"황제의 형을 전하라고 하는 건, 무슨 의도이신지요?"

날카로운 질문에 토르니가 주춤거렸다. 사실 토르니가 고든을 칭할 때, 전하가 아닌 대공으로 해야 옳았다.

고든의 할아버지인 블타로이가 제국을 통일하기 전까지, 끊이지 않았던 분쟁은 바로 황위 계승 문제 때문이었다. 블타로이는 황위 계승권으로 인해 또다시 내란이 일어나는 것을 원치 않아 형제 중 황제가 될 황자 외에는 모두에게서 계승권을 박탈하고 대공의 직위를 내리는 것을 법으로 정하였다. 그래서 이제 황태자가 아닌 고든은 대공으로 불러야 했다. 그럼에도 고든을 전하라고 부른다는 것은 그를 정통 후계자로 인정한다는 발언이 아닐 수 없었다.

"……죄송합니다."

달시에게 머리를 숙여 보이며 토르니가 사죄했다.

"아무튼 대공께서는 황제 폐하를 끌어낼 의도가 없으십니다!"

"역적과 같이 있는데 그런 생각이 없다고요?"

달시가 비웃었다.

"더군다나 이렇게 대공이 소리 소문 없이 나타났다는 것 자체가 의심할 만한 상황 아닌가요?"

"하지만 다른 나라의 역적이지 않소?"

누군가가 달시의 의견에 반대하는 목소리를 냈다.

"그렇다고는 해도 제국의 귀족이 다른 나라의 역적을 받아들였다는 것은 그냥 넘어갈 수 없는 문제라고 보오."

반박의 목소리도 있었다.

죽었다던 황태자가 살아 돌아오고 그 원흉이 제국의 황녀라 하고, 거기다 최근에 두오반 후작이 입양한 딸이 사실은 타국의 역적이었다니. 정신없이 돌아가는 상황에 원로들은 난처했다.

토르니와 라미 공작의 편이 되었던 원로들 역시 곤란한 표정을 얼굴에 드리웠다.

"하필이면 두오반 후작과 라미 공작이 손잡은 사람이 대공이라니."

달시는 토르니와 라미 공작, 그리고 고든을 한꺼번에 묶는 데 성공했다. 달시의 눈이 라이라에게로 향했다.

"대공은 또 역적의 딸과 함께라니."

라이라는 더 이상 참을 수 없었다.

"모함입니다! 전 역적의 딸이 아닙니다! 제 아버지는 역적이 아닙니다!"

푸른 눈에 형형한 불길이 일었다. 아버지가 얼마나 고매한 정신의 귀족이었는지 라이라는 잊지 않고 있었다.

"모함?"

코웃음을 치며 달시가 들고 있던 서류를 앞으로 내밀었다.

"이 안에 네 정체를 밝힐 서류가 들어 있다. 루슬란 왕국에서 보내온 거야."

"그건……!"

순식간에 피가 거꾸로 솟아오르는 기분이었다.

"그건 거짓입니다!"

라이라는 루슬란 왕국에서 보내왔다는 서류를 부정했다.

"그걸 내가 왜 믿어야 하지?"

달시는 그런 라이라를 비웃었다.

"그 서류는 거짓이니까요."

푸른 눈동자와 암갈색 눈동자가 정면으로 부딪쳤다. 양측이 팽팽하게 긴장하는 가운데, 고든은 이제 한 걸음 물러서서 사태를 관망하고 있었다.

만일 지금 그가 라이라의 편을 든다면 상황은 더 이상하게 꼬일 것이 분명했다. 일단, 라이라에게 맡기는 것이 낫겠다는 판단을 내린 고든은 그저 잠자코 있었다.

"이 서류가 거짓이라는 증거는 어디에 있지?"

달시가 라이라를 향해 날카롭게 물었다. 달시의 눈에 분노로 활활 타오르는 푸른 눈동자가 들어왔다. 그녀가 아무 말도 하지 못하는 것을 보고 달시는 그럼 그렇지, 하며 코웃음을 쳤다.

라이라는 입만 달싹였다. 이유를 말해야 했다. 하지만 좀처럼 입이 떨어지지 않았다. 자신이 겪었던 그 무시무시한 일을 이 많은 사람들 앞에서 스스로 털어놔야 한다니 겁이 났다.

라이라의 시선이 한쪽으로 쏠렸다. 고든이 자신을 바라보고 있었다.

'말해야 해.'

라이라에게는 달시의 손에 들린 저 서류가 거짓이라는 사실을 말할 의무가 있었다. 황녀의 거짓을 밝히고 아직도 우왕좌왕하는 원로들을 고든의 편에 서게 해야 했다.

"그건……."

영혼이 찢기고 육체가 부서졌던 기억이 스멀스멀 피어올랐다.

'기회는 이때다.'

모두의 시선이 달시 황녀 쪽으로 쏠린 이 시점에서 션은 슬쩍 옆의 부하에게 신호를 보냈다.

"너는 나가서 군사들을 더 이끌고 오너라."

모두의 관심이 앞쪽으로 쏠려 있으니 한 명 정도는 밖으로 내보내서 병사들을 불러 모아 황궁을 침범한 적들을 모두 소탕할 생각이었다.

"예."

명령을 받은 션의 부하가 눈에 띄지 않도록 조심하며 뒤쪽으로 향했다.

"무엇 하는 것이냐!"

앞쪽에서 날카로운 소리가 날아들었다. 깜짝 놀란 션과 그의 부하가 앞쪽으로 몸을 돌리자, 아샤가 검은 눈을 빛내며 병사들을 바라보고 있었다. 그러자 회의장 모두의 시선이 병사들 쪽으로 쏠렸다.

"아, 저……."

당황한 션이 저도 모르게 말을 더듬거렸지만 아샤는 아랑곳하지 않고 날 서린 명령을 내렸다.

"그대들은 지금부터 한 발짝도 움직이지 말라!"

"폐, 폐하!"

"명령이다!"

"아니, 폐하."

이번엔 달시가 아샤에게 항의했다.

"어찌 그런 명령을 내리시는 것입니까?"

소년 황제는 혼란스러웠다. 죽었다던 형은 멀쩡히 살아 있고, 그런 형을 해한 것이 누나라고 하더니 이번엔 갑자기 두오반 영애를 역적이라 매도하며 형까지 몰아세우니 정신이 하나도 없었다.

"그만, 그만하시오!"

소년의 높은 목소리가 회의장 안을 갈랐다.

"지금 이러고 있는 연유가 무엇이오?"

아샤의 물음에 달시는 어처구니없다는 표정을 지었다.

"아니, 폐하, 지금 저희가 이러고 있는 이유를 정녕 모르시나이까?"

그녀의 말에는 다분히 황제인 아샤를 무시하는 기색이 섞여 있었다.

"그러니까."

아샤는 천천히 말을 곱씹었다.

"이 회의장에서 원로들을 모아놓고 이렇게 양쪽으로 나뉘어 언성을 높이는 이유가, 서로에게 칼을 겨누고 있는 이유가 무어란 말이오?"

"그건."

짧은 시간, 달시는 머리를 재빨리 굴렸다.

"텐셔너 대공이 역심을 품고 있기 때문입니다."

달시는 가만히 머리를 조아렸다. 그리고 고든은 굵은 눈썹을 꿈틀거리기만 할 뿐 아무 말도 하지 않았다.

"그러니까."

아샤의 손가락이 천천히 움직이더니 라이라를 향해 딱 멈춰 섰다.

"두오반 영애가 다른 나라의 역적이니 같이 있는 대공 역시 역심을 품은 것이다?"

그 물음에 달시가 냉큼 답했다.

"그러하옵니다."

반발하려던 라이라는 자신을 향해 준엄한 표정을 짓는 아샤에 의해 말을 삼켜야 했다. 어처구니없는 논리였지만 달시는 절대로 물러날 것 같지 않았다. 아샤가 다시 입을 열었다.

"그렇다면 두오반 영애가 정말로 루슬란 왕국의 역적인지, 그 사실만 증명하면 되는 것 아니오?"

달시는 자신이 원하는 방향으로 일이 돌아가는 것 같아 흐뭇해졌다.

"그러하옵니다."

"하지만 전 역적의 딸이 아닙니다."

라이라는 다시금 자신의 결백을, 가문의 결백을 주장했다.

"흥!"

달시가 코웃음을 치며 그런 라이라를 노려봤다.

"명백한 증거가 내 손안에 있는데 아직도 그런 말을 하는 것이냐!"

이제 흐름은 달시 쪽으로 기울었다. 라이라는 더 이상 입만 닫고 있을 수 없다는 판단을 내렸다.

"체이, 아니, 로이드 데라블 켄즈 공을 불러주십시오."

라이라의 입에서 튀어나온 이름에 달시는 의아한 표정을 지었다.

"대공은 왜?"

"켄즈 공은 루슬란 왕국 사람이니 이 일에 대해 소상히 아실 것이옵니다."

"오호라, 증인을 내세우겠다?"

달시는 라이라의 어리석음이 어이없었다. 라이라가 역적의 딸임을 알려준 이가 바로 남편이었으니, 증인이랍시고 그를 불러달라 요구하는 라이라가 가엾게 느껴지기까지 했다.

"그래, 가서 켄즈 공을 모셔 오너라!"

달시는 병사들에게 명령을 내렸다.

"아니."

하지만 곧바로 아샤가 그 명령을 막았다.

"내가 가겠다."

"무슨 말씀이시옵니까!"

단박에 달시의 반박이 날아들었다.

"어찌 황제 폐하께서 직접 움직이신다 하시나이까!"

"병사들을 보내면 다른 병사들을 데려오지 않겠소."

아샤의 말에 달시의 얼굴이 흙빛이 되었다. 아샤는 그 얼굴을 본 척 만 척 하며 라이라 일행을 손으로 가리켰다.

"그렇다고 이들이 켄즈 대공을 알 리 없으니 내가 가는 수밖에."

아샤는 고든을 믿었다. 그가 결코 자신을 해하지 않을 것이라는 사실을 믿었다.

"그럼 부탁드리옵니다, 폐하."

깊숙이 허리를 숙임으로써 고든은 아샤에 대한 믿음을 표시했다. 가볍게 고개를 끄덕인 아샤는 눈을 들어 회의장 안을 둘러보았다.

"지금부터 이 회의장 안에 있는 사람들은 단 한 발짝도 이 안을 나서지 말라!"

그것은 원로들과 귀족, 그리고 병사들에게 내리는 메르첼 대제국 황제의 명령이었다.

아샤가 비틀거리는 걸음으로 회의장을 빠져나간 후 회의장 안은 적막에 휩싸였다. 서로를 마주 보며 빼 든 칼이 부끄러울 정도였다.

'흥, 로이드가 오면 이 모든 상황은 종료된다.'

무조건 고든과 토르니, 라미 공작과 라이라의 패(敗). 달시는 미소 지었다.

얼마 지나지 않아 아샤와 체이셔가 모습을 드러냈다.

"아니, 도대체 이게 무슨 일……."

느닷없이 황제의 손에 이끌려 온 체이셔의 눈앞에 칼 든 병사들의 대치 상황이 들어왔다.

"이, 이게 무슨……!"

황망히 이곳저곳을 둘러보던 체이셔는 자신의 아내와 라이라가 자신을 보고 있음을 알고는 놀라고 말았다.

체이셔는 애써 침착한 낯을 한 채, 천천히 앞으로 걸어 나갔다. 험상궂은 무리들을 제치고 황제와 함께 달시의 앞까지 당도한 체이셔의 짙은 갈색 눈에 긴장감이 맴돌았다.

"이게 지금 무슨 일이오?"

달시를 향한 그 질문은 포괄적 의미를 담고 있었다. 병사들과 대치 상태를 벌이고 있는 이들은 누구이며 왜 라이라가 회의장에 있는지에 대한 의문을 달시는 알아들었다.

"당신이 필요해요."

달시는 이내 다시 고쳐 말했다.

"당신의 증언이 필요해요."

"증언?"

뚱딴지같은 답에 체이셔가 되물었지만 달시는 그에 대한 답을 하지 않았다. 그 대신 원로들이 모여 있는 곳으로 몸을 돌리더니 목소리를 높였다.

"제 남편, 켄즈 공이 증인의 자격으로 이 자리에 왔습니다!"

사위는 다시 쥐 죽은 듯 조용해졌다.

"자, 켄즈 공!"

달시는 목소리에 한껏 힘을 불어넣었다.

"메르첼로 오기 전, 루슬란 왕국에 역모 사건이 있었지요?"

생각지도 못한 상황과 생각지도 못한 질문에 체이셔는 당황했다.

"지금 이 자리에, 왕국의 역적이 있습니까?"

체이셔의 눈이 어지럽게 흔들렸다.

'아니, 지금 도대체 뭐 하자는 거야? 저 웸블던 계집이 왜 아직도 살아 있는 거지?'

달시의 추진력이라면 벌써 죽어도 열댓 번을 죽었을 거라 생각했던 사람이 눈을 파랗게 빛내며 자신을 노려보자 체이셔는 당황했다.

"그렇소."

체이셔에게 양심의 가책 따윈 없었다. 어차피 웸블던은 이미 루슬란 왕국에서 역적 가문이 되었다.

'흥, 제 까짓게 뭐라 떠들어 봤자지.'

라이라는 귀족의 딸이니 명예를 목숨보다 소중히 여길 것이다. 자신이 짓밟힌 이야기를 이 많은 사람들 앞에서 떠들어댈 리 없었다.

"두오반 영애."

체이셔는 높낮이 없는 음색으로 말을 이어 나갔다.

"그녀는 우리 루슬란 왕국의 하급 귀족의 딸로, 이름은 라이라 제랄딘 웸블던. 그 아비가 역모를 꾸민 혐의를 받고 처형당했습니다."

"거짓말!"

날카로운 목소리가 허공을 갈랐다.

"거짓말입니다!"

앞으로 몇 발짝 나선 라이라의 눈에서 새파란 불빛이 번쩍였다.

"제 아버지는 역모를 꾸민 적이 없습니다! 그건!"

눈에서 불꽃이 튀고 목에는 핏대가 섰다. 억울한 감정이 온몸을 휘감았다. 부들부들 몸이 떨렸다.

지금이었다. 체이셔가 자신에게 한 짓과 루슬란 왕국이 저와 제 아비에게 무슨 짓을 했는지 폭로해야 할 때가 바로 지금이었다.

"잠깐."

나직하면서도 묵직한 음색이 라이라를 방해했다.

고든은 그녀의 얼굴에 떠오른 분노와 비참함에 그녀가 앞으로 무슨 이야기를 할 것인지 눈치챘다. 그리고 그것밖에는 방법이 없다는 것 역시도.

"황제 폐하."

모두의 시선을 온몸으로 받아내며 고든은 아샤를 불렀다.

"폐하께 긴히 드릴 말씀이 있사옵니다."

"무슨 일이오?"

라이라와 체이셔 간의 대립을 보고 있던 아샤는 자신을 향해 무릎을 꿇고 머리를 조아리는 형을 바라봤다.

"향후 벌어질 일은 황실의 존속과 깊은 관련이 있으므로 이 안의 사람들을 모두 내보내 주시기 바랍니다."

고든은 라이라를 지켜주고 싶었다. 그녀의 말은, 당사자들만 들으면 된다. 그녀에게 이 많은 사람들 앞에서 더 많은 수치를 경험하게 하고 싶지 않았다.

"그게 무슨 말씀이시오?"

아샤가 놀라 물었다.

"이 사람들을 모두 내보내라, 이 말씀이오?"

"그러하옵니다, 폐하."

웅성거림은 더욱 커져 나갔다.

"하지만……."

아샤는 잠시 말을 끊었다. 고든의 말대로 사람들을 내보내면 그 뒤의 상황이야 말하지 않아도 알 수 있었다. 바로 문 앞에서 칼부림이 날 테고 그렇게 되면 황궁 내의 병사들이 몰려와 고든의 동료들을 몽땅 제압할 터. 아샤는 망설였다.

"그렇게 되면 형, 아니, 대공의 병사들이 위험에 처하지 않겠소?"

그것은 걱정이었다. 혈육을 향한 걱정은 다른 제안을 내놓았다.

　"황실의 문제라 다른 사람들이 듣는 것이 저어된다면 우리가 자리를 옮기면 되지 않겠소? 여기 있는 사람들은 이대로 두고 우리끼리 움직입시다."

　고든은 빙그레 웃었다. 아샤는 변하지 않았다. 황제의 자리에 올랐어도 아샤는 여전했다.

　"아니 되옵니다!"

　달시의 날카로운 목소리가 울렸다.

　"어찌 역적의 말대로 하시려 하나이까!"

　"황녀는 들으시오!"

　제 마음대로 움직이지 않는 황제에게 황녀는 언제나 그렇듯 언성을 높이며 화를 냈지만 더 이상 아샤에게 그녀는 무서운 존재가 아니었다. 엄숙한 아샤의 목소리에 달시는 어처구니없다는 표정을 지었다.

　"무엇보다 황실의 문제라 하지 않소!"

　그것만큼 커다란 명분은 없었다.

　"하지만!"

　달시는 다급히 외쳤다.

　"텐셔너 대공의 검 실력은 제국 최고 수준입니다! 그런 대공과 함께 한방에 있으라고요? 전 절대 그럴 수 없습니다!"

　달시의 반박에 고든은 들고 있던 검을 자크라에게 건넸다.

　"전 무기를 지니지 않겠습니다."

　고든의 담담한 말에도 달시는 독기를 내뿜었다.

"그래도 전 싫습니다!"

"그러면 황녀 측 기사 한 명 정도는 인정하지요. 그렇게 되면 황녀 측은 켄즈 공과 기사가 검을 지닐 수 있겠군요."

체이셔와 달시의 기사는 무기를 갖고 입회해도 된다는 말에 달시는 그제야 고개를 끄덕였다.

"네, 그렇다면 저도 그리하겠습니다."

"모두 들으라!"

아샤가 소리 높여 외쳤다.

"지금 이 순간부터 단 한 발자국도 밖으로 나가서는 안 된다! 이는 황제의 명령이다!"

"존명!"

병사들이 머리를 숙이며 황제에 대한 충성심을 고했다. 아샤는 만족스런 미소를 얼굴에 떠올리며 고든을 바라봤다.

"들었나!"

이번엔 고든이 소리를 높였다.

"황제 폐하의 명이시다. 너희들도 한 발자국도 움직이지 말도록!"

"예!"

20 장
핏빛 복수

달시의 암갈색 눈이 흔들렸다. 그녀의 눈을 똑바로 바라보는 라이라의 눈은 눈물로 그득했다.

"그, 그게……."

너무도 놀라운 이야기라 달시조차도 선뜻 입을 떼지 못했다.

"그게 무슨 소리냐!"

버럭 소리친 달시의 눈이 체이셔에게로 향했다.

"저 계집이 거짓을 고하는 것이오!"

체이셔는 부정했다.

'저, 저 웸블던 계집이 그걸 다 말하다니……!'

라이라의 폭로에 체이셔는 너무나 어이가 없어 입만 뻥긋거렸다. 귀족의 여식이 스스로 자신을 흠집 내다니 믿을 수 없었다.

믿을 수 없기는 달시도 마찬가지였다. 한 여자를 처참히 짓밟고 그 가문까지 멸문시키다니. 남편이 그런 짓을 했을 리가 없었다.

"네 말을 내가 어떻게 믿지?"

여전히 달시는 침착했다. 이에 라이라는 한 발짝 나아갔다.

"황녀마마."

라이라는 이미 기진맥진한 상태였다. 자신이 겪었던 일을 제 입으로 말하기란 죽기보다 싫었지만 지금은 그런 것보다 더 중요한 게 있었다. 복수를 위해, 고든을 위해.

라이라는 제일 큰 폭탄을 터뜨리기 위해 숨을 한껏 들이마셨다. 깊이를 알 수 없는 눈으로 자신을 바라보는 달시를, 라이라는 마주했다.

"저기 있는 사람은, 황녀마마의 남편은 로이드 데라블 켄즈가 아니라 그의 쌍둥이 동생인 체이셔 데라블 켄즈입니다."

나직한 목소리는 커다란 울림이 되어 달시에게로 전해졌다.

"뭐······."

"가만히 듣고 있자니 아주 가관이로구나!"

달시가 놀라움을 표하기도 전에 체이셔가 그녀의 앞을 막으며 소리를 질렀다. 라이라를 윽박지른 체이셔는 곧바로 몸을 돌려 달시에게 자신의 억울함을 호소했다.

"저 요망한 년이 제 죄를 덮기 위해 엉뚱한 소리를 하는 것이오!"

체이셔는 다시 라이라에게로 몸을 돌렸다.

"네 이년! 감히 황족을 모독해? 이는 죽음으로써 그 죗값을 받아야 할 것이다!"

"모독?"

라이라의 눈에서 푸른 불길이 일었다.

"모독이라고?"

걷잡을 수 없는 분노가 치밀어 올랐다. 하지만 라이라는 그 분노를 애써 내리눌렀다. 찰나의 감정으로 일을 망칠 수는 없었다. 후읍, 한껏 공기를 들이마신 라이라는 여전히 미심쩍은 눈으로 자신을 바라보는 달시를 바라봤다.

"황녀마마."

지금은 무조건 달시만 설득하면 된다.

"듣기로 켄즈 공이 제국으로 왔을 때, 시녀들을 데리고 왔다 들었습니다만."

겸손한 그녀의 말에 달시의 얼굴에는 여전히 미심쩍은 표정이, 체이셔의 얼굴에는 당혹한 표정이 떠올랐다.

"그런데?"

"그녀들을 불러주십시오."

"그럴 필요 없습니다!"

체이셔는 필사적으로 만류했다.

"지금 일은 황실의 문제인데 한낱 시녀들을 데려와서 무엇하겠습니까!"

그러나 체이셔의 주장은 아샤로 인해 허공으로 흩어져 버리고 말았다.

"그녀들을 데려오겠다."

황제의 뒤를 따라 들어온 코니와 제시는 머리를 푹 수그린 채였다.

"그대들은 고개를 들라."

들려오는 명령에 코니와 제시는 머리를 들었다. 고귀하신 황족들이 모인 자리에서 그녀들은 겁에 질려 떨기 시작했다. 그러다가 체이셔를 발견한 순간 얼굴에 안도의 빛을 드러냈다. 달시는 그것을 놓치지 않았다.

"그래, 그대들, 이름이 뭐라고 했지?"

눈부신 금관을 쓴 황제를 제대로 바라보지 못한 채 코니와 제시는 다시 머리를 조아렸다.

"코니라 하옵니다."

"제시입니다."

제국의 황제가 시녀에게 이름을 묻는 것은 있을 수도 없는 일이었다. 그것을 알기에 두 사람은 어쩐지 무서워지기 시작했다. 그 물음을 끝으로 황제를 비롯한 어떤 사람도 두 사람에게 말을 걸지 않았다. 한참 동안이나 하문을 기다리던 코니와 제시는 슬그머니 머리를 들어 체이셔를 바라봤다. 언제나 당당한 왕자가 비 오듯 땀을 흘리고 있었다. 코니는 그것이 안타까웠다. 저 못된 황녀가 또 왕자님을 괴롭히는가 싶어 코니는 슬쩍 달시를 노려보았다.

"코니."

달시를 째려보던 코니는 자신을 향한 부름에 화들짝 놀라 소리가 들려온 곳으로 시선을 던졌다. 그러다 자신을 바라보고 있는 여인을 발견한 코니의 입에서 외마디 비명 소리가 나왔다.

"앗!"

코니가 라이라를 알고 있다는 반응을 하자마자 체이셔의 얼굴이 급격하게 일그러졌다.

"오랜만이야, 코니. 그리고 제시도."

"네, 네가 어떻게……!"

코니의 말이 허공으로 산산이 흩어진 순간, 체이셔는 눈을 감았다. 명백한 증인의 출현에 달시도 라이라의 말을 믿을 수밖에 없었다. 하지만 그녀의 자존심은 그것을 허락지 않았다.

"네 이년!"

느닷없는 고함 소리에 코니는 저도 모르게 목을 움츠렸다.

"저 여자를 알고 있는 것이냐?"

달시의 손끝이 정확히 라이라를 가리켰다. 이미 체이셔에게 라이라가 제국에 왔다는 사실을 알린 코니는 열심히 고개를 끄덕였다. 라이라를 역적으로 몰았다는 이야기도 코니는 기억하고 있었다. 코니는 자신이 한몫했다는 자부심에 들떠 있었다.

"네, 저 계집은 루슬란 왕국의 역적입니다!"

코니가 자랑스레 한 대답은, 하지만 오히려 결백을 주장하던 라이라의 말에 신빙성을 준 것이나 마찬가지였다. 일개 왕궁의 시녀가 어찌 시골 귀족의 딸의 얼굴을 알아 당당히 역적이라 주장할 수 있단 말인가. 이는 분명 가까이에서 얼굴을 익혔다는 소리였다.

"하아."

달시는 서류를 움켜쥐었다. 그리고 천천히 입을 열었다.

"그래, 체이셔가 한 말이 모두 사실이었구나. 체이셔도 그녀가 역적이라고 말했어."

"네, 체이셔 왕자님 말씀대로 저 여자는 역적의 딸입니다!"

체이셔는 신나서 놀리는 코니의 입을 막아버리고 싶었다. 달시가 자신을 '체이셔'라 불렀다. 저 멍청하고 단순한 것이 달시의 함정인 줄도 모르고 입을 나불거리다니, 하늘이 무너지는 것 같았다. 이제 달시도 자신이 로이드가 아닌 체이셔라 믿는 것이 온몸으로 느껴졌다. 체이셔는 이 상황을 뒤집기 위해 머리를 굴리고는 그것을 행동으로 옮겼다.

채캉!

검을 뽑아 든 체이셔는 라이라를 향해 몸을 날렸다.

"어허."

하지만 그것도 마음대로 되지 않았다. 라이라 옆에 바싹 붙어 있던 고든이 그를 막은 것이다.

"큭!"

쩽그랑. 고든의 주먹에 맞은 체이셔는 칼을 놓쳤고, 그것은 라이라의 앞에 떨어졌다. 허리를 굽혀 칼자루를 쥔 라이라의 눈에서 불꽃이 피어올랐다.

천천히, 칼을 든 손에 힘을 주며 라이라는 체이셔를 노려봤다.

"뭐, 뭐 하는 게냐!"

라이라의 눈빛에 모골이 송연해진 체이셔가 당황해 소리쳤다.

"어서 그 칼을 내려놓지 못하겠느냐!"

"죽어."

그녀의 입에서 흘러나오는 스산한 목소리에 체이셔는 저도 모르게 숨을 멈추고 말았다.

터벅.

라이라가 한 걸음 다가서자 체이셔는 뒤로 주춤거렸다. 라이라는 서서히 그에게로 다가가며 칼을 쥔 양손에 힘을 주었다. 이윽고 충분히 팔을 뻗을 거리가 되자 라이라는 아무 거리낌 없이 칼을 휘둘렀다.

"아, 안……!"

체이셔는 끝내 할 말을 맺지 못한 채, 그 자리에 쓰러지고 말았다. 숨 막힌 적막이 내려앉았다. 묵직한 칼을 이겨내지 못한 라이라의 몸이 휘청거렸다.

"큭."

짧은 외마디를 토해내며 체이셔는 피가 솟아오르는 어깨를 부여잡았다. 그러고는 라이라를 노려보았다.

"이 계집……."

체이셔의 성난 눈길에도 라이라는 끄덕하지 않았다. 오히려 차분하게 그 눈길을 받아내었다.

체이셔를 내리친 후 힘이 빠져 바닥에 늘어뜨렸던 칼자루를 라이라는 다시 고쳐 쥐었다. 파란 눈은 여전히 그에게 고정시킨 채였다.

칼끝이 바닥을 스치며 날 선 소리를 토해냈다. 다시 자신에게로 향하는 칼날에 체이셔의 낯빛이 핼쑥해졌다.

"죽어버려."

라이라는 메마른 입술을 달싹였다. 그리고 체이셔에게로 한 걸음 다가섰다.

"나, 난 이 나라의 부마다!"

체이셔는 라이라를 향해 호통쳤다. 하지만 그것으로는 라이라를 멈출 수 없었다.

"뭐, 뭣들 하시오? 어서 저 계집을 좀 말리시오!"

등골이 서늘해지고 죽음의 위협을 느낀 체이셔는 서둘러 도움을 청했다. 하지만 그 누구도 그를 위해 나서지 않았다.

"넌 이 나라의 부마도 뭐도 아니다."

차갑게 응수한 것은 라이라였다. 체이셔는 놀란 눈으로 라이라를 올려다보았다.

"이 나라의 황녀는 체이셔 데라블 켄즈가 아닌 로이드 데라블 켄즈와 결혼한 것이다."

라이라는 입술을 비틀며 조소를 머금었다.

"넌 황녀를 상대로, 아니, 제국을 상대로 사기 결혼을 한 거야. 더 정확히 말하자면 루슬란 왕국이 메르첼 대제국에 사기를 친 거지."

라이라에게는 이제 루슬란 왕국에 대한 그 어떤 감정도 남아 있지 않았다. 그리운 그린그린 마을 사람들이 있긴 하지만 라이라는 깨끗하게 루슬란 왕국을 포기하기로 마음먹었다.

"과연 황녀마마께서는 지금 이 상황을 너그러운 마음으로 이해하고 계실까?"

라이라는 도박을 걸기로 했다. 잠깐이었지만 제국의 황녀가 그 누구보다 자기 자신을 가장 사랑한다는 것을 알아차렸기에 거기에 모든 걸 걸기로 한 것이다.

"이, 이⋯⋯!"

차마 말을 맺지 못한 체이셔는 재빨리 달시에게로 눈을 돌렸다. 그러나 일말의 희망은 자신을 외면하는 달시의 얼굴에서 절망으로 변해 버리고 말았다.

"다, 달시!"

체이셔는 비통하게 외쳤다. 비록 부부간의 끈끈한 애정은 없다고는 하나, 허울뿐인 그 단어에라도 체이셔는 매달려야 했다.

"도와주시오!"

체이셔는 여전히 피가 뿜어져 나오는 어깨를 부여잡은 채, 달시를 올려다보며 악을 썼다.

"난 그대의 남편이 아니오!"

달시의 차가운 암갈색 눈이 체이셔에게로 향했다.

"남편?"

그녀의 아름다운 입술이 묘하게 비틀렸다. 고양이를 닮은 얼굴에서 냉기가 뚝뚝 흘러내렸다.

"내 남편은 로이드 데라블 켄즈입니다."

체이셔의 얼굴이 점점 새하얘졌다.

"체이셔 데라블 켄즈는 내가 아는 사내가 아닙니다."

"다, 당신!"

달시의 조막만 한 얼굴에 점점 노기가 서리기 시작했다. 그와 동시에 체이셔의 얼굴은 절망의 그늘로 뒤덮였다.

"감히 날 속이다니."

달시는 체이셔가 라이라의 인생을 짓밟았다는 사실보다 자신을 속였다는 사실이 더 괘씸했다.

"감히 날."

자존심이 상했다.

"한낱 루슬란 왕국의 왕자 따위가."

붉은 입술 사이로 스산한 목소리가 흘러나왔다. 달시의 눈은 완벽한 경멸의 빛을 띠고 있었다. 그 눈빛에 체이셔는 눈앞이 아득해졌지만 이내 정신을 되찾았다.

"다, 당신!"

체이셔는 마지막 남은 가느다란 희망의 끈을 붙잡기 위해 이를 악다물었다.

"내 아이를 가졌지 않소!"

체이셔의 외침에 방 안 사람들의 입에서 바람 빠지는 소리가 새어 나왔다.

"어떻게 알았죠?"

하지만 여전히 눈 하나 깜짝하지 않는 달시의 목소리는 냉담했다.

"그, 그야, 내가 당신 남편이지 않소?"

체이셔는 끝까지 달시에게 매달렸다. 달시가 배 속의 아이 아버지인 자신을 구하리란 희망은 그를 더욱 치졸해지게 만들었다.

"도, 도와주시오, 달시."

체이셔는 양손을 바닥에 내려놓았다. 시뻘건 핏물이 바닥에 자국을 냈다. 라이라가 겨누는 칼끝을 피해 달시 쪽으로 몸을 움직이던 체이셔는 자신을 외면한 채 뒤로 물러나는 달시의 행동에 아연실색한 표정이 되어버렸다.

"다, 달시……?"

달시는 차가운 눈으로 체이셔를 내려다봤다.

"이 아이는 필요 없습니다."

달시는 차갑게 말했다. 그것은 서늘한 눈보다 훨씬 더 냉혹한 것이어서 체이셔는 저도 모르게 몸을 떨고 말았다.

"뭐, 뭐요……?"

"제국의 의술은 뛰어납니다. 이 아이는 지우겠어요."

자신의 핏줄을 지운다는 말을 쉽게 내뱉는 달시에게서 체이셔는 눈을 떼지 못했다.

"뭐, 뭐요……?"

"난 로이드의 핏줄을 원했지 시정잡배의 핏줄을 원한 것이 아닙니다."

"……시정잡배?"

자신을 깎아내리는 말에 체이셔는 분노했다. 하지만 곧바로 이어지는 달시의 말에 그는 아무 말도 할 수 없었다.

"당신은 나와 아무 상관 없습니다."

정중한 말투였지만 달시의 분노는 극에 달했다.

"내 아이에게 당신의 피가 흐르는 걸 원치 않습니다. 이 아이는 세상에 나오지 못할 것입니다."

달시는 자신의 꿈이 사라지는 것을 두고만 보고 있지 않았다. 그녀가 원한 것은, 정당한 핏줄이었다. 메르첼의 핏줄이 아닌 그녀가 이 나라를 지배하기 위한 최소한의 정당성이었다.

그렇기에 달시는 루슬란 왕국이 인정한 왕자, 로이드가 아닌 그의 동생이 자신의 남편으로 둔갑한 사실을 도저히 용서할 수 없었다.

"루슬란 왕국에 이 모든 죄를 묻도록 하죠."

달시의 차가운 말에 체이셔는 절망했다. 이 난폭하고 냉혹한 황녀는 기어코 루슬란 왕국에 해코지하겠다는 의지를 드러낸 것이다.

"이, 이……."

이 모든 것의 원흉은 라이라다! 체이셔는 독기가 가득 오른 눈으로 라이라를 쏘아봤다.

"네, 네년 때문에……."

체이셔는 라이라 때문에 지금까지 한 고생이 수포로 돌아갔다는 사실에 분노했다.

"그때 네년을 끝까지 추적했어야 했어!"

체이셔는 이를 갈았다.

"그때 너를 죽였어야 했어!"

체이셔는 뼈저린 후회를 했다. 그때 라이라의 육체에 빠지지 않았더라면 아니, 발름의 말을 듣는 시늉이라도 했다면 이 사달은 나지 않았을 텐데.

어차피 라이라와 전 황태자만 없애면 된다. 황제는 칼 한 번 쥐어본 적 없는 위인이니 고려할 것도 없었다. 체이셔는 라이라가 든 검을 빼앗기 위해 숨을 고르며 기회를 엿봤다.

체이셔는 이를 바득바득 갈며 라이라를 노려봤다. 그때 칼을 고쳐 쥐던 라이라가 칼의 무게에 휘청거렸다. 바로 지금이다, 체이셔는 몸을 일으켜 라이라에게 달려들었다.

"용서할 수 없다!"

체이셔의 갑작스런 돌진에 고든이 손 쓸 새도 없이 라이라는 체이셔와 함께 바닥을 뒹굴고 말았다.

"큭!"

체이셔는 자신의 칼을 되찾았다. 그와 동시에 고든이 아샤의 허리춤에서 칼을 뽑아 라이라에게 던졌다.

"라이라!"

칼을 받아 든 라이라는 지금이야말로 복수의 순간임을 직감했다. 달시는 그에게 적대감을 내비쳤고 그 누구도 체이셔의 편을 들지 않았다. 만일 한 명이라도 체이셔를 위한다면 라이라를 제지해야 했다. 그러나 그 누구도 라이라를 막지 않았다.

라이라는 양손으로 칼을 꼭 쥔 채, 체이셔 쪽으로 한 걸음 나아갔다. 숨 막히는 긴장감이 방 안으로 내려앉기 시작했다.

고든은 팔짱을 낀 채 날카로운 눈으로 상황을 주시하고 있었다. 자신이 나선다면 일을 보다 더 수월하게 처리할 수 있었다. 하지만 그는 라이라에게 복수의 기회를 주고 싶었다. 고든은 라이라의 검 실력을 믿었다.

"차앗!"

체이셔는 한 방에 모든 사활을 걸었다. 한껏 웅크린 몸을 일으켜 세우는 동시에 재빨리 칼을 뻗었다.

차캉.

맑은 소리를 내며 칼이 공명했다. 급작스러운 상항에도 라이라는 침착했다.

"죽여 버린다, 이 계집!"

스산한 목소리가 체이셔의 입을 통해서 흘러나왔다. 어깨에서 흘러내린 피가 뚝뚝, 바닥으로 떨어졌다. 통증이 찾아왔지만 체이셔는 아랑곳 않고 라이라를 죽일 듯이 노려봤다.

라이라 역시 바라던 바였다. 맥없이 쓰러진 체이셔에게 그대로 칼을 내리꽂을 수도 있었지만 그렇게 쉽게 죽이고 싶지 않았다. 아버지의 원수, 무너진 삶의 원흉을 보다 더 잔인하게 죽이고 싶었다. 라이라의 푸른 눈이 살기를 띠었다.

서로 칼을 겨눈 채 라이라와 체이셔는 때를 기다렸다. 팽팽한 긴장감이 두 사람 사이를 오갔다.

달시의 옆에서 두 사람을 지켜보던 션은 자신을 향한 따가운 시선에 고개를 돌렸다. 그와 눈을 맞춘 달시의 암갈색 눈동자가 스윽, 아래로 떨어졌다. 그녀의 시선이 닿은 곳은 바로 션의 칼이었다. 그런 후 다시 달시는 눈동자를 움직여 고든을 바라봤다.

션은 달시의 뜻을 알아차렸다. 라이라와 체이셔의 싸움에 모두의 정신이 팔린 사이 고든을 치라는 것이었다. 션은 서서히 몸을 긴장시켰다.

챙!

라이라와 체이셔의 맞닿은 칼이 불꽃을 일으켰다. 어깨에 상처를 입은 체이셔는 죽을힘을 다해 라이라를 밀어붙였다. 힘으로라도 꺾어서 이 괘씸한 계집을 기필코 죽여 버릴 심사였다.

채챙!

하지만 라이라는 녹록지 않았다. 기사 아버지를 둔 테리에게서 검술 수업을 받았고 몇 달이지만 고든과 유로스의 체계적인 훈련을 받기도 했던 라이라는 강했다.

"악!"

라이라의 칼이 체이셔의 허벅지에 박혔다. 울컥 쏟아져 나오는 핏물과 밀려오는 통증에 체이셔는 허리를 굽혔다.

"이, 이 계집이……!"

라이라를 쏘아보는 체이셔의 눈빛에 독기가 서렸다. 하지만 라이라는 눈 하나 깜짝하지 않았다.

"이건 날 짓밟은 대가."

라이라는 다시 칼을 들어 올렸다.

"컥!"

라이라의 묵직한 칼이 체이셔의 허리를 갈랐다.

"이건 젬마의 몫."

태어났을 때부터 자신을 보살펴 준 유모와 그 아들인 테리를 떠올리며 라이라는 눈을 빛냈다. 체이셔는 몸을 부들부들 떨었다. 라이라를 바라보는 그의 눈은 두려움으로 그득했다.

"그리고 이건."

라이라는 체이셔에게로 바싹 다가섰다. 피범벅이 된 체이셔의 얼굴을 바라보며 라이라는 힘껏 팔을 앞으로 내질렀다.

"우리 아버지의 몫!"

라이라의 칼이 새하얀 빛을 토해내며 체이셔의 목을 향해 날아들었다.

"크헉!"

그녀의 칼이 체이셔의 목을 꿰뚫는 순간 션이 고든에게 달려들었다.

이제 막 사십 줄에 들어선 그는 반평생을 전장에서 보낸, 그야말로 기사다운 기사였다. 전쟁터에서 잔뼈가 굵은 션은 그 누구와든 일 대 일 싸움에서는 자신 있었다. 아무리 상대가 전(前) 황태자라고 해도 실전에서 월등한 자신을 쉽게 이기지 못하리라 자부했다. 비록 아까 회의장에서는 실수를 하긴 했지만 지금 그는 다른 싸움에 정신을 팔고 있지 않은가.

"저런, 저런."

그러나 션의 기대와 달리 눈 깜짝할 사이에 일은 끝나 버렸다. 어찌 된 영문인지 션은 고든의 기다란 팔 안에 갇혀 옴짝달싹할 수가 없게 되어버렸다.

목을 꽉 조여오는 강인한 팔 힘에 션은 이를 악물고 거기에서 벗어나기 위해 애를 썼다. 하지만 옆구리에서 느껴지는 통증에 그것조차 쉽지 않았다.

"컥!"

꽉 막힌 신음이 튀어나왔다. 션은 목을 두르고 있는 고든의 팔을 떼어내려 버둥거렸지만 그는 꿈쩍도 하지 않았다.

"큭!"

고든은 엄청난 힘으로 션을 끌다시피 하며 앞으로 나아갔다. 그리고 션이 들고 달려들었던 칼로 달시의 목을 겨눴다.

"이제 어쩌시려나, 황녀마마?"

달시의 암갈색 눈이 음울하게 빛났다. 자신을 향한 칼끝을 주시하던 달시는 천천히 입을 열었다.

"자아."

달시의 입매가 비틀렸다.

"반역이로군요."

"흐웅."

여전히 낯빛 하나 바뀌지 않는 달시를 보며 고든이 고개를 까딱였다.

"정당방위, 라는 표현이 먼저이지 않을까?"

달시는 고든을 노려보았다.

한편 라이라가 체이셔의 목에서 칼을 뽑아내자 마치 헝겊 인형처럼 체이셔의 몸이 그 자리에서 스르륵 바닥으로 흘러내렸다.

라이라가 쥐고 있는 칼이 불빛을 받아 번쩍였다. 라이라는 그대로 고든 옆으로 다가와 달시와 마주했다. 이제는 라이라가 고든의 복수를 도울 차례였다.

체이셔는 죽었고 션은 고든의 손에서 옴짝달싹도 하지 못했다. 거기다 달시와 아샤에게는 무기가 없었다.

전적으로 자신에게 불리한 상황인지라 달시는 조금 멀리 떨어져서 이 상황을 지켜보고 있는 아샤에게로 눈을 돌렸다. 불쌍한 어린 황제는 파리한 안색을 한 채 눈을 이리저리 굴리고 있었다.

"폐하."

달시는 아샤를 부추겼다.

"역도들이옵니다. 어서 사람을 부르시옵소서."

칼 앞에서도 달시는 당당했다. 이는 필시 고든이 자신을 죽일 마음이 없다는 것을 눈치챈 까닭이었다. 만일 그가 자신을 죽이려 했다면 벌써 죽였을 것이었다.

그러나 아샤는 달시와 달랐다. 그는 어떤 행동도 취하지 않고 그저 고든의 칼과 달시를 번갈아 바라보기만 했다.

'흥!'

어차피 기대도 하지 않았기에 달시는 다시 눈동자를 고든에게로 돌렸다. 여전히 고든에게서 빠져나오지 못한 채 끙끙대는 션을 본 달시는 한심하다는 듯한 표정을 지었다.

"하아."

달시는 깊은 한숨을 쉬고는 고든을 똑바로 노려봤다.

"그래서."

높낮이 없는 음색이 그녀의 입술을 비집고 흘러나왔다.

"어쩔 건가요, 이젠?"

"흐응, 글쎄?"

여전히 고든은 여유로웠다.

"어쩔까?"

고든의 칼끝은 날카로웠다.

"지금 날 죽이면."

달시의 입술이 다시 달싹였다.

"영락없이 반역."

암갈색의 눈이 교활하게 반짝였다.

"지금 상황만 보더라도."

달시의 눈이 고든과 라이라를 번갈아 바라봤다.

"무기 든 그대들이 반역자."

칼 앞에서도 달시는 당당함을 잃지 않았다. 죽더라도 구걸하지 않고 당당하게 죽고 싶었다.

"나와 아샤를 죽인다면."

달시의 눈이 둥글게 휘었다.

"권력을 위해 동생들을 죽인 가혹한 통치자가 되겠지."

달시의 말대로였다. 나라를 찾기 위해 온 것이라면 고든은 확실히 황제인 아샤를 죽여야 하고 황녀인 달시도 죽여야 했다. 만일 그렇게 된다면, 그것만으로도 달시는 만족할 수 있었다. 형제가 권력 다툼으로 인해 피를 본다, 그것만으로도 메르첼의 이름은 땅에 떨어질 것이다.

메르첼의 씨를 말리고 제 핏줄로 제국을 이어 나가려 했던 목적은 이미 끝나 버렸다. 그렇다면 적어도 저 두 형제만이라도 철저히 망가뜨리리라, 달시는 그렇게 결심했다. 그렇게만 된다면 지금 이 자리에서 죽어도 여한이 없었다.

"글쎄."

고든은 고개를 갸웃거렸다.

"내가 왜 가혹한 통치자가 되어야 하지?"

빙글거리는 고든의 말에 달시의 낯빛이 바뀌었다.

"뭐라고?"

"왜 내가 너희를 죽일 거라, 단정 짓는 거지?"

그러면서도 고든은 달시의 목에 겨눈 칼을 거두지 않았다.

"하!"

달시는 비웃음을 보였다.

"죽이지 않고, 메르첼의 황제가 될 수 있을 것 같아?"

한층 높아진 목소리로 달시는 고든을 비웃었다.

"지금 이 상황을 도대체 어떻게 타개할 생각이신가, 대공?"

칼을 든 이상 휘둘러야 한다. 더군다나 라이라의 손에 황족의 일원인 부마가 죽었다. 황녀와 황제의 묵인하에 이루어진 일이었지만 원로들의 생각은 또 다를 수도 있었다. 달시가 몇 마디 말로 꾸며대면 다시 전세는 역전될 가능성이 농후했다.

션을 붙잡고 칼로 황녀를 위협하는 모습을 밖에 있는 이들 중 단 한 명에게만 보여도 그는 역적이 될 터였다. 달시는 고든의 칼에 아샤의 목이 떨어지길 기대하며 마음껏 그를 비웃었다.

"형……."

가냘픈 목소리가 들려오지 않았다면 아마도 달시의 뜻대로 이루어졌을지도 몰랐다.

"살려줘, 형."

아샤의 말에 서로를 노려보던 고든과 달시의 시선이 그에게로 움직였다.

"누나를, 나를 살려줘."

아샤는 필사적으로 애원했다. 번쩍이는 금관이 애처롭게 흔들렸다.

"폐하!"

달시는 날카로운 목소리로 동생을 불렀다.

"이 무슨 추태이시옵니까? 역적들에게 목숨을 구걸하다니요!"

달시의 추궁은 서릿발과도 같았다.

"체통을 지키시옵소서!"

달시는 작정했다. 지금 당장 이 자리에서 자신의 목이 떨어지더라도 반드시 고든이 아샤를 죽이게 만들어야 했다.

"당당히 죽음을 맞이하시는 겁니다!"

그러나 아샤는 결코 그럴 마음이 없었다.

"나, 난 죽고 싶지 않아."

파리한 안색은 이제 새하얗게 질렸다.

"형, 우리, 형제 남매잖아. 피를 나눴잖아. 죽이지 말아줘."

달시는 문득 아샤의 말에 위화감을 느꼈다. 그러고 보니 조금 전, 아샤는 분명히 누나도 함께 살려달라 빌었다.

'나까지?'

달시는 믿을 수 없다는 눈으로 아샤를 바라봤다. 자신이 그를 죽이려 한다는 사실은 아샤 본인도 이미 눈치채고 있다는 걸 알고 있었다. 달시가 사탕을 미끼로 먹이는 독을 그는 거부하지 않았다. 자신이 죽어간다는 것을 알면서도 아샤는 달시가 두려워 그 독을 먹어오지 않았던가.

자신을 죽이려던 누이를 살려달라 말하는 아샤를 보며 달시는 입술을 깨물었다.

아샤와 달시는 피를 나누었다. 어머니가 같다. 황제 빌도르의 피를 이어받았다고 해서 동생인 아샤를 죽이려 했던 달시와는 달리 아샤는 달시의 목숨도 함께 구걸하고 있었다.

"이거."

잠시 숨을 고르던 아샤가 품속을 뒤적이더니 무언가를 꺼내 들고는 그것을 고든에게 내밀었다.

"이거, 형이 가져."

"아니, 그, 그건!"

놀란 목소리가 달시의 입에서 터져 나왔다.

"폐하! 도대체 무엇을 하시는 겁니까!"

달시는 아샤에게 달려가려 했지만 고든의 칼이 그것을 막았다. 아샤가 내놓은 것은 바로 메르첼의 옥새였다.

황금으로 만들어진 옥새는 달시가 그토록 갖고 싶어 하던 제국의 상징이었다.

"폐하!"

달시의 눈에는 오로지 옥새만 보였다. 아샤의 손바닥 위에 덩그러니 놓여 있는, 초라해 보이기까지 한 그것을 위해 달시는 지금껏 달려왔다.

"무엇을 하시려는 겁니까!"

아샤는 제국을 고든에게 바치려는 것이다. 달시는 악을 썼다.

"역적에게 나라를 바치려는 겁니까!"

아샤의 검은 눈이 달시에게 향했다.

"누나."

아샤는 조용히 자신의 누나를 불렀다.

"이 나라는 처음부터 내 것이 아니었어."

아샤는 율리우스가 죽었던 그날부터 지금까지, 한 번도 제국이 자신의 것이라 생각해 본 적이 없었다. 그의 정신은 이미 황폐해질 대로 황폐해져 있었고 건강 또한 악화되고 있었다. 아샤는 이제 그만 무거운 자리에서 내려오고 싶었다. 기실 아샤는, 몇 번이나 달시에게 황제의 자리를 주겠노라 넌지시 의견을 피력했었지만 이렇다 할 명분이 없던 달시는 좋은 낯으로 거절했던 것이다. 그러면서 자신을 죽이기 위해 계속 독을 쓰는 누나를 보며 아샤는 그냥 슬펐다.

"아니, 안 됩니다. 폐하."

"폐하께서 살아 계신데 어찌 제가 그 자리를 탐하겠나이까."

아샤는 깨달았다. 자신이 죽어야 이 고통에서 벗어날 수 있다는 사실을.

아샤는 살아 돌아온 고든을 본 순간, 자신의 결심을 실행에 옮기기로 했다. 체이셔를 데려오겠다고 자처한 이유는 바로 옥새를 가지고 오기 위해서였다.

"이제 모든 건 제자리로 돌아갈 거야."

아샤는 조용히 속삭였다.

"누나도 이제, 예전의 누나로 돌아와 줘."

"이……!"

계획에 없던 상황에 달시는 눈을 부릅떴다.

"난 살고 싶어."

열일곱의 소년 아샤는 솔직했다.

"내게 황제의 자리는 버거워."

아샤는 형을 바라보았다. 고든은 서늘한 눈으로 동생을 응시했다.

"이거, 이 옥새를 넘기면, 형."

아샤는 복잡한 눈으로 고든과 달시를 번갈아 바라봤다.

"누나를 용서해 줘."

그 말에, 죽음을 앞두고 있는 상황에서도 달시는 울컥했다. 갑자기 터진 눈물에 눈앞이 아득해졌다.

"우린, 피를 나눴잖아."

아샤는 율리우스를, 고든을 믿었다.

누나가 형을 죽였다. 그리고 형은 복수를 위해 제국으로 돌아왔다. 이제 남은 것은 누나의 죽음뿐. 아샤는 그것을 막고 싶었다. 누가 뭐래도 하나밖에 없는 누이였으므로.

"흐응."

고든은 어떤 감정도 담지 않은 눈으로 달시와 아샤를 내려다봤다. 고든은 칼 앞에서도 침착함을 유지하는 달시에게 감탄했다.

"어쨌거나."

고든이 입을 열었다.

"대화를 나눠야 할 필요가 있군."

그 말을 끝으로 고든은 션의 목을 쥐고 있던 팔을 풀고 그의 옆구리를 세차게 강타했다.

"컥!"

비명을 지르며 션의 허리가 꺾였다. 그리고 기절한 채 그대로 바닥에 널브러졌다.

"자."

고든은 달시의 목을 겨누고 있던 칼을 거둬들였다.

"이제 황실 사람들만 남았으니 심도 있는 이야기를 나눠볼까?"

그 말에 달시의 눈이 의아함을 담고 라이라에게로 향했다. 그러나 뒤이어 들려오는 고든의 말에 달시는 라이라에게서 시선을 거뒀다.

"아샤."

고든은 동생의 이름을 불렀다.

"응."

아샤는 여전히 손에 옥새를 든 채였다. 고든의 시선이 옥새에 닿았다. 이것은 무혈 찬탈의 기회였다.

"지금 네가 하는 행동은."

"응."

"독단이다."

단호한 그의 말에 아샤의 눈이 휘둥그레졌다.

"넌 제국의 황제다. 옥새를 넘기는 것은 그리 쉽게 결정할 일이 아니야. 아무리 네게 황제 자리가 벅차다 해도, 이미 넌 이 나라의 지배자다. 싫다고 황제 자리를 그리 쉽게 내놓으면 안 되는 거야."

아샤는 이제 혼란스러운 얼굴이 되어버리고 말았다. 분명 형은 자신의 자리를 되찾으러 돌아온 것이 아니던가?

"물론 난."

고든은 아샤의 마음을 꿰뚫기라도 한 것처럼 씨익 웃었다.

"내 자리를 되찾으러 온 거지만."

'도대체 형은 황제 자리를 받겠다는 건가, 안 받겠다는 건가?'

아샤는 고든을 올려다봤다. 아샤의 얼굴에 떠오른 의구심에 고든은 예의 그 미소를 지어 보였다.

"황제 혼자 하면 독단이지만."

고든의 검은 눈동자가 영민하게 번뜩였다.

"대신들과 함께하면 정치다."

대신들과 의논해서 대의명분을 만들라는 말이었다.

"아니 됩니다!"

잠자코 듣고 있던 달시가 목소리를 한층 높였다.

"옥새를 넘기시면 폐하는 죽습니다!"

달시는 이를 바득바득 갈아댔다.

"정녕 저 역도에게 이 나라를 넘기실 겁니까?"

"달시."

달시의 독 오른 외침에도 고든은 차분했다.

"어차피 너도 이 나라를 원하는 거 아닌가?"

그 말에 달시의 눈가가 가늘게 떨렸다.

"무, 무슨 말이냐?"

"하지만 애석하게도."

고든의 눈빛이 아샤를 바라보던 것과는 달리 차가워졌다.

"제국의 황제는 핏줄로 이어지지."

"무, 무슨……!"

달시의 교활한 눈이 불안하게 흔들리기 시작했다.

"넌 텐셔너의 핏줄이 아니니 자격 박탈."

"뭐, 뭐?"

벼락을 맞은 것처럼 달시는 온몸을 덜덜 떨었다. 그런 그녀의 얼굴은 경악으로 물들어갔다.

"지, 지금 무슨 소리를……."

훅, 달시는 저도 모르게 숨을 커다랗게 들이마셨다.

"이미 알겠지만."

고든은 달시의 눈을 똑바로 바라보며 천천히 입을 열었다.

"내 아버지는 굉장히 영악한 분이셨지."

달시는 숨을 쉬는 것조차 잊은 채로 고든의 다음 말을 기다렸다. 덜덜 떨리는 손을 드레스 자락으로 감춘 채 그가 무슨 말을 할 것인지 기다렸다.

"어쩌면 그분은 사물을 꿰뚫는 눈을 가졌는지도 몰라."

스윽, 고든의 검은 눈동자가 매끄럽게 움직였다.

"네가 무슨 생각을 하고 있는지, 이미 다 아셨는지도 모르지."

영문 모를 소리만 해대는 고든에게 달시는 날 선 표정을 지어 보였다.

"그 꼼꼼한 양반이 우환을 그대로 남겨두었을 리가 없잖아? 아마도 네가 일을 낼 거란 걸 미리 짐작하신 건지도 모르지."

고든은 잠시 말을 끊었다.

그는 핼쑥해진 달시와 의아한 표정의 아샤를 번갈아 바라봤다.

"너희 두 사람은 혈육 관계지만, 달시는 나와 남이다."

아샤의 눈이 커다래졌다.

"다시 말해, 달시에게는 우리 텐셔너의 피가 흐르지 않는다."

그 말을 끝으로 세 사람 사이에 정적이 내려앉았다. 아샤는 휘둥그레진 눈으로 형과 누나를 번갈아 바라보았다. 형의 말을 믿어야 할지 말아야 할지에 대한 갈등으로 어지러웠다.

아샤는 혼란스러웠고 달시는 어떻게 하면 이 상황을 안전하게 빠져나갈 수 있을지 고심했다. 그리고 고든은 두 사람의 반응을 느긋하게 살폈다.

"증거."

한참의 시간이 흐른 뒤, 달시는 머리를 번쩍 들었다.

"증거가 있는지 궁금하군요, 대공."

여유를 되찾은 달시는 고양이 같은 얼굴에 은은한 미소를 드리웠다.

"증거라."

고든은 픽, 웃음을 흘렸다.

"아까도 말했지만 내 아버지는 꽤나 꼼꼼한 양반이시지."

그 여유로운 태도에 달시의 얼굴이 불안하게 흔들렸다.

"내가 황태자가 되던 날, 아버지께서 말씀하셨지. 달시, 넌 내 동생이 아니라고."

달시는 입술을 꽉 깨물었다.

"하지만."

그녀는 잇새로 말을 내뱉었다.

"그건 증거가 될 수 없습니까. 대공이 꾸며낸 말일 수도 있고."

"흠."

달시의 말에 고든은 머리를 기울였다.

"분명 말했을 텐데? 내 아버지는 꽤나 꼼꼼하셨다고. 달시, 널 메르첼로 데려올 당시 아버지께서는 신전에 그 증거를 남겼다."

"뭐, 뭐요?"

뜻밖의 말에 달시는 저도 모르게 놀라 소리치고 말았다.

"그래, 신관들에게 네 핏줄을 확인하고 네가 오롯이 크메이르
의 왕, 리처드의 핏줄임을 밝힌 서류를 남기셨다."

"그럴 리가……."

창백해진 달시는 그럴 리 없다며 고개를 저었다.

"거기엔 네 어머니이자 나의 새어머니인 실비아 황비의 증언이
첨부되어 있다."

"그럴 리가 없어!"

달시는 소리쳤다. 사랑하는 어머니의 이름이 저 원수 같은 텐
셔너의 입에서 오르내리는 것이 죽도록 싫었다.

"내 어머니가 그런 일을 하실 리가 없다! 내 어머니는 내가 온
전한 텐셔너의 일원이 되기를 바라셨……!"

달시는 아차 한 마음에 입을 다물었지만 이미 늦은 후였다.

"그러니까."

고든은 날카롭게 빛나는 눈으로 달시를 내려다보았다.

"새어머니는 네가 텐셔너의 일원이 되기를 바라셨기에 내 아버
지에게 부탁해서 널 우리 텐셔너 핏줄이라 공표했지."

달시의 세상은, 그대로 얼룩지고 말았다. 이제 그녀에게 남은
건 죗값을 받는 일뿐이었다.

황실 사람들이 그들만의 시간을 가질 동안, 황궁을 둘러싼 무
리들이 있었다. 이는 이 모든 상황을 예측한 유로스 공작의 안배

였다. 황궁 안에서 발이 묶일 경우, 확실히 불리한 건 고든 쪽이었다. 이에 유로스는 시간을 정해두고 그 시각까지 그 어떤 연락이 없으면 황궁을 치라고 제이슨과 테리, 바투에게 일러두었다.

"시간이 됐다."

한참 전부터 시간을 확인하던 제이슨이 무겁게 입을 열었다. 그것은 이제 그들이 쿠데타를 일으켜야 한다는 의미였다.

한 시간.

이것이 그들에게 주어진 시간이었다. 이 안에 황궁을 점령해야 했다. 1초라도 지체하면 크멕스 산맥의 동료들이 베네투스로 몰아닥칠 것이다.

제이슨의 손짓으로 무리와 병사들은 천천히 전진을 시작했다.

"뭐, 뭐냐?"

황궁의 문지기, 타일러과 제레미는 그야말로 얼이 빠져 버렸다. 그들은 어느새 바싹 다가온 적들을 향해 창을 꼬나들며 목소리를 높였다.

"적이다! 적군이 나타났다!"

황궁의 병사들과 고든의 무리의 전투가 벌어졌다. 황궁의 군사들이 전부 몰려왔지만 해적들과 귀족의 병사들이 뭉친 무리들에게 당해낼 수 없었다.

모든 싸움에서 우두머리를 잡고 적진을 점령하면 그 싸움은 끝이 나는 법. 이윽고 테리가 봉수대에 올라 불꽃을 피워 올렸다.

21장

복수의 완성

"어디쯤 왔다는 말이오?"

"곧 도착한다는 연락을 받았습니다."

겨울의 끝자락, 루슬란의 왕이 된 로이드는 초조함을 감추지 못했다.

"그래, 준비는 다 되었소?"

"예, 전하."

로이드 옆으로 다가선 발름의 목소리에 바짝 긴장이 서렸다.

왕국으로 뜻밖의 소식이 들려온 것은 불과 일주일 전이었다. 죽었다던 메르첼 제국의 전 황태자가 살아 돌아왔다는 놀라운 이야기와 함께 그가 루슬란 왕국을 방문한다는 것이었다.

미처 대비할 새 없이 제국의 사절을 맞이해야 하는 로이드의 얼굴은 썩 밝지만은 않았다.

"괜찮을 겁니다, 전하."

턱에 돋은 염소수염을 손끝으로 비비 꼬며 발름이 로이드를 위로했다.

"하지만 후작."

여전히 로이드는 딱딱한 표정을 풀지 않았다.

"죽었다던 전(前) 황태자가 돌아왔으니 당연히 자신의 자리를 찾으려 할 것이 아닌가."

"그렇겠지요."

"그렇다면 이상하지 않은가? 아직 황위를 되찾지도 않았으면서 왜 우리 루슬란에 오는 거지?"

"그야."

발름은 알은 체를 했다.

"우리 루슬란 왕국과 사돈 관계이니 그런 것이겠지요."

"……과연 그럴까?"

아무리 생각해 봐도 영 마뜩잖았다. 전(前) 황태자인 율리우스 휴고 흔나리온 텐셔너가 실은 살아 있고, 원로회의를 통해 다시 제 신분을 되찾은 것이 불과 일주일 전이라 했다. 황제는 두말없이 자리에서 물러나겠다는 의사를 보였다고 했다.

그런데 이상한 것은, 제국에서 이런 일이 벌어지고 있는데도 체이서에게 그 어떤 연락도 받지 못했다는 것이었다.

"정말 괜찮은 거겠지?"

루슬란 왕국의 왕은 재차 물었다. 아무리 왕이라 해도 아직 젊은 나이였고 재상이자 후작인 발름은 세상 이치를 자신보다 많이 꿰뚫고 있기에 그에게 의지하는 면이 많았다.

"전하."

발름이 입을 열었다.

"아무리 황제가 바뀐다고 하나 그는 현 황제와 마찬가지로 달시 황녀의 남매입니다. 결코 별다른 일 없을 것이오니 안심하옵소서. 달시 황녀의 오라비로서 인사를 나누는 자리가 될 수도 있사옵니다."

불안했지만 로이드는 고개를 끄덕였다. 아무리 머리를 굴려 생각해 봐도 그가 왕국으로 오는 건 확실히 인사를 위한 것이라는 결론밖에 나지 않았다. 그럼에도 불구하고 역시 의구심은 남았다.

"하지만 굳이 직접 올 것까지는 없지 않나?"

아무리 친인척이 된다 해도 제국의 황태자가 약소국을 직접 찾는 일은 거의 없었다. 로이드는 자꾸만 엄습하는 불안감을 떨쳐버릴 수 없었다.

"전하."

신하된 도리로 발름은 군주의 불안을 잠재워야 했다.

"대공께서 같이 오신다 하셨으니 별일 아닐 것이옵니다."

"그래, 그랬지, 참."

메르첼 제국에서 보낸 서한에 체이셔도 동행한다고 했던 내용을 떠올리며 로이드는 호흡을 가다듬었다.

"모쪼록 조심하십시오, 폐하."

로이드는 발름의 말을 알아들었다. 여전히 그는 로이드가 아닌 쌍둥이 동생 체이셔의 역할에 충실했고 계속 그래야 했다.

"알겠네, 후작."

루슬란 왕국의 추위를 뚫고 달려온 마차가 이윽고 성 앞에서 멈춰 섰다.

히이잉. 우렁찬 말 울음소리와 함께 마차의 문이 열리고 안에서 내린 사람들이 루슬란 왕국의 땅을 밟았다.

"하아."

고든은 하얀 입김을 뿜다가 높게 솟은 첨탑 끝을 올려다봤다. 아찔한 높이의 첨탑은 흐릿한 태양 아래 날카롭게 빛나고 있었다.

"어서 오십시오."

은밀한 약조대로 발름이 궁 앞에서 그들을 맞이했다. 제국의 차기 황제는 서늘한 눈으로 발름을 바라봤다.

"루슬란 왕국의 발름 진 데렉 후작, 제국의 황태자를 뵈옵니다."

발름은 한껏 허리를 굽힌 채 말을 이었다.

"전하께서 기다리고 계십니다."

어스름이 깔릴 무렵, 제국에서 온 손님들은 은밀하게 성으로 들어섰다.

"여기서 기다려라."

고든이 나직한 목소리로 병사들에게 명을 내렸다. 바로 옆에 있던 발름은 목소리에서 느껴지는 강렬한 기운에 몸을 떨어야 했다.

죽었다던 제국의 전 황태자를 마지막으로 본 건 몇 년 전의 일이었다. 그때도 범상치 않다고 생각했는데 지금은 마치 거대한 산을 앞에 둔 것 같았다.

"예!"

한 목소리로 답을 한 제국의 병사들은 비장한 표정을 지었다.

"자."

짧은 말과 함께 고든이 발름을 바라봤다. 눈으로 체이셔를 찾던 발름은 고든의 시선에 얼른 머리를 숙였다.

"이쪽으로 오십시오."

발름이 서둘러 앞장서기 시작했다. 그의 뒤를 제국의 일행들이 따랐다.

'이상한데?'

앞장선 발름은 이상한 낌새를 떨치지 못했다.

'대공께서는 어디 계신 거지?'

전 황태자의 기세에 눌려 일행들을 제대로 살피지 못했지만 그 사이에 체이셔의 모습이 보이지 않는다는 것은 확실했기에 발름은 마음 한쪽이 서늘해졌다.

"드시지요."

제국 일행들을 로이드가 기다리고 있는 방으로 안내한 발름은 조용히 문을 두드렸다.

"손님이 오셨습니다."

"모시라."

안에서 들려오는 목소리에 발름이 문을 열었다.

고든을 위시로 일행들이 당당하게 방 안으로 들어섰다. 로이드는 일국의 왕이었지만 상대는 제국의 황태자이기에 예를 갖춰서 그들을 맞이했다.

'이 사람이 그 죽었다던 황태자!'

선황 빌도르가 살아 있었을 때, 로이드는 루슬란 왕국의 차기 후계자 자격으로 제국에 간 적이 있었다. 그때 그는 당시 황태자였던 고든을 만났다. 다시 만난 황태자는 전보다 더욱더 거대한 위압감을 풍겼다.

로이드가 먼저 인사했다.

"루슬란 왕국의 왕, 체이셔 데라블 켄즈입니다. 제국의 황태자를 환영하는 바입니다."

"반갑습니다."

고든이 짧게 말했다.

"황제 되심을 감축드리옵니다."

옆에서 발름이 한껏 목소리를 높여 미리 축하의 인사를 건네며 머리를 조아렸다. 아직 황제 자리에 오르진 않았지만 어차피 그것은 시간문제일 뿐이었다. 고든은 가볍게 고개를 끄덕였다.

"고맙소이다."

한편 로이드는 의아해하고 있었다.

'체이셔는 어디 있는 거지?'

동생의 모습이 보이지 않았다. 황태자를 위시로 그 뒤를 따른 건 시종들과 웬 여자 한 명뿐, 동생은 어디에도 보이지 않았다.

"루슬란 왕국의 왕이시여."

위엄이 깃든 목소리는 묵직하고 깊었다. 로이드는 저도 모르게 고든에게로 시선을 돌렸다.

"시국이 불안정하여 비밀리에 인사를 나누게 된 것을 용서하십시오."

"아, 아닙니다!"

로이드는 그의 사과에 손사래를 쳤다. 이렇게 예의 바른 황태자라니, 생각보다 좋은 사람일 것 같다는 생각이 들었지만 그래도 완전히 마음을 놓을 수는 없었다.

"말씀대로 시국이 그러하지 않습니까. 자, 자리에 오르시지요."

루슬란 왕국의 왕은 기꺼이 자신의 자리를 고든에게 내어주었다. 고든은 사양하지 않았다. 상좌에 앉은 고든의 앞으로 그의 일행이 자리했다.

단상 위 의자에 앉은 고든은 앉아 있는 상태에서도 상당한 위압감을 뿜어냈다. 고든의 검은 눈이 스윽 방 안을 훑었다.

"일신상의 문제로 그동안 자리를 비우는 바람에 동생이 결혼한 소식을 뒤늦게 들었습니다."

체이셔의 이야기인가 싶어 로이드는 귀를 기울였다.

"무례를 용서하시기 바랍니다."

"용서라니요, 가당치도 않은 말씀이십니다."

로이드는 머리를 조아렸다.

"이렇게 와주셔서 영광일 따름이옵니다."

인사치레가 오가고 난 뒤 로이드가 입을 열었다.

"외람된 말씀이오나."

로이드는 잠깐 숨을 멈춘 뒤 다시 말을 이었다.

"제 형의 모습이 보이지 않사온데……."

쌍둥이가 보이지 않자 로이드는 불안해졌다. 아니, 고든이 방에 처음 발을 들여놓은 순간부터 그는 알 수 없는 불안감을 느끼고 있었다.

"아, 그것보다."

제국의 황태자는 검은 눈을 빛내며 다른 말을 꺼냈다.

"준비한 선물이 있는데, 부디 받아주시오."

"예?"

고든의 눈짓에 시종 중 한 명이 엄숙한 표정으로 앞으로 나섰다. 그런 그의 손에는 뚜껑이 덮인 커다란 쟁반이 들려 있었다.

로이드 앞에 선 시종은 예의 바른 얼굴로 머리를 숙여 보였다. 그리고 뚜껑을 열어보라는 듯, 쟁반을 조금 앞으로 내밀었다.

'아니, 무슨 선물이기에⋯⋯.'

시종이 뚜껑을 덮은 쟁반을 들고 들어설 때부터 이상하다 생각했던 로이는 괜한 긴장감에 마른침을 한 번 삼켰다. 로이드는 천천히 뚜껑에 손을 얹고는 그것을 들어 올렸다.

"헉!"

로이드의 밭은 숨소리와 함께 그의 손에서 떨어진 뚜껑이 바닥에 떨어지며 와장창 요란한 소리를 냈다.

"이, 이게⋯⋯!"

"허억!"

경악에 찬 로이드와 발름의 비명이 방 안을 가득 메웠다. 쟁반 위에는 체이셔의 목이 놓여 있었다.

로이드는 눈앞이 깜깜해졌다. 나오는 것이라고는 꽉 막힌 신음 소리 뿐이었다.

"으으⋯⋯."

보고도 믿을 수가 없었다. 쟁반 위에 덩그러니 놓인 것은 동생인 체이셔였다. 거듭 확인한 로이드는 멍하니 동생의 목을 바라보다가 벼락이라도 맞은 듯 부르르 몸을 떨었다. 그러고는 사나운 눈으로 고든을 똑바로 바라봤다.

"도대체, 도대체 이게 무슨 일입니까!"

마음 같아서는 이 방 안에 있는 모든 이들을 전부 다 도륙 내고 싶었다.

"루슬란 왕국의 왕이시여."

로이드가 고든을 바라봤다.

"그 목의 주인은 그대의 동생이오."

담담한 고든의 말에 로이드의 눈은 더 커졌다.

"내 동생, 내 동생이 왜 이런 꼴이 되어버린 겁니까!"

그 말에 황태자의 눈이 가느다래졌다.

"글쎄, 왜 그대의 동생이 왜 이런 꼴이 된 걸까?"

고든은 일부러 '동생'이란 단어를 힘주어 발음했다. 그제야 뭔가 이상하다는 것을 눈치챈 로이드는 순간적으로 입을 다물었다.

"존경하는 황태자 전하!"

로이드가 말을 잇지 못하는 사이, 발름이 바짝 머리를 조아리며 고든을 불렀다. 고든의 검은 눈이 스윽 움직였다.

"켄즈 대공은 달시 황녀마마의 부군 되시옵니다."

발름은 떨리는 목소리를 애써 감췄다.

"저희는 켄즈 대공의 죽음에 관해 그 어떤 말도 들은 적이 없사옵니다. 하니, 이에 대한 해명을 해주시옵소서."

고든의 검은 눈썹이 묘하게 뒤틀렸다.

"데렉 후작이라고 하셨소?"

"예, 전하."

발름은 다시 허리를 깊숙이 숙였다.

"흠."

고든은 새하얗게 질린 로이드와 머리를 숙인 채 자신의 답을 기다리는 발름을 번갈아 바라봤다.

"그 답을 하기 전에."

고든은 천천히 입을 열었다.

"우리 메르첼과 루슬란 왕국 간의 잘못된 일부터 바로잡아야 할 것 같소이다."

"예?"

뜻밖의 말에 발름은 저도 모르게 대제국의 황태자 앞에서 머리를 번쩍 치켜드는 무례를 범하고 말았다. 이내 그 사실을 깨달은 발름은 재빨리 다시 머리를 숙였다.

"분명 제국의 황녀는 루슬란 왕국의 왕자와 결혼했소이다."

"그, 그렇지요."

"그런데 저 목의 주인은 그 로이드 데라블 켄즈 공이 아니란 말이오."

"예, 예에?"

이번에도 너무 놀란 나머지 발름은 또다시 머리를 번쩍 쳐들고야 말았다.

"체이서 데라블 켄즈."

고든은 그 이름을 천천히, 한 글자, 한 글자 뚝뚝 끊어 발음했다. 그 목소리에 실린 냉기에 발름은 물론 멍하니 듣고만 있던 로이드도 부르르 몸을 떨었다.

"루슬란 왕국의 숨겨진 왕자, 그 왕자가 로이드의 이름으로 황녀와 결혼을 했더란 말이지."

엄청난 이야기를 담담하게 내뱉는 고든의 눈은 활활 타오르고 있었다.

"제국을, 고작 루슬란 왕국 따위가."

고든은 매서운 눈으로 로이드를 노려봤다.

"속였다는, 그런 이야기."

고든의 말이 끝나기가 무섭게 다리에 힘이 풀린 발름은 그만 그 자리에 풀썩 주저앉고 말았다. 로이드는 여전히 새하얗게 질린 얼굴로 가까스로 버티고 서 있었다.

"저, 전하!"

발름은 얼른 정신을 차리고 자리에서 일어섰다. 그리고 서둘러 입을 열었다.

"억측이옵니다! 지금 제 옆에 계신 분이 체이셔 데라블 켄즈, 바로 로이드 데라블 켄즈 대공의 동생이시며 루슬란 왕국의 왕이 십니다!"

로이드와 체이셔가 서로의 신분을 바꾼 사실을 아는 이는 몇 없었다. 발름은 재빨리 머리를 굴렸다.

"어디서 이런 오해가 생긴 건지 알 도리는 없지만 전하, 분명히 제 옆에 계신 분이 체이셔 데라블 켄즈입니다!"

"그래요?"

고든은 천천히 입을 엶과 동시에 시선을 로이드에게로 옮겼다. 고든의 검은 눈이 창백한 로이드의 얼굴에 닿았다. 의구심과 두려움, 복잡함과 착잡함 등의 감정이 복잡하게 서린 로이드의 얼굴은 그야말로 지옥의 불구덩이에 빠진 것과 같은 표정이었다.

대제국 메르첼을 상대로 거짓 혼인을 성사시켰다는 것이 밝혀

진다면 공개적인 망신은 물론이요, 제국의 분노까지 받아야 할 일이었다. 더군다나 그 상대는 일개 귀족도 아닌 황족, 무소불위의 권력을 누리던 황녀다. 걷잡을 수 없는 두려움이 서서히 번져 나가기 시작했다. 잘못되면 작은 약소국인 루슬란 왕국은 그 존재가 지워질 수도 있었다.

체이셔의 목을 보았을 때 끓어올랐던 분노는 나라의 흥망성쇠 앞에서 그대로 사그라졌다. 이미 제 입으로 동생의 죽음이 어찌 된 것이냐 외쳤던 로이드에게 나라의 존망 외엔 어떤 것도 남아 있지 않았다.

"전 체이셔 데라블 켄즈입니다."

뒤늦은 수습은 안 하니만 못했다.

고든의 싸늘한 반응에 로이드는 불안한 눈으로 주위를 살폈다. 엄청난 중압감과 위화감이 로이드를 덮쳤다. 로이드는 이 상황을 타개해야 했다. 동생의 죽음은 더 이상 중요하지 않았다. 루슬란 왕국의 안녕을 위해 무슨 말이든 해야 했다.

"제, 제가……."

바싹바싹 말라오는 입안을 혀로 축이며 로이드는 다시 입을 열었다.

"제가 너무 놀라서 말실수를 한 것 같습니다."

그러나 그의 변명에도 방 분위기는 여전히 싸늘했다. 로이드는 불안한 눈으로 자신을 도와줄 사람을 찾았다.

그러다 새파란 눈을 빛내는, 아까부터 자신을 뚫어져라 바라보는 여자와 눈이 마주쳤다. 로이드의 시선이 여자의 얼굴로 향했다.

어쩐지 낯이 익었다. 로이드는 몇 번이고 눈을 깜빡였다. 화려한 머리 장식을 하고 드레스를 입은 고귀한 여인의 타오르는 저 푸른 눈동자는 결코 잊을 수 없는 것이었다.

"헉!"

로이드는 저도 모르게 숨을 뱉어냈다.

"웨, 웸블던……."

흘린 듯 토해내는 그 단어에 발름의 고개가 휙 쳐들렸다. 로이드의 시선이 닿은 곳으로 눈을 돌린 발름 역시 희미한 침음성을 흘렸다.

분명 라이라 제랄딘 웸블던이었다. 마지막으로 보았을 때보다 분위기도 변하고 날카로워 보였지만 분명 라이라였다.

'저 계집이 왜 여기에? 아니, 그보다 살아 있었단 말인가?'

라이라를 잡기 위해 애를 썼지만 루슬란 왕국 내에서는 그녀를 봤다는 사람 하나 없었다. 그렇기에 발름은 라이라가 도망가다 죽었거나 다른 나라로 도망쳤으리라 짐작했었다. 그런데 이렇게, 여기, 메르첼의 황태자와 함께 나타날 줄이야!

'그, 그럼 저 계집이 그, 황태자의 여자……?'

살아 돌아온 황태자의 곁에 여자가 있다는 소문은 이미 루슬란 왕국에도 퍼진 상태였다. 그의 힘든 시기를 함께 겪은 여자라 이미 황후 자리는 낙점된 것이나 다름없다는 소문도 돌고 있던 터였다.

발름은 그제야 깨달았다. 왜 황위 등극을 눈앞에 둔 황태자가 루슬란으로 왔는지, 왜 체이서는 목이 잘린 채 돌아와야 했는지. 눈앞이 캄캄해졌다. 어떻게 라이라와 제국의 황태자가 만나게 되었는지 도통 알 길은 없었지만 그로 인해 앞으로 어떤 일이 닥치게 될 것인지는 똑똑히 알 수 있었다.

자신을 알아채고 넋이 나간 로이드와 발름을 바라보며 라이라는 천천히 자리에서 일어섰다. 몇 걸음 앞으로 나선 라이라는 자신을 뚫어져라 바라보는 로이드의 눈을 맞췄다.

"오랜만이군요."

라이라의 입술이 달싹였다.

"로이드."

다시 한 번 로이드의 눈앞이 캄캄해졌다. 확실한 증인이 이렇게 눈앞에 있으니 그 어떤 변명도 통하지 않으리라, 로이드는 체념했다.

"네 이년!"

그러나 발름의 생각은 달랐다. 무슨 일이 있더라도 지금 이 순간을 벗어나야 했다.

"네년이 왜 여기에 있는 것이냐!"

발름은 험악한 눈으로 라이라를 노려보고는 고든을 향해 머리를 조아렸다.

"존경하는 황태자 전하, 지금 여기 있는 이 여자는 저희 루슬란 왕국의 죄인이옵니다! 하니 이 죄인을 저희에게 넘겨주시옵소서!"

발름은 앞뒤 잴 것 없이 황태자에게 매달렸다. 그에게 루슬란 왕국은 꼭 지켜야 하는 조국이었다.

"죄인이라."

고든은 여전히 남 일 보듯 했다.

"예, 그러하옵니다! 웸블던의 여식은 역적의 딸로……."

"그만!"

라이라의 노성이 튀어나왔다.

"그만하세요!"

새파란 불꽃이 일렁였다.

"이미 체이셔의 정체는 다 밝혀졌습니다."

라이라의 잇새로 뚝뚝, 말이 끊겨 나왔다.

"아시다시피."

라이라의 입가에 조소가 맺혔다.

"제가 체이셔의 몸 이곳저곳을 다 알고 있으니까요."

로이드는 눈을 감고 말았다.

"네, 네가……!"

발름은 발악하듯 소리쳤다.

"이 못된 것! 나라를 망하게 만들 작정이냐! 그러고도 네가 루슬란 왕국의 귀족이란 말이냐?"

라이라는 비웃었다.

"루슬란의 귀족?"

빠득, 라이라는 이를 갈았다.

"루슬란의 귀족을 망친 건 바로 루슬란의 왕족이다."

"그건 영광이다! 귀족의 딸로 태어나 나라에 도움이 되었다면 가문의 영광이 아니더냐!"

"내 아버지를 죽인 게 어찌 내 가문의 영광이 되겠소!"

라이라 역시 소리쳤다.

"루슬란 왕국은 내 원수일 뿐!"

악에 받친 소리는 가슴 깊숙한 곳에서부터 터져 나왔다.

"내 인생을 망치고 내 아버지를 죽인 루슬란 왕국은 내 원수일 뿐, 그 이상도 그 이하도 아니오!"

라이라는 차갑게 말했다. 꾹꾹 내리누른 원한은 오히려 더 깊고 진했다. 라이라는 한 걸음 더 나아갔다. 로이드와의 거리는 이제 겨우 팔 하나 뻗으면 닿을 정도였다.

"내 원수."

짧게 말을 끊은 라이라의 손에는 작은 검이 들려 있었다.

"뭐, 뭐 하려는 거냐!"

다급한 발름의 목소리에도 라이라는 개의치 않고 다시 한 걸음 내디뎠다.

로이드는 체념했다. 왕국을 위한 일이라고는 해도 한 여자의 인생을 망가뜨렸다는 죄책감은 여전히 그를 내리누르고 있었던 것이다.

체이셔와 발름이 라이라의 아버지를 죽였다는 이야기에 얼마나 분노했던가. 하지만 로이드는 그냥 묻어야 했다. 루슬란 왕국을 위하여.

"죽인다."

새파란 안광에 로이드는 슬그머니 눈을 내리깔았다. 라이라는 검을 쥔 손에 힘을 주고 다른 손으로 로이드의 머리카락을 세게 움켜쥐는 동시에 그의 무릎을 걷어찬 후 억지로 꿇렸다.

"흐흑."

목이 꺾인 로이드의 입에서 신음이 흘러나왔다.

"안 된다!"

발름은 라이라를 제지하려 했지만 로이드의 목에 겨눠진 검을 보고는 그 자리에 얼어붙은 듯 멈춰 서야 했다.

"움직이지 마시오!"

발름에게 경고를 날린 후 라이라는 눈 하나 깜짝하지 않고 움켜쥔 로이드의 한쪽 귀를 잘라냈다. 붉은 선혈이 허공을 갈랐다. 라이라는 툭, 로이드 앞에 잘린 귀를 던졌다.

"으아악!"

잘린 귀를 보고서야 로이드는 화끈거리는 통증을 느끼곤 소리를 질렀다.

"당신을 죽이고 싶지만."

턱, 라이라는 그의 머리카락을 놓아 주고는 차갑게 말했다.

"루슬란 왕국의 왕을 빼앗을 수는 없는 노릇."

라이라는 몇 날 며칠 고민했다. 로이드를 죽이면 루슬란 왕국의 앞날은 어찌 될까 싶었다. 루슬란이라는 나라를 떠올리는 것조차 치가 떨렸지만 그 나라에 살고 있는 백성들은 왕을 잃고 어찌 살 것인가.

"하지만."

라이라는 고통으로 덜덜 떨고 있는 로이드를 그대로 두고 발름에게로 걸음을 옮겼다.

"내게서 아버지를 빼앗은 건 당신."

라이라는 똑똑히 기억하고 있었다. 발름에 의해 아버지의 목이 떨어졌던 순간을.

"당신에게도 딸이 있다고 했지?"

수도로 향하던 마차에서 발름이 자신에게도 딸이 있다고 한 적이 있었다.

"미안하지만."

라이라는 발름에게로 바싹 다가섰다.

"이번엔 내가 당신 딸에게서 아버지를 빼앗을 거야."

발름은 라이라의 빛나는 눈에서 자신의 죽음이 코앞에 다다랐음을 감지했다. 하지만 그는 물러서지 않았다.

"이 나라, 루슬란 왕국을 위해서라면 내 목숨을 내놓아도 아깝지 않다!"

충직한 신하의 목소리가 허공을 갈랐다. 절절한 충정의 목소리에 로이드는 그만 눈을 감아버리고 말았다.

"다행이군."

라이라가 손을 치켜들었다. 곧이어 높이 치켜 든 검을 발름의 심장을 향해 내리꽂았다. 그리고 있는 힘껏, 밀어 넣었다.

"커억!"

발름의 비명을 들으며 라이라는 검에서 손을 떼어냈다. 충신, 발름은 자신의 가슴에 박힌 칼을 움켜쥐었다. 덜덜 떨리는 손끝에 차가운 물체가 닿았다.

"루, 루슬란⋯⋯."

털썩.

루슬란 왕국의 신하, 발름 진 데렉이 자신이 모시는 왕 앞에서 피를 흘리며 쓰러졌다.

⚜

새파란 하늘 아래 둥실 떠오른 양털 구름이 평화로웠다. 따뜻한 햇살, 포근한 바람, 익숙한 공기, 그리운 냄새에 라이라의 심장이 두근거렸다.

그린그린?

눈 앞에 펼쳐진, 꿈에도 그리운 그린그린의 파르란 언덕은 기억하고 있던 그대로였다.

메에에.

양 떼의 울음소리가 들렸다.

딸랑, 딸랑.

양의 목에 걸린 방울 소리도 정겨웠다. 라이라는 눈물이 날 것 같았다. 아주 오래전, 제 인생이 엉망이 되기 직전 그날의 모습이었다. 이제 곧 젬마가 달려오리라.

라이라.

라이라.

자신을 부르는 소리에 라이라는 고개를 들어 멀리 바라봤다. 사랑하는 사람들, 그리운 이들이 저 멀리서 달려오는 모습이 보였다.

아버지.

젬마.

테리.

환한 미소를 보이며 아버지를 필두로 보고픈 이들이 차례로 모습을 드러냈다.

라이라.

아가씨.

아가씨.

자신을 부르는 목소리가 온 공간을 가득 채우는 기분이었다. 그뿐이 아니었다. 어느 순간 라이라를 휘감은 공기는 달콤하고 따뜻했다. 순식간에 라이라는 사람들에게 둘러싸였다. 아버지, 유모, 테리, 마을 유일의 제빵사 존, 오줌싸개 꼬마 빌리, 루슬란 왕국을 떠나올 때 도움을 줬던 알렉 등 모두가 다 그리운 사람들이었다.

꿈인지 생시인지 라이라는 어리둥절했다. 하지만 이내 곧 울음을 터뜨리고 말았다. 열일곱 소녀의 눈에서 눈물이 넘쳐흘렀다.

아버지!

평소에는 엄숙한 얼굴의 아버지였지만 지금은 한없이 인자한 표정이었다. 품에 안기는 라이라를 꼭 안아주며 그레이엄은 딸의 등을 토닥였다. 그 손길이 너무나 다정해서 라이라는 그만 울어버리고 말았다.

처얼썩.

뱃전을 부딪치는 파도 소리가 잔잔하게 들려왔다. 제국으로 향하는 배는 흔들림 없이 앞으로 나아가고 있었다.

딸깍.

자그마한 소리와 함께 스르르 문이 열렸다. 라이라가 머물고 있는 선실 안으로 들어선 고든은 침상 쪽으로 다가갔다.

"아직도 자나 보군."

잠든 라이라를 내려다보며 고든은 중얼거렸다. 로이드의 한쪽 귀를 잘라내고 발름의 심장에 칼을 꽂아 넣은 라이라는 이후, 정신을 잃고 쓰러지고 말았다.

함께 동행했던 제국의 의사는 그녀가 그저 자고 있는 것이라 했다. 갑자기 긴장이 풀려서 몸이 더 버티질 못하고 깊은 잠에 빠진 것이라고.

고든은 그 말이 이해가 되었다. 라이라가 복수를 위해 어떻게 생활했는지 직접 옆에서 봐왔던 터라 쉽게 납득할 수 있었다. 오로지 복수를 위해 달려왔던 라이라. 그 복수가 이루어진 순간, 그만 긴장이 풀리고 만 것이리라.

꽤 오랜 시간이 지났는데도 라이라는 여전히 잠들어 있었다. 깊은 숨소리를 내는 라이라를 내려다보며 고든은 잠시 망설이다 옆의 의자를 조용히 끌어당겨 앉았다.

고든도 피곤했다. 지난 시간이 어떻게 지나갔는지 다시 떠올리고 싶지도 않았다. 라이라 옆에 앉아 그녀를 물끄러미 바라보던 고든은 루슬란의 왕, 로이드를 향해 던졌던 선전포고를 떠올렸다.

"제국의 황녀를 상대로 사기 결혼을 감행한 것은 루슬란 왕국이오. 그리고 그 과정에서 죄 없는 귀족 가문까지 멸문시켰지. 제국은 이 사실을 절대 그냥 넘길 수 없소. 하지만 한 가지 제안을 하지. 이 모든 일을 꾸민 것은 발름 진 데렉 후작이고, 그를 처결하는 것으로 끝내는 것이 어떻겠소? 그렇게 한다면 제국은 루슬란 왕국에 그 어떤 불만도 표시하지 않겠소. 하지만 이를 거절하고 일을 크게 키운다면, 제국은 어떤 수를 써서든 그 대가를 받아내고 말 것이오."

고든은 라이라가 다치는 것도 원치 않았고 그녀의 이름이 사람들의 입에 오르내리는 것도 싫었다. 그리고 로이드는 그 제안을 결국 받아들일 수밖에 없었다.

귀에서 쏟아지는 피를 한 손으로 막으며 새파랗게 질린 안색으로 간신히 고개를 끄덕이던 루슬란 왕이 떠올랐다. 그는 두려움에 사로잡혀 있었다. 형제를 잃고, 나라의 충신도 잃고 거기다가 귀까지 잃은 그에게선 미래의 황제에게 반박할 그 어떤 의욕도 솟지 않았으리라.

"으음."

가느다란 신음 소리가 들려왔다. 고든은 얼른 라이라를 살폈다.

"으으."

곤히 자던 라이라의 얼굴이 그새 땀범벅이 되어 있었다. 놀란 고든은 라이라를 깨워야 할지, 그대로 두어야 할지 잠시 고민했다.

"아!"

하지만 다행스럽게도 라이라는 짧은 비명과 함께 눈을 떴다.

"괜찮아, 라일?"

"아……."

정신이 아직 돌아오지 않은 듯, 라이라는 몇 번이고 눈을 깜빡였다. 땀에 젖어 뺨에 달라붙은 머리카락을 떼어낸 고든은 그녀가 정신 차리기를 기다렸다.

"……고든?"

라이라가 자신의 이름을 부르자 고든은 미소 지었다. 라이라는 상체를 일으켜 앉아 방 안을 둘러봤다. 꿈에서와는 완전히 다른 화려한 방 안.

"괜찮은 건가."

무뚝뚝한 어조였지만 자신을 향한 걱정에 라이라는 작게 고개를 끄덕였다.

"꿈을 꿨어요."

홀린 듯, 라이라는 입을 열었다.

"그린그린이었는데, 정말 평화로웠던 그때의 그린그린이었어요."

라이라의 목소리는 너무도 작아서 고든은 잔뜩 귀를 기울여야 했다.

"보고 싶은 사람들."

라이라의 입가에 희미한 미소가 맴돌았다.

"아버지, 젬마, 그리고 마을 사람들이, 내게 달려왔어요. 날 안아주고, 날 격려해 주고……."

문득, 자신의 휑한 손끝을 바라보는 라이라의 목소리가 가늘게 떨렸다.

"그런데, 그런데, 갑자기 비바람이 몰아치면서 사람들이 하나둘 사라져 버렸어요. 우리 아버지도, 젬마도……."

와들와들 떨리는 손가락이 천천히 움직였다. 자신의 얼굴을 손으로 감싼 라이라의 눈에서 눈물이 반짝였다. 고든은 가만히 그대로 그녀를 자신의 품 안으로 가둬 버렸다.

몸이 불덩이처럼 뜨거웠다. 그래서 고든은 또다시 고민을 해야 했다. 의사를 다시 불러와야 할까, 생각하며 고든은 조용히 라이라의 등을 토닥였다.

"정말 괜찮은 거야?"

다정한 물음에 라이라는 고든의 가슴에 얼굴을 묻고 고개를 끄덕였다. 꿈인 걸 알고 있었다. 그리운 이들을 보면서 이미 알고 있었다. 깨고 싶지 않던 꿈. 하지만 어차피 깨야 할 꿈.

"괜찮아요."

말은 그렇게 하면서도 라이라는 고든의 품에서 벗어나려 하지 않았다. 꿈속의 아버지 품만큼이나 따뜻했다.

어느새 이렇게 되었는지 라이라는 알지 못했다. 남자와 단둘이 있는 것을 극도로 두려워했던 그녀가 어느 틈에 고든에게는 그 마음을 열었는지, 알지 못했다.

"라일."

고든이 속삭였다.

"좀 더 쉬어."

여전히 가늘게 떨리는 라이라의 몸을 의식한 고든이 그녀에게 더 쉬기를 권했다.

"아니."

라이라는 살며시 고개를 저었다.

"괜찮아요."

라이라는 스스로 그의 품에서 벗어났다. 고든은 말없이 그녀를 바라보다가 문득 몸을 일으켰다.

"그럼 쉬어."

탁.

작은 문소리와 함께 고든이 사라졌다. 그와 함께 순식간에 그녀를 감쌌던 온기가 사라지고 말았다. 서운했다.

모든 복수는 끝이 났다. 체이셔와 발름을 죽이고 로이드에게서는 귀를 빼앗았다. 그런데 후련하다거나 통쾌하지도 않았다. 그저, 아버지가, 젬마가, 그린그린 사람들이 보고 싶었다.

"하아."

라이라는 자신을 찾아온 외로움을 쫓아내려 애를 썼다. 이제 그녀는 외로움보다 앞으로 세상에 나가 살 일에 대해 고민을 해야 했다.

복수를 위해 살아온 수개월의 시간.

막상 복수를 하고 나니 허탈했다. 엉망진창이었던 몸과 정신으로 오로지 체이셔를 만나 복수할 생각만으로 모진 나날을 견뎌왔는데 이렇게 모든 것이 끝나니 삶의 의지가 사라지는 기분이었다.

"이제 떠나야겠지."

제국을, 라이라의 말이 가만히 선실 안을 울렸다. 이제 그녀에게는 고든의 곁에 있을 명분이 없었다.

'어디로 가야 하지?'

가슴 한쪽이 서늘해졌다. 이 세상, 어딘가에서 고든 없이 살아야 한다고 생각하니 뭐라 딱히 말할 수 없는 기분이 들었다. 두려움, 외로움, 서글픔. 그리고 그 외의 감정들이 모두 휘몰아쳐 라이라를 덮쳤다.

'캠벨이 고든의 황후가 된다.'

복잡한 감정의 중심에 고든이 있었다.

'캠벨과 고든이 결혼한다……?'

마음이 아파왔다.

'아샤는 어떻게 되는 거지?'

혼자 남아 있는 시간. 라이라는 자신과 같은 고통을 겪고 있을 아샤를 떠올렸다. 그 역시 자신의 형이 나라를 찾기 위해 라미 공작과 모종의 거래를 했다는 사실을 알게 되었다. 그 말을 들었을 때 그의 심정은 어땠을까.

'아샤도 안됐다.'

라이라는 진심으로 아샤를 안타까워했다. 캠벨을 바라볼 때 반짝이던 그의 눈빛이 떠올랐다. 하지만 그도 이 모든 상황을 이해하고 받아들였다. 귀족이란, 때로는 사랑을 택할 수 없는 자들이기 때문이었다. 내가 사랑하는 여자가 아버지의 여자가 될 수도 있고 내가 사랑하는 남자가 다른 여자의 남편이 되는 그런 사회. 그리고 그런 희생은 당연한 것이었다.

라이라는 더 이상 생각하지 않으려 침상에 몸을 누였다.

철썩, 철썩.

벽 너머로 파도치는 소리가 들려왔다. 그 소리는 그렇지 않아도 뒤엉킨 라이라의 마음을 더 흔들어놓았다.

22 장

예행연습

죽었다던 전(前) 황태자가 돌아오고 황제가 스스로 황제 자리에서 물러서는, 사상 초유의 사건이 온 제국을 휩쓸었다. 소식을 접한 수많은 사람들은 드디어 신이 메르첼을 다시 보듬노라 크게 기뻐했다.

제국의 새 황제가 탄생한 날을 축복이라도 하듯 하늘은 맑았고 날씨는 쾌청했다. 태양 가까이로 높이 쌓은 단상은 화려했다. 엄숙한 표정으로 단상에 오른 고든의 머리 위로 번쩍이는 금관이 올려졌다.

"우와아!"

주변국에서 몰려온 손님들과 제국민들의 환호 속에서, 고든은 황제의 자리에 올랐다. 그리고 곧이어 황제는 미래의 황후와 대면했다.

"캠벨 로즈 라미, 황제 폐하를 뵙나이다."

"오, 라미 영애, 반갑소. 오랜만이군."

고든 역시 캠벨을 어렸을 적부터 봐온 사이였다. 캠벨은 미래 남편의 얼굴을 가만히 바라봤다.

"그간 고생하셨나이다."

"아아."

고든 옆에서 두 사람의 대화를 듣고 있던 아샤는 그러지 않으려 했지만 자꾸 일그러지는 얼굴을 어찌할 수 없었다. 이미 두 사람이 정략결혼을 하리라는 사실을 알고 있었기에 캠벨을 똑바로 바라볼 수가 없었다.

캠벨 역시 자꾸 아샤 쪽으로 향하는 시선을 막지 못했다. 그녀는 어렸을 적부터 아샤가 좋았다. 다른 이들은 율리우스가 세상을 제패할 위대한 황제가 될 것이라 칭송했지만 캠벨은 다정하고 부드러운 아샤가 좋았다. 하지만 그 감정을 이제 감춰야 했다. 그녀는 귀족의 딸로서 가문을 위해 결혼해야 했다. 웃는 낯으로 황제의 앞을 나서긴 했지만 그녀의 마음속은 폭풍우가 휘몰아쳤다.

율리우스 휴고 흔나리온 텐셔너.

메르첼 대제국의 네 번째 황제가 된 그는 귀족들의 불만부터 하나하나 제거해 나가기로 했다. 그가 먼저 손댄 것은 세금이었다. 백성에게 걷는 세금을 낮추는 대신 고든은 귀족들에게 도움을 요청했다. 이후, 국가 재정이 나아지면 후에 그에 상응하는 대가를 치르겠다는 말에 귀족들은 마땅치 않아 하면서도 결국은 동의했다. 나라와 백성이 없는데 귀족이 어찌 존재하겠느냐는 말에 넘어간 것이다.

국민들은 환호했고 새로운 황제의 입지는 더욱 탄탄해졌다. 뜻한 대로 그렇게 많은 피를 흘리지 않고 자리를 되찾은 황제는, 자신을 도운 동료들과 수많은 사람들에게 한 약속을 지키기로 했다.

돈을 원하는 사람들에게는 황실의 물건, 대부분 달시 황녀 별궁의 귀중품들을 팔아서 그 돈을 마련해 주었고 귀족 자리를 원하는 사람들에게는 작위-대신 본인이 큰 공을 세우지 않는 한 후대에는 이어지지 않는 종신 귀족이었다-를 내렸다. 작위를 내리기 전, 기본적인 예절 교육을 받도록 하기도 했다. 또한 억울한 누명을 쓴 자들은 그들 고향을 관리하는 귀족들을 불러 사건을 재심사하고 바른 심판을 내리도록 조치했다.

돈을 좇고, 명예를 좇은 대부분의 해적들은 만족했고 이제 고든은 라이라에 대해 고민할 차례였다.

똑똑.

정무를 다 마치고서도 집무실에서 이런저런 고민을 하던 고든의 귀에 문 두드리는 소리가 들려왔다.

"들어오라."

문이 열리고, 라이라가 집무실 안으로 들어섰다.

"오, 라일!"

고든이 반갑게 라이라를 맞았다. 그는 여전히 라이라를 라일이라 부르는 것을 더 좋아했다. 그렇기에 공식적인 자리가 아닌 이상, 라이라는 언제나 라일이었다.

"그래, 무슨 일이지?"

고든은 훑어보던 서류를 옆으로 밀어 넣고는 미소 지었다. 아마도 오늘 하루 처음 짓는 미소이리라.

라이라는 고요한 눈빛으로 고든을 바라봤다. 마치 그의 얼굴을 새기기라도 하듯이. 이윽고 그녀가 허리를 숙였다.

"그동안 보살펴 주셔서 감사합니다, 폐하."

고든은 자신을 향한 단정한 정수리를 노려보며 입술을 깨물었다. 느닷없는 라이라의 인사가, 불길하게 여겨진 까닭이었다.

"무슨 뜻으로 하는 말이지?"

라이라는 고든을 향해 예를 다했건만 고든은 여전히 라이라를 라일로 대했다.

"이제 저는 제 갈 길을 가야죠."

숙였던 허리를 펴며 라이라는 아무렇지도 않은 듯 말했다.

"제 갈 길?"

고든의 눈이 위험스레 번뜩였다.

"어디로 가려고?"

"글쎄요."

라이라는 고든의 물음에 어깨를 으쓱였다. 사실 아버지의 복수를 위해 달려온 만큼, 복수를 마친 이후의 삶은 제대로 생각해 본 적은 없었다.

"어디든 가겠죠."

라이라는 번쩍이는 황제의 금관을 올려다봤다. 고든의 얼굴을 볼 용기가 나지 않았다. 이제 그녀는, 이별을 말하려 하고 있었다.

"가지 마."

"……네?"

불쑥, 뱉어낸 고든의 말에 라이라는 눈을 깜빡였다. 짙은 검은 눈동자가 그녀의 파란 눈동자를 물끄러미 들여다봤다.

"갈 곳도 없잖아."

검은 눈과 파란 눈이 얽혔다. 담담한 고든의 눈동자를 바라보는 라이라는 혼란스러웠다. 왜 고든이 가지 말라고 말하는지, 의아했다.

"⋯⋯왜요?"

"글쎄."

라이라는 이제 그의 옆자리에 캠벨이 자리할 것을 알고 있었다. 그럼에도 왜 그가 자신을 잡는 것인지, 이해할 수 없었다.

"내 옆에 머무는 게 좋겠어."

전 해적들 사이에서 라이라는 이미 고든의 여자였다. 그리고 고든이 돌아오는 과정에서 그의 곁에 라이라가 있었다는 것을 알게 된 귀족들 역시 그녀의 행보를 주시하고 있었다.

라이라는 입술을 깨물다가 이내 눈을 내리깔았다.

"아니, 그러지 않겠어요."

고집이 아니었다. 라이라는 고든의 옆에 자신이 있을 수 없음을 잘 알고 있었다. 그는 이제 제국의 황제가 되었고, 자신은⋯⋯.

"라일, 다시 루슬란 왕국으로 돌아갈 수는 없을 거야."

그것은 이미 예상하고 있던 바이기에 라이라는 고개를 끄덕였다.

"그리고."

고든은 라이라에게서 시선을 떼지 않았다.

"널 다른 곳으로 보내는 건."

고든은 말을 멈췄다. 잠시의 침묵 후에 다시 힘주어 입을 열었다.

"내가 싫어."

숨 막힐 듯한 적막이 찾아왔다. 라이라는 자신을 뚫어져라 바라보는 고든의 시선이 부담스러웠다. 아니, 시선이 문제가 아니었다.

"폐하."

고든을 부르는 라이라의 목소리가 가늘게 떨렸다.

"전 폐하의 곁에 있을 수 없습니다."

"왜?"

즉시 되묻는 말에는 어째서 그렇냐는 의문만이 가득했다.

"왜 그렇게 단언하지?"

묵직한 고든의 목소리는 높낮이가 없어서 감정을 엿볼 수 없었다.

"그건……."

라이라는 망설였다. 자신이 고든 옆에 있을 수 없는 이유는, 언제나 그녀를 짓누르는 그 무시무시한 낙인은…….

"왜?"

나직한 목소리가 가까이 다가왔다. 라이라는 다시 입술을 깨물었다. 말하고 싶지 않았다. 그 이유를, 고든도 충분히 알고 있으리라.

"왜지?"

고든의 독촉에 라이라는 사납게 눈을 치켜떴다.

"폐하."

고든을 부르는 라이라의 목소리에는 단호함이 실려 있었다. 고든은 서늘한 눈으로 라이라를 바라보았다.

"잊으셨습니까? 폐하께서는 라미 공작의 도움으로 이 자리에 계신 겁니다."

가슴이 아팠다. 이제 그의 곁에는 캠벨이 함께할 것이다. 힘겹게 말을 마친 라이라는 다시 눈을 내리깔았다.

"폐하의 옆자리에, 캠벨이 있을 겁니다."

고든은 천천히 숨을 몰아쉬었다.

"그대가 원하는 건."

검은 눈동자만큼이나 깊은 목소리가 울렸다.

"황후 자리인가?"

라이라는 픽, 실소를 흘렸다. 그러자 고든의 검은 눈썹이 꿈틀거렸다.

"황후 자리가 탐나는 것은 아닙니다."

라이라는 조용히 말을 이어 나갔다.

"하지만 폐하의 옆에는 라미 공작 영애가 서야 한다는 것이지요."

"공작 영애만 있을 수 있는 자리는 아닌데."

고든의 말도 옳았다. 귀족들도 부인이며 첩을 들이는데 하물며 제국의 황제라면 그보다 더하면 더했지 덜하지 않았다. 어떤 나라건, 지배자가 많은 여자들을 곁에 두는 것은 부끄러운 일이 아니었다. 물론 라미 공작과의 약조가 있긴 했지만 황비의 자격이 아니라면 라이라는 곁에 둘 수 있었다.

라이라는 뜨거운 눈빛을 보내는 고든을 외면했다. 그럴 수밖에 없었다. 이미 자신은 더럽혀진 몸이 아니던가.

"잠을 잘 수가 없다."

불쑥, 고든이 말을 뱉어냈다. 무슨 뜻인지 알 수 없어 라이라는 그저 멀뚱히 고든을 바라봤다.

"라일, 네가 옆에 없으니 잠이 안 와."

라이라의 얼굴이 천천히 달아올랐다.

"난 한 번도 누군가와 같이 잠을 잔 적이 없어."

고든은 담담하게 말을 이어 나갔다.

"너와 함께 동굴에서 지낼 때는."

고든의 입가에 묘한 미소가 돌았다.

"그게 불편했어."

잔뜩 귀 기울여 듣던 라이라는 맥이 빠지는 기분이 들었다.

"그런데 다시 혼자 지내게 되니까 잠이 안 와."

라이라는 혼란스러웠다.

'내가 없어서 잠을 못 잔다는 건, 사람의 온기가 필요하다는 뜻인가?'

"폐하."

라이라는 의문을 뒤로한 채 다시 그를 불렀다.

"전 폐하의 곁에 머물 수 없습니다."

"그러니까."

고든이 라이라에게 좀 더 가까이 다가섰다.

"왜냐고."

라이라는 서글픈 눈으로 고든을 바라봤다.

"폐하의 짐이 될 것입니다."

"짐?"

라이라는 입술이 바싹바싹 타들어가는 것을 느꼈다.

"짐이라, 그대가?"

고든은 흥미로운 눈으로 라이라를 바라봤다.

"어째서?"

라이라의 푸른 눈동자에 원망이 깃들었다. 고든은 기어코 라이라에게서 그 답을 들어낼 작정이었다.

라이라는 침착하게 말을 이었다. 고든의 앞을 가로막는 존재가 되고 싶지 않았다.

"폐하도 아시다시피 황실 사람들이 제 과거에 대해 알고 있습니다."

"그래서?"

라이라는 입술을 잘근잘근 깨물었다. 도대체 왜 이렇게까지 하는 건지 고든을 이해할 수 없었다. 라이라는 질끈 눈을 감았다.

"제가 무슨 일을 당했는지 폐하도 아시지 않습니까? 또한 텐셔너 대공과 달시 황녀도 알고 있지요. 만일 제가 폐하의 곁에 있게 된다면, 정적들은 제 흠을 빌미로 폐하에게 칼을 들이댈 것입니다."

쉬지 않고 단숨에, 자신이 꺼리는 이유를 토해낸 라이라는 가볍게 숨을 몰아쉬었다.

"그뿐인가?"

"……예?"

"정말 아샤나 달시가 그 일을 빌미로 내게 칼을 들이댈 것이라 확신하는 건가?"

라이라는 도리질했다.

"아닙니다."

아샤라면 절대 그럴 일 없을 것이다. 달시 황녀 또한 자신이 한 일에 대한 죗값으로 수도와 멀리 떨어진 수녀원에 감금되어 있지 않은가. 그 두 사람이라면 절대, 고든의 적이 되지 않을 것이다.

체이셔의 시녀 둘과 달시의 수족이었던 드레이브 백작도 그에 합당한 처벌을 받았다. 하지만 라이라는 두려웠다. 그들이 입을 다물겠다고 했지만 믿을 수가 없었다. 또한 루슬란 왕국의 일부 신하들 또한 이 일을 알고 있지 않은가. 지금이야 잠잠하겠지만 나중에 무슨 일이 일어날지는 아무도 몰랐다.

"그렇다면 뭐가 두려운 건가?"

고든은 집요했다. 그는 라이라가 과거를 스스로 털어내기를 기다렸다. 물론 하루아침에 잊을 수 있는 일이 아님은 알고 있었다. 그러나 과거의 악몽은 미래를 잠식시키는 괴물과도 같은 것이라 하루빨리 잊기를 바랐다.

"폐하."

눈물이 차올랐지만 라이라는 참아냈다.

"폐하께서는 분명 정통한 황제 폐하시지만 그 자리에 오르실 때 피를 보셨습니다."

체이셔의 죽음은, 라이라가 아닌 고든이 죽인 것으로 되었다. 오로지 체이셔만이 고든을 반대하여 그를 죽였다고 공표한 고든 덕에 라이라와 루슬란 왕국 사이에서의 일은 그 자리에 있었던 사람들 말고는 아무도 몰랐다.

"그것만으로도 폐하께서는 완전하지 않으십니다. 그런데 제가 폐하 곁에 있게 된다면."

라이라는 잠시 말을 멈췄다.

"세상에 비밀은 없습니다."

우울한 빛을 띤 라이라의 얼굴에 처연한 표정이 걸렸다.

"어떤 형태로든 언젠가 제 과거가 폐하의 발목을 잡게 될 것입니다."

고든의 여자로 살면서 만에 하나 아이라도 태어난다면, 그 아이에게 어떤 비난의 화살이 꽂힐지 아무도 모르는 일이기에, 라이라는 두려웠다.

"내가 괜찮다는 데도, 안 되는가."

라이라는 대답 없이 고개만 저었다. 귀족들의 그 비정한 사회를 잘 알기에 라이라는, 고든에게 짐이 되고 싶지 않았다. 그의 발목을 잡고 싶지 않았다.

"내가, 너를."

고든이 얼굴에 진중함이 배어들었다.

"사랑한다."

벼락이라도 맞은 듯 라이라는 꼼짝도 하지 않았다. 다만 그 푸른 눈에 당황한 기색이 역력했다. 하지만 그것도 잠시, 다시 안정을 찾은 그녀는 말이 없었다.

"흐음."

고든의 단단한 입술 새로 신음이 흘러나왔다.

"다른 상황이라면."

고든의 검은 눈이 라이라를 주시했다.

"받아주려나?"

착 가라앉은 목소리에 라이라의 푸른 눈이 흔들렸다.

"내가 황제가 아니라면, 라일 곁에 있을 수 있는 건가?"

그윽한 눈빛과 속삭이는 질문에서 그의 마음이 느껴졌다. 라이라는 그 고백에 입술을 깨물었다. 애써 거절하고 있는데 경계를 부순 물음에 그녀는 허물어지고 말았다.

"……그럴 수도 있겠지요."

라이라는 잠깐이라도 자신의 마음을 내보이고 싶었다. 하지만 황제라는 자리가 그만두고 싶다고 그만둘 수 없는 자리라는 사실을, 그녀는 잘 알고 있었다.

천천히, 고든의 손이 라이라의 얼굴로 향했다. 그녀는 얼굴 가까이로 다가온 고든의 손에 흠칫 몸을 떨었다. 그러나 그것을 피하지는 않았다.

조심스럽게 라이라의 얼굴을 감싸 쥔 고든이 그윽한 눈으로 그녀를 내려다봤다. 여전히 몸은 떨고 있지만 그녀의 얼굴에서 두려움이란 찾아볼 수 없었다. 고든은 그것이 기뻤다.

서서히 고든의 얼굴이 라이라의 얼굴 쪽으로 기울어졌다. 라이라는 드레스를 움켜쥔 채로 눈을 꾹 감았다.

쪽, 조금은 쑥스러운 소리가 그녀의 이마 위에서 들려왔다. 보드라운 이마에 입을 맞춘 고든이 그대로 물러났다. 라이라는 왠지 모를 실망감에 눈을 떴다.

심장이 술렁이기 시작했다. 두려움보다 알 수 없는 감정이 그녀를 지배하기 시작했다. 그녀는 차마 고든의 얼굴을 바라보지 못했다.

"이거 참, 실망이로군."

마침내 아쉬운 표정을 감추지 못하며 고든은 다시 말을 이었다.

"하지만 당장 떠나지는 말아줘. 아직은 분위기가 조금 뒤숭숭하니까."

라이라는 잠시 멈칫했다가 이내 고개를 끄덕였다. 고든의 여자로 알려져 있는 자신이, 표면적으로는 두오반 후작 영애인 자신이 갑자기 제국을 떠난다 하면 또 무슨 소리가 나올지 알 수 없는 일이었다.

실연당한 제국의 젊은 황제는 정열을 불태웠다. 그는 밤낮없이, 쉴 새 없이 일했다. 끊임없이 회의를 열어 귀족들과 대화하고 토론했다. 고든이 그렇게 바쁜 동안, 라이라는 자신의 미래를 차분히 생각하는 시간을 가졌다.

조용한 밤, 고든이 황태자로 지위가 복구되었을 때부터 황궁 안에 머물렀던 라이라는 제 방에서 램프 불빛을 바라보고 있었다. 뜨거운 불꽃을 위해 기름은 자신의 몸을 태워 희생하고 있었다.

"하아."

작은 한숨이 라이라의 입술을 비집고 새어 나왔다. 그녀의 생각은 확고했다. 새 황제의 지배 아래에서 제국이 안정되면 이곳을 떠나 다른 나라에 정착할 요량이었다.

"하아."

혼자 새로운 곳으로 떠날 생각을 하니 두려웠다. 테리가 곧 죽어도 같이 떠날 것이라고 했지만 라이라는 그를 데려가고 싶지 않았다.

'테리는 여기에 있는 게 나아.'

다른 해적들과 달리 테리는 황제가 된 고든에게 그 무엇도 바라지 않았다. 돈을 원하지도 않았고 신분 상승을 원하지도 않았다. 그저 라이라 곁에서 그녀를 보호하겠노라, 그것만 되풀이할 뿐이었다.

"후우."

라이라의 고민은 깊어갔다. 한적한 시골에서라면 조용히 살 수 있지 않을까 싶었다. 결혼? 꿈도 꾸지 않았다. 평범한 여인의 삶은 바랄 수가 없었다.

'뭘 하고 살아야 하지?'

걱정이 태산이었다. 그녀가 할 줄 아는 것이라고는 칼 놀리는 것뿐이었다. 하지만 한적한 시골 마을에서 여자가 검을 쓸 일이 뭐가 있단 말인가. 어릴 적부터 교육받은 귀족의 예절도 더 이상 귀족으로 살 것이 아니니 아무 쓸모가 없는 것이었다.

"내 몸 하나쯤은 건사할 수 있으려나."

라이라는 불안한 마음에 그렇게 중얼거렸다.

'이겨내야 해.'

라이라는 이를 악다물었다. 이제 앞으로는, 혼자 살아가야 했다.

타닥, 타닥.

램프의 불꽃 소리를 들으며 라이라는 가만히 숨을 골랐다. 고든은 시국이 안정될 때까지 머물라고 했지만 라이라는 하루빨리 이 나라를 떠나고 싶었다. 지금까지 있었던 모든 것을 잊고, 다시 새로운 삶을 시작하고 싶었다.

'잘될 거야.'

라이라는 스스로를 다독였다. 그렇게라도 하지 않으면 겁이 나서, 한 발자국도 앞으로 나아갈 수 없을 것 같았다.

"그래, 잘될 거야."

타닥! 라이라의 말에 동조라도 하듯 램프의 불꽃이 거세게 타올랐다.

똑똑.

문 두드리는 소리에 라이라의 머리가 문 쪽으로 향했다. 야심한 밤인지라 찾아올 사람이 없는데 이상한 일이었다. 라이라는 잔뜩 긴장한 채 문을 노려봤다.

똑똑, 노크 소리가 다시 울렸다.

"거기, 누구예요?"

모두가 잠들어 있을 시간이었다. 라이라는 잔뜩 긴장한 채로 천천히, 문 쪽으로 다가갔다.

"거기, 누구 있어요?"

라이라는 용기 내서 다시 한 번 목소리를 높였다.

"라일."

문 너머에서 들려오는 나직한 목소리의 주인은 라이라도 알고 있는 사람이었다. 라이라의 눈썹 사이가 좁아졌다.

'이 시간에 고든이 왜 내 방에?'

"살려줘."

살려달라니, 지금 황제에게 무슨 일이라도 일어났단 말인가! 더 이상 생각할 것도 없이 라이라는 문을 벌컥 열었다.

"무슨 일이에요, 고든!"

그리고 문을 열자마자 커다란 그림자가 라이라를 덮쳤다. 악!

소리를 낼 새도 없이 라이라는 자신을 덮친 고든의 몸을 버텨내지 못하고 뒤로 휘청거렸다.

"고, 고든?"

"살려줘, 라일."

목덜미를 간질이는 고든의 입김과 제게 완전히 몸을 기댄 그의 무게에 라이라는 가슴이 서늘해졌다.

"호, 혹시, 다친 거예요?"

라이라의 심장이 거세게 뛰기 시작했다. 라이라는 제게 기대서 축 늘어진 고든을 부축해 방으로 들어왔다.

문이 닫히는 소리와 함께 고요가 찾아왔다.

"괜찮아요, 고든?"

라이라는 고든이 쓰러지지 않도록 주의하며 그를 침대로 인도했다. 침대에 닿자마자 고든은 쓰러지듯 침대 위로 떨어져 내렸다.

"고든?"

혹시라도 그가 다친 건 아닌가 싶어 라이라는 심장이 콩알만해지는 기분이었다.

"어디 아파요?"

라이라는 꼼꼼히 고든의 몸을 살폈다. 눈을 꼭 감은 그의 얼굴은 창백해서 정말로 아픈 사람처럼 보였다.

"라일……."

고든의 목소리가 가느다랬다. 라이라는 그의 입가에 귀를 바싹 갖다 댔다. 고든의 입술이 다시 달싹였다.

"죽을 것 같아, 라일……."

"어디, 어딜 다친 거예요?"

라이라의 다급한 목소리가 방 안을 울렸다.

"나, 나……."

라이라는 바짝 귀를 기울였다. 도대체 누가 제국의 황제를 급습했단 말인가!

"졸려 죽겠어. 라일, 나 좀 살려줘."

뒤이어 들려온 말에 라이라의 몸이 딱딱하게 굳어버렸다.

"졸려. 재워줘, 라일."

피가 머리 쪽으로 몰린다고 느낀 순간, 라이라는 굽혔던 허리를 폈다. 그녀의 얼굴에 순식간에 황당하고 어이없단 표정이 들어찼다.

하지만 라이라가 어떤 심정인지 알 리 없는 고든은 아예 눈을 꼭 감은 채 침대에 찰싹 달라붙어 있었다.

"졸려……."

"일어나요."

라이라는 가차 없이 고든의 팔을 잡아당겼다.

"어서 돌아가요!"

하지만 고든은 꿈쩍도 하지 않았다.

"여기서 자야겠어."

어쩐지 고든의 말투가 달라진 것 같았다. 라이라의 얼굴에는 여전히 당혹감이 어려 있었다.

"후우."

고든이 기다란 한숨을 내쉬었다. 그리고 감았던 눈을 뜨고 라이라를 바라보았다. 깊이를 알 수 없는 검은 눈동자가 파란 눈동자를 향해 움직였다.

"잠을 못 잤어, 라일."

그러고 보니 그의 얼굴에는 피곤한 기색이 역력했다. 램프의 불빛 탓인지 눈가에 그늘도 내려앉은 것 같았다.

"졸려, 졸려 죽겠어, 라일."

"자면 되잖아요."

라이라는 뾰로통하게 말했다. 고작 졸린 것으로 사람을 이렇게 놀라게 하다니, 괘씸했다.

"자고 싶은데 잠이 안 와. 침대는 예전처럼 푹신하고 이불도 두꺼운데, 좀처럼 잠이 안 와, 라일."

고든의 투정이 섞인 목소리는 졸음이 가득 담겨 나른했다.

"자야 하는데 그러질 못해서 눈이 아파."

그 모습이 라이라에게는 낯설기만 했다.

"그러니까, 라일이 재워줘."

토르니를 만났을 때처럼 고든은 어리광을 부리고 있었다. 그 사실을 깨달은 라이라의 눈이 동그래졌다.

"제가요?"

"아무리 생각해도 라일 때문에 잠을 못 자는 것 같아서."

쿵, 심장이 내려앉았다. 잠이 가득 담긴 검은 눈동자가 시리게 파고들었다.

"동굴에서 생활할 때보다 침대도 푹신하고 이불도 따뜻해. 그런데 잠이 오지 않아."

마치 독백처럼, 고든은 말을 이어 나갔다.

"아무리 생각해도 라일 때문인 것 같아."

고든은 몹시 피곤한 표정으로 라이라를 물끄러미 바라봤다.

"네가 옆에 없으니까 잠이 안 오는 게 분명해."

고든의 말에 라이라는 어처구니가 없어서 그저 입만 딱 벌릴 뿐이었다.

"일주일 동안 잠을 제대로 못 잤어."

고든은 라이라의 양심에 호소하기 시작했다.

"해야 할 일은 많은데, 잠을 잘 수가 없으니 일을 제대로 하지도 못해. 그러니까 라일 옆에서 자야겠어."

커다란 덩치의 사내는 그대로 침대와 혼연일체가 되었다. 곧이어 자신의 말이 사실임을 증명이라도 하듯 금세 코를 골며 곯아떨어지고 말았다. 순식간에 잠이 든 고든을 내려다보는 라이라의 얼굴에는 여전히 황당함이 걸려 있었다. 라이라는 난감했다. 침대와 한 몸이 되어 깊이 잠든 고든을 깨울 수도 없었다. 그렇다고 마냥 이렇게 서서 지켜볼 수도 없는 노릇이었다.

"어쩌라는 거야."

투덜거리면서 라이라는 침대 위로 올라갔다. 침대는 무척이나 커서 두 사람이 같이 올라가도 넉넉했다. 고든과 최대한 멀리 떨어져 누운 덕에 두 사람 사이에는 성인 두 사람이 또 눕는다 하더라도 될 만한 공간이 있었다. 다만 이불이 하나라는 것이 불편할 뿐이었다.

'어쩔 수 없지.'

이불도 없는데 바닥에서 잘 수도 없고, 그렇다고 이 밤에 시녀를 불러 이불을 가져오라 할 수도 없었다. 만에 하나 누군가가 고든이 라이라의 방에서 잠들었다는 사실을 알게 된다면 쓸데없는 논란에 휩쓸릴 것이 분명했다.

라이라는 옆으로 누워 몸을 동그랗게 말았다. 그리고 자신의 팔을 베고는 눈을 감았다. 솔솔 잠이 쏟아졌다. 이윽고 라이라도 금세 잠이 들고 말았다.

다시 라이라가 눈을 떴을 때, 막 새벽빛이 들어오는 중이었다. 화들짝 놀라 고개를 들고 둘러보니 이미 고든은 어디에도 없었다.

"……갔나?"

왠지 서운함이 묻어나는 자신의 목소리에 라이라는 깜짝 놀라고 말았다. 라이라는 감정을 애써 지우기 위해 자리에서 일어나 창으로 다가가 창문을 활짝 열었다. 서늘한 새벽 공기가 방 안으로 밀려오자 정신이 맑아지는 기분이 들었다.

"하아."

차가운 공기 때문인지 아니면, 오랜만에 푹 자서 그런지 기분이 상쾌했다. 그리고 그것은 고든도 마찬가지였는지 아침 식사 때 만난 고든은 활력이 넘쳐 보였다.

"여어. 잘 잤나?"

마치 해적 생활을 할 때처럼 격의 없는 말투에 라이라는 입을 떡 벌렸다.

"폐하."

라이라는 치맛자락을 잡고 허리를 굽혔다.

"안녕히 주무셨습니까."

"아아."

그제야 고든 역시 라이라에게 귀족의 예를 보였다.

"두오반 영애도 잘 주무시었소?"

"……예."

아직 허리를 굽힌 상태의 라이라의 머리 위로 고든의 목소리가 내려앉았다.

"오늘부터는 베개와 이불 한 채를 더 준비하시오."

"……예?"

놀라 번쩍 고개를 든 라이라에게 바짝 다가선 고든이 잽싸게 속삭였다.

"더 자고 싶었는데 라일이 추워 보여서 이불을 양보했지 뭐야. 오늘은 양보할 생각 없으니까."

오늘도 잠을 자러 라이라의 방으로 찾아오겠다는 말이었다. 어안이 벙벙해진 라이라가 뭐라 대꾸할 사이도 없이 고든은 성큼성큼, 그 긴 다리로 앞서 나갔다.

"폐, 폐하……!"

라이라는 고든의 뒤를 따라 걸음을 움직였다.

황족들의 식사 시간은 조용했다. 궁에 머무르는 덕분에 라이라는 항상 황족들, 다시 말해 고든, 아샤와 함께 식사를 했다. 웃고 떠들기엔 상황이 그렇게 즐겁지만은 않다는 사실을 차치하고라도 라이라는 그들과 함께하는 식사 시간이 매번 조금 불편했다.

아버지와 둘만 식사를 할 때도 부녀(父女) 사이에는 대화가 많았다. 또 해적 생활을 할 때도 식사 시간에는 언제나 왁자지껄했다. 그랬기에 이런 조용한 분위기에서 식사를 하는 건 참 힘든 일이었다.

궁에서 라이라가 하는 일은 없었다. 모두들 그녀를 황제의 여자라고 수군거렸지만 그건 말 그대로 소문일 뿐, 고든은 그 어떤 행동도 취하지 않았고 아샤 역시 아무런 말도 하지 않았다. 고든이 황제 자리에 오르는 데 도움을 주었지만 딱 거기까지. 제국 내의 호사가들은 라이라를 두고 내기를 할 정도였다. 누군가는 황후의 자리는 라미 공작의 영애인 캠벨이 차지할 것이라 예상했고 또 다른 사람들은 이미 궁에서 방 하나를 차지하고 들어앉은 라이라가 황후가 될 것이라 말했다.

그리고 그날 밤, 고든은 예고한 대로 다시 라이라의 방을 찾았다. 문 두드리는 소리를 무시한 채 라이라는 잠든 척했지만 노크 소리 역시 끈질겼다. 결국, 애써 감았던 눈을 뜬 라이라는 한숨을 크게 내뱉고는 어쩔 수 없이 문을 열었다.

"자꾸 이리로 오시면 어떡합니까?"

반쯤 열린 문틈으로 라이라가 항의했지만 고든은 그녀의 말을 듣지 않았다.

"베개랑 이불 준비했어?"

"돌아가십시오, 폐하."

고든은 라이라 뒤쪽, 침대 위를 살폈다.

"역시 그렇군."

고든은 고개를 끄덕이고는 문 사이를 막고 선 라이라를 밀어내고는 안으로 들어왔다. 그런 그의 품에는 커다란 베개와 이불이 안겨 있었다.

"그것들을 들고 오신 겁니까?"

휘둥그레 뜬 눈으로 물어오는 라이라에게 고든은 가볍게 웃어 보였다.

"준비 안 할 거라고 생각했지."

고든이 옷자락을 휘날리며 침대 위로 몸을 던졌다.

"아, 어제는 정말이지 푹 잤지 뭐야."

푹신한 베개를 베고 자신이 가져온 이불을 끌어당겨 덮은 고든이 만족스럽게 말했다.

"어제 라일도 잘 자더라고."

"여기서 계속 주무실 생각이신가요?"

라이라는 고든의 농담을 받아줄 생각이 없었다.

"잠은 자야지, 일하려면."

고든의 주장은 한결같았다.

"어쩔 수 없잖아? 라일이 옆에 있어야 잠이 오는걸?"

느긋한 표정으로 라이라를 바라보던 고든이 손으로 탁탁, 제 옆자리를 두드렸다.

"자, 라일도 어서 오라고. 밤이 늦었어."

라이라는 고든을 노려봤다. 그의 얼굴엔 능글능글한 표정이 떠올라 있었다.

"라일도 내 옆에서 잠만 잘 자던데, 뭐."

그 말에 라이라는 얼굴이 화끈거렸다. 고든의 말대로 라이라 역시 아주 오랜만에 깊은 잠을 잤던 것이다.

"아니면, 여기보다 더 넓은 내 방으로 가서 잘까?"

은근한 눈빛을 보내는 고든을 쏘아보던 라이라는 이윽고 한숨을 푹 쉬었다. 어쩔 수 없다는 듯 그녀는 고개를 절레절레 저었다.

"오늘은 어쩔 수 없고, 내일부터 저는 다른 방에서 자겠습니다."

"그럼 나도 그 방 가서 자야겠군."

"폐하!"

"말했잖아."

고든의 얼굴에 여유로운 표정이 떠올랐다.

"장소가 문제가 아니라, 라일이 있느냐 없느냐의 차이라고."

그것은 일시적인 감정이 아니었다. 수개월간 한 동굴에서 지내며 알게 모르게 서로의 숨소리를 함께 들으며 생겨난, 조금은 깊은 무언가.

"아, 졸리다. 어서 와, 라일."

망설이던 라이라도 침대 위로 올라갔다. 어제와 마찬가지로 한 침대 위이긴 했으나 둘 사이는 멀리 떨어져 있었다. 하지만 그것만으로도 고든은 만족했다. 자고로 두꺼운 벽을 허무는 일은 천천히, 조금씩 해야 하는 법이었다. 처음 같은 동굴을 쓸 때만 해도 잔뜩 겁을 먹고 두려워하던 라이라가 이제는 스스로 같은 침대에 오른다는 사실만으로도 고든은 반 이상 성공한 셈이었다.

23 장
욕망

"아가씨, 손님이 오셨습니다."

시종의 말에 라이라는 고개를 들었다. 문이 열리고 반가운 사람들이 모습을 보였다.

"이야!"

바투는 단숨에 작은 응접실을 자신의 목소리로 가득 채웠다.

"오랜만이야, 라일!"

라이라에게 반가운 인사를 건넨 바투는 자신을 바라보는 시종의 시선에 움찔하고는 슬쩍 말을 바꿨다.

"아, 두오반 영애……?"

그제야 시종의 표정이 평온해지자 바투는 안심하고서 쭈뼛쭈뼛 라이라에게 다가갔다.

"그럼 즐거운 시간 되십시오."

깍듯한 예의를 갖춘 시종이 허리 숙여 인사한 뒤 방을 빠져나갔다.

"아우, 잘생기긴 했는데 너무 차가워서 좀 그렇다."

시종의 뒤태에 시선을 던지며 중얼거리던 바투는 이글이글 불타오르는 제이슨의 시선에 배시시 웃어 보였다.

"아웅, 아냥, 우리 자기가 최고!"

엄지를 척 세우며 바투가 애교를 떨자 스르르 녹아버린 제이슨은 그저 콧김만 풍풍 쏘아댔다.

"어서들 와요."

라이라는 자리에서 일어서며 두 사람을 맞았다. 두 사람이 방문할 거라 연락을 보낸 것은 바로 어제 오후였다. 고든이 황제가된 후, 바투와 제이슨은 평생을 펑펑 쓰고도 남을 돈을 챙겨서수도를 떠났다. 그랬던 두 사람의 갑작스레 찾아온다고 하자 라이라는 당황스러우면서도 내심 그들을 기다렸다.

황궁 생활은 지루했다.

일단 후작 영애인 만큼 제국의 귀족들이 하루가 멀다 하고 여는 크고 작은 연회에 초대되었지만 허구한 날 포도주나 홀짝이며시시콜콜한 일상사를 나누는 것이 썩 흥미롭지는 않았다.

"어머, 라일!"

말끔한 복장의 바투가 유쾌하게 외쳤다. 라이라는 후작의 여식으로 신분 상승을 했지만 바투는 여전히 라이라를 라일로 대했다. 라이라는 그것이 좋았다.

"히야, 그러고 있으니까 정말 귀족 아가씨 같은데?"

그새 많이 자라서 위로 틀어 올린 금발에는 윤기가 흘렀다. 푸른 눈동자에 어울리는 붉은 보석 귀걸이와 하얀 목에 걸린 붉은 목걸이가 반짝였다. 은은한 보라색 드레스는 라이라의 여린 몸을 부드럽게 감쌌다. 잘 관리받은 덕인지 피부색도 원래대로 하얗게 돌아왔고 그렇게 그녀는 다시 고귀한 귀족 아가씨가 되었다.

"바투도 참. 자, 앉아요."

라이라는 예쁘게 눈을 흘기며 두 사람에게 자리를 권했다.

"정말 예쁘다."

바투는 진심을 담아 말하며 라이라가 권하는 자리에 앉았다.

"와, 여기 꽤 멋진데?"

라이라가 개인적으로 사용할 수 있는 이 응접실은 크기는 작았으나 황궁에 딸린 것이니만큼 화려하기는 만만치 않았다.

"값나가는 것도 꽤 많고."

바투의 눈에 음흉함이 스쳐 지났다.

"바투!"

라이라는 그런 바투를 나무라듯 바라봤고 그는 어깨를 한 번 으쓱였다.

"장난이야, 장난. 이제 해적이 아니잖아?"

"알아요."

익살스러운 바투의 표정에 라이라는 웃었다.

"그나저나 잘 지냈죠, 두 분 다?"

라이라의 물음에 바투는 고개를 끄덕였고 제이슨은 탁자 위에 놓인 쿠키 접시에 손을 뻗었다.

"돈 많으니까 좋더라."

바투는 흡족한 목소리로 말을 이었다.

"진짜 원 없이 돈을 써봤어. 커다란 집도 샀고, 제이슨과 돈을 뿌리면서 놀기도 해봤어."

"그랬어요?"

말만 들어도 재미있었을 것 같아 라이라의 눈이 반짝였다.

"라일, 그거 안 해봤지? 꽤 재미있더라. 기회 되면 한번 해봐."

바투가 히죽였다.

"전 같았으면 꿈도 못 꿨을 음식도 삼일 내내 먹었더니 질리더라고."

"어머."

"아, 개리 소식 들었어?"

해적들 중 식사 당번을 자주 했던 검은 머리 개리를 떠올리며 라이라는 도리질했다.

"귀족이 되기를 바라던 애들, 지금 예의 공부 중이라고 하더라. 개리가 그러는데, 아주 죽을 맛이래."

"아아."

라이라 역시 그 소식은 알고 있었다. 잡음이 일어나는 것을 미연에 방지하기 위해 고든은 그들에게 귀족 작위를 받으려면 최소한의 예의를 배우라 명했었다.

"뭐만 해도 예의, 예의, 예의!"

바투는 절레절레 고개를 저었다. 그러고는 척, 팔짱을 끼고 꼬장꼬장한 표정을 지었다.

"그건 그렇게 하면 안 됩니다. 아닙니다, 식사할 때는 소리를 내지 마세요. 아닙니다, 수프 그릇을 핥지 마세요, 아닙니다, 째려보는 건 실례입니다, 아닙니다, 아닙니다, 어휴. 말끝마다 아니라고, 하지 말라고 한대."

"픕."

참으려 했지만 기어이 라이라의 입에서 웃음소리가 터져 나왔다. 그것은 바투의 표정과 행동 때문이었다. 그는, 눈을 내리깔고 오른손 검지를 세운 뒤 좌우로 흔들어댔다.

"그거 하면 안 돼, 이거 하면 안 돼, 어휴."

질렸다는 듯 바투는 어깨를 으쓱해 보이고는 그대로 소파에 몸을 묻었다.

"도대체 귀족들은 하면 안 되는 게 왜 그렇게 많은 거야? 솔직히 귀족들, 다 제멋대로인 줄 알았는데."

바투의 중얼거림에 라이라는 씁쓸하게 웃었다. 바투 말대로 예의를 배웠어도 제멋대로 구는 귀족들이 훨씬 더 많았으므로.

"커크는 말이지."

또 다른 옛 동료의 이야기에 라이라는 귀를 기울였다.

"전에 사람을 죽였다는 누명을 썼는데 이번에 두목의 도움으로, 아니, 황제 폐하의 도움으로 그 누명을 벗었대. 그런데도 그 마을에서는 여전히 커크를 반기지 않는다고 하더라."

"어머나, 저런."

라이라는 진심으로 안타까워했다. 제대로 말을 해본 적은 없었지만 묵묵히 자신이 할 일을 해내던 덩치 큰 커크의 모습이 떠올랐다.

"그래서요?"

"뭐, 녀석은 고향으로 돌아가길 바라고 있었거든. 그래서 그냥 마을에서 지내고 있긴 한데, 힘들어하는 것 같더라고."

"아아."

풀이 죽었을 커크를 떠올리며 라이라는 또 안타까워했다.

"대충 그래."

바투는 자신의 입에 쿠키 조각을 넣어주는 제이슨의 손등을 토닥이면서 쿠키를 오물거렸다.

"음, 이거 맛있다. 역시 황궁 쿠키는 뭐가 달라도 다르구나? 부드러우면서도 고소해."

"챙겨드릴까요?"

"그럼 고맙고!"

바투는 사양하는 법이 없었다. 라이라는 시녀를 부르는 줄을 잡아당겼다.

"부르셨습니까."

라이라를 보필하는 시녀가 소리 없이 다가왔다.

"이 쿠키 좀 더 가져다주고 따로 넉넉히 싸줘."

"예, 아가씨."

바투가 흥미로운 눈으로 라이라를 바라봤다. 라이라는 왜 그러느냐는 물음을 눈으로 물었다.

"너무 자연스러워서."

"뭐가요?"

"사람 부리는 게."

바투의 말에 라이라는 눈을 깜빡였다.

"하긴, 라일은 원래 귀족이지, 참. 자꾸 깜빡하네?"

혀를 쏘옥 내미는 바투를 보며 라이라는 마음이 편해졌다. 짧은 시간이었지만 라이라에게 해적들은 가족들이나 마찬가지였다. 속내를 드러내지 않고 이것저것 재는 귀족들과는 달리 해적들은,

매 순간 진실했다. 바투와도 안 좋은 기억이 있었지만 서로가 그
것에 대해 잘못을 인정하고 더 미련을 갖지 않았기에 이렇게 아
무렇지 않을 수 있었다.

"짐은 말이야."

갑자기 바투가 목소리를 한껏 낮췄다.

"메어리 알지? '프리마돈나'에서 일하던 메어리랑 결혼했어!"

"어머, 정말요?"

놀란 라이라의 목소리가 커졌다.

"고든에게, 아니, 폐하께 어마어마한 돈을 받은 다음에 메어리
한테 곧장 달려갔다지?"

"와아."

짝, 라이라는 저도 모르게 손뼉을 치고 말았다.

"정말 잘됐네요!"

기뻐하는 라이라의 얼굴 앞으로 바투가 싱글벙글한 자신의 얼
굴을 바싹 갖다 댔다.

"그런데 라일은 이제 황후가 되는 거야?"

"예?"

느닷없는 질문에 라이라는 당황했다.

"우리는 다 원하는 걸 얻었잖아. 하다못해 두목, 아니, 폐하도
이 나라를 얻었잖아? 그러면 이제 라일, 네 몫을 챙겨야지? 설마
이대로 후작 영애로 남아 있으려고?"

바투는 머리를 한쪽으로 기울였다.

"그것 때문에 두목을 도운 거, 아니었어?"

해적들은 라이라의 복수에 대해서는 아무것도 몰랐다. 그들은

여전히 라이라를 고든의 여자로 알고 있었고 그녀가 곧 고든의 황후가 될 거라고 믿었다.

라이라는 말없이 빙긋 웃기만 했다. 굳이 이 나라를 떠날 거라는 이야기는 할 필요가 없었다. 바투는 웃기만 하는 라이라를 보며 어깨를 으쓱였다.

"우리는 틀림없이 라일이 황후가 될 거라고 생각했거든."

우리, 라는 단어를 입에 올리며 바투는 제이슨을 힐끔 바라봤다. 제이슨은 다 비운 쿠키 접시를 바라보다가 뭐가 답답한지 인상을 팍 찡그리고는 훌훌 겉옷을 벗어 던지는 만행을 저지르고 말았다.

"뭐 하는 거야, 제이슨?"

"갑갑해."

고든으로부터 많은 돈을 받은 바투와 제이슨은 그간의 설움을 다 떨쳐내기 위해 돈으로 할 수 있는 건 뭐든지 했다. 지금도 두 사람은 최고급 옷감으로 옷을 해 입고 번쩍이는 장신구들을 주렁주렁 매달고 있었다.

"아유. 자기도 참."

겉옷을 벗고도 뭐가 그리 갑갑한지 제이슨은 양팔 소매를 어깨까지 걷어 올리고는 후련하다는 표정을 지었다. 그때, 라이라의 명으로 다시 쿠키를 가지고 방으로 들어선 시녀가 제이슨의 드러난 우람한 팔 근육에 눈을 동그랗게 떴다. 하지만 교육을 잘 받은 시녀는 어떤 감탄이나 소리도 내지 않고 마치 아무 일 없었던 것처럼 태연한 얼굴로 쿠키를 탁자 위에 내려놓았다.

"고마워."

"또 시키실 것 없으십니까?"

"응."

"그럼, 물러가 보겠습니다."

시녀가 방을 막 빠져나가자마자 바투는 눈을 동글동글 굴렸다.

"정말 신기하다."

"뭐가요?"

"라일이 누군가한테 명령하는 모습."

라이라는 애매하게 미소 지었다.

"전에 우리 다 같이 살 때는 라일, 네가 제일 막내여서 이리 치이고 저리 치였었지."

왼손을 왼쪽 뺨에 갖다 대며 바투는 꿈꾸듯 말했다.

'나 참, 그때 제일 괴롭혔던 사람이었으면서.'

라이라는 저도 모르게 입술을 삐죽였다. 라이라의 생각을 읽었는지 바투가 또 배시시 웃었다.

"그때, 라일한테 미안한 것도 좀 있긴 했지."

"조금이라뇨, 아주 많았다고요."

"그래, 그래, 정말 미안했어."

바투는 어쩐 일인지 고분고분 시인하며 또다시 사과하기까지 했다.

"그래도 그때, 정말 좋았었지."

바투의 말투는 다시 꿈꾸는 조로 바뀌었다.

"솔직히 나나 제이슨은 해적 생활이 그리울 때가 있어."

라이라는 가만히 바투의 말에 귀를 기울였다.

"많이 그리워."

돈의 힘을 빌어 말끔해진 바투는 더욱더 아름다워 보였다. 귀에 딱 붙은 반짝이는 검은 귀걸이는 바투의 하얀 피부를 더욱 도드라지게 했고 팔목에서 찰랑거리는 금빛 팔찌는 매혹적이었다. 하지만 그럼에도 바투의 얼굴은 그다지 행복해 보이지는 않았다.

"사실 나랑 제이슨은 다시 해적 생활로 돌아가고 싶어."

바투가 몸을 앞으로 내밀며 마치 비밀 이야기를 하듯 속삭였다.

"네?"

아니, 왜, 하는 의문은 금방 사라졌다.

"라일이야 원래 귀족이었으니까 이런 생활이 익숙하겠지만 우리는…… 글쎄."

바투는 또 어깨를 으쓱였다.

"재미없어. 지루해. 돈 쓰는 것도 하루 이틀이지 이젠 그것도 재미없어. 귀족 작위 받으려고 예절 교육받는 녀석들도 이젠 질린다고 투덜거려. 자유로웠던 해적 생활이 그립다고."

라이라는 고개를 끄덕였다. 갑갑하기는 라이라도 마찬가지였다. 루슬란 왕국의 그린그린에서는 하루가 멀다 하고 테리와 산과 들로 뛰어다니며 말도 타고 검을 휘둘렀다. 해적일 때는 행동반경에 제약이 있기는 했으나 그래도 자유로웠다. 하지만 제국의 귀족이 되니 무엇 하나 마음대로 할 수가 없었다.

"라일은 어때?"

산전수전 다 겪은 바투는, 사람의 마음을 읽을 수 있는 능력을 갖추고 있는 것이 분명했다.

"귀족 아가씨들은, 아무래도 그 행동에 제약이 많잖아? 솔직히 난 라일의 그 검술 실력이 좀 아깝던데."

"난……."

라이라는 답을 망설였다. 분명 라이라는 귀족의 딸로 태어났다. 하지만 여느 귀족 영애와는 많이 달랐다. 얌전히 자수를 놓거나 사교 활동을 하는 대신 말을 타고 검술을 익혔다. 아버지인 그레이엄도 딸을 자유롭게 해주었다. 결혼을 하게 되면 집 안에 틀어박혀 있어야 하는 귀부인의 삶을 살아야 하기에 결혼 전이라도 많이 돌아다니기를 원했었다.

"우리, 다시 돌아가기로 했다."

바투가 선언하듯 말했다.

"네?"

"우리, 나랑 제이슨, 그리고 개리랑 커크, 또 다른 녀석들, 다시 해적으로 돌아가려고 해."

"해적으로?"

라이라는 크게 놀라 다시 한 번 물었다.

"해적으로 돌아간다고요? 어떻게?"

바투의 얼굴은 그 어느 때보다 진지했다. 쿠키를 우물거리던 제이슨도 입가에 묻은 쿠키 조각을 털어내고는 라이라를 바라봤다.

"우리, 돈 많잖아. 돈을 주고 섬을 살 거야."

바투의 아름다운 눈이 둥글게 휘었다.

"다시 해적이 된다고요?"

맞은편에 앉은 바투의 얼굴에 환한 미소가 걸렸다. 라이라의 심장이 뛰기 시작했다.

"그때가 더 좋았던 것 같아. 모두가 함께였을 때."

바투의 목소리에는 진한 그리움이 담겨 있었다. 부모에게 버림받고 밑바닥 삶을 전전하던 바투에게 머물 곳이 되어준 해적들은 가족이나 마찬가지였다.

"물론 몸은 지금이 훨씬 더 편하지만 뭐랄까……."

바투는 창밖의 어딘가를 응시하며 그리운 눈빛을 보였다.

"같이 식사하고, 같이 어울려 웃고 떠들고, 먹을 걸 장만하기 위해 애썼던 그 시간들이 그립네?"

바투의 눈에는 물기가 돌았고 목소리는 가늘게 떨렸다. 옆에서 묵묵히 듣고만 있던 제이슨이 바투의 손을 꼬옥 잡았다.

"다들 그래."

이제 바투의 목소리는 촉촉해졌다.

"제이슨도, 개리도, 커크도, 나도, 또 다른 녀석들도, 그때가 좋았대."

문득 바투는 어깨를 으쓱였다.

"그때는 살기 위해 배를 습격하기도 했지만 이제는 그럴 필요가 없을 테지."

그의 말끝에는 왠지 아쉬움이 가득했다.

"하지만 그래도 동굴에서 사는 건 싫어. 솔직히 동굴 생활은 너무 불편하다고."

라이라는 그를 이해할 수 있었다.

"그래서 생각해 봤어."

라이라는 바투의 말에 귀를 기울였다.

"섬을 살 건데, 사람이 살고 있는 섬을 살 거야."

라이라는 눈을 동그랗게 떴다.

"그럼 섬에 살고 있는 사람들은?"

"물론 그 사람들은 내보내야지."

비투는 그녀가 그런 질문을 할 줄 알았다는 듯 바로 대꾸했다.

"그 사람들에게는 그곳이 고향일 텐데……."

라이라는 말끝을 흐렸다. 돌아가고 싶어도 돌아갈 수 없는 그곳이 떠올랐다.

"흠."

바투는 문득 어두워진 라이라의 낯빛에 팔짱을 꼈다.

"그것도 그렇네? 그 섬에 살고 있는 사람들한테는 안 좋은 것일 수도 있겠네."

거기까지는 미처 생각해 보지 못한 듯 바투는 머리를 갸웃거렸다.

"아, 몰라, 몰라! 그럼 사람 별로 없는 섬을 사들이지, 뭐!"

섬부터 사기만 하면 될 거라 생각했던 바투는 새로운 고민을 얹어준 라이라를 원망의 눈으로 바라봤다.

"씨이."

"왜요?"

"몰라!"

팩 토라지는 것을 보아하니, 예전의 바투 그대로여서 라이라는 웃음이 났다.

"아, 웃지 마!"

"미안해요."

"칫!"

토라져서 라이라를 흘겨보던 바투는 금세 언제 그랬냐는 듯 라이라의 푸른 눈을 똑바로 응시했다.

"라일은 정말 황후 되는 거, 맞지?"

라이라는 선뜻 답할 수 없었다. 이미 황후는 라미 영애로 내정되었다는 것을 그냥 설명하면 되는데, 왠지 입이 떨어지지가 않았다.

"라일."

"네?"

"소문을 들었어."

정색하는 바투의 얼굴에 라이라는 저도 모르게 긴장했다.

"라미 공작 영애가 황후가 될 것이라는 소문이 파다해."

아, 알고 있었구나. 라이라의 머리가 푹 꺾였다.

"라일."

라이라는 치맛자락을 꼭 움켜쥐었다.

"나는 두목을 믿어."

바투는 천천히 입을 뗐다.

"고든은, 어떤 상황에서도 널 포기하지 않을 거야. 라일을 내 여자라고 공표했으니까. 두목은 한 번 뱉은 말은 반드시 지키거든."

고마운 말이긴 했지만 라이라는 마냥 기뻐하지 못했다.

"라미 공작 영애가 황후가 되어도 라일은 고든 옆에 있을 수 있지 않아?"

라이라는 천천히 고개를 저었다. 그의 옆에 있을 수 없었다. 그 모습에 바투의 눈빛이 진지해졌다.

"라일."

바투의 부름에 라이라는 고개를 들었다. 그의 얼굴이 그 어느 때보다 진지해서 라이라는 내심 놀랐다.

"황후가 괴롭히면, 그냥 우리한테로 와."

"······네?"

"섬을 사서, 거기에 라일이 있을 곳도 마련해 놓을 테니까, 거기로 와."

생각지도 못한 말에 라이라의 눈빛이 흔들렸다.

"너도 우리 가족이니까."

라이라는 바투의 눈을 똑바로 바라보았다. 그의 갈색 눈은 더 없이 진지했다. 그의 진심을 읽고서 라이라는 순간 울컥했다.

"솔직히, 즐거웠잖아? 내가 좀 괴롭히긴 했어도."

바투는 푸욱, 한숨을 내쉬었다.

"그래. 내가 좀 많이 괴롭혔지. 또 사과할게. 하지만 그것 말고는 괜찮았잖아?"

사과인지 애교인지 헷갈리는 바투의 말에 라이라는 일그러진 미소를 보여야 했다. 눈물과 웃음이 동시에 나오려고 해서 얼굴 표정을 통제할 수가 없었다.

"고든이 라일을 힘들게 하진 않을 테지만, 혹시라도 우리가 그리우면 언제든 와도 돼. 널 위한 자리는 항상 있을 거야."

바투의 말이 끝나기가 무섭게 노크 소리가 들려왔다.

"폐하를 알현하실 시간입니다."

문을 열고 들어온 시종의 말에 바투와 제이슨이 자리에서 일어났다.

"아, 우리, 고든도 만나기로 했거든. 그만 일어날게."

제이슨은 주섬주섬 쿠키 꾸러미를 챙겨 들었고 바투는 그런 제이슨을 귀엽다는 듯 바라봤다. 시종을 따라 두 사람이 응접실을 나서고, 다시 혼자 남은 라이라는 생각에 잠겼다.

'해적 생활을 다시 한다고?'

말만 해적이지, 이제 생계를 위해 배를 습격하는 일은 하지 않을 테니 그들과 함께하면 좋을 것 같았다. 아주 모르는 곳에서 모르는 사람들과 사는 것보다는 그게 훨씬 나았다.

"그래, 좋은 생각이야."

라이라는 조용히 중얼거렸다. 어쩌면 새로운 보금자리가 생각보다 빨리 정해질지도 모른다는 생각이 들었다.

라이라가 한참 바투의 제안에 대해 고민하고 있을 즈음, 바투와 제이슨은 고든과 마주하고 있었다.

"섬?"

"응, 아니, 예, 폐하."

"괜찮아, 편한 대로 해."

오전 내내 일 처리를 하느라 진을 뺐던 고든은 그리운 이들의 등장을 반겼다. 전에 없이 쭈뼛쭈뼛한 얼굴로 들어오는 바투와 제이슨을 보고서 고든은 유쾌하게 웃었다.

"섬을 사서 살고 싶다고?"

"대부분의 녀석들이 그러길 원해."

바투는 섬을 사서 안식처를 마련할 생각을 밝혔다.

"흐음."

그렇지 않아도 귀족이 되기 위해 예절 교육을 받는 녀석들이 적응하지 못하고 있다는 소식을 들었던 터라 고든은 바투의 제안에 솔깃했다.

"바투."

"응."

"섬을 소유하면 세금을 내야 하는 거, 알고는 있지?"

"응?"

바투는 당황했다.

"내가 내 돈 주고 섬을 사는데 무슨 세금이야?"

"개인 소유지라도 국가가 우선. 세금 내야지."

"……쳇."

황제가 두목인데 그런 건 좀 봐주면 안 되냐, 중얼거리며 바투는 못마땅한 빛을 얼굴에 드리웠다.

"몇 명 정도 모일 것 같나, 바투?"

고든은 다시 섬 이야기로 돌아갔다.

"우선은 대략 스무 명 정도. 참, 짐하고 메어리 결혼했어. 그 두 사람도 합류할 것 같아."

"오, 그래?"

반가운 이의 결혼 소식에 고든은 웃었다.

"괜찮은 곳이 있나 알아보도록 하지."

"참, 라일이 그러는데 우리가 섬을 사면 그 섬에 살던 사람들은 고향을 잃는 거라고 그랬어. 되도록 사람이 적은 섬을 알아봐 줘."

바투의 말에 고든이 놀란 표정을 지었다.

"라일에게도 말한 거냐."

"응, 고든이 못살게 굴면 우리한테 오라고 했어."

바투가 빙글거리며 대꾸했다.

"하!"

고든은 어이없다는 듯 코웃음을 쳤지만 그의 눈빛만은 조금 일그러져 있었다.

빨리 황후를 간택하라는 상소가 하루가 멀다 하고 올라오고 있었다. 그 속에서 고든은 일관성 있게 묵묵부답을 유지했다.

"폐하, 제국을 생각하셔야 합니다!"

대신들의 주장은 한결같았다.

"알고 있소. 하지만 아직 이른 감이 없지 않소이까?"

"폐하, 후대를 생각해야 하옵니다."

고든의 시선이 라미 공작에게로 닿았다. 고든은 의미심장한 미소를 짓고 있는 라미 공작의 붉은 눈을 바라보며 입을 열었다.

"황후는 라미 공작 영애가 될 것이오."

이미 정해진 사실을 번복할 이유란 없었다. 아샤가 스스로 내놓은 황제 자리이긴 해도, 그전에 이미 고든은 라미 공작의 도움을 받았고 그에 상응하는 대가로 황후 자리를 약속했다.

"하지만 아직 결혼은 이르다는 말을 하고 있는 거요."

라미 공작의 얼굴에 떠오른 만족의 미소에 고든은 그대로 시선을 거둬들였다. 그리고 대신들을 둘러보며 다시 말했다.

"후대를 걱정하는 거라면 안심토록 하오. 난 아직 건강하고 라미 영애는 아직 젊은 나이니."

황후는 캠벨 로즈 라미이다. 황제의 선언에 라미 공작은 눈을 빛냈다.

"외람된 말씀이오나, 황제 폐하."

라미 공작이 한 발짝 앞으로 나섰다.

"들리는 소문에 의하면 폐하께서 두오반 영애의 방에 드나드신다고요."

궁 안에 알음알음 퍼진 소문을 입에 담는 라미 공작의 의중을 모르는 바 아니기에 고든은 그것을 부정하지는 않았다. 하지만 이미 또다시 같은 말을 반복하게 하는 그의 교활함은 마음에 들지 않았다.

"말하지 않았소. 황후 자리는 그대의 딸, 캠벨 로즈 라미의 것이오."

약간의 짜증이 담겼지만 그래도 황제의 입으로 확실히 답을 듣고서야 라미 공작은 그제야 머리를 숙였다. 회의가 끝난 후, 일과에 지친 고든은 그대로 라이라의 방을 찾아들었다. 그리고 그를 반긴 것은 깊은 한숨을 내쉬는 라이라였다.

아무리 말해도 듣지 않는 황제를 라이라는 내치지도, 그렇다고 반기지도 않았다.

"그러지 마, 라일."

고든은 라이라의 침대 위로 올라서며 칭얼거렸다.

"라일 옆이 아니면 난 잠을 잘 수가 없잖아. 그러니까 봐줘야지."

제멋대로 들어와서, 제멋대로 침대를 차지하는, 제국의 황제는 확실히 피곤해 보였다. 라이라는 또 그런 고든이 안쓰러워 어쩔 수 없이 침대 한쪽을 내어줄 수밖에 없었다. 침대에 눕자마자 잠에 곯아떨어진 그를, 라이라는 가만히 바라보고 섰다.

마른 얼굴이, 그가 얼마나 치열한 하루하루를 살아가고 있는지 보여주는 것 같았다. 그것이 안쓰러워진 라이라는 저도 모르게 고든의 얼굴을 어루만졌다. 손바닥에 닿은 고든의 얼굴은 까칠했다. 그것이 또 마음 아팠다.

"······나 없으면 어떻게 자려고."

달싹이는 입술 새로 나직한 말이 흘러나왔다.

'아냐. 캠벨이 함께 있어 주면 괜찮을지도 몰라.'

캠벨이 고든과 결혼하면 그녀가 고든을 재워줄 것이다. 라이라의 마음은 무겁기만 했다.

"그냥, 당신에겐 온기가 필요한 것뿐이야."

떠나기 싫었다. 하지만 떠나야 했다. 자신의 존재는 결코 고든에게 도움이 될 수 없기에, 라이라는 슬픔을 내리눌러야 했다. 눈에 물기가 돌았다. 라이라는 눈물을 참기 위해 눈을 감았다.

그때 온기를 담은 커다란 손이 라이라의 손을 꼭 붙잡았다. 라이라는 눈물을 머금은 눈으로 손을 내려다봤다. 잠이 든 줄 알았던 고든이 그녀의 손을 강하게 붙들었다. 눈을 뜨지 않은 채 고든이 가만히 속삭였다.

"그냥 온기가 아냐."

잠에 취한 웅얼거림이었지만 라이라는 똑똑히 들었다.

"라일이라서 잘 수 있는 거야."

고든은 라이라의 손을 입으로 가져갔다. 그리고 가볍게 입맞춤을 한 후, 다시 잠의 나락으로 떨어졌다. 여전히 라이라의 손을 꼭 쥔 채였다. 그런 고든의 옆에서 라이라는 꽁꽁 얼어붙은 채 움직일 수 없었다.

✤

제국의 봄과 함께 바투의 편지가 전해졌다.

『친애하는 두오반 후작 영애께

안녕, 라일? 잘 지냈니? 전에 말한 대로 나는 제이슨과, 그리고 다른 녀석들과 함께 섬을 사서 들어왔어. 지금은 집을 짓고 있는 중이야. 고든이 좋은 섬을 소개해 줬거든. 여기 살던 사람들이 고향을 잃을까 걱정하지 않아도 돼. 섬은 큰데 사는 사람이 적어. 좀 척박한 섬이라 그런 것 같아. 원래 섬에 살던 사람들이 그대로 살기를 원해서 우리도 그냥 그러기로 했어.

섬을 살기 좋은 곳으로 만들기 위해 노력 중이야. 고든이 꼬박꼬박 세금을 내라고 해서 다들 열심히 일해. 다들 밭을 일구느라 정신이 없어. 섬에 들어온 녀석들 중에 가족을 데려온 녀석들도 있어. 짐과 메어리도 여기서 가정을 꾸렸고. 다들 내가 봐도 모두들 열심이더라.

두목이 황제라서 참 다행인 것 같아. 세금 떼먹지 말라고 하기는 했는데 그렇게 많은 돈도 아니야. 고든이 우리 편의를 많이 봐줬거든. 아니, 솔직히 우리가 고든이 황제 되는 데 도움이 됐으니 그 정도는 해줘야 하지 않겠니?

참, 깨리도 왔어. 귀족 생활해 보니까 답답해 죽겠더래. 쳐크도 마을을 떠나니 속 편하다고 좋아하고. 어떠냐, 라일. 라미 공작 영애가 황후가 된다지? 넌 괜찮은 거냐? 여차하면 여기로 와. 모두들 라일을 환영하니까.」

바투의 편지를 쥔 손이 가늘게 떨렸다. 편지에서 시선을 거둔 고든은 검은 눈을 들어 라이라를 응시했다.

"그래서."

고든의 목소리는 높낮이가 없었다.

"가겠다고?"

"네."

라이라는 분명한 어조로 답했다. 고든은 다시 한 번 물었다.

"정말, 정말 가겠다고?"

"……네."

결정은 이미 내렸다. 바투에게서 처음 섬 이야기를 들었을 때, 라이라는 그때부터 자신이 갈 곳을 정해두었다.

"모두, 같이 있으니까 그곳이 좋겠어요."

라이라는 말없이 떠날 수도 있었다. 하지만 어차피 섬에 가게 되면 바투의 입을 통해 고든에게 알려질 것이 분명하니 말하는 것이 낫다는 결론을 내렸다.

라이라는 다부진 표정으로 고든을 올려다봤다.

"……그냥 가면 걱정할까 봐."

그 말에 고든의 입매가 비틀어졌다.

"그것참 고맙군."

어딘지 뾰족한 말투에 라이라는 움찔했다.

"그런데 그냥 안 가는 게 더 고마울 텐데."

고든은 한 번 더 라이라를 잡았다. 그러나 라이라는 도리질했다. 한참 동안 서로의 얼굴을 마주 보던 중 먼저 입을 연 것은 고든이었다.

"건강해야 한다, 라일."

라이라는 가만히 고개를 끄덕였다.

24 장
그들의 이야기

완연한 봄은, 따뜻한 바람과 함께 찾아왔다. 열어둔 창으로 들어오는 봄기운에도 라이라는 한곳에 온 신경을 집중하느라 봄의 인사를 알아듣지 못했다.

"아얏!"

손가락 끝에서 느껴지는 따끔함에 라이라는 뾰족한 비명을 내지르고 말았다.

"아우, 아파."

이미 반창고가 덕지덕지 붙은 손가락 끝에 새로운 바늘 자국 하나를 더 만든 라이라는 눈물을 찔끔 흘리며 핏방울을 닦아냈다.

"하아, 미치겠네."

라이라는 옷을 꽉 움켜쥐었다.

'왜 이렇게 자꾸 찔리지?'

라이라는 원망스러운 듯 손에 든 바늘을 노려봤다. 작은 바늘의 끝은 꽤나 날카로워서 벌써 몇 번이나 라이라의 손끝을 엉망으로 만들었다. 그것이 며칠째 계속 이어지니 그 바늘 끝만큼이나 라이라의 신경도 뾰족해져 있었다.

"으으."

라이라는 구멍 난 셔츠와 바늘을 번갈아 바라보며 신음을 흘렸다. 지금까지 해왔던 것들 중 바느질이 가장 어려운 것 같았다. 그렇다고 옷과 바늘을 내팽개칠 수도 없었다. 섬은 공동생활을 택했고, 여기에 살기로 한 이상 라이라도 섬의 규칙을 따라야 했다. 산지를 개간해서 밭으로 만들거나 바다에서 물고기를 잡는 노동은 남자들의 몫, 그 나머지는 여자들의 몫이었다.

그때 문을 쾅쾅 두드리는 소리가 나더니 대답도 하지 않았는데 문이 벌컥 열렸다.

"라일!"

작은 오두막의 문을 열고 들어선 사람은 바투였다. 여전히 화사한 외모를 자랑하는 바투는 양손을 허리춤에 갖다 댔다. 바투의 갈색 눈이 탁자 위를 훑었다.

"뭐야, 아직도 다 안 끝났어?"

라이라 앞에 놓인 셔츠를 집어 든 바투의 입에서 한숨이 흘러나왔다.

"어휴, 이게 뭐야?"

라이라는 슬쩍 바투의 시선을 외면했다.

삐뚤삐뚤한 바느질 자국을 본 바투는 주섬주섬 옷들을 챙겼다.

"라일, 넌 바느질하면 안 되겠다."

라이라는 바투의 말에 정열적으로 고개를 끄덕였다.

"손은 또 그게 뭐니."

바투의 지적에 라이라는 쑥스러운 듯 반창고투성인 손을 뒤로 감추었다. 바투는 잘잘 머리를 흔들고는 정신없이 말을 쏟아내기 시작했다.

"아니, 도대체 바느질도 못하고 음식도 못하고, 그렇다고 밭일을 시킬 수도 없고."

어느새 마을의 작업반장이 된 바투는 한숨을 푸욱 내쉬었다.

"방앗간 일을 도우라고 했더니 곡물을 전부 엉망으로 뒤섞어 버리질 않나, 빵 만드는 거 도우랬더니 주방을 밀가루 천지로 만들고……!"

라이라는 입이 열 개라도 할 말이 없어서 슬그머니 시선을 피했다.

"어휴."

쯧, 혀를 차며 바투는 옷들을 모두 품에 안았다.

"나와, 라일."

"어디 가게요?"

"라일이 할 수 있는 일이 생길 것 같아."

뜻 모를 말을 하는 바투의 뒤를 따라 라이라는 집을 나섰다. 바투의 걸음이 향한 곳은 먼 곳이 아니었다. 라이라의 바로 옆집으로 들어선 바투는 집주인인 메어리와 딱 마주쳤다.

"메어리?"

바투는 말끝을 살짝 올리며 애교 섞인 웃음을 날렸다.

"뭐야, 그건?"

"미안해, 메어리의 몫이 더 생겼어."

이미 탁자 위에는 메어리가 방금 끝낸 옷감들이 얌전히 개켜 있었다. 메어리의 시선이 바투가 안고 있는 옷감에서 이제 막 그를 따라 집 안으로 들어선 라이라에게로 향했다.

"아."

이해했다는 듯 메어리는 고개를 끄덕였다.

"미안."

"아냐, 괜찮아."

별일 아니라는 듯 메어리는 아무렇지 않은 표정으로 바투에게 새 옷감들을 받아냈다.

"미안해요, 메어리. 내가 바느질을 잘 못해서……."

멋쩍은 표정으로 미안함을 전하는 라이라에게 메어리는 괜찮다는 듯 웃어 보였다.

"괜찮아요. 각자 잘하는 일을 하는 거죠, 뭐."

메어리는 이 귀족 출신 아가씨가 좋았다. 예쁘장하게 생겨서 할 줄 아는 게 하나도 없는 아가씨였지만 그래도 다른 귀족들과는 달리 겸손하고 상대를 배려할 줄 아는 그녀가 무척 좋았다. 라이라는 거만하지도, 사람을 무시하지도 않았다. 그것만으로도 사람을 좋아하기에는 충분했다. 나이 어린 라이라가 말을 낮추라 해도 부득불 말을 높이는 것은 그 이유에서 이기도 했다.

"그래, 맞아. 내가 잘못 생각한 거였어."

바투가 눈을 반짝이며 두 사람을 번갈아 바라봤다.

"메어리는 바느질을 잘하고, 커크는 빵을 잘 굽고, 개리는 스튜를 잘 끓이고, 테리는 고기를 잘 잡고, 라일은……."

애매한 표정으로 자신을 바라보는 바투의 시선을 라이라는 다시 외면했다. 발그스름하게 변해가는 목덜미를 바라보며 바투가 히죽 웃었다.

"라일."

"……예?"

"잘하는 거, 없어?"

"그, 글쎄……."

"흐응."

바투는 콧소리를 냈다. 섬 안 사람들은 누구나가 다 일을 하고 있었다. 하지만 귀족으로 나고 자란 라이라는 애석하게도 모두를 위해 할 수 있는 일이 없었다.

"글을 가르쳐 줄 수 있어, 라일?"

"예?"

뜻밖의 말에 라이라는 눈을 깜빡였다.

"하지만, 바투는 글을 알고 있지 않아요? 지난번에 내게 편지 보냈으면서……."

"아, 그거?"

바투는 가볍게 웃었다.

"돈 주고 부탁했어. 아주 어마어마한 돈을 썼지. 우리 중엔 글을 아는 사람들이 없어. 그래서 부탁하는 거야, 라일."

바투는 말하고 나니 아주 좋은 생각이라는 듯 눈을 빛냈다.

"이 섬에는 우리만 살 거야. 우리는 이 안에서 사는 것으로 만족하지만, 우리 중에는 아이를 낳는 사람들도 있을 거야. 난 그 아이들이 우리처럼 이 안에서 살지만은 않을 거라고 생각해. 그 아이들은 우리하고는 다르게 살 거야. 글을 알면, 섬 밖에 나가서 적어도 무시는 안 받을 거라고 생각해."

산전수전 공중전까지 다 겪은 바투는 보기와는 달리 생각이 깊었다. 그는 글을 몰라 피해를 입는 사람들을 많이 봐왔다. 평민이 글을 배운다고 해봤자 그들의 인생이 확 바뀌지는 않을 테지만 그래도 지금의 자신들보다는 나아질 거라고 믿었다.

"어때, 라일?"

라이라는 말이 없었다. 고민하는 라이라보다도 메어리가 더 신이 나서 그녀를 부추겼다.

"라이라, 글을 가르쳐 주세요."

메어리는 라이라를 똑바로 바라보았다. 그녀의 손은 자신의 배 위에 올라가 있었다.

"나, 얼마 안 있으면 엄마가 될 거예요. 나, 우리 아이들이 글을 알게 되면 좋겠어요. 왜 귀족들만 글을 알아야 해요? 내 아이들에게, 우리 아이들에게도 글을 가르쳐 주고 싶어요."

메어리의 말이 끝나기가 무섭게 바투가 또 덧붙였다.

"만일 내가 글을 알았다면 그 징글징글했던 노예 생활을 안 했을 거야. 어렸을 때 난 서커스단에서 일했었어. 돈을 많이 준다는 말에 우리 부모님이 날 팔아넘겼지. 그들이 내게 들이민 건 노예 계약서였어. 내가 글을 알았다면 도망쳤을 거야. 지도를 읽을 줄 알았다면 탈출했겠지. 글을 알았다면 내가 있는 곳이 어디라는 것쯤은 알았을 거야."

바투는 진심이었다.

"이 섬에서 태어나는 아이들은, 그런 일을 안 겪었으면 좋겠어, 라일."

바투가 겪었던 이야기를 들은 라이라는 너무나 큰 충격을 받았다.

"라일, 글을 가르쳐 줘."

"그, 그치만……."

라이라는 쉽게 대답하지 못하고 입을 벙긋거렸다.

"……아직 섬에는 아이들이 없잖아요."

이 섬에 살고 있는 사람들이라고 해봐야 원래 살던 주민들을 포함하여 고작 삼십여 명 정도밖에 되지 않았고 그중 아이들은 없었다.

"앞으로 태어나겠지."

바투는 뭘 그런 걸 걱정하느냐는 투로 말했다.

"그리고 나도 배우고 싶어."

라이라는 눈을 동그랗게 떠 보였다.

"나 말고도 글을 배우고 싶어 하는 사람들이 있을 거야. 그러니까 라일, 우리에게 글을 가르쳐 줘."

다갈색 눈에 깃든 진심이 보였다. 라이라는 결국 고개를 끄덕이며 그러겠다고 대답했다. 그러자 바투의 얼굴에 환한 웃음이 걸렸다.

"하지만 글을 배우는 건 모두의 일이 끝나고 나서야. 라일은 다른 사람들이 일할 때 옆에서 보조 노릇을 해줘야겠어."

글을 배우는 것도 좋지만 그렇다고 해야 할 일을 내팽개칠 수는 없다며 작업반장 바투는 가차 없이 말했다.

"어휴, 알았어요!"

라이라는 이제야 마음이 편해졌다. 그리고 자신이 이곳에 있어도 되는 이유를 만들어준 바투가 한없이 고마워졌다. 따지고 보면, 먼저 손을 내밀어 이곳에서 자리 잡을 수 있게 도와준 이도 바로 바투였다.

"그래도 걱정이다. 과연 라일이 제대로 할 수 있는 일이 뭐가 있을까."

빙글거리는 바투의 놀림에 라이라는 발끈했다.

"옆에서 돕는 일 정도는 잘할 수 있어요!"

"과연 그럴까?"

"이잇!"

두 사람이 투덕거리는 것을 보며 메어리는 배에 손을 올린 채로 가만히 미소 지었다.

"어, 잠깐, 이게 무슨 소리지?"

"무슨 소리요?"

라이라와 아웅다웅하던 바투가 눈을 반짝이며 귀를 기울였다. 집 밖에서 웅성거리는 소리가 점점 커지는 것이 들렸다.

"와, 와!"

"대단해, 정말!"

왁자지껄한 소리가 점점 더 가까이 들려오자 바투는 문을 박차고 나섰다. 그리고 그 뒤를 라이라와 메어리가 따랐다.

"무슨 일이야?"

"이것 봐, 바투!"

커크가 들뜬 목소리로 외쳤다.

"테리가 잡았어!"

짐과 커크가 커다란 생선을 메고 있었다. 그 뒤로 테리와 대여섯 명의 남자들이 보였다.

"우와!"

테리가 잡았다는 그것은 바로 커다란 참다랑어였다. 눈이 반짝반짝해진 바투가 얼른 달려가 그것을 살폈다.

"테리가 잡았다고? 역시!"

엄지를 척 들어 보이며 바투는 물고기에게서 눈을 떼지 못했다.

"굽자!"

바투의 말이 떨어지기가 무섭게 남자들은 히히덕거리며 섬마을 공동 주방으로 우르르 몰려갔다.

얼마 지나지 않아 잘 손질된 생선이 모닥불 위에 올려지고 이윽고 생선 익어가는 냄새가 퍼지기 시작했다. 삼삼오오 사람들이 모여들었다. 그들은 모두 다 같이 둘러앉아 잘 익은 생선과 스튜를 나누어 먹었다.

"많이 먹어요, 테리."

"응, 리즈도 많이 먹어."

참다랑어를 잡아 모두에게 감사의 인사를 받은 테리의 곁에는 리즈가 있었다. 함께 섬에 들어온 이후 부쩍 다정해진 테리와 리즈를 바라보는 라이라도 행복해졌다. 그러다 눈이 마주친 테리가 어쩐지 쑥스러운 듯한 얼굴을 하자 라이라는 빙긋 웃는 것으로 인사를 대신했다. 운명의 소용돌이에 휩쓸려 한때 죽음까지도 생각할 정도로 절망했었던 그녀는 지금의 생활이 좋았다. 문득, 살아 있길 잘했다는 생각이 들었다.

"살아라, 라이라."

아직도 어른거리는 아버지의 마지막은 이젠 더 이상 슬프고 아프지 않았다. 라이라는, 다정히 앉아 생선살을 발라주는 테리와 리즈를 보며 웃었다.

⚜

"자, 꽃 따러 가자!"
제이슨의 선창에 해적들은 화답했다.
"우오!"
어두운 옷으로 갖춰 입은 해적들은 신이 나서 각자의 무기들을 머리 위로 들어 올린 채 흔들어댔다. 그 속에 라이라도 있었다. 두근두근, 심장이 뛰었다. 얼마 만에 잡아보는 검이란 말인가!
"다치지 말고, 신속히 움직이도록!"
제이슨의 명령에 모두들 숨을 죽이고 바다로 나아갔다. 배에 오른 해적들은 조용히 노를 저었다. 정보에 의하면 조금 후에 커다란 상선이 모습을 보일 터였다.
"쉿!"
모두들 숨을 죽였다.
드디어 모습을 드러낸 거대한 상선은 빛 하나 없이 고요했다. 제이슨의 손짓에 세 척의 배들이 조용히 상선 주위로 몰려들었다.

라이라는 조용히 숨을 뱉어내며 좌우를 살폈다. 여전히 사방은 고요했다.

"자, 이리로."

제이슨이 상선의 후미에 배를 대고는 미리 준비한 갈고리를 위로 던졌다.

덜컥.

갈고리가 걸리는 소리가 나고, 줄을 잡아당겨 그것이 잘 걸렸음을 확인한 제이슨의 신호에 따라 하나둘, 해적들이 상선 위로 올랐다. 라이라가 막 배에 올랐을 때, 갑자기 빛이 터져 나왔다.

"아앗!"

놀라는 해적들 주위로 선원들이 몰려들었다.

"덤벼랏!"

제이슨의 외침에 모두들 무기를 치켜들면서 선원들을 향해 돌진했다.

묵직한 소리를 내며 무기와 무기들이 맞부딪쳤다. 해적들은 신이 나서 무기를 휘둘렀고 선원들도 대응했지만 차츰 밀리기 시작했다.

퍽퍽!

둔탁한 소리가 여기저기서 들렸다. 라이라 역시 자신의 앞을 가로막고 선 덩치 큰 선원을 향해 무기를 놀렸다.

목검과 목검이 부딪쳤다. 라이라는 이를 악물고 버텼다. 덩치 큰 선원의 입매에 떠오른 묘한 미소가 상당히 거슬렸다. 라이라는 있는 힘껏 그의 검을 막아내다가 번개같이 검을 거두고 아래로 몸을 바짝 낮췄다. 그 바람에 선원이 균형을 잃고는 기우뚱거렸다. 그 사이, 라이라가 다리를 걸어 그를 넘어뜨렸다.

꽈당!

"하아, 하아."

이제 겨우 한 명 상대했을 뿐인데 라이라는 기운이 쭉 빠져 버린 것 같았다. 숨을 몰아쉬던 라이라는 등 뒤에서 느껴지는 살기에 서둘러 몸을 돌렸다.

콱!

몸을 돌리자마자 들어오는 공격에 라이라는 재빨리 검을 들어 막았다.

"여어!"

갑작스런 공격을 해온 상대가 입을 열었다.

"제법인데, 애송이?"

"고든?"

느닷없는 고든의 등장에 라이라는 당황했다. 느물거리며 라이라를 내려다보는 고든의 얼굴 반쪽은 검은 머리로 가려져 있었다. 새까만 검은 눈이 장난스럽게 반짝였다.

"어디 그동안 얼마나 성장했는지 볼까, 꼬맹이?"

파밧!

힘을 줘서 라이라의 검을 뿌리친 고든은 여유로운 표정으로 라이라의 몸을 위아래로 훑었다.

"흐음."

고든의 눈이 매섭게 빛났다. 라이라는 바짝 긴장한 채, 검을 세게 다잡았다.

"바투!"

고든이 커다랗게 소리 지르자 어느새 고든과 라이라를 가운데 두고 삼삼오오 모여 구경하던 선원들과 해적들 틈에서 바투가 튀어나왔다.

"어, 왜, 두목?"

"라일 피부가 왜 이 모양이야? 손은 거칠고 얼굴은 까칠하고. 좀 탄 것도 같고. 도대체 그동안 라일에게 무슨 짓을 한 거냐?"

바투는 코웃음을 쳤다.

"뭐래?"

더 이상 할 말 없다는 듯 바투는 해적들 틈으로, 정확히 말해서 제이슨의 옆으로 붙어 앉았다. 제이슨은 자신의 옆에 찰싹 달라붙은 바투의 어깨에 팔을 두르고는 힘주어 당겼다.

"흐응."

고든의 시선이 다시 라이라에게로 향했다. 라이라는 여전히 고든에게 검을 겨누고 있었다.

"그래."

고든이 히죽 웃었다.

"오랜만에, 어디 한번 놀아볼까?"

그 말을 끝으로 고든의 칼끝이 라이라에게로 날아들었다.

따닥!

라이라 역시 피하지 않고 그 칼을 맞받았다.

탁, 탁!

목검이 서로 부딪치는 소리가 선상 위를 울렸다.

"오오!"

"우오!"

"라일, 잘한다!"

"고든, 그동안 많이 약해졌네?"

해적들의 열렬한 호응 속에서 라이라와 고든은 서로에게 집중하며 검술을 겨뤘다.

"하여간 정말 대단해."

바투는 높이 치켜들었던 술잔을 입가로 가져가며 만족스럽게 웃었다.

"어떻게 이런 생각을 다 했어, 두목?"

제국의 황제는 이곳에서는 황제 대접을 받지 못했다.

"너희들이 무슨 생각을 하고 있는지는 내가 다 알고 있잖아."

고든은 여유롭게 말했다.

"삼 개월이나 얌전히 있었으면 몸이 근지러울 때도 됐지. 걱정 말라고. 앞으로도 종종 꽃 따게 해줄 테니."

고든에게서 연락이 온 건 약 삼 일 전이었다. 갑자기 섬에 들이 닥친 군함에서 나온 선원은 라이라에게 편지를 전했다.

⚜

"꽃 따라는데요?"

라이라가 둘러 모인 사람들에게 말했다.

"꽃?"

"꽃을 따라니? 그게 무슨 말이야?"

"고든…… 이 배를 보내겠대요. 섬에서 필요한 물품을 실은 배인데 그냥 보내면 재미없으니까 우리더러……."

라이라는 다시 편지를 들여다봤다. 그녀의 얼굴에 묘한 표정이
걸렸다.

"그 배를 공격하라는데요?"

할 말을 잃은 사람들의 머리 위로 바투의 뾰족한 목소리가 울
려 퍼졌다.

"그럼 노략질을 하라는 거야? 우리더러?"

그 말에 정신 차린 사람들이 웅성거리기 시작했다.

"진짜? 진짜?"

"해적질을 해도 된다고?"

"잠깐만요!"

라이라는 들뜬 사람들 사이로 찬물을 끼얹었다.

"진검 말고 목검을 사용하라고."

"괜찮아, 괜찮아. 몸을 풀 수 있다는 것만 해도 좋아!"

그렇지 않아도 모두들 한결같은 일상생활에 무료해져 가고 있
던 차였다. 똑같이 흘러가는 일상에, 생계로 인한 노략질도 할 필
요가 없는 상황에서 그들은 심심해하고 있었던 것.

"우와!"

전직 해적들은 소리 높여 기쁨의 포효를 날렸다. 그리고 삼 일
을 기다려 바로 오늘, 고든이 약속한 배를 급습한 것이다.

"그나저나 뭘 이렇게 많이 준비한 거야?"

해적들과 선원들이 상선에서 내려놓은, 산더미 같은 물품에 바
투가 질린 표정을 지어 보였다.

"뭐."

고든이 어깨를 으쓱였다.

"앞으로 삼 개월은 이걸로 지내야 하니까."

고든의 말에 바투가 고개를 끄덕였다.

"자, 그럼."

잠깐 양해를 구하는 제스처를 취하며 고든이 모여 있는 선원들 쪽으로 다가섰다.

"모두들 돌아가도 좋다!"

"예!"

고든의 명령이 떨어지자마자 선원들은 일사불란하게 움직였다. 사람들로 와글와글했던 섬은 삽시간에 고요해졌다.

"고든?"

바투는 팔짱을 낀 채 꿈쩍도 하지 않는 고든을 올려다보며 물었다.

"음."

"고든은 안 돌아가?"

"응."

"응?"

바투와 라이라, 그리고 해적들의 시선이 고든에게로 쏠렸다.

"나도 이제 여기서 살 거야."

폭탄과도 같은 말이 고든의 입에서 흘러나왔다.

"그러니까 왜 여기 있냐고요."

라이라는 자신의 침대를 점령하고 있는 검은 머리의 사내를 노려봤다.

"예전부터 내가 말했지?"

남자는 능글능글한 어투로 말했다.

"라일이 없으면 난 잠을 잘 수 없다고. 그러니까 내가 여기에 있는 거야."

여유로운 표정으로 고든은 라이라를 올려다봤다.

"하아."

라이라는 깊은 한숨을 내쉬었다. 고든을 쫓아내야 하는데 쫓아낸다고 들을 사람이었으면 애초 이런 일이 벌어지지도 않았을 것이다. 다른 것도 아니고 황제의 자리를 버리고 왔다는 고든을 어떻게 해야 할지도 알 수가 없었다.

"내가 그동안 잠도 제대로 자지 않고 죽어라 일한 이유가 뭔데? 빨리 라일의 곁으로 돌아오려고 그런 거야."

이렇게 멋진 말을 저렇게 늘어진 상태로 하다니, 라이라는 다시 또 한숨을 내쉬었다.

"……괜찮겠어요?"

라이라의 물음에는 많은 의미가 담겨 있었다.

"음, 그럼. 다 완벽하게 마무리했어."

고든은 양팔로 뒷머리를 받치고 누운 상태로 여유로운 표정을 지어 보였다.

"적어도 두 달이나 세 달에 한 번은 제국에 가는 것으로 마무리했어. 아샤가 완벽한 황제가 되기 전까지는 도와줘야지."

고든은 아샤를 위해 그의 곁에 토르니와 유로스, 비오네를 남겨놓았다. 거기다 캠벨 로즈 라미가 황후 자리에 오르도록 미리 포석을 깔아놓았으니 라미 공작도 아샤의 뒤에 버티고 있을 것이

다. 이제 남은 것은 아샤가 진정한 제국의 황제로 거듭나는 일뿐
이었다.

"라일."

"네?"

"자자. 나, 졸려."

검은 눈에 피로가 깃들었다.

"라일이 떠나고 난 뒤로 또 못 잤거든."

고든의 칭얼거림에 라이라는 망설였다.

"……침대가 작아요."

"괜찮아, 꼭 붙어서 자면 되지, 뭐."

라이라는 도리질했다.

"여기서 주무세요, 전 메어리한테 가볼게요."

"이러기야?"

고든은 뒤돌아서려는 라이라의 손목을 가볍게 잡아챘다.

"라일이 옆에 있어야 잠이 온다고!"

고든은 그 손을 잡아당겨 라이라를 품에 안았다. 놀란 라이라
가 고든의 품에서 벗어나려 애를 썼지만 그의 팔에 갇혀 그럴 수
없었다.

"거봐, 라일이 옆에 있으니까 이렇게 편하고 잠이 오잖아."

나지막한 목소리에 라이라의 가슴이 떨렸다. 두려움이 아닌 설
렘에 가까운 두근거림이었다. 두렵지 않았다. 고든의 품은 포근하
고 따뜻했다. 어느새 라이라는 그의 품 안에서 얌전해졌다.

"자자."

라이라를 품에 꼭 안은 고든이 그녀의 머리에 입술을 대고 웅

얼거렸다. 그리고 그의 말대로 정말 피곤했는지 금세 잠에 빠져들었다. 라이라는 고든의 품에 안겨 누운 채로 눈만 깜박거렸다. 슬슬 그녀의 눈도 감기기 시작했다.

슬쩍 몸을 뒤척일 때마다 라이라를 안은 고든의 팔에 힘이 들어갔다. 고른 숨소리로 보아 그가 잠을 자고 있는 것은 확실했기에 무의식적인 움직임이었다. 라이라는 그것을 알고 슬며시 미소를 지었다.

어쩌면…… 이런 것도 나쁘지 않은 것 같다, 라이라는 그렇게 생각했다. 앞으로 어떻게 될지 아무도 모르는 것이 미래다. 그냥 이대로, 이렇게 그와 함께해도 괜찮지 않을까, 라이라는 그렇게 생각했다.

자신 말고 다른 누군가의 숨소리가 들리는 것이 마음을 더없이 평화롭게 만들었다. 라이라와 고든은 그렇게, 서로를 품에 안고 안긴 채로 깊은 잠에 빠졌다. 그 어느 때보다도 편한 밤이었다.

에필로그

고요한 밤바다를 가르며 어둠 속에서 배 한 척이 모습을 드러냈다. 뱃머리에 우뚝 선 라이라의 손짓에 해적들은 숨을 죽였다.

"지금이야."

라이라의 속삭임에 해적들은 신속히 몸을 움직였다. 그들이 노리고 있는 배는 그리 크지 않았다. 그렇기에 그들은 금방 배를 함락시켰다. 해적들의 급습에 놀란 선원들이 우왕좌왕하며 허둥거렸다. 그 속에서 해적들은 신나게 무기를 휘둘렀다.

"여기 대령했습니다!"

우렁찬 제이슨의 목소리에 라이라의 시선이 그에게로 향했다. 투박한 그의 손아귀에 끌려 나오고 있는 검은 머리의 사내.

"호오."

라이라의 입에서 묘한 소리가 흘러나왔다. 제이슨이 끌고 온 사내를 라이라 앞에 억지로 무릎을 꿇게 했다.

"이게 누구신가?"

라이라는 얼굴에 한껏 비웃음을 달고 검은 머리 사내 앞에 앉았다. 그리고 손가락으로 그의 턱을 추켜세웠다. 달빛 아래 드러난 그는 꽤나 잘생긴 얼굴이었다.

"석 달 하고도 보름 만에 보는 얼굴이네?"

라이라의 이죽거림에 검은 머리의 사내, 고든이 미안한 표정을 얼굴에 떠올렸다.

"미안해, 라일. 일이 그렇게 됐어."

하지만 라이라는 그의 사과를 받아들일 마음이 없었다. 한껏 그를 노려본 라이라가 자리를 박차고 일어나며 명령을 내렸다.

"끌고 가!"

"예!"

해적들은 고든을 포함한 다섯 명의 선원을 밧줄로 꽁꽁 묶어 그들의 섬으로 향했다.

섬은 이제 아주 살기 좋게 변해 있었다. 커다란 집도 많아졌고 가게도 생겼다. 오늘처럼 배를 턴 날이면 마을의 가게도 한층 더 풍족해졌다.

고든을 위시로 끌려온 포로들은 마을의 광장 앞에 모여 있던 사람들 앞까지 나아갔다. 해적들은 포로들을 피워놓은 모닥불 옆에 세운 뒤 미리 준비해 둔 의자 위에 고든을 앉혔다.

"하극상이지 않나?"

고든이 천천히 입을 열었다.

"하극상?"

무슨 말인지 도통 모르겠다는 듯, 바투가 눈을 동그랗게 뜨고 머리를 갸웃거렸다.

"우리야 두목 말을 듣는 게 당연한 건데?"

그 말에 고든이 어처구니없다는 듯 답했다.

"누가 두목이야? 내가 두목이잖아."

"웃기시네."

자신의 말을 바로 치고 들어오는 목소리에 고든이 검은 눈썹을 꿈틀거렸다. 라이라가 팔짱을 낀 채 그를 내려다보며 눈을 빛내고 있었다.

"우리를 떠났던 주제에."

"떠나긴 누가!"

고든이 반박했다. 하지만 라이라는 코끝으로 그를 비웃었다.

"흥, 떠나면서 뭐라고 했지? 이제 나더러 두목 하라고 하지 않았던가?"

"떠난 적 없다고."

두둥 두둥, 둥기 둥기.

라이라와 고든이 날 선 대화를 나누는 동안, 섬에서는 파티가 시작되었다.

"술 가져와라, 술!"

"고기, 고기, 고기도!"

포로들은 자신들을 외면한 채 자기들끼리 먹고 마시는 섬사람들을 바라봤다.

"이봐, 우리에게도 먹을 걸 줘야지."

고든이 가장 가까이에 있던 제이슨을 불렀다. 하지만 그는 아무 답도 하지 않았다.

"제이슨!"

제이슨은 그저 불손한 눈으로 고든을 바라볼 뿐이었다.

"저 자식이!"

"어이."

제이슨에게 화를 내려던 고든은 자신의 앞에서 발을 구르는 라이라에게로 시선을 돌렸다.

"포로가 참 원하는 것도 많고 말도 많아, 응?"

불빛은 그녀의 금빛 머리카락을 더욱 눈부시게 만들었다.

"라일."

고든이 그녀를 부르자 라이라는 저도 모르게 몸을 움찔거렸다.

"이제 그만하지?"

"그만하긴 뭘 그만해?"

스물다섯의 라이라가 서른셋의 고든을 내려다보며 으르렁댔다.

"돌아오기로 한 날짜를 어긴 건 고든, 바로 당신이라고!"

"사정이 있다고 말했잖아. 여기까지도 소문이 들렸을 텐데?"

고든이 황제 아샤가 곤경에 빠졌다는 이야기를 듣고 베네투스로 향했던 것이 바로 석 달 보름 전 이야기였다.

"흥, 그래도 약속을 지켰어야지! 두목 나리께서!"

두 사람이 열심히 설전을 벌이는 사이, 전직 해적들과 섬사람들은 흥겹게 부어라, 마셔라 잔치를 벌이고 있었다. 어느새 그들은 포로들을 포박했던 줄을 풀어주고 함께 어울리고 있었다.

그것은 일종의 유희였다. 돌아온다던 기일을 지키지 않은 두목에 대한 부두목의 응징. 섬사람들은 라이라의 작은 복수에 선뜻

동참했고, 섬으로 돌아오는 고든을 붙잡아 그녀 앞에 대령한 후 그들만의 파티를 누리고 있었다. 만일 이런 식으로 즐기지 않는다면 밋밋한 섬 생활을 버티지 못할 터였다.

"보름이나 늦게 오다니!"

고양이가 발톱을 내보이듯이 라이라는 바가지를 긁었다.

"늦을 수밖에 없었다니까?"

커다란 덩치의 개가 쩔쩔매는 모양새로 고든이 라이라를 열심히 달랬다. 하지만 라이라는 결코 용서치 않겠다는 듯 고집스럽게 그를 바라봤다.

"어이, 라일, 이제 그만해! 두목 배고프겠어!"

바투가 편을 들어주자 고든은 그에게 고맙다는 표시로 눈을 찡긋거렸다.

"어딜 보는 거야? 내가 말하고 있는데."

터덕. 라이라가 고든의 멱살을 움켜쥐고는 자신 쪽으로 바짝 끌어당겼다.

"어흑, 라일."

"벌 받아야겠지?"

의미심장한 미소를 입가에 그려내며 라이라가 속삭였다.

"뭐, 뭘 하려고……?"

"벌."

짧게 말을 끝낸 후, 라이라는 그대로 멱살을 잡고 고든에게 키스를 퍼부었다.

휘이익!

옆에서 사람들이 왁자지껄 떠들어대며 휘파람을 불어댔다.

"어이쿠, 너무 뜨거운데 그래?"

"하긴 라일이 그동안 너무 참았지!"

"으하하하하!"

라이라는 고든의 입에서 자신의 입을 떼지 않은 채, 단도로 그를 꽁꽁 맸던 밧줄을 끊었다. 자유로워진 고든이 일어나자, 순식간에 그들의 위치가 바뀌었다. 허리가 꺾인 채 고든의 깊은 키스를 받아들이며 라이라도 팔을 뻗어 그를 안았다.

부부의 키스는 길었다. 그에 따라 두 사람에게 향했던 관심도 어느새 시들해져 버렸고 관중들은 다시 자신들의 세상으로 돌아가 웃고 떠들었다.

"이번에 책을 좀 많이 가져온 것 같네?"

고든이 뭍에 나갔다 돌아올 때면 항상 같이 오는 짹의 옆구리를 쿡쿡 찌르며 바투가 물었다.

"아이들이 컸다고 대공께서 많이 챙기셨습니다."

"호옹."

그새 마을은 인구가 늘었다. 새로 이사오는 사람들도 많았지만 그들이 낳은 아이들이 무럭무럭 자라고 있는 중이었다.

"아유, 고든, 라일! 이제 그만 들어가라고!"

여전히 고든에게 함부로 말할 수 있는 두 사람 중 한 명인 바투가 높은 소프라노 목소리를 자랑하며 소리 질렀다.

"백일 만에 만난 부부니까 우리가 이해해 줄게! 어서 들어가!"

아직도 입술을 맞대고 있던 라이라와 고든은 그제야 머쓱한 표정을 지으며 서로에게서 떨어졌다.

"그럼, 뒤를 부탁한다."

두목으로서의 위엄을 갖춘 채 고든이 근엄하게 말했지만 그것은 먹히지 않았다.

"어서 들어가라고!"

"아직도 안 갔어?"

라이라와 고든은 자신들의 집으로 향했다. 그런 두 사람과 사람들을 지켜보던 잭은 여러 번 보았음에도 여전히 익숙해지지 않는 광경에 놀란 가슴을 쓸어내리고 있었다. 지난 팔 년간 꾸준히 봐왔던 장면이지만 아직도 어색하기만 했다. 제국의 전(前) 황제이자 현(現) 황제의 형인 텐셔너 대공을 이렇게 막 대하는 사람들은 이곳 사람들밖에 없으리라.

"자아, 잭?"

바투의 나긋한 목소리에 잭은 서둘러 그를 돌아봤다.

"네?"

"이거, 육 개월 전에 담근 술이야, 아주 맛있어, 마셔봐."

"네, 네."

제국의 귀족이지만 잭은 이곳에 들어오면 자신의 신분을 내려놓아야 했다. 무려 전 황제를 막 대하는 바투가 아니던가. 잭은 공손히 바투에게서 술잔을 건네받아 술을 마셨다.

"아아, 좋은데요?"

"그렇지?"

예쁘게 웃는 바투에게 잭이 헤벌쭉한 표정을 해 보이자 바투 바로 옆에 있던 제이슨이 눈을 부라렸다. 잭은 서둘러 시선을 돌린 뒤 열심히 술잔을 비워냈다.

"보고 싶었어, 라일."

"나도 그래요, 고든."

고든은 나라를 안정시킨 후 아샤에게 황제 자리를 넘기고 섬으로 들어왔다. 그리고 그대로 섬에 눌러앉았다.

물론 제국의 일에서 완전히 손을 놓은 것은 아니고 아샤가 제대로 나라를 통치할 수 있을 때까지 물심양면으로 도왔다. 아샤에게 큰 힘이 될 수하들을 몽땅 곁에 남겨두었고 한 달에 한 번은 꼭 수도 베네투스로 가서 새 황제의 일을 도와주었다.

아샤는 처음엔 형이 잠시면 된다고 하는 말을 믿었었다. 라이라를 그리워하는 형이 안되기도 해서 황제의 일을 대신 맡았다고 생각했는데 점점 시간이 흐를수록 고든이 수도로 돌아오는 횟수도, 머무르는 시간도 짧아지더니 어느새 다들 아샤를 황제라 부르기 시작했다.

그것은 고든이 원로들을 들쑤신 덕이었다. 무려 오 년. 오 년에 걸친 공작으로 고든은 아샤를 진짜 황제로 만들었다. 그리고 그렇게 되자마자 고든은 아샤와 캠벨의 결혼을 진행시켰다. 캠벨이 약속받은 것은 '황후'의 자리였지 '고든의 황후'는 아니었기에 라미 공작 역시 이 일에 동의했다. 그는 딸이 황후가 된 것에 만족했고 아샤와 캠벨 역시 행복해졌다.

모든 일을 마무리한 고든의 곁에는 라이라와 전직 해적들이었던 섬사람들 그리고 라이라만큼이나 세상에서 제일 소중한 사람들이 머물렀다.

"엄마……."

라이라와 고든의 분신, 엘리야가 잠에서 깬 채 방 밖으로 나오며 칭얼거렸다.

"아아, 엘리야, 깼니?"

라이라가 어느새 아이 곁으로 다가갔다. 눈을 비비며 엄마를 찾던 아이의 눈이 동그래졌다.

"아빠!"

엘리야는 다다다다, 달려가 작은 팔로 고든을 끌어안았다.

"오, 엘리야!"

고든은 작은 아이를 번쩍 들어 안았다.

"그동안 잘 있었니? 엄마 말 잘 들은 거지?"

고든의 물음에 엘리야는 열심히 고개를 끄덕였다.

"아빠 왜 이렇게 늦게 왔어!"

네 살짜리 아이는 나이답지 않게 말을 잘했다.

"엄마가 얼마나 보고 싶어 했는데!"

아이의 타박에 고든은 라이라를 바라봤다. 그녀는 그것 보라는 듯, 고개를 끄덕이고 있었다.

"자, 엘리야, 자야지?"

고든은 서둘러 아이를 재우려 했다.

"아침에 아빠가 팬케이크 구워줄게."

"와아, 나 잘래."

딸아이를 재우고 난 뒤 고든과 라이라는 다시 분위기를 잡았다. 뜨거운 눈으로 라이라를 잡아먹을 듯 바라보던 고든은 그녀를 끌어당겨 자신의 품 안으로 가두었다.

"라일."

그녀에게서 향긋한 향기가 났다. 여린 목덜미에 입술을 묻으며 고든은 새삼 자신이 돌아왔음을 실감했다.

"흐응."

라이라의 낮은 비음도 그를 즐겁게 했다. 이렇게 마음껏 안게 되기까지 얼마나 많은 시간이 걸렸던가. 모르긴 몰라도 그의 몸에 사리 수백 개는 생겼을 것이 분명했다. 무작정 들이닥쳐 막무가내로 우겨 함께 산 지 일 년이 넘도록 라이라의 몸에는 손가락 하나 대지 못했다. 그녀를 어르고 달래 겨우 허락을 받았지만 결혼하고서도 고든은 마음고생을 해야 했다.

고든의 입술이 목덜미를 올라와 라이라의 입술로 향했다. 이제 이 말랑말랑한 입술을 점령하고 마음껏 유린할 것이다, 그의 심장이 거세게 뛰기 시작했다. 그런데 바로 그때.

"으앙!"

아기 울음소리에 고든과 라이라는 얼음이 되고 말았다.

고든은 일부러 못 들은 척하려 했지만 아이 울음소리는 더욱 커져 갔다. 라이라가 서둘러 걸음을 옮겼다. 고든 역시 어쩔 수 없다는 표정을 지으며 그녀를 따라 걸었다. 딸깍, 문을 열고 들어선 방 안에서 젖 내음이 물씬 풍겨왔다.

"우리 아기, 깼어?"

부드러운 목소리가 라이라의 입에서 흘러나왔다. 꿀이 뚝뚝 떨어지는 다정한 그 목소리에 고든은 괜히 심통이 났다.

'쳇, 예전엔 내게도 저런 목소리를 들려줬는데.'

제이슨을 제치고 부두목이 되고 난 뒤부터 라이라의 목소리가 커졌다는 사실을 떠올리며 고든은 툴툴댔다.

"아앙."

이제 팔 개월이 막 지난 아들 얀이 라이라의 가슴에 착 달라 붙은 모습을 본 고든의 입술이 또다시 툭 튀어나왔다.

"당신."

라이라가 가만히 고든을 불렀다.

"응?"

"얀 좀 안아줘요, 오랜만이잖아."

아들을 안은 고든의 얼굴에 흡족한 표정이 떠올랐다. 자신을 꼭 빼다 박은 아들은 검은 눈을 반짝이고 있었다.

"얀, 그동안 잘 있었니?"

고든의 물음이 끝나기도 전에 아기는 커다랗게 울고 말았다.

"으아아앙!"

"아니, 왜 애를 울려요?"

라이라가 고든에게서 아이를 빼앗고는 어르기 시작했다.

'아니, 내가 뭘 어쨌다고.'

그 모습을 지켜보는 고든의 얼굴에 묘한 표정이 떠올랐다.

엘리야 때와는 다른 기분이었다. 라이라를 꼭 닮은 아이는 사랑스러웠고 그림자를 보기만 해도 행복했다. 그렇다고 얀이 미운 건 아니었다. 분명 고든은 얀도 사랑했다. 하지만 아직 어려 보살핌이 필요한 아들의 엄마가 라이라라는 게 문제였다.

'내가 내 아들을 질투하다니.'

고든은 가슴을 열어 아이에게 젖을 물리는 라이라의 모습을 노려봤다.

'저 가슴은 내 것인데 말이지.'

고든은 열심히 젖을 빠는 아들의 머리를 바라봤다.

'어서 커라. 내, 그때까지만 양보하지.'

속으로 중얼거리며 고든은 한숨을 내쉬었다. 석 달 보름 만에 보는 아내를 당장 안을 수 없다는 게 아쉽기만 했다.

드디어 칭얼거리던 아이가 잠들었다. 그것을 확인한 고든은 서둘러 라이라의 손목을 붙들고 아이의 방을 빠져나왔다.

"아유, 당신!"

아이가 깰세라 라이라는 소리를 낮춰 항의했다.

"왜 이래요?"

"몰라서 물어?"

고든은 마음이 바빴다. 둘만의 공간에 들어서자마자 그는 라이라의 입술부터 찾았다. 모른 척하던 그녀 역시 열렬한 응대로 그 마음에 화답했다.

"하아."

입맞춤 사이, 라이라는 숨을 쉬기 위해 숨을 뱉어냈다. 하지만 고든은 그녀가 숨 쉬는 것을 허락지 않았다.

"흡!"

칠 년 차 부부의 입맞춤은 길고도 깊었다.

〈The End〉

작가 후기

2011년 1월 29일, '귀족의 딸' 연재 시작일입니다.

2016년 1월 26일, '귀족의 딸' 연재 완료일입니다.

와, 정말 오랫동안 붙잡고 있었네요, 이 글을.

연중한 기간도 길었고 말이죠.(멋쩍은 웃음)

연재 당시, 고든의 이름은 휴고였습니다. 전 정말 이 휴고란 이름이 마음에 들었어요. 어렸을 적에 읽었던 '작은 아씨들'에서 네 자매가 연극을 꾸미는 장면이 나오는데 그때, 극 중의 엑스트라 이름이 휴고였어요. 에피소드에 지나지 않았던 장면에 등장한 이름이었지만 그때부터 이 이름이 좋았죠. 하지만 이런저런 사정으로 휴고를 주인공의 이름으로 쓸 수가 없었답니다.

휴고라는 이름을 사용하지 못하는 아쉬움을 고든의 진짜 이름에 은근슬쩍 끼워 넣었답니다. 그래서 고든의 풀네임은 '율리우스 휴고 흔 나리온 텐셔너'가 되었어요. 하하하!

이 글을 구상할 당시에만 해도 여자 주인공을 강하게 그리고 싶었어요. 원래 중세 시대의 '초야권'에 대한 글을 읽다가 떠올린 이야기였거든요. 성주에게 순결을 빼앗긴 여자 주인공이 잔인하게 성주를 죽인다, 가 원래의 뼈대였지만 이리저리 살이 붙어서 이렇게 '귀족의 딸'이 나왔답니다.

잔인한 복수, 가 이 글의 주제입니다. 전 정말 최선을 다해 잔인한 복수를 했지만 복수를 했어도 통쾌하진 않았어요. 라이라도 그랬을 겁니다.

아아, 길게 잡고 있던 글을 세상에 내놓으려니 시원섭섭합니다. 모쪼록 즐거운 글이 되었으면 하는 바람을 안고 이만 마칩니다.

2106. 7. 목영木榮 배상.